Einfach und Echt

PINE RIDGE
BUCH FÜNF

ASHLEY A QUINN

TCA PUBLISHING LLC

Buchcover-kunst: Christine Riley

ISBN: 978-1-959943-36-5

Verlag: TCA Publishing LLC, 216 N Hayes St., Bellefontaine, OH 43311

Ansprechpartner: ashley@ashleyaquinn.com

KAPITEL

Eins

Die warme Spätnachmittagssonne Ende Mai brannte auf Alice Duvalls Nacken, als sie eine Kiste mit Töpfereibedarf zum Anhänger trug, der an den Truck ihres Bruders Knox gekoppelt war. Sie kletterte hinein und stellte sie auf den wachsenden Stapel, dann stieg sie aus und hob ihr Gesicht der Sonne entgegen. Das Wetter war heute schön für ihren Umzug, was sie glücklich machte. Regen und Ton vertrugen sich nicht. Genauso wenig wie Regen und Karton. Seufzend ging sie zurück ins Haus, um eine weitere Kiste zu holen.

»Fertig?«, fragten Knox und ihre Freunde Brady und Thomas Archer, die um ihren Brennofen herumstanden und sich darauf vorbereiteten, ihn zu bewegen.

Brady nickte und stemmte seine Schulter gegen den Ofen, kippte ihn gerade so weit, dass Knox und Thomas einen breiten Gurt darunterschieben konnten. Sie hatten einen Motorheber mitgebracht, um ihn aus dem Gebäude und auf den Truck zu bekommen.

»Okay, ihr könnt ihn runterlassen.« Thomas trat zurück und nickte seinem Bruder zu.

»Herrgott, Alice. Hast du den schwersten auf dem Markt gekauft?«, keuchte Brady, als er den Brennofen auf den Boden sinken ließ. Er ging auf die andere Seite, bereit, ihn erneut zu kippen.

Sie verschränkte die Arme und lehnte sich mit der Schulter an die Wand. »Nicht mal ansatzweise.« Ein Lächeln huschte über ihr hübsches Gesicht. »Und warum beschwerst du dich? Du weißt doch, dass es dir Spaß macht, deine Muskelkraft zur Schau zu stellen.« Der Mann war ein Kraftpaket. Mit seinen zwei Metern überragte er die anderen Männer um mehrere Zentimeter und hatte auch noch gute zwanzig Kilo Muskelmasse mehr.

Knox und Thomas kicherten, als Brady die Augen verdrehte. »Lasst uns das Ding auf den Truck bringen, damit wir uns auf den Rest konzentrieren können.« Er stemmte seine Schulter gegen den Brennofen. »Für eine alleinstehende Frau hast du ganz schön viel Kram.«

Alice zuckte mit den Schultern. »Kunst ist nicht billig.«

Brady grunzte. »Seid ihr zwei bereit?« Er sah seinen Bruder und Knox an.

Sie nickten, und er schob. Sobald der zweite Gurt an Ort und Stelle war, setzte Brady den Brennofen ab, dann sammelte Knox die Gurte oben auf dem Ofen und befestigte sie am Hebekran.

»Moment der Wahrheit. Ich hoffe, das klappt.« Er griff nach dem Hebel an der Rückseite des Gestells und drückte. Der Brennofen hob sich. Brady und Thomas schoben einen dritten, breiteren Gurt darunter, der in die entgegengesetzte Richtung der anderen beiden verlief. Knox setzte ihn wieder ab, damit sie den Gurt am Hebekran befestigen konnten. Als alle sicher befestigt waren, drückte er erneut auf den Hebel und hob ihn hoch genug, um über die Schwelle zu kommen.

An der Tür drehten sie ihn und setzten ihn knapp innerhalb der Tür ab. Sie mussten ihn aushängen, um das Gestell über die Schwelle und nach draußen zu bekommen. Es war ein ziemlicher Aufwand, aber schließlich bekamen sie den Brennofen in den Anhänger.

Thomas trat heraus und wischte sich die Stirn an seiner Schulter ab. »Ich bin froh, dass ich das nicht noch einmal machen muss.« Er klopfte Knox auf die Schulter. »Ich hoffe, du hast ein paar kräftige Freunde in Pine Ridge.«

Knox presste die Lippen zusammen, Belustigung funkelten in seinen Augen. »Ich denke, wir haben das im Griff.«

Alice kicherte. Das hatten sie allerdings. Ihr Freund Asa Mitchell war fast so groß wie Brady. Außerdem hatte er ein paar kräftige Rancharbeiter, die mehr als bereit wären, ihre Stärke unter Beweis zu stellen. »Ich bin einfach froh, dass ich an beiden Enden Freunde habe, die bereit sind zu helfen.« Sie lächelte Brady und Thomas an.

»Hey, du hast angeboten, mich mit Essen zu bezahlen.« Thomas ging an ihr vorbei und blickte zurück. »Das schlage ich nicht aus.« Sein Mund verzog sich. »Vor allem, weil Rayna im Moment Fleisch hasst. Ich kann es kaum erwarten, bis sie die Phase hinter sich hat, in der der Geruch von gebratenem Fleisch sie zum Kotzen bringt. In den letzten zwei Monaten gab es nur Bohnen, Tofu und jede Menge Gemüse.« Er winkte ab. »Ich beschwere mich nicht wirklich. Ich esse alles, was ihren Magen glücklich macht.«

Alice rümpfte die Nase. Das klang schrecklich. »Geht es ihr ansonsten gut?«

Er nickte. »Ihr geht es prima. Das Baby entwickelt sich gut. Mason und Emma freuen sich auf einen kleinen Bruder oder eine kleine Schwester. Besonders Emma. Sie kann es kaum erwarten, Babysitter zu spielen.«

Ihr Herz wurde warm bei der Erwähnung seiner Adoptivkinder. Diese Kinder, besonders Mason, verdienten nach allem, was sie durchgemacht hatten, jedes Glück der Welt. »Gut. Ich muss euch besuchen kommen, wenn er oder sie da ist.« Sie hatte Rayna in letzter Zeit nicht oft gesehen. Die andere Frau war damit beschäftigt gewesen, ihre Felder für die Anbausaison vorzubereiten und ihr altes Haus für den Umzug auf die Ranch zu packen.

»Das werden wir beide«, sagte Knox. »Sofie und ich können unseren Kleinen deinem vorstellen. Sie werden ungefähr im gleichen Alter sein.« Knox' Frau war in ihrer Schwangerschaft nur ein paar Monate weiter als Rayna.

Alice lächelte ihren Bruder an, glücklich für ihn. Er war lange allein gewesen, bevor Sofie in sein Leben trat. Die Veränderung an ihm war drastisch. Er lächelte mehr und zog sich nicht mehr so zurück wie früher. Sie freute sich darauf, wieder in seiner Nähe zu wohnen. Sie konnte es kaum erwarten, sein neues Baby und seine fünfjährige Stieftochter Olive zu verwöhnen.

Sie verbrachten die nächste Stunde damit, Kisten aus ihrem Töpferatelier in den Anhänger zu laden. Als sie fertig waren, ließen sie den Anhänger und den daran gekoppelten Truck stehen und stiegen in Alice' Subaru. Sie hatte ihnen allen für ihre Mühe ein Abendessen bei Boone's versprochen.

Als sie von der Ranch fuhr, konnte sie die Melancholie nicht unterdrücken, die ihr Herz überflutete. Dieser Ort war ihr Zuhause gewesen, seit sie ein Kind war, bis sie ihr eigenes Haus in der Stadt kaufte, als sie anfing, Kunst an der Grundschule zu unterrichten. Nachdem ihre Mutter gestorben und ihr Vater weggezogen war, war es nur noch Knox' Zuhause, bis ein Feuer seinen Pferdestall zerstörte und er beschloss, mit seiner Familie nach Pine Ridge zu ziehen, um näher bei Sofies

Mutter zu sein. Alice war jedoch dank des Töpferateliers, das sie auf dem Gelände gebaut hatten, eine häufige Besucherin der alten Ranch gewesen.

Aber jetzt gehörte die Ranch Thomas und Rayna, und für Alice war es Zeit für eine neue Ära. Sicher, sie würde ihre Freunde hier vermissen, aber Montana war nicht so weit von Colorado entfernt. Und sie wollte in der Nähe ihres Bruders und seiner wachsenden Familie sein. Sie wollte zusehen, wie ihre Nichte und dieses neue Baby aufwuchsen. Und vielleicht würde sie jemanden treffen, mit dem sie ihr Leben teilen konnte. Gott weiß, ihre Aussichten hier waren nicht gerade rosig. Alle guten Männer waren vergeben, oder sie war nicht interessiert.

Nicht, dass sie es eilig hätte. Sie war neunundzwanzig. Aber sie war definitiv bereit für eine eigene Familie.

»Alice, du brauchst ein größeres Auto«, beschwerte sich Thomas von der Rückbank.

Sie sah in den Rückspiegel und beobachtete, wie er Knox ansah.

»Wieso darfst du hinter ihr sitzen und ich muss hinter dem Hulk sitzen?« Er zeigte auf Brady, der auf dem Beifahrersitz saß.

Knox schnaubte. »Weil ich größer bin als du.« Sie spürte, wie er sich hinter ihr bewegte, seine Knie stießen gegen ihren Sitz.

»Um einen Zentimeter.«

Er zuckte mit den Schultern.

Alice kicherte. »Ich kann umdrehen, und ihr könnt mit eurem eigenen Truck in die Stadt fahren.«

Thomas winkte ab, ein leichtes Lächeln auf seinem gutaussehenden Gesicht. »Nee. Ich necke Brady nur gern.« Er drückte gegen den Sitz.

Brady bewegte sich kaum, aber ein Grinsen verzog einen Mundwinkel. »Pass auf, sonst setze ich mich auf dich.«

»Du würdest hier hinten gar nicht reinpassen.«

»Wer sagt denn, dass es jetzt sein muss?«

Alice warf noch einen Blick in den Spiegel und begegnete Knox' Augen. Sie teilten ein Lächeln, während sie dem Geplänkel der Brüder lauschten. Diese beiden und der Rest ihrer Familie würden die Menschen sein, die sie am meisten vermissen würde. Besonders ihre Schwester Maggie. Sie war nur froh, dass sie am Wochenende all ihre Abschiede hinter sich gebracht hatte. Sie wollte nicht mit Tränen in den Augen am nächsten Morgen losfahren.

Sie erreichten die Stadt, und Alice steuerte das Auto durch die malerischen Wohnstraßen ins Stadtzentrum und parkte. Thomas und Knox stöhnten beide auf, als sie sich aus dem Rücksitz entfalteten. Alice führte den Weg ins Restaurant. Eine Hostess brachte sie zu einer Nische am Fenster. Sie bestellten bald und lehnten sich dann zurück, um auf ihr Essen zu warten. Mehrere Leute hielten an, um Knox zu begrüßen und sich nach seiner Familie zu erkundigen und wie sie sich im Norden einlebten.

Als ihr Essen kam, verschlangen die drei Männer ihr Abend-essen. Alice weigerte sich, so schnell zu essen, dass sie ihren Burger kaum schmeckte, besonders da es für eine Weile der letzte von Boone's sein würde. Die anderen schienen es jedoch nicht zu stören, auf sie zu warten. Sie saßen da und unterhielten sich, während sie aufaß.

Als sie fertig waren, quetschten sie sich wieder ins Auto und fuhren zurück zur Ranch, damit Thomas und Brady ihre

Trucks holen und nach Hause fahren konnten. Sie versuchte, die Tränen zurückzuhalten, als sie sich von den Männern verabschiedete. Sie würde sie vermissen - eigentlich alle Archers.

Schnüffelnd umarmte sie sie und winkte dann, als sie wegfuhren. Knox legte einen Arm um ihre Schultern, und sie lehnte sich an ihn.

»Weißt du, so sehr es mich auch traurig macht, dass du deine Freunde zurücklässt, bin ich froh, dass du mit mir und Sofie in den Norden ziehst. Es wird toll sein, dich noch in der Nähe zu haben.«

Alice nickte. »Ja. Und es ist ja nicht so, als würden wir uns für immer von ihnen verabschieden.« Zwischen Knox' geschäftlichen Beziehungen zu ihnen und ihrer eigenen persönlichen Geschichte wusste sie, dass sie sich in den kommenden Jahren häufig gegenseitig besuchen würden.

Knox nickte. »Auf keinen Fall.« Er drückte sie. »Komm, lass uns reingehen. Thomas hat uns einen Fernseher dagelassen. Willst du mit mir was schauen, bevor wir ins Bett gehen? Ich wette, wir finden Wiederholungen irgendeiner Sitcom.«

Sie lächelte zu ihm auf und wischte sich übers Gesicht. »Klar.« Vielleicht würden ein paar Folgen von *The Big Bang Theory* oder sogar *Golden Girls* sie aufheitern. Als sie ihm nach drinnen folgte, presste sie eine Faust gegen ihre Brust und unterdrückte die Schwermut.

Sie hielten in der Küche an und holten sich je eine Flasche Wasser, dann setzten sie sich auf die Couch im Wohnzimmer. Thomas und Rayna hatten ein paar Sachen hergebracht, sodass Knox und Alice einen Platz zum Bleiben hatten, während sie Alice' Haus ausräumten. Es gab auch zwei Betten im Obergeschoss.

Knox nahm die Fernbedienung vom Couchtisch und schaltete den Fernseher ein. Er zappte durch die Kanäle, bis er einen fand, der einen Marathon von *The Big Bang Theory* zeigte. Alice sank tiefer in die Kissen und zog ihre Beine unter sich. Während die Serie lief, spürte sie, wie sie sich entspannte und etwas von der Traurigkeit dank des Humors der Show verflog. Nach der vierten Folge streckte sie sich und gähnte. Als sie zu ihrem Bruder blickte, sah sie, wie er sein eigenes Gähnen unterdrückte.

»Wir sollten ins Bett gehen.« Sie entwirrte sich.

Er nickte. »Ja.« Er schaltete den Fernseher aus und stand auf.

Alice erhob sich und nahm ihre leere Wasserflasche. Sie warfen sie in den Recyclingbehälter in der Garderobe und gingen dann nach oben. Sie hielt vor dem Zimmer an, das sie benutzte. »Wir sehen uns morgen früh.«

Knox blickte zurück, die Hand auf dem Türknauf zum Hauptschlafzimmer. »Hellwach und früh.« Sein Mundwinkel zuckte.

Sie lächelte zurück und ging in ihr Zimmer. Sie sammelte ihre Nachtwäsche ein und ging den Flur runter, um zu duschen. Als sie sauber war und sich die Zähne geputzt hatte, ging sie zurück in ihr Zimmer und schaltete das Licht aus, bevor sie zwischen die Laken kroch.

Müdigkeit zerrte an ihr - es war ein geschäftiger Tag gewesen -, aber ihr Verstand weigerte sich abzuschalten. Seufzend setzte sie sich auf und schaltete die Nachttischlampe ein. Sie würde einfach lesen, bis ihr die Augen zufielen.

Sie stand auf und holte ihren E-Reader aus ihrer Tasche, dann kroch sie wieder ins Bett. Sie schaltete ihn ein und vertiefte sich in ihr Buch.

Als ihr Kopf ein paar Stunden später nickte, legte sie ihn weg und schaltete das Licht aus. Die Nerven wirbelten immer noch in ihrem Bauch, aber schließlich siegte die Erschöpfung, und sie fiel in den Schlaf.

Das Schrillen ihres Handyweckers riss sie ein paar Stunden später aus dem Schlaf. Stöhnend schaltete sie ihn aus und setzte sich auf. Sie rieb sich die verkrusteten Augen und strich sich die Haare aus dem Gesicht. Mit einem Gähnen streckte sie sich und stieg aus dem Bett, um zu ihrem Koffer zu tappen und ein paar Klamotten zu holen. Ein kurzer Abstecher ins Bad zum Anziehen und für ihre Morgenroutine, und sie war fertig zum Aufbruch.

Sie packte ihren Koffer, kontrollierte noch einmal, ob sie alles hatte, dann schloss sie ihre Tasche und ging nach unten.

Knox stand an der Theke und kaute an einer Banane. Er hob eine Augenbraue und nickte ihr zur Begrüßung zu.

»Morgen.« Sie ging direkt zur Kaffeemaschine und füllte etwas in ihren Reisebecher. Sie schälte die andere Banane und aß sie schnell.

»Willst du einen davon?« Knox hielt ihr einen Proteinriegel hin.

Sie nahm ihn. »Klar. Den esse ich im Auto.«

»Wir müssen uns nicht beeilen, weißt du.«

Alice zuckte mit den Schultern. »Es bringt nichts, hier rumzuhängen.«

Er nickte. »Okay. Ich bin fertig, wenn du es bist. Lass uns einladen.«

Sie nahm ihre Taschen und folgte ihm aus dem Haus. Ein breites Gähnen sprengte ihren Kiefer, als sie im frühen Licht über die Ranch blickte. Gold erhellte die Hügelkuppen, und der Tau glitzerte in der aufgehenden Sonne.

»Nichts da. Wir haben eine lange Fahrt vor uns und müssen wach sein.«

Alice verdrehte die Augen über ihren Bruder. »Deshalb hab ich das hier.« Sie hob ihren Kaffeebecher, dann verengte sie die Augen. »Hast *du* Kaffee?«

Er grinste. »Der ist schon im Truck.«

Sie lächelte zurück. »Dann los.«

Sein Lachen verklang, als sie zu ihren getrennten Fahrzeugen gingen. Knox war in seinem Truck von Pine Ridge heruntergefahren, damit er den Anhänger zurückziehen konnte. Alice plante, ihm in ihrem SUV zu folgen.

Sie kletterte in ihr Auto, stellte ihren Kaffee in den Becherhalter und ihre Handtasche auf den Beifahrersitz, dann startete sie den Motor. Aufregung durchzuckte ihre Adern und kämpfte mit ihren Nerven. Dies war ein großer Umzug für sie. Sie hatte um einen Weg gebetet, näher zu Knox zu ziehen, nachdem er und Sofie angekündigt hatten, nach Pine Ridge zu ziehen. Als die Stelle als Kunstlehrerin an der dortigen Schule frei wurde, hatte sie sofort zugegriffen. Sie konnte immer noch nicht glauben, dass der Schulvorstand sie ausgewählt hatte.

Aber sie war definitiv mehr aufgeregt als nervös. Das war der richtige Schritt. Und nicht nur, weil sie Knox näher sein würde. Sie konnte es kaum erwarten, im Herbst mit dem Unterrichten zu beginnen. Als Teil des Bewerbungsprozesses hatte sie die Schule besichtigt. Es war ein neues Gebäude, und das Kunstprogramm hatte alle neuesten Dinge. Sie würde einen Brennofen vor Ort haben. Kein Schleppen der Kunstwerke ihrer Schüler mehr hin und her von der Schule zur

Ranch, um alles zu brennen, und kein Beten mehr, dass nichts auf dem Weg kaputtgeht.

Knox wendete auf der breiten Auffahrt vor den Ranchgebäuden und fuhr Richtung Landstraße. Alice legte einen Gang ein und folgte ihm. Sie bogen auf die Straße ein und fuhren los. Sie konnte das Grinsen nicht zurückhalten. Zeit für Neuanfänge.

Zwei

Der Duft von Kaffee holte Alice aus ihrem Schlummer. Sie streckte sich und öffnete die Augen, lächelnd, als ihr Gehirn ihre Umgebung registrierte. Es war ihr erster Morgen in Pine Ridge.

Sie warf die Decke zurück, zog sich an und erledigte ihre Morgenroutine, bevor sie nach unten ging. Sie umrundete den Treppenpfosten und schlenderte den Flur hinunter zur Küche. Daisy Mitchell blickte auf und lächelte.

»Hallo. Gut geschlafen?«

Alice nickte. »Ja. Das Bett im Gästezimmer ist wie eine Wolke. Ich habe wunderbar geschlafen. Nochmals danke, dass ihr mich aufnehmt, bis ich eine eigene Bleibe finde.« Knox' Freund Asa und seine Frau Daisy hatten Alice angeboten, bei ihnen zu wohnen, bis sie ein Haus fand. Sie hätte bei ihrem Bruder bleiben können, aber sie lebten derzeit in einem der kleinen Bungalows auf Asas Ranch, während ihr eigenes Haus auf dem Grundstück, das sie gekauft hatten, gebaut wurde. In dem kleinen Zweizimmerhaus, das sie derzeit ihr Zuhause nannten, war kein Platz für sie.

Daisy winkte ab und goss ihr eine Tasse Kaffee ein. »Kein Problem. Das Haus ist zu ruhig, seit Tante Nori und Silas letzten Monat in ihre eigene Wohnung gezogen sind.«

Sie nahm den Becher. »Ich bezweifle, dass ich es viel lauter machen werde.«

»Vielleicht nicht, aber ich werde zumindest für eine Weile jemanden haben, mit dem ich tagsüber reden kann. Es wird einsam hier drin.«

Alice lächelte und setzte sich an die Kücheninsel. »Du brauchst ein Haus voller Kinder. Habt ihr und Asa schon darüber gesprochen, eine Familie zu gründen?« Das Paar war jetzt etwa sechs Monate verheiratet.

»Irgendwie schon. Wir wollten warten, bis alle meine Verletzungen geheilt sind, aber wir haben es nicht wirklich weiter besprochen. Ich bin geheilt, aber ich habe es nicht eilig. Ein Baby wäre schön, aber ich genieße es irgendwie, frisch verheiratet zu sein. Ich werde vielleicht anders darüber denken, wenn Sofies Schwangerschaft sichtbarer wird.« Sie zuckte mit den Schultern, als sie sich setzte. »Wir werden sehen. Ich habe Zeit. Ich bin erst neunundzwanzig, und Asa ist gerade vierunddreißig geworden.«

Alice nickte und nahm einen Schluck von ihrem Kaffee. So fühlte sie sich auch bezüglich ihres fehlenden Partners.

»Hast du irgendwelche Pläne für heute?«, fragte Daisy.

Sie nickte und stellte die Kaffeetasse nach einem Schluck auf die Theke. »Ich habe einen Termin mit einem Makler gemacht, um mir Häuser in der Stadt anzusehen.«

»Ich hoffe, du findest etwas. Es steht nicht viel zum Verkauf. Knox und Sofie haben das auch festgestellt. Obwohl sie nach Land gesucht haben. Ich glaube immer noch nicht, dass es zu viele Häuser gibt, die verfügbar sind.«

Alice rümpfte die Nase. »Ich möchte mich nicht mit weniger zufriedengeben, aber ich will auch nicht für immer hier bleiben.«

»Nimm dir so viel Zeit, wie du brauchst. Zur Not kannst du in Knox und Sofies Haus ziehen, sobald ihr Haus fertig ist. Oder vielleicht in das Haus unseres Rancharbeiters Jasper. Er verbringt die meiste Zeit im Haus seiner Freundin und fährt zur Arbeit hierher. Ich kann mir vorstellen, dass er wahrscheinlich bald bei ihr einziehen wird. Ihr Haus ist schöner als seins, und sie muss wegen der Arbeit in der Stadt sein.«

»Was macht sie?«

»Sie ist die Sheriffin.«

Alice riss die Augen auf. »Oh. Ja, ich kann verstehen, warum sie in der Nähe der Polizeistation sein muss.«

Daisy nickte. »Also ja, es gibt viele Möglichkeiten für dich.«

»Klingt danach.« Alice neigte den Kopf und musterte ihre Gastgeberin. »Möchtest du heute mitkommen?«

Die andere Frau richtete sich auf ihrem Stuhl auf. »Ich?«

Alice nickte.

»Oh. Nun, sicher. Das wäre toll.« Ein strahlendes Lächeln erhellte Daisys Gesicht.

»Gut. Ich dachte daran, Sofie zu fragen, aber sie hat alle Hände voll mit Olive zu tun, und Knox musste zurück zur Arbeit. Ich wollte wirklich nicht alleine gehen.«

»Nun, ich bin froh, dass du gefragt hast. Wann müssen wir los?«

»Der Termin ist um zehn.«

Daisy blickte auf ihre Uhr. »Wir haben noch ein paar Stunden. Das passt. Ich habe noch ein paar Dinge hier zu erledigen.«

»Bist du sicher, dass du nicht zu beschäftigt bist?«

»Ach was, nein. Es ist nur Wäsche und das Auffüllen der Keksdosen im Bunkhouse. Das Einzige, was nicht warten kann, ist das Füttern der Hühner, was ich jetzt machen werde.« Sie stand auf und schob ihren Hocker zurück.

»Möchtest du Hilfe?«

»Wenn du willst, werde ich sie nicht ablehnen.«

Alice folgte ihr in die Waschküche.

»Du kannst meine Ersatzstiefel anziehen.« Daisy zeigte auf ein Paar schwarze Stiefel, die in einer Ecke standen. »Sie sind vielleicht etwas groß für dich, aber es ist besser, als wenn du Hühnerkacke auf deine Turnschuhe bekommst.«

»Auf jeden Fall.« Alice lachte und schlüpfte in die Stiefel. »Ich habe ein Paar, aber sie sind noch in einer Kiste im Anhänger vergraben.« Zumindest wusste sie, wo die Kiste war. Sie hatte die wichtigeren mit neonpinkem Klebeband markiert, und dann hatten sie alle diese nahe der Tür gestapelt, damit sie schnell daran kommen konnte.

»Nun, hoffentlich findest du heute ein Haus und musst nicht lange aus Kisten leben.«

Alice hoffte, dass das der Fall sein würde. Sie war begierig darauf, sich einzuleben.

Daisy nahm einen Korb von der Waschmaschine, dann gingen die beiden Frauen über den Hof zum Hühnerstall. Im Gehege öffnete sie einen Lagerraum auf der Rückseite und holte einen Eimer heraus.

»Möchtest du Eier sammeln oder sie füttern?«

»Ich mache die Eier.«

»Klingt gut.« Sie reichte Alice den Korb.

Sie teilten sich auf, und Alice ging in den Stall. Die meisten Hennen liefen nach draußen, als sie ins Gehege kamen, sodass sie mit wenig Aufwand durch jede Sitzstange gehen konnte. Es gab jedoch ein paar Hennen, die sich nicht bewegen wollten. Sie schob sie sanft beiseite und sammelte die Eier, die im Stroh lagen.

Daisy erschien in der Tür, als sie sich der letzten Sitzstange näherte.

»Sei vorsichtig bei der da. Sie mag es nicht, wenn wir ihre Eier wegnehmen.«

Alice verzog den Mund. »Wunderbar.« Bisher war es ihr gelungen, nicht gepickt zu werden. »Irgendwelche Tipps?«

»Sei einfach schnell.«

Alice stieß einen Seufzer aus und hielt den Korb neben die Henne, während sie sanft gegen ihre Seite drückte. Das Huhn gab ein lautes Gackern von sich und pickte nach dem Korb. Alice schob ihre Hand darunter und unter die Henne, schnappte sich das im Stroh versteckte Ei und wich zurück.

Daisy kicherte. »Nette Technik. Hast du alle erwischt?«

»Ich denke schon.« Sie bewegte sich zur Tür. »Hast du die Futterautomaten schon aufgefüllt?«

»Jap.« Daisy trat zurück und sie gingen zum Tor, um zum Haus zurückzukehren.

Alice hob ihr Gesicht der Sonne entgegen. »Ich bin froh, dass der Frühling da ist. Ich mag den Winter nicht besonders.«

»Geht mir genauso. Ich war froh, endlich den Stock loszuwerden.«

»Du läufst gut.«

»Ja, mein Gleichgewicht ist wieder normal. Ich habe noch gelegentlich Kopfschmerzen, und meine Beine schmerzen und ermüden manchmal, besonders wenn ich viel zu tun hatte.« Sie zuckte mit den Schultern. »Mit der Zeit sollten die meisten Probleme mit den Beinen verschwinden. Kopfschmerzen werde ich jetzt vielleicht immer haben. Migränemedikamente helfen. Ich bin einfach froh, dass die Anfälle weg sind.«

Alice konnte sich kaum vorstellen, wie sehr sich Daisys Leben im letzten Jahr verändert hatte. »Na ja, ich bin froh, dass es dir gut geht. Knox war ziemlich aufgebracht, als Asa anrief, um ihm zu erzählen, was passiert war. Ich übrigens auch. Asa ist ein guter Freund, also haben wir alle mit ihm mitgelitten.«

Daisy lächelte. »Ich bin froh, dass er Freunde wie dich und Knox hat. Und die Archers. Das hat ihn davon abgehalten, sich über die Jahre völlig zu isolieren.«

»Er hat dasselbe für Knox getan. Ich kann immer noch nicht glauben, dass er Sofie geheiratet hat. Ich hätte nie gedacht, dass ich den Tag erleben würde, an dem mein Bruder unter die Haube kommt.«

»Nun, ich bin froh, dass es so gekommen ist.« Daisy stieg die Stufen zur Veranda hinauf und öffnete die Tür. »Er ist so wunderbar mit Olive. Und er macht Sofie glücklich.«

Alice folgte ihr hinein und legte die Eier auf die Arbeitsplatte. »Das beruht auf Gegenseitigkeit. Er liebt sie beide sehr.« Sie sah sich um. »Hast du Eierkartons, um die hier einzupacken?«

»In der Vorratskammer.«

Sie blickte in die Richtung, in die Daisy zeigte, und ging hinüber, um mehrere vom Regal zu holen. Gemeinsam überprüften und reinigten die beiden Frauen die Eier.

»Danke für deine Hilfe. Ich bringe die später zum Personal-haus, wenn ich die Kekse hinüberbringe.« Daisy lächelte.

»Gern geschehen. Ich werde noch ein bisschen draußen herumschlendern, wenn das okay ist?«

»Klar, kein Problem. Wenn du ein Pferd sattelst und über den Kamm hinter den Gebäuden reitest, findest du den Fluss.«

»Oh, das klingt schön. Ich werde das wahrscheinlich für einen anderen Tag aufheben, wenn ich mehr Zeit habe, aber danke für den Tipp.«

»Gern.« Daisy winkte ab und zog einige Dosen nach vorne. »Viel Spaß beim Erkunden.«

»Den werde ich haben.« Alice lächelte und ging wieder nach draußen in den warmen Sonnenschein. Sie atmete tief die saubere Luft Montanas ein und ließ den Frieden der Ranch auf sich wirken. Sie vermisste das Leben in der Pampa. Die Stadt war in Ordnung und nah an der Schule, aber es gab etwas daran, morgens nur von Vögeln und Rindern geweckt zu werden, das ihre Seele nährte. Sie hoffte wirklich, dass der Makler ein paar Grundstücke am Stadtrand für sie hatte. Ein bisschen Fahrzeit zur Schule war okay. Sie wollte nur nicht dreißig Minuten entfernt sein wie die Ranch ihrer Familie in Colorado. Das war im Winter zu umständlich.

Alice schlenderte durch den Hof, besuchte die verschiedenen Scheunen und machte sich mit Stone Creek vertraut. Es war ein großer Rinderbetrieb, aber sie hatten auch beachtliche Ziegen- und Pferdeherden. Die Pferde konnte sie verstehen – für die Rinderzucht brauchte man sie –, aber nicht die Ziegen. Knox hielt Ziegen, weil ihre Mutter sie mochte, und er und ihr Vater konnten sie nach ihrem Tod nie loswerden. Sie fragte sich, was die Geschichte hier war. Vielleicht mochten Asa und Silas sie einfach.

Sie blieb vor dem Ziegengehege stehen und beobachtete, wie sie spielten. Es gab einige Jungtiere, die herumliefen. Ihre winzigen Körper flitzten zwischen den größeren Erwachsenen durch das Gehege, stießen ihre Köpfe gegen Heuballen und die Hinterteile ihrer Mütter.

Kopfschüttelnd und kichernd ging sie weiter in Richtung eines der Pferdeställe. Sie wusste von ihrem letzten Besuch hier für Daisys und Asas Hochzeit, dass Stone Creek drei hatte. Zwei für ihren alltäglichen Bestand – der auch die meisten von Knox' Pferden umfasste, bis seine Ranch fertig war – und einen kleineren für trächtige Stuten und ihre Neugeborenen.

Und sie war ganz verrückt nach Jungtieren, also wanderte sie zuerst in den Fohlenstall, in der Hoffnung, dass eines der hundert Pferde auf der Ranch kürzlich geboren hatte. Fohlen waren fast genauso lustig zu beobachten wie Ziegenkitze.

Alice blinzelte, als sie eintrat, um ihren Augen zu helfen, sich an das gedämpfte Licht im Stall zu gewöhnen. Ein sanftes Wiehern erreichte ihre Ohren, und sie folgte ihm den Gang hinunter zu einer Box am Ende.

»Oh! Bist du nicht wunderschön?« Sie spähte über die untere Hälfte der zweigeteilten Tür in die Box, wo ein glänzendes goldfarbenes Fohlen mit strahlend blauen Augen stand. Seine Mutter – ihr eigenes Fell einen Hauch dunkler als das ihres Babys – kam näher und blies Alice Luft ins Gesicht, als sie am Neuankömmling schnupperte.

Sie kicherte. »Hallo, Mama.« Sie hob eine Hand und kraulte die Seite des Pferdegesichts. Die Stute kam näher und lehnte sich in ihre Berührung. Das Baby trottete herbei, sein winziger Schwanz wippte. Die Ohren beider Pferde zuckten einen Moment, bevor Alice das Murmeln männlicher Stimmen hörte. Sie richtete sich auf und blickte zur Tür, als sie sich öffnete. Asas massive Gestalt füllte den Türrahmen.

Ein anderer Mann, der ein paar Zentimeter kleiner war, trat hinter ihm ein. Sie hielten inne, als sie sie sahen.

»Alice, hi.« Asa lächelte.

»Guten Morgen.« Sie gab ihnen einen kleinen Wink. »Ich war spazieren und wollte sehen, ob ihr Fohlen habt.« Ihr Blick wanderte zu der Box neben ihr. »Diese beiden sind wunderschön. Woher habt ihr die Stute? Sie ist nicht eine von Knox'.«

Asa und der andere Mann kamen näher. »Nein. Ich habe sie durch einen seiner Freunde gefunden. Ihr Hengstfohlen stammt aber von einem seiner Hengste ab.«

»Das erklärt seine hellere Färbung. Sie sind beide wunderschön.« Apropos wunderschön, ihr Blick schweifte zu dem Fremden bei Asa. Der Mann schien etwa in Asas Alter zu sein, aber da hörten die Ähnlichkeiten auch schon auf. Wo Asas Färbung dunkel war, war die dieses Mannes heller. Sein reiches, bernsteinfarbenes Haar war kurz geschnitten, fast militärisch im Stil. Scharfe haselnussbraune Augen musterten sie. Alice musterte ihn direkt zurück. Er war verdammt gut anzusehen. Die Nähte seines grauen Poloshirts spannten sich über die Muskeln, die sich an seinen Schultern und Bizeps wölbten. Sie stellte sich vor, dass sich unter diesem Hemd auch ein steinhartes Sixpack verbarg. Dunkle Jeans umhüllten seine kräftigen Oberschenkel und schwarze Stiefel ergänzten seine Größe von über 1,80 Meter.

»Das sind sie. Und Rosalind ist ein Schatz. Ich hoffe, Horatio hat ihr Temperament geerbt. Im Moment hat er zu viel Feuer, um das zu sagen.«

Sie kicherte. »Natürlich hat er das. Er ist ein Baby.« Sie sah den Mann an. »Sind Sie hier, weil Sie überlegen, ihn zu kaufen?«

Eine Falte zog sich zwischen den Augenbrauen des Mannes

zusammen, und sein Blick wurde schärfer. »Ich? Nein. Ich inspiziere das neue Brandschutzsystem im Stall.«

»Oh.«

»Alice, das ist Wade Kaczmarek. Er ist einer der Brandinspektoren des Landkreises.« Er warf dem Mann einen Blick zu. »Wade, das ist Knox' Schwester, Alice. Sie ist gerade hergezogen.«

Sie streckte ihre Hand aus. »Es freut mich, Sie kennenzulernen.«

Er ergriff sie und schüttelte sie fest. Alice versuchte, ihre Augen bei der Berührung nicht aus dem Kopf fallen zu lassen. Ein heftiger Schauer durchfuhr ihren Körper, als hätte sie einen elektrischen Zaun berührt. Wade räusperte sich, als er ihre Hand losließ, und sein Stirnrunzeln wurde nachdenklich. Sie versuchte, ihn nicht anzustarren, während sie sich fragte, was zum Teufel das alles zu bedeuten hatte. Sie zuckte mit den Schultern und versuchte, das plötzliche Kribbeln abzuschütteln, das seine Berührung ausgelöst hatte.

»Ganz meinerseits.« Wade richtete sich auf und legte beide Hände auf das Klemmbrett, das er hielt, dann blickte er zu Asa. »Wissen Sie, für einen Mann, der seine Ruhe mag, scheinen Sie in letzter Zeit eine Pension eröffnet zu haben.«

Asa grinste. »Es ist nur Familie.« Er zuckte mit den Schultern, die Daumen in den Taschen eingehakt. »Und wir sind nur eine Zwischenstation. Knox' und Sofies Haus wird in ein paar Monaten fertig sein, und du willst doch nach einem Haus in der Stadt suchen, oder?« Er warf Alice einen Blick zu.

Sie nickte und unterdrückte das anhaltende Zittern, das durch sie hindurchging. Das war etwas, das sie später untersuchen musste, wenn sie Zeit zum Nachdenken hatte. »Ich gehe tatsächlich heute Morgen zu einem Treffen mit einem Makler. Daisy kommt mit mir.«

»Es gibt ein paar schöne Häuser zu verkaufen auf der Nordseite der Stadt«, sagte Wade. »Ich weiß nicht, wie Ihr Budget aussieht, aber sie sind preislich vernünftig.«

»Gut zu wissen, danke.«

Sein Kopf nickte einmal, dann sah er Asa an. »Sind Sie bereit, loszulegen? Ich muss um zehn wieder in der Stadt sein für ein Meeting.«

»Richtig.« Er blickte zu Alice. »Wir sehen uns später. Lass dich von meiner Frau nicht zu einem Renovierungsobjekt überreden. Sie hat sich in all diese Wohndesign-Shows vertieft, während sie sich von ihrem Unfall erholte. Zum Glück hat die Hochzeit die meiste ihrer Aufmerksamkeit in Anspruch genommen, aber sie redet ständig von Farben und Vorhängen.«

Alice grinste. »Ich habe keine Angst vor ein bisschen harter Arbeit. Aber ich hätte auch gerne etwas, das bezugsfertig ist.«

»Gute Sache.« Er warf Wade einen Blick zu und nickte kurz. »Komm, wir können mit dem Kontrollpanel anfangen.«

»Hört sich gut an. Ma'am, es war schön, Sie kennenzulernen.«

»Ganz meinerseits.« Auch wenn er ihre Nerven zum Flattern brachte.

Die Männer gingen weg, und Alice konnte nicht anders, als sich umzudrehen und ihnen nachzuschauen. Wade Kaczmarek hatte einen netten Hintern.

KAPITEL
Drei

»Oh, das gefällt mir.« Daisy spähte durch die Windschutzscheibe.

Alice parkte das Auto und starrte auf das zweistöckige Handwerkerhaus aus der Jahrhundertwende. Ihr gefiel es auch. Die hellgelbe Verkleidung und die weiße Verzierung waren sauber und fröhlich. Gepflegte Blumenbeete prahlten mit ordentlich gestutzten Sträuchern und Frühlingsstauden, die dem Vorderhaus Farbkleckse in Lila, Rosa und Rot verliehen.

»Lass uns nachsehen, ob das Innere dem Äußeren entspricht.« Sie stellte den Motor ab und stieg aus dem Auto, während sie einen Blick auf die Maklerin, Lorraine Newman, warf, die von ihrem Fahrzeug herüberkam.

»Was denken Sie?« Die Frau schob ihre Sonnenbrille hoch und lächelte.

»Es ist niedlich. Ist das Innere genauso schön?«

»Größtenteils. Es könnte in einigen Räumen etwas Modernisierung vertragen, aber es ist bewohnbar.«

Alice verzog den Mund. Jetzt war sie ein wenig nervös. »Okay. Schauen wir mal.«

Lorraine führte den Weg den Gehweg hinauf und nahm den Schlüssel aus dem Schlüsselsafe an der Tür, um sie hineinzulassen. Alice trat über die Schwelle und zuckte zusammen.

»Wow.« Daisy trat hinter ihr ein. »Jemand mag wirklich Gelb.«

»Das stimmt allerdings«, murmelte Alice. Die Tür öffnete sich zum Wohnzimmer, und die Wände waren in einem hellen, fast neongelben Ton gestrichen. Die grellen weißen Stores, die vor den Fenstern hingen, taten wenig, um die Farbe zu mildern. Auch nicht die honigfarbenen Einfassungen. Streichen wäre das Erste auf ihrer Liste, wenn sie dieses Haus kaufen würde. Zum Glück war das eine einfache Lösung.

»Ich stimme zu. Die Farbe ist etwas abschreckend, aber die Grundsubstanz des Hauses ist großartig.« Lorraine trat weiter hinein. »Es hat noch all seine natürlichen Holzarbeiten. Die Böden sind neuer, aber immer noch aus Hartholz. Lasst uns in die Küche gehen.« Sie zeigte einen kurzen Flur hinunter am hinteren Teil des Raumes hinter der Treppe.

Alice folgte ihr und betete, dass die Küche nicht in einer Zeitschleife steckte oder in einer ebenso schockierenden Farbe gestrichen war. Den Atem anhaltend, trat sie aus dem Flur. Strahlend weiße Schränke begrüßten sie, aber die Wände waren in einem sanfteren Gelb, ähnlich wie das Äußere des Hauses. Sie war immer noch kein Fan, aber sie konnte damit leben, während sie sich um das Wohnzimmer kümmerte. Die Geräte waren neu, und die Fliesen auf dem Boden ergänzten die Schränke und Wände.

»Das ist viel besser«, sagte Daisy.

»Ja.« Alice sah sich um. »Ich bin immer noch kein Fan von Gelb, aber es ist nicht so schlimm.«

»Gut.« Lorraine zeigte auf eine Tür auf der linken Seite des Raumes. »Das Esszimmer ist dort drüben.«

Alice ging in diese Richtung. »Noch mehr Gelb.« Es war die gleiche Farbe wie in der Küche, aber es hatte auch weiße Täfelung und Hartholzböden.

»Ist das ganze Haus gelb?«, fragte Daisy, als sie der Maklerin zurück ins Wohnzimmer folgten.

»Ja. Ich denke, das ist ihre Vorstellung von neutral. Der einzige Raum, der es nicht ist, ist das Kinderzimmer. Es ist rosa.« Sie hielt im Flur an. »Hier ist eine Gästetoilette.« Sie lehnte sich hinein und schaltete das Licht an.

Alice steckte den Kopf hinein. Es war ein einfaches Gästebad - und ebenfalls in dem grellen Gelb des Wohnzimmers gestrichen.

»Lasst uns nach oben gehen.« Lorraine führte sie die Treppe hinauf zu den drei Schlafzimmern und dem Vollbad, die sich im zweiten Stock befanden.

Weitere Gelbtöne begrüßten sie, keiner so laut wie im Wohnzimmer. Das kleine Mädchenzimmer war in einem blassen Kaugummirosa gestrichen. Alice fand es toll für ein Kinderzimmer, aber für sie müsste es auch neu gestrichen werden.

»Ich lasse Sie ein bisschen herumgehen. Schauen Sie sich auf jeden Fall den Garten und die Garage an. Beides ist sehr schön.« Lorraine ging zur Treppe. »Wenn Sie mich brauchen, bin ich vorne.« Sie ging weg und ließ Alice und Daisy allein.

»Also, was denkst du?«, fragte Daisy, als die andere Frau außer Hörweite war.

»Ich denke, es braucht viel Farbe. Aber die Grundsubstanz ist schön. Ich mag all die originalen Holzleisten.«

»Ich auch.«

»Lass uns den Garten anschauen.« Alice führte den Weg die Treppe hinunter und durch die Hintertür in der Küche zu einem anständig großen Grundstück. Ein 1,80 Meter hoher Holzzaun umgab das Anwesen, was Alice zu schätzen wusste. Sie plante, dass Knox' Kinder häufige Besucher sein würden, und es wäre schön, den Garten nicht erst einzäunen zu müssen.

Auf dem Rückweg nach vorne steckten sie ihre Köpfe in die Garage. Alice gefiel das Haus, aber so viel zu streichen würde eine Menge Arbeit erfordern. Sie war sich nicht sicher, ob sie ihren Sommer damit verbringen wollte, ihr Haus zu streichen. Nicht wenn sie und Sofie auch noch ein Ladenlokal vorzubereiten hatten. Der kleine Kunsthandwerksladen, den sie eröffnen wollten, würde viel ihrer Zeit in Anspruch nehmen.

Als sie um die Ecke des Hauses bogen, entdeckte sie die Maklerin auf der Veranda, das Telefon am Ohr. Die Frau lächelte ihnen zu und hob einen Finger. Sie beendete ihr Gespräch und steckte das Telefon ein.

»Und? Was denkt ihr?«

»Es braucht definitiv etwas Arbeit. Hauptsächlich Farbe. Gibt es andere Häuser mit dem Charme dieses hier, aber einer neutraleren Farbpalette?«

Lorraine wog den Kopf hin und her. »So in der Art. Ziemlich alles, was gerade in eurem Preisrahmen auf dem Markt ist, braucht irgendwelche Arbeiten. Lasst uns das Haus zwei Straßen weiter anschauen. Es ist altmodischer als dieses hier und nicht so fröhlich von außen, aber die Farben sind angenehmer für die Augen. Und es steht leer, sodass ihr früher einziehen könntet.«

Alice seufzte. Vielleicht sollte sie einfach ihr Geld sparen und vorerst in eine Wohnung ziehen. Oder ein Haus mieten. Dann könnte sie etwas Land kaufen und selbst bauen. Aber wollte sie das wirklich? Sie wollte sagen, dass sie nie wieder umziehen würde, aber wenn sie jemanden kennenlernen und heiraten würde, könnte es doch passieren. Es würde davon abhängen, wo er lebte und wo sie dann gemeinsam leben wollten.

Warum konnte dieser Prozess nicht einfacher sein?

Sie stieg ins Auto und folgte Lorraines Wagen durch die Nachbarschaft zum nächsten Haus. Es sah dem anderen ähnlich, aber die Außenseite brauchte etwas Zuwendung. Überwucherte Hecken säumten die Front unter den Fenstern, und der Gehweg war rissig und bröckelig. Die weiße Farbe blätterte zwar nicht ab, war aber etwas schmutzig.

»Sie hat recht. Von außen ist es nicht so schön.«

»Ja.« Alice stellte den Motor ab. »Aber wenn ich nicht jeden einzelnen Raum streichen muss, könnte es sich lohnen.«

Daisy kicherte und stieg aus. »Du könntest jemanden engagieren, um die Räume für dich zu streichen.«

Alice schloss ihre Tür und ging den Gehweg hinauf. »Stimmt. Vielleicht würde Asa mir ein paar seiner Rancharbeiter für einen Tag ausleihen.«

»Es würde nicht schaden zu fragen.«

Das war definitiv etwas, worüber sie nachdenken musste.

»Okay.« Lorraine hielt vor dem Haus inne. »Dieses Haus ist im Grunde wie das andere aufgeteilt. Viele Häuser in dieser Nachbarschaft wurden ungefähr zur gleichen Zeit gebaut. Es hat noch die ursprünglichen Holzarbeiten, ist aber mit Teppich ausgelegt. Ich glaube, darunter ist Hartholz, falls ihr es aufreißen wollt.« Sie rümpfte die Nase. »Was ihr wahrscheinlich sowieso tun werdet.« Sie nahm den Schlüssel aus dem Schlüsselsafe und steckte ihn ins Schloss.

Alice' Magen zog sich zusammen. Das verhieß nichts Gutes. Sie atmete tief durch und ging hinein. Der Geruch traf sie zuerst. Katzenurin - von dem, was nach fünfzig Katzen roch - und abgestandener Rauch.

»Oh je.« Daisy hielt sich die Nase zu.

»Das ist besser als das letzte?« Alice zog eine Augenbraue in Richtung Lorraine hoch.

Die Frau zuckte mit den Schultern. »Es ist nicht gelb. Und der meiste Geruch steckt im Teppich. Im Obergeschoss riecht es besser.«

»Dann lasst uns nach oben gehen.« Alice wartete nicht. Sie steuerte direkt auf die Treppe zu und ging hinauf, wobei sie den abgenutzten Teppich auf den Stufen bemerkte. Oben angekommen, sah sie sich um. Es roch hier tatsächlich besser - weniger nach Katzenurin. Aber der Geruch von abgestandenem Rauch blieb, und der Teppich war genauso schmutzig wie die Außenseite. Er müsste definitiv ersetzt werden.

»Was ist der Angebotspreis für dieses Haus?« Sie blickte zu Lorraine, die eine Zahl nannte. Alice nickte. »Gut. Ich bräuchte das Extra, um die Böden zu erneuern. Du bist sicher, dass darunter Hartholz ist?«

»Ziemlich sicher. Alle diese Häuser hatten Hartholzböden, als sie gebaut wurden. Ich kann mir nicht vorstellen, dass jemand sie herausgerissen hat, es sei denn, sie waren stark beschädigt. Es wäre nicht kosteneffektiv, die Bretter herauszureißen und dann Sperrholz-Unterboden für den Teppich zu verlegen.«

Alice nickte und wanderte ins Hauptschlafzimmer. Sie fragte sich, ob der Hausbesitzer etwas dagegen hätte, wenn sie eine Ecke des Teppichs in den Zimmern anheben würde, um nachzusehen.

Sie verließ den Raum und machte eine schnelle Runde durch die anderen Schlafzimmer, die denen im anderen Haus sehr ähnlich waren. Das Badezimmer brauchte einige Aktualisierungen - vor allem einen neuen Waschtisch - aber die Fliesen an den Wänden und am Boden gefielen ihr.

Lorraine bedeutete ihnen, ihr zurück ins Erdgeschoss zu folgen, und bog dann in den kurzen Flur zur Küche ein. Die Wände waren weiß, die Schränke aus roter Eiche. Abgenutztes und schmutziges Linoleum klebte an ihren Schuhen, als sie hineinging.

»Ich glaube, dieses Haus ist ein klares Nein.« Alice rümpfte die Nase. »Du sagtest, es sei altmodisch, aber du hast nicht erwähnt, dass es schmutzig ist.« Selbst hier konnte sie noch den schwachen Geruch von Ammoniak wahrnehmen. »Ich habe heute Morgen auf der Ranch einen der Brandinspektoren getroffen, als er ein neues Brandunterdrückungssystem im Fohlenstall überprüfte. Er erwähnte einige schöne Immobilien zum Verkauf im Norden. Was kannst du mir darüber sagen?«

»Oh.« Lorraine runzelte leicht die Stirn. »Sie sind etwas teurer. Und einige brauchen etwas Arbeit. Aber nicht wie dieses hier.« Sie nannte einen Betrag, der an der obersten Grenze von Alice' Budget lag.

»Ich würde sie trotzdem gerne sehen. Ich habe nicht vor, in nächster Zeit irgendwohin zu gehen, also macht es mir nichts aus, so hoch zu gehen. Ich möchte mich in meinem Zuhause wohlfühlen.«

»In Ordnung, dann. Folgt mir.« Lorraine drehte sich auf dem Absatz um und führte sie zurück durch das Haus. Nachdem sie abgeschlossen hatte, stiegen sie in ihre Autos und fuhren quer durch die Stadt.

Alice betrachtete die Häuser in der Straße überrascht, als sie in die Nachbarschaft einbogen. Sie waren nicht das, was sie erwartet hatte. »Pine Ridge hat eine viktorianische Seite?«

Daisy grinste. »Wunderschön, nicht wahr?«

Ein Lächeln erhellte Alice' Gesicht, als sie parkte. Sie beeilte sich, aus dem Auto zu kommen. »Ja! Der Inspektor hat den Stil gar nicht erwähnt. Nur, dass sie schön seien.« Sie starrte zu dem beige-cremefarbenen viktorianischen Haus hinauf, vor dem Lorraine angehalten hatte. Sein Giebeldach und die breite Veranda sprachen sie an. Es war ihr egal, dass die Farbe an einigen Stellen abblätterte oder dass die Landschaftsgestaltung etwas Arbeit brauchte. Bei so einem Haus würde sie die Außenseite sowieso streichen. In hellen, lebendigen Farben.

»Es stehen zwei Häuser in der Nachbarschaft zum Verkauf. Dieses hier ist das günstigste, und es steht leer.« Lorraine nannte ihr den Preis. Er lag dreißigtausend Dollar unter ihrer Obergrenze.

»Das ist nicht schlecht.« Es war immer noch vierzigtausend mehr als die anderen beiden Häuser, aber für ein viktorianisches Haus war ihr das egal. Sie ging den Gehweg hinauf. *Bitte kein ekelhafter Teppich oder Katzenuringeruch.*

Lorraine öffnete die Tür, und Alice trat ein, das Herz vor Aufregung in der Kehle bei dem Gedanken, was sie vorfinden würde. Glänzende Holzböden und dunkle Holzvertäfelungen begrüßten sie. Die Wände waren alle in Cremefarben gehalten. »Oh, Gott sei Dank.« Alice ging tiefer ins Innere. Da es leer stand, ließen die viereinhalb Meter hohen Decken und die Weite des leeren Bodens es viel größer erscheinen, als es war, aber die Räume waren dennoch nicht klein. Und das Licht war fantastisch. Sonnenlicht strömte durch die oberen Buntglasfenster und warf Regenbogenfarben im leeren Raum.

»Dieser Ort ist unglaublich.« Daisy drehte sich im Kreis und hielt dann inne, um Lorraine anzusehen. »Warum hast du uns nicht zuerst hierher gebracht?«

»Ich fange immer am unteren Ende der Preisspanne an und arbeite mich nach oben, es sei denn, der Kunde möchte irgendwo Bestimmtes beginnen.«

Alice war es egal, wie die Maklerin vorging; sie war nur froh, jetzt hier zu sein. Und sie wartete nicht auf eine geführte Tour. Sie ging den Flur entlang, der neben der Treppe vor ihr verlief, und fand die Küche. Ihr Mund klappte auf, als sie zur Decke blickte. Genauso hoch wie der Rest des Erdgeschosses war sie mit Zinnkacheln bedeckt.

Daisy keuchte hinter ihr. »Oh! Diese Decke ist unglaublich!«

»Das ist sie.« Alice riss ihren Blick davon los, um den Rest des Raumes zu betrachten. Dunkelgrüne Schränke mit polierten Messinggriffen säumten den größten Teil der Wandfläche. Eine weiße U-Bahn-Fliesen-Rückwand verlief um den gesamten Raum über Quarzarbeitsplatten, und an den wenigen Stellen, an denen die Wände sichtbar waren, ging die weiße Farbe nahtlos in die Fliesen über. Breite Holzdielen und Edelstahlgeräte rundeten den Raum ab. Sie schlenderte hinüber, um den sechsflammigen Edelstahlherd mit Doppel-backofen zu bestaunen. Er stand Daisys Herd in nichts nach. Oh, hier könnte sie Spaß haben.

Sie drehte sich um und blickte durch die Französischen Türen. Sie ließen eine Fülle von natürlichem Licht herein. Genauso wie die großen Fenster über der Kupferspüle.

»Wie Sie sehen können, wurde dieser Bereich kürzlich reno-viert. Ebenso wie die Badezimmer«, sagte Lorraine.

»Die würde ich gerne sehen.« Aber nicht, bevor sie die Spei-sekammer und den Hauswirtschaftsraum überprüft hatte. Sie ging zur Speisekammertür und öffnete sie, wieder staunend über die vom Boden bis zur Decke reichenden Regale.

»Oh mein Gott. Ich glaube, Asa und ich müssen ein Gespräch über unsere Küche führen.« Daisy schaute über ihre Schulter.

Alice kicherte und sah sie an. »Und er hat mir gesagt, ich solle *dich* nicht dazu bringen, *mich* zu einem Renovierungsobjekt zu überreden.«

Daisy lachte. »Wer hätte gedacht, dass dieser Ausflug nach hinten losgehen würde für ihn.« Ihre Augen schweiften wieder über die leeren Regale. »Aber ich brauche diese Speisekammer. Meine platzt aus allen Nähten.«

Sie traten zurück, und Alice schloss die Tür und wandte sich zu Lorraine. »Was ist falsch an diesem Haus?«

Die Frau runzelte die Stirn. »Was meinen Sie?«

»Es steht leer und wurde kürzlich renoviert. Warum ist der Preis so niedrig?« Für ein Haus dieser Größe in diesem Zustand hätte Alice erwartet, dass es weit außerhalb ihrer Preisklasse liegt.

»Es ist wirklich nichts falsch daran. Das einzige echte Problem ist die Heizungsanlage. Sie ist älter.« Sie hob die Hände. »Sie funktioniert noch, aber nicht gut. Sie müsste wirklich ersetzt werden. Und es gibt keine Zentralklimaanlage.«

Alice runzelte die Stirn. »Das ist alles? Kein verstecktes Ungeziefer- oder Schimmelproblem?«

Lorraine schüttelte den Kopf.

»Keine uralte Verkabelung? Oder korrodierte Rohrleitungen?«

Wieder schüttelte die Frau den Kopf. »Glauben Sie mir. Hier

in der Gegend macht eine schlechte Heizungsanlage den Verkauf schwierig.«

»Warum haben sie sie dann nicht erneuert, als sie die Küche und die Badezimmer modernisiert haben?«, fragte Daisy.

»Ihnen ist das Geld ausgegangen. Dieses Haus ist ein Flip, und die Besitzer sind neu in dieser Art von Geschäft. Sie haben die Dinge nicht in der richtigen Reihenfolge gemacht oder für Überraschungen budgetiert und mussten die Heizungsanlage so lassen, wie sie ist, damit sie die anderen Renovierungen abschließen konnten. Wie gesagt, sie funktioniert noch, aber sie ist auf den letzten Drücker und nicht sehr effizient.«

»Na ja, das macht wohl Sinn.« Und sie könnte definitiv eine neue Heizungsanlage einbauen lassen. Sie sah sich um und suchte nach Lüftungsöffnungen, sah aber stattdessen Heizkörper. Ein Stirnrunzeln überzog ihr Gesicht. Das war nicht gut. Das bedeutete, dass der Einbau einer Zentralklimaanlage komplizierter sein würde als nur das Austauschen des Geräts. »Okay. Lass uns den Rest des Hauses ansehen.«

»Sicher.« Lorraine deutete auf den Flur.

Sie besichtigten den Rest des Hauses, aber Alice sah keine Überraschungen. Es sei denn, man zählte die riesige Klauenfuß-Badewanne im Hauptbadezimmer dazu. Sie war eine wahre Schönheit.

Als sie in den Keller gingen, verstand sie besser, warum das Haus zu einem günstigen Preis angeboten wurde. Der Heizkessel war wirklich uralt. Sie war sich nicht sicher, ob sie sich sicher fühlte, ihn zu benutzen. Wenn sie dieses Haus kaufen würde, würde sie ihn definitiv vor dem Winter austauschen lassen. Den Warmwasserboiler auch. Er hatte ein zwanzig Jahre altes Datum darauf geschrieben. Das Einzige, was sie sonst noch störte, war das Alter des Stromkastens. Lorraine sagte, das Haus hätte keine elektrischen Probleme, aber sie wäre interessiert zu sehen, was ein Inspektor dazu sagen würde.

»Okay. Ich glaube, ich habe genug gesehen. Können wir uns die andere Immobilie in dieser Nachbarschaft ansehen?« Alice wandte sich an die Maklerin.

»Natürlich können wir das. Und wir können zu Fuß gehen, wenn Sie möchten. Es ist gleich um die Ecke.«

»Gerne.« Alice sah Daisy an und warf ihr einen neugierigen Blick zu, während sie auf ihre Beine schaute. »Ist das okay für dich?«

Daisy winkte ab. »Mir geht's gut. Lass uns gehen.«

»Na dann.« Alice drehte sich auf dem Absatz um und ging nach oben.

Draußen führte Lorraine sie den Bürgersteig entlang und um die Ecke, wo sie vor einem weiteren viktorianischen Haus anhielten. Dieses war etwas kleiner, aber viel stattlicher. Strahlend weiß hatte es eine komplizierte Schnitzerei entlang der gesamten Dachlinie. Eine Veranda-Schaukel hing von den Dachsparren und schwang leicht im Wind. Weitere Schnitze-reien an der Fliegengittertür luden sie ein, einzutreten.

»Das ist wirklich niedlich, Alice. Das Äußere dieses Hauses gefällt mir besser als das des anderen Hauses.« Daisy sah sich auf der Veranda um, als sie die Stufen hinaufstiegen.

»Die Verzierungen sind toll, ja. Wie viel kostet dieses hier?«

Lorraine blickte zurück, als sie den Schlüssel ins Schloss steckte, und nannte den Preis. Er lag fünftausend über ihrem Budget.

Alice verzog das Gesicht. Dieses Haus müsste perfekt sein, wenn sie es zu diesem Preis in Betracht ziehen sollte.

Die Maklerin öffnete die Tür, und Alice und Daisy folgten ihr hinein. Wie das andere Haus hatte es ebenfalls hohe Decken und eine Fülle von natürlichem Licht. Es hatte nicht die Buntglasfenster des anderen Hauses, und alle Verzierungen waren weiß gestrichen worden. Es war jedoch schön eingerichtet. Das Haus fühlte sich bewohnt an, und sie hatte keine Probleme damit, sich vorzustellen, wie ihre eigenen Möbel in den Räumen passen würden.

»Die Küche und das Esszimmer sind dort drüben, und es gibt ein Gäste-WC und ein Arbeitszimmer den Flur hinunter.« Lorraine zeigte auf eine Tür links, dann auf einen Flur rechts.

»Lass uns zuerst die Küche ansehen.« Alice war sich nicht sicher, ob irgendetwas die Küche des anderen Hauses toppen könnte.

Im Esszimmer hielt sie inne, um alles in sich aufzunehmen. Der Raum war zweifarbig gestaltet, oben in einem dunklen Lavendel gestrichen und unten mit weißen quadratischen Paneelen versehen. Ein Nussbaumtisch mit passenden Stühlen stand in der Mitte des Raumes unter einem Messing- und Kristalllüster. Eine dazu passende Vitrine stand an einer Wand und ein Buffet an der anderen unter dem Fenster.

»Schön«, sagte Daisy.

Das war es. Aber Alice wollte immer noch die Küche sehen, also ging sie weiter und blieb kurz vor der Schwelle stehen. Sie war kleiner als im anderen Haus, was sie nicht überraschte. Das ganze Haus war kleiner. Wie die andere Küche hatte sie hohe Decken, aber keine Blechkacheln. Die Schränke waren weiß und die Wände in einem sanften Blau gehalten. Weiße Fliesen mit einem grauen Blattmuster bedeckten den Boden und ergänzten die Quarzarbeitsplatten. Sie verfügte auch über neue Edelstahlgeräte und Französische Türen, die in den Garten führten. Der Herd war allerdings nicht so fancy wie im anderen Haus.

»Dir gefällt das andere besser, oder?«, fragte Lorraine mit einem wissenden Lächeln im Gesicht.

Alice schenkte ihr ein verlegenes Lächeln. »Ja. Trotz seiner Probleme hatte dieses Haus viel Charakter. Dieses hier auch, aber es hat durch das viele Weiß etwas von seinem alten Flair verloren.« Sie deutete auf die Zierleisten um die Fenster und Türen.

»Möchtest du den Rest sehen?«

»Ja. Ich denke, ich möchte ein Angebot für das andere Haus machen, aber für den Fall, dass es dort mehr Probleme gibt, als wir jetzt wissen, hätte ich gerne eine Alternative.«

»In Ordnung, dann lasst uns nach oben gehen.« Die Frau wirbelte herum und führte sie durch das Esszimmer zurück zur Treppe.

Der erste Stock war mehr vom Gleichen. Weiße Zierleisten, modern. Es hatte einfach nicht den Charakter des anderen Hauses.

»Also, dir gefällt das andere viktorianische Haus besser?«, fragte Lorraine und schirmte ihr Gesicht vor der Sonne ab, als sie vor dem Haus standen.

Alice nickte. »Ja.«

»Okay. Lass uns zu den Autos zurückgehen und in mein Büro fahren, um die Details des Angebots zu besprechen.«

»Klingt super.« Sie schlenderten den Bürgersteig entlang und um die Ecke zu ihren Autos.

»Das ist eine tolle Nachbarschaft«, sagte Daisy, als sie ins Auto stieg.

»Ja.« Alice schnallte sich an und startete den Wagen. »Ich sehe viele Schaukeln in den Gärten und Fahrräder in den Einfahrten. Es sieht ruhig und sicher aus.« Sie fragte sich nur, ob es vielleicht zu viel Haus für sie war. Als Single-Frau brauchte Alice nicht wirklich so viel Platz. Aber es wäre schön für die Zeiten, wenn Knox' Kinder bei ihr übernachteten. Sie plante, sie nach Strich und Faden zu verwöhnen, solange sie konnte. Und vielleicht würde sie eines Tages all diese Räume mit eigenen Kindern füllen.

In der Innenstadt parkte sie vor Lorraines Büro und sie gingen hinein. Es dauerte nicht lange, die Details des Angebots auszuarbeiten. Alice beschloss, zehntausend unter dem Angebotspreis zu bieten und abzuwarten, was sie sagten. Lorraine versprach, es heute Nachmittag zu verschicken.

»Also, Mittagessen?«, fragte Alice, als sie in den Sonnenschein hinaustrat und Daisy ansah.

»Klar. Wir können Sara besuchen gehen.«

»Hört sich gut an für mich.«

»Es ist nur ein paar Blocks die Straße runter, also können wir laufen.«

Das passte Alice. Es war ein schöner Tag.

Schon nach wenigen Minuten waren sie in Sarafinas Diner. Alice lief das Wasser im Mund zusammen bei den köstlichen Gerüchen. Burger und Brathähnchen mit einem Hauch von Kuchen.

»Hey.«

Alice schaute zum Fenster in der Wand hinter der Theke und sah Saras lächelndes Gesicht.

Daisy winkte. »Hi. Alice hat ein Angebot für ein Haus abgegeben, und jetzt haben wir Hunger.«

»Das ist aufregend! Sucht euch einen Platz, und ich komme in ein paar Minuten raus, um alles darüber zu hören.«

»Okay.« Daisy zeigte ihr einen Daumen nach oben und drehte sich dann um, um einen Platz im Diner zu finden. »Hast du eine Vorliebe, wo wir sitzen?«

»Nein. Überall außer an der Theke.« Die Sitzboxen oder die Esszimmerstühle waren bequemer als ein Barhocker.

»Da drüben?« Daisy zeigte auf einen Tisch am Fenster.

»Gerne.«

Sie schlängelten sich durch die Tische und setzten sich. Eine Bedienung erschien und reichte ihnen lächelnd die Speisekarten.

»Hi, Daisy.«

»Hi, Rachel. Das ist meine Freundin Alice.« Sie neigte den Kopf. »Obwohl ich dich wohl auch meine Schwägerin nennen könnte. Oder die Schwester meines Schwagers. Sofie ist jetzt technisch gesehen meine Schwägerin, seit ihre Mutter Asas Vater geheiratet hat.« Sie wedelte mit der Hand und öffnete ihre Speisekarte. »Wie auch immer. Du gehörst zur Familie.« Sie grinste Alice an und dann hoch zu Rachel.

»Schön, dich kennenzulernen«, bemerkte die andere Frau mit einem Lächeln.

»Dich auch«, sagte Alice.

»Also, wisst ihr schon, was ihr bestellen möchtet?«

»Ich schon, ja. Alice?« Daisy sah über den Tisch zu ihr.

»Oh. Ich sollte wohl einen Blick in die Speisekarte werfen.« Sie öffnete den Ordner und überflog ihn schnell. »Ich nehme das Truthahn-Bacon-Avocado-Panini.«

Rachel notierte es. »Daisy?«

»Das Gleiche.«

»Möchtest du einen Schokoladen-Milchshake?«

»Jep.«

»Oh, das klingt gut. Ich nehme auch einen.« Alice gab Sara ihre Speisekarte.

»Okay. Ich bin gleich mit euren Bestellungen zurück.« Sie nahm die Speisekarten und ging.

»Also, wie viel Ärger werde ich mit Asa bekommen?«, warf Alice Daisy ein schelmisches Grinsen zu.

Daisy kicherte. »Gar keinen. So sehr ich auch die Speisekammer haben möchte, die dieses Haus hat, es gibt keine Möglichkeit, sie in unsere Küche einzubauen, ohne größere Renovierungen vorzunehmen. So sehr will ich sie dann doch nicht.«

Die Glocke über der Tür erklang, und Alice blickte hinüber. Ihr Gehirn setzte aus, als sie den Mann erkannte, der hereinkam. Es sprang wieder an und ließ ihren Herzschlag in die Höhe schnellen. Sie wandte sich ab und betete, dass er sie entweder nicht sah oder nicht herüberkommen würde. Wade Kaczmarek ließ ihr Inneres sich anfühlen wie Wackelpudding. Und obwohl sie seine Statur und sein hübsches Gesicht zu schätzen wusste, mochte sie den Schwarm Schmetterlinge nicht besonders, der durch ihre Gefühle tobte. Es war beunruhigend.

»Oh, das ist Wade.« Daisy hob einen Arm und winkte.

Alice unterdrückte ein Stöhnen. So viel zum Ignorieren. Sie blickte auf, als er vor ihrem Tisch stehen blieb.

»Hi, Wade.« Daisy schenkte ihm ein strahlendes Lächeln. »Hat sich das Brandschutzsystem bewährt?«

»Hallo. Ja, das hat es. Diese hübsche Stute und ihr Baby sind sicher in dieser Scheune untergebracht.«

»Gut. Wir haben gerade bestellt. Möchtest du dich zu uns setzen?«

Alice' Magen machte einen Salto bei dem Gedanken, einen so engen Raum mit dem Mann zu teilen. Würde das gleiche Kribbeln, das sie bei seinem Händedruck gespürt hatte, zurückkehren, wenn sie zufällig gegen ihn streifte, während er ihr gegenüber oder neben ihr saß?

»Danke für die Einladung, aber ich kann nicht bleiben. Ich bin nur gekommen, um das Sandwich abzuholen, das ich bestellt habe. Ich muss zurück ins Büro. Wie lief die Haussuche?«

Es entstand eine Pause und Alice wurde klar, dass er mit ihr sprach.

»Oh, äh, es lief gut. Ich habe ein Angebot für eines der Häuser abgegeben, die du mir empfohlen hast.«

»Wirklich? Welches?«

»Das beige-cremefarbene viktorianische Haus.«

Er nickte kurz. »Das ist ein tolles Haus. Es gehörte jahrzehntelang einem älteren Ehepaar. Bevor sie beide starben und es an ein Paar verkauft wurde, die zum ersten Mal ein Haus renovieren. Sie haben ein paar Container gefüllt und dann eine Menge neuer Sachen reingebracht. Ich habe das Innere allerdings noch nicht gesehen.«

Das ließ Alice aufhorchen. Sie sah ihn neugierig an. »Fährst du oft daran vorbei?«

»Das könnte man so sagen. Ich wohne direkt nebenan. Das blaue viktorianische Haus mit dem weißen Zierrat.«

Ihre Augenbrauen schossen in die Höhe. Er kam ihr nicht wie jemand vor, der in einem viktorianischen Haus wohnen würde. »Du wohnst in einem alten viktorianischen Haus?«

Sein Lächeln war amüsiert. »Meine Tochter fand, es sähe aus wie ein Märchenhaus und hat sich sofort darin verliebt. Ich konnte ihr den Wunsch nicht abschlagen.«

»Oh.« Er hatte eine Tochter? Bedeutete das, dass er auch verheiratet war? Sie sah keinen Ring, aber das musste nichts heißen. Asa trug seinen kaum. Knox auch nicht. Beide sagten, es wäre sicherer. Besonders wenn sie mit Maschinen arbeiten mussten.

Rachel ging vorbei und unterbrach Alices Gedanken, als sie Wade begrüßte. »Dein Sandwich liegt an der Theke. Gib mir nur eine Minute, dann kassiere ich dich ab.«

»Okay, danke.« Er nickte und lächelte sie an.

Sie ging weiter, ein Tablett mit Essen auf der Hand balancierend.

Wade wandte sich wieder ihnen zu. »Ich sollte mich besser anstellen. Daisy, schön dich zu sehen. Alice, ich schätze, wir werden uns öfter sehen, wenn wir Nachbarn werden.«

Alice nickte. »Ich schätze schon.« Sie zwang sich zu einem Lächeln und hoffte, dass es ihre Augen erreichte. Sie war sich nicht sicher, wie sie sich dabei fühlte, so nah bei diesem Mann zu wohnen. Dann verdrehte sie innerlich heftig die Augen. Was machte das schon? Er war wahrscheinlich verheiratet. Diese Tatsache würde es ihr leicht machen, die Schauer zu vergessen, die er durch ihren Körper jagte.

Er winkte und ging weg. Alice gab ihr Bestes, ihm nicht nachzustarren, und erinnerte sich daran, dass er tabu war. Aber es war verdammt schwer, nicht hinzusehen. Er sah von hinten genauso gut aus wie von vorn. Diese Cargohose umhüllte seinen Hintern gerade genug, dass sie die Muskeln bei jeder Bewegung spielen sah.

Daisys leises Kichern zog Alices Aufmerksamkeit auf sich.

»Was?« Sie runzelte die Stirn über ihre Freundin.

»Sag nicht ›Was‹ zu mir. Er bringt deine weiblichen Teile dazu, aufzuwachen und Notiz zu nehmen.« Daisy grinste über den Tisch.

Alices Wangen wurden knallrot und sie rutschte auf ihrem Sitz herum. »Was bringt dich darauf?«

»Oh, bitte. Du sprichst mit einer Frau, die bis vor kurzem in deinen Schuhen steckte.«

»Meinen Schuhen?«

Daisy nickte. »Asa hat mich von Anfang an heiß und bothered gemacht. Ich habe es natürlich geleugnet, aber es änderte nichts an der Tatsache, dass er meine Unterwäsche allein durch sein Betreten des Raums in Brand setzte. Das tut er immer noch, nur stört es mich jetzt nicht mehr.« Sie grinste anzüglich. »Und du könntest es viel schlechter treffen, weißt du. Wade ist ein guter Kerl. Er und Asa sind seit ihrer Kindheit befreundet.«

»Ich erinnere mich, ihn bei der Hochzeit gesehen zu haben, aber damals hatte er nicht die gleiche Wirkung auf mich wie jetzt. Ich verstehe nicht ganz warum.«

»Damals war er noch verheiratet. Getrennt, aber verheiratet.«

Alice sah hinüber und sah ihn zur Tür hinausgehen. Nun, zumindest würde sie nicht nach dem Ehemann einer anderen Frau schmachten. »Weißt du, was passiert ist?«

»Seine Ex-Frau ist eine dumme, egoistische Schlampe.«

Mit weit aufgerissenen Augen drehte sich Alice zu ihrer Freundin um. »Wow. Nimm kein Blatt vor den Mund.«

Daisy verdrehte die Augen. »Es stimmt. Sie hat ihn mit drei kleinen Kindern sitzen lassen. Entschied, dass sie keine Mutter oder Ehefrau mehr sein wollte. Ich kenne nicht die ganze Geschichte, nur das, was Asa mir erzählt hat, nachdem Wade es ihm erzählt hatte. Aber ich weiß, dass er sein Bestes für seine Kinder tut.«

Alice runzelte die Stirn. »Also hat sie keinen Kontakt zu ihnen?«

»Nein.«

Sie schüttelte den Kopf. »Ich kann mir nicht vorstellen, meine Kinder zu verlassen, wenn ich welche hätte. Es würde mir das Herz zerreißen.«

»Mir auch. Aber wie gesagt, ich kenne nicht die ganze Geschichte.«

Als Alice wieder aus dem Fenster sah, beobachtete sie, wie ein Feuerwehr-SUV vom Parkplatz fuhr. Sie fühlte sich immer noch wild zu dem gutaussehenden Inspektor hingezogen. Aber jetzt packte sie die Neugier darüber, was für ein Mann - was für ein Vater - er war.

Sie runzelte die Stirn und sah weg. Die Anziehung, die sie spürte, war ihr unangenehm. Nicht weil er ihr unheimlich war, sondern weil ihre Gefühle stärker waren als alle, die sie je für einen Mann empfunden hatte, den sie gerade erst kennengelernt hatte. Sie wusste nicht, was sie davon halten oder wie sie damit umgehen sollte. Das sofortige Knistern war etwas, mit dem sie noch nie zu tun gehabt hatte. Und zu wissen, dass er ein alleinerziehender Vater von drei Kindern war, half ihr auch nicht weiter. Wenn überhaupt, verwirrte es sie nur noch mehr. Ja, sie war bereit, eine Familie zu haben, aber wollte sie eine, die schon fertig war? Würde er mehr Kinder wollen? Denn sie wollte ein eigenes Baby.

Alice unterdrückte ein Schnauben. Warum dachte sie überhaupt darüber nach? Sie hatte zwei kurze Gespräche mit dem Mann geführt und stellte sich schon ihre Zukunft vor? Sie verdrehte die Augen über sich selbst und seufzte. *Reiß dich zusammen, Alice.*

Aber als sie Rachel anlächelte, die mit ihren Bestellungen erschien, konnte sie nicht anders als sich zu fragen, was passieren würde, wenn sie auf ein Date gingen. Wohin würde das führen? Würden seine Kinder es gutheißen?

Sie hatte keine Antworten und war sich nicht sicher, ob sie sie jemals haben würde. Eines war jedoch sicher. Ihr Umzug nach Pine Ridge brachte schon jetzt Schwung in ihr langweiliges Leben.

»Papa!«

Wade grinste, als seine fünfjährige Tochter Bronwyn ihn erblickte, als sie durch die Hintertür des Hauses seiner Eltern kam. Sie rannte mit ausgestreckten Armen auf ihn zu.

»Hey, Knirps.« Er gab ihr einen schmatzenden Kuss auf die Wange, als er sie hochhob. »Hattest du einen schönen Tag bei Oma und Opa?«

Sie nickte. »Ja. Oma und ich haben nach der Schule Kekse gebacken. Haferflocken-Rosinen.« Ein Stirnrunzeln ließ ihre dunkelbraunen Augen zusammenziehen. »Ich dachte, ich würde sie nicht mögen, weil Obst drin ist, aber sie sind lecker.« Sie zappelte in seinen Armen, um runtergelassen zu werden. »Willst du einen?«

Er setzte sie auf ihre Füße. »Jetzt nicht, Schätzchen. Aber wir können ein paar mit nach Hause nehmen. Ich esse einen nach dem Abendessen.«

»Okay.«

»Und, wie war die Schule?« Bronwyn war in ihrem letzten Vorschuljahr. Er konnte nicht glauben, dass sie im Herbst in die erste Klasse kommen würde.

Sie zuckte mit den Schultern, und die Stirn legte sich wieder in Falten, diesmal jedoch nachdenklich. »Wir haben gemalt. Unsere Familie. Ich wusste nicht, ob ich Mami mit ins Bild malen sollte. Ich habe es getan, aber sie steht am Rand.«

Wades Herz zog sich bei dem Schmerz in der Stimme seiner Tochter zusammen. Dann wallte Wut in ihm auf. Er unterdrückte sie. Es brachte nichts, wenn er sich über Emily aufregte. Sie hatte ihre Entscheidung getroffen und ihn mit den Folgen zurückgelassen. Er war entschlossen, das Beste daraus zu machen und sicherzustellen, dass seine Kinder auch ohne sie ein glückliches und erfülltes Leben führten.

»Das klingt gut, Schätzchen. Du kannst sie so einbauen, wie du möchtest. Bist du fertig zum Gehen? Wo sind dein Bruder und deine Schwester?« Er sah sich um, aber das Wohnzimmer und die Küche waren leer.

»Sie sind hinten im Garten bei Oma und Opa.« Sie deutete mit dem Daumen zur Schiebetür. »Ich bin reingekommen, um mir einen Saft zu holen.«

»Ach so. Na dann, hol dir deinen Saft, während ich deine Geschwister hole, okay?«

»Okay.« Sie hüpfte davon, und er ging durch die Tür in den Garten.

»Hallo, Schatz.«

Er blickte zu seiner Mutter Peg hinüber, die in einem Gartenstuhl an einem Tisch saß. Sie hatte die 18 Monate alte Elise auf dem Schoß. Das Kleinkind hielt ein Plastiktelefon und drückte eifrig auf die Knöpfe, um verschiedene Geräusche zu erzeugen.

»Hi, Mom.« Er schaute in den Garten. Sein dreijähriger Sohn Henry kickte einen Fußball mit seinem Opa hin und her.

»Wie war die Arbeit?«

Er setzte sich neben sie. Elise schenkte ihm ein zahniges Lächeln und krabbelte über Pegs Schoß zu ihm. Er gab seiner Tochter ein breites Lächeln und hob sie hoch, wobei er eine Reihe von schmatzenden Küssen auf ihre Wange drückte. »Hallo, mein Schatz.«

»Dada!« Sie hielt ihr Spielzeug hoch und brabbelte ihn an.

Lächelnd nickte er zustimmend und beantwortete dann die Frage seiner Mutter. »Es war okay. Wie immer viel zu tun.« Seine Gedanken schweiften zu seinem Aufenthalt in der Stone Creek und der wunderschönen blonden Granate, die er dort kennengelernt hatte, Alice Duvall. Wenn es je eine Frau gab, die aussah, als gehöre sie in einen Schönheitswettbewerb, dann war sie es. Mit ihren blonden Haaren, blauen Augen und ihrer großen, kurvigen Figur könnte sie glatt als Barbie-Double durchgehen. Er erinnerte sich an sie von Asa und Daisys Hochzeit, aber nicht an diese intensive Anziehung. Das war neu. Und beunruhigend.

»Was ist passiert?«

»Hm?« Er blinzelte und konzentrierte sich auf seine Mutter. »Was meinst du? Es ist nichts passiert.«

»Aha. Und woher kommt dann plötzlich diese Stirnfalte?«

»Oh. Ich habe nur an jemanden gedacht, den ich kennengelernt habe.« Er fluchte innerlich. Warum hatte er das gesagt? Das würde sie nur ermutigen, Fragen zu stellen.

Peg musterte ihn einen Moment lang, dann breitete sich ein Lächeln auf ihrem Gesicht aus. »Eine Frau?«

»Wer sagt denn, dass es eine Frau war?« Er räusperte sich und konzentrierte sich auf Elise, die er auf seinem Knie schaukeln ließ. Verdammt, wann würde er es endlich lernen? Oder besser noch, wann würde er es jemals schaffen, seinen Gesichtsausdruck vor ihr zu verbergen?

»Das Funkeln in deinen Augen hat es mir verraten.«

Er verdrehte die Augen, konnte sich ein Lächeln aber nicht verkneifen. »Okay, ja. Es war eine Frau. Alice Duvall. Knox Duvalls Schwester. Sie ist gerade hergezogen und war in der Scheune, die ich heute Morgen in der Stone Creek inspiziert habe.« Er ließ seinen Blick über den Garten schweifen, ohne wirklich etwas wahrzunehmen, während er an das dachte, was er heute sonst noch erfahren hatte. »Wir werden anscheinend vielleicht Nachbarn.«

»Oh, wirklich? Wie das?«

»Sie erwähnte, dass sie auf Haussuche sei, und ich erzählte ihr, dass es im Norden der Stadt ein paar schöne Häuser gibt.« Warum er das getan hatte, wusste er selbst nicht. Die Worte waren ihm herausgerutscht, bevor er sie aufhalten konnte. »Ihr gefiel das alte Coulson-Haus und sie hat ein Angebot dafür abgegeben.«

Ein breites Lächeln breitete sich auf Pegs Gesicht aus. »Wirklich? Das klingt ja toll. Wie ist sie so? Ähnlich wie ihr Bruder?«

Er wippte Elise wieder auf und ab, während er über Alices hübsches Gesicht und ihre ruhige Art nachdachte. »Ja, ich denke schon. Sie sehen sich ähnlich. Sie ist ziemlich groß. Ruhig.« Allerdings lag in ihren Augen eine Lebendigkeit, die verriet, dass sie, sobald man sie näher kennenlernte, nicht mehr so zurückhaltend sein würde. »Ich habe nicht lange mit ihr gesprochen, also kann ich dir nicht viel mehr sagen.«

Bronwyn kam heraus und rettete ihn vor weiteren Nachfragen.

»Was gibt's zum Abendessen, Papa?«

»Pfannkuchen.«

Ihre Augen leuchteten auf. »In Micky-Maus-Form?«

»Gibt es denn noch andere?«

Sie kicherte.

»Kommt.« Er stand auf und hielt Elise fest. »Wir sollten nach Hause fahren, damit ich anfangen kann.« Außerdem würde seine Mutter, wenn er länger bliebe, sicher weitere subtile Fragen über Alice stellen. Es spielte für sie keine Rolle, dass er wirklich kein Interesse daran hatte, sich mit einer Frau einzulassen. Sie dachte, er bräuchte eine - dass seine Kinder eine Mutter bräuchten. Für ihn kamen sie vorerst gut alleine zurecht. Er hatte keine Lust, sich wieder für solchen Herzschmerz zu öffnen, und er würde verdammt sein, wenn er seine Kinder dem aussetzte.

Also, egal wie sehr seine Mutter ihn mit der schönen Alice Duvall verkuppeln wollte - oder wie sehr sein Körper bei ihrem Anblick in Alarmbereitschaft versetzt wurde - er war an nichts weiter als Freundschaft interessiert. Punkt.

»Henry. Zeit zu gehen, Kumpel.«

Der Junge drehte sich bei der Stimme seines Vaters um und lief zu ihm. »Hi, Papa.«

»Hey, Kleiner. Geh und schau nach, ob du alle deine Sachen hast. Es ist Zeit, nach Hause zu fahren.«

»Wir essen Pfannkuchen zum Abendessen!«, verkündete Bronwyn.

Henry jubelte. »Oh, super!« Er rannte ins Haus, um seinen Rucksack zu holen.

»Ich glaube, du hast ihnen gerade den Tag gerettet.« Wades Vater Bill kam lächelnd auf sie zu.

Wade erwiderte sein Lächeln. »Pfannkuchen machen jeden Tag zu einem Gewinn.«

»Das stimmt.« Bill sah seine Frau an und wackelte mit den Augenbrauen.

Peg schnaubte. »Wir essen auch Pfannkuchen, oder?«

Er lachte. »Du bist die Köchin. Ich esse alles, was du machst.«

Sie verdrehte die Augen. »Ich schwöre, du nimmst Unterricht bei Henry mit diesen Hundeaugen.« Sie schnaubte wieder. »Na gut. Wir können Pfannkuchen essen.«

Bills Lächeln wurde breiter.

Wade lachte und beugte sich vor, um seiner Mutter einen Kuss auf die Wange zu geben. »Danke, dass ihr auf die Kinder aufpasst. Ich suche immer noch nach jemandem, der für Shelby einspringen kann, aber ich habe bisher kein Glück. Vielleicht habe ich mehr Optionen, wenn die Schule für dieses Jahr zu Ende ist.« Seine reguläre Babysitterin, Shelby Nicholas, war vor etwas mehr als einer Woche von einem Pferd gefallen und hatte sich das Bein gebrochen und das Handgelenk verstaucht, sodass er bis zu ihrer Genesung keine zuverlässige Kinderbetreuung hatte. Zum Glück waren seine Eltern eingesprungen.

Peg winkte ab. »Es macht mir nichts aus. Es war lustig, sie um uns zu haben. Es bringt deinen Vater dazu, das Schließen des Ladens jemand anderem zu überlassen und früher nach Hause zu kommen.« Sie stieß Bill in den Bauch.

Bill tat so, als würde er grunzen und rieb sich die Stelle. »Irgendjemand muss ja mit Henry Fußball spielen. Und ich denke, dass wir, auch wenn du einen Ersatz für Shelby findest - und selbst wenn sie zurückkommt - weiterhin einen Teil der Kinderbetreuung übernehmen sollten.« Er sah Peg an und hob eine Augenbraue.

Sie strahlte und nickte. »Ja, ich stimme zu. Wir würden sie gerne öfter hier haben. Ich denke, das ist eines der guten Dinge, die aus Emilys Weggang entstanden sind. Es hat dich nach Hause gebracht. Was mich betrifft, sind sie jederzeit willkommen, wenn sie vorbeikommen möchten.«

»Ich weiß, aber ich möchte eure Rente nicht dadurch beeinträchtigen, dass ich euch ständig um Babysitting bitte.«

»Unsinn. Dafür sind Großeltern da. Und es ist ja nicht so, als ob wir für immer Vollzeit-Babysitter sein werden. Shelby wird zurückkommen.«

»Wenn ihr euch sicher seid?« Wade würde seinen Eltern für immer dankbar sein für ihre Unterstützung im letzten Jahr. Er war in den paar Jahren davor nicht der beste Sohn gewesen. Erst als Emily ging, erkannte er es, aber sie hatte ihn im Laufe ihrer Ehe subtil von seiner Familie entfernt, in dem Versuch, sie in Nashville zu halten. Aber Pine Ridge war sein Zuhause, und er hatte es vermisst. Seine ganze Familie war hier. Ihre auch – was davon übrig war, jedenfalls – aber das schien ihr egal zu sein. Alles, was sie wollte, war Glanz und Glamour. All die Dinge, die das Ehefrau- und Muttersein nicht waren.

»Wir sind uns sicher«, antwortete Bill für seine Frau.

Wade nickte kurz. »Ich würde trotzdem gerne jemanden finden, der einspringen kann. Ich weiß, dass ihr andere Verpflichtungen und Dinge habt, die ihr nicht einfach wochenlang zurückstellen könnt. Sobald ich jemanden gefunden habe, können wir besprechen, wie oft ihr die Kinder haben wollt und welche Tage am besten passen.«

»Das klingt großartig.« Peg streckte sich, um ihm einen Kuss auf die Wange zu geben, dann gab sie Elise einen. Die Kleine kicherte und beugte sich vor, um Peg einen schmatzenden Kuss auf die Wange zu drücken. Peg lächelte das kleine Mädchen an und blickte dann zu Wade auf. »Wir sehen uns am Sonntag in der Kirche?«

Er nickte. »Wir werden da sein.« Das war noch etwas, das er geändert hatte, seit Emily gegangen war und sie nach Hause gezogen waren. Sie war nach und nach nicht mehr in die Kirche gegangen und hatte sogar Henry und Elise zu Hause behalten. Bronwyn hatte allerdings einen heiligen Aufstand gemacht und darauf bestanden, mit Wade zu gehen. Er war sich sicher, dass das nur ein weiterer Keil war, der zwischen sie getrieben wurde.

Wade sah Elise an. »Sag Tschüss zu Oma und Opa.«

Elise winkte mit einer molligen Faust und grinste. »Tschüss-tschüss.«

Peg ergriff ihre Hand und küsste sie. »Bis später, Schätzchen. Sei brav für Papa.«

»Wir bringen euch raus«, sagte Bill und scheuchte sie alle nach drinnen. »Wir wollen uns von Wyn und Henry verabschieden.«

Sie gingen hinein, wo seine älteren beiden Kinder gerade fertig packten. Henry hatte seinen Rucksack und seine Jacke, während Bronwyn auf einem Hocker stand und Kekse in einen Zip-Beutel packte. Sie grinste verlegen zu ihrer Oma, als sie hereinkamen.

»Papa hat gesagt, wir dürfen welche mit nach Hause nehmen.« Sie zuckte mit den Schultern.

Wade lachte und sah seine Mutter an. »Das habe ich. Sie sagte, sie hätte beim Backen geholfen.«

Peg lächelte. »Das ist schon in Ordnung. Ich wollte euch sowieso welche mitgeben.« Sie ging hinüber und hob das Mädchen vom Hocker, um sie auf den Boden zu setzen. »Hast du auch welche für mich und Opa übrig gelassen?«

Bronwyn kicherte. »Ja.«

»Gut.« Sie küsste den Scheitel des Mädchens.

Wade lächelte und scheuchte die Kinder zur Tür. Peg reichte ihm Elises Wickeltasche und Bronwyns Schulkunstprojekt.

»Danke, Mom.«

»Gern geschehen. Habt einen schönen Abend. Wir sehen uns am Sonntag.«

»Werden wir.« Er winkte und ging zum Auto. Bronwyn schnallte sich selbst an, während er Elise und Henry sicherte. Er kletterte auf den Fahrersitz, legte seinen Gurt an und legte den Rückwärtsgang ein. »Okay. Lasst uns Pfannkuchen machen gehen.«

Bronwyn und Henry jubelten. Elise klatschte wegen der Aufregung ihrer Geschwister, was Wade zum Lächeln brachte. Er rollte aus der Einfahrt seiner Eltern, hupte kurz und fuhr nach Hause.

KAPITEL
Fünf

Das Summen von Stimmen erfüllte den Gemeindesaal der Kirche nach dem Sonntagsgottesdienst. Alice nippte an einem Glas Punsch, während sie an der Wand stand und die Leute beobachtete. Sie kannte nur ihren Bruder und dessen Familie, aber alle, denen sie vorgestellt worden war, schienen freundlich zu sein.

Ihr Blick wanderte zur anderen Seite des Raumes, wo Wade stand und das niedlichste kleine blonde Mädchen hielt, das sie je gesehen hatte. Nun ja, abgesehen vielleicht von ihrer älteren Schwester, die in der Kinderecke mit ihrem Bruder und ein paar anderen Kindern spielte, darunter Alice' Nichte Olive. Sie hatte ihn mit allen drei Kindern gesehen, als er den Gemeindesaal betrat, bevor die beiden älteren schnurstracks zu den Spielsachen liefen. Jetzt unterhielt er sich mit einem älteren Paar, das sie für seine Eltern hielt. Der Mann hatte eine auffallende Ähnlichkeit mit Wade.

»Alice.«

Sie riss ihren Blick von Wade und seiner Familie los, als sie Sofie ihren Namen rufen hörte. Sie schaute hinüber und sah, wie die andere Frau ihr zuwinkte. Alice ging zu ihr hinüber.

»Ich möchte dich jemandem vorstellen. Das ist Cynthia Hughes. Unser Pfarrer ist ledig, also leitet sie sozusagen alle Frauenaktivitäten in der Kirche.« Sie deutete auf eine Frau in den Sechzigern, die neben ihr stand.

»Hallo.« Alice streckte ihre Hand aus.

Cynthia lächelte und schüttelte sie. »Schön, Sie kennenzulernen.«

»Ganz meinerseits.«

»Ich habe Cynthia von deinem Hintergrund erzählt und dass du im Herbst die neue Kunstlehrerin an der Grundschule sein wirst. Sie meinte, du solltest etwas mit den Sonntagsschülern machen.«

»Oh. Sicher. Das kann ich machen. Das klingt nach Spaß.« In ihrem Kopf gingen sofort die Bibelschulbasteleien durch, die sie in der Vergangenheit gemacht hatte. »Was lernen sie gerade?«

»Wir folgen normalerweise dem, was Pastor Rick macht, damit die Kinder die gleiche Lektion bekommen wie die Erwachsenen. So können die Eltern es zu Hause mit ihren Kindern besprechen und das, was die Kinder in der Sonntagsschule gelernt haben, mit dem verstärken, was sie aus der Predigt mitgenommen haben.«

»Okay. Das klingt toll. Solange Sie mir ein paar Tage geben, damit ich mir eine Idee und Materialien überlegen kann, sollte ein Kunstprojekt kein Problem sein.«

»Wunderbar.« Cynthia lächelte. Sie öffnete die kleine Handtasche, die über ihrer Schulter hing, und nahm ihr Handy heraus. »Warum geben Sie mir nicht Ihre Telefonnummer, und ich rufe Sie später in dieser Woche an.«

Alice ratterte ihre Nummer herunter, und Cynthia tippte sie in ihr Handy ein.

»Ich bin gespannt, was Sie sich einfallen lassen. Wir versuchen es zwar, aber keine von uns ist die beste Künstlerin der Welt. Und die Lehrerin, die Sie ersetzen, geht nicht in diese Kirche.« Sie blickte weg und winkte jemandem zu. »Alice, es war schön, Sie kennenzulernen. Wenn Sie mich bitte entschuldigen würden?«

»Natürlich.« Sie lächelte und sah zu, wie die ältere Frau davoneilte, um mit jemand anderem zu sprechen. »Sie scheint beschäftigt zu sein.« Sie blickte zu Sofie.

»Oh ja. Cynthia Hughes ist eine Macht, mit der man rechnen muss. Aber sie ist super nett. Also, wie gefällt dir unsere kleine Kirche?«

»Sie ist nett. Alle waren sehr einladend.« Sie warf einen Blick über die Gemeindemitglieder und dann zurück zu ihrer Schwägerin. »Wie gefällt sie dir? Knox sagte, du seist katholisch aufgewachsen, aber das hier ist eine protestantische Kirche.«

»Es ist anders, aber ich bin schon lange nicht mehr zur Messe gegangen. Noch als ich mit Lance verheiratet war. Er wollte nicht in der katholischen Kirche heiraten und wollte auch nicht, dass ich ohne ihn in die Kirche gehe, also hörte ich irgendwann ganz damit auf. Wenn ich doch ging, dann in seine Kirche. Als Knox vorschlug, dass wir eine Kirche finden und wieder hingehen sollten, sahen wir uns um und gingen sogar in die katholische Kirche in der Stadt. Aber diese hier fühlte sich wie ein Zuhause an.«

Sofie legte eine Hand auf ihren Bauch und verzog das Gesicht.

»Geht es dir gut?«

»Ja. Ich bekomme nur Hunger. Wenn ich zu lange warte mit dem Essen, wird mir übel. Ich bin gerade an diesem Punkt.«

»Na dann, lass uns Knox finden und ihn dazu bringen, dich zum Mittagessen auszuführen.« Sie wusste, dass ihr Bruder einen Blick auf das grünliche Gesicht seiner schwangeren Frau werfen und sie sofort aus der Tür schaffen würde.

»Ich weiß, wo er ist. Aber ich muss zuerst Olive holen.« Sie nickte in Richtung ihrer Tochter.

»Warum holst du ihn nicht? Ich kümmere mich um Olive.«

»Bist du sicher?«

»Natürlich.«

»Okay. Wir treffen uns dann am Auto, wenn das passt?«

»Das ist in Ordnung.« Alice scheuchte sie weg. Sofie nickte und ging los.

Alice drehte sich auf dem Absatz um und bahnte sich ihren Weg durch die Menge zur Kinderecke. »Olive.«

Das dunkelhaarige Mädchen blickte auf.

»Hey, es ist Zeit zu gehen, Schätzchen.«

»Schon? Wir haben gerade erst angefangen zu spielen.« Sie schaute zu Wades Tochter. »Das ist Bronwyn. Sie ist in meiner Vorschulklasse.«

Alice lächelte und wackelte mit den Fingern. »Hi. Ich bin Olives Tante, Alice.«

Das Mädchen lächelte. »Hallo.«

»Schön, dich kennenzulernen. Leider muss Olive ein andermal weiterspielen.« Sie wandte sich wieder Olive zu. »Deine Mama ist bereit fürs Mittagessen, also müssen wir los.«

Olive seufzte, protestierte aber nicht. »Okay.« Sie blickte zu ihrer Freundin. »Wir sehen uns in der Schule.«

Alice streckte Olive die Hand entgegen. Das Mädchen ergriff sie, und Alice drehte sich um, blieb aber abrupt stehen, als sie vor einer Wand aus Mann stand. »Oh!« Sie blickte zu Wade Kaczmareks Gesicht auf. Er hielt immer noch das blonde Kleinkind.

Wades freie Hand schoss vor, um ihren Ellbogen zu fassen und sie zu stabilisieren, als sie auf ihren Absätzen zurückwich. »Tut mir leid. Ich wollte Sie nicht erschrecken.«

»Schon okay. Ich habe nicht gemerkt, dass Sie hinter mir standen.«

Er blickte zu Olive hinunter. »Hey, Olive.«

»Hallo, Herr Katsch-rack.«

Alice unterdrückte ein Grinsen, als Olive seinen Nachnamen verhunzte. Wade versuchte es auch, scheiterte aber. Ein Mundwinkel hob sich, und er warf ihr ein amüsiertes Lächeln zu.

»Auf dem Weg zum Mittagessen?«

»Ja. Ich weiß noch nicht wohin, aber ich weiß, dass es bald Essen geben wird.«

»Bei uns auch. Mama hat wie immer sonntags ein Festmahl zubereitet.« Er blickte an ihr vorbei. »Wyn, Henry, es ist Zeit zu gehen.«

Es gab ein Geklapper von Blechpfannen und Plastikessen, als die Kinder die Spielsachen wegräumten.

Alice zog an Olives Hand und schaute zu dem Mädchen hinunter. »Wir sollten uns beeilen, bevor deine Mama vor Hunger wütend wird.«

Olive kicherte. »Ja. Das Baby macht das oft mit ihr.«

Lächelnd blickte Alice zu Wade. »Es war schön, Sie wiederzusehen.« Sie schaute zu seinen Kindern. »Und es war schön, euch kennenzulernen. Ich bin sicher, wir sehen uns noch öfter.« Sie hoffte nur, dass es in einem Klassenzimmer sein würde und nicht so sehr mit ihrem teuflisch gutaussehenden Vater. Er brachte ihre Hormone in Wallung. Mit diesem Baby auf dem Arm könnte sie ohne Raketenschub zum Mond fliegen.

»Komm, Ol.« Sie holte tief Luft. »Deine Eltern warten auf uns.« Mit einem Nicken führte sie Olive weg. An der Tür konnte sie nicht anders, als zurückzublicken. Wade hielt immer noch das kleine Mädchen, aber jetzt hielt er auch die Hand des kleinen Jungen, während sie bei seinen Eltern standen. Bronwyn umkreiste sie, hüpfte auf den Fußballen auf und ab und spielte Kuckuck mit ihrer Schwester.

Sie trat durch die Tür und verfluchte sich dafür, noch einmal hingesehen zu haben. Jetzt hatte sich das Bild von ihm als fürsorglichem Vater in ihr Gehirn gebrannt.

KAPITEL

Sechs

Alice parkte ihren SUV vor dem Schaufenster, das sie und Sofie für ihre neue Boutique gemietet hatten. Aufregung durchströmte sie. Es würde ihr erster Besuch drinnen sein. In den letzten paar Tagen hatte sie einige Essentials ausgepackt und sich einfach eingelebt, um sich nach dem Stress des Umzugs zu entspannen. Aber jetzt war sie bereit, das Gebäude zu sehen, das Sofie ausgesucht hatte.

Sie ging zur Tür und zog sie auf, trat in den schummrigen Innenraum.

»Hi.« Sofie tauchte hinter der Theke auf.

»Was machst du da hinten?« Sie schlenderte weiter in den Raum und sah sich um. Der Raum war schön. Alle Wände waren hellgrau, außer der hinteren, die aus Ziegeln bestand. Die Theke brauchte etwas Auffrischung. Das cremefarbene Laminat war mehr als trist. Sie hoffte, sie könnten es mit Holz umwickeln und beizen.

»Der Internettyp war heute früher hier. Mein Schwangerschaftsgehirn hat vergessen, den Computer mitzubringen, also hat er sein Tablet benutzt, um sicherzugehen, dass es läuft. Ich habe gerade alle Kabel eingesteckt, damit der Computer Internetzugang hat.«

»Oh. Das ist toll.«

»Ja. Jetzt können wir anfangen, das Inventar einzugeben und es mit unseren anderen Geräten zu synchronisieren. Und wir bekommen Echtzeitberichte über Verkäufe, sobald wir eröffnen. Also, möchtest du eine Führung?«

»Natürlich.«

Sofie lächelte und kam hinter dem Schreibtisch hervor. »Hauptraum, offensichtlich. Knox wird an dieser ganzen Wand Regale bauen.« Sie deutete auf die Wand zu Alices Rechten. »An dieser Wand«, sie drehte sich um, »werden die Kunstdrucke sein. Wir könnten noch mehr Regale hinzufügen. Ich denke, es wird davon abhängen, wie viel Interesse wir von lokalen Malern bekommen.«

»Okay. Das klingt gut.«

»Knox baut auch eine Vitrine für deine Töpferwaren. Sie wird wie ein zweiseitiger Schrank aussehen. Ich dachte, wir könnten zusätzliches Inventar in den Schränken lagern.« Sie drehte sich um und zeigte auf die Kasse. »Dieses scheußliche Ding wird verschwinden.«

»Oh, Gott sei Dank. Es ist hässlich.«

Sofie lachte. »Stimmt, oder? Ich habe eine Schmuckvitrine gefunden, die ich an ihre Stelle setzen möchte, dann werden wir das Ende zu einer L-Form ausbauen mit Regalen darunter, um den Computertower und alles Mögliche unterzubringen, was wir an der Kasse brauchen.«

»Das funktioniert. Wie weit sind wir mit dem Inventar?«

»Ich denke, wir sehen großartig aus. Wir haben deine Töpferwaren und meinen Schmuck. Ich habe mit ein paar lokalen

Malern gesprochen, die gerne einige Stücke ausstellen würden. Außerdem wird Billy Jeffries einige Holzarbeiten beisteuern. Er macht wunderschöne Schmuckkästchen und Werkzeugkisten. Er könnte auch einige größere Stücke machen, wie Bilderrahmen und sogar Hoffnungstruhen. Wir brauchen noch einen Metallarbeiter, aber Jasper kennt jemanden. Und die Dame vom Bastelgeschäft, Ellen, ist tatsächlich eine tolle Näherin und macht Kleidung, also stellt sie eine Kollektion für uns zusammen, die wir hier führen können. Sie kennt auch eine Frau aus der Gegend, die ihr eigenes Papier herstellt und daraus Grußkarten macht. Ich habe morgen ein Treffen mit ihr, um darüber zu sprechen, dass sie eine kleine Ausstellung von Karten zusammenstellt - blanko und gestempelt. Wir können ein One-Stop-Shop für Geschenke sein.«

»Wow. Sofie, du hast in den letzten Monaten wirklich viel Arbeit geleistet.«

Sie zuckte mit den Schultern. »Wir waren mit dem Haus in einer Warteschleife, also hat mir das geholfen, meine Gedanken davon abzulenken, was dort vor sich geht, und den Bauunternehmer nach Updates zu fragen.«

»Trotzdem. Wir sind der Eröffnung viel näher, als ich in dieser Phase gedacht hätte.«

»Ja. Es ist ziemlich schnell zusammengekommen. Ich hoffe, wir können es vor der Geburt des Babys zum Laufen bringen.«

»Wir haben was? Fünf Monate?«

Sofie nickte.

»Ich denke, das ist machbar. Bei diesem Tempo könnten wir vielleicht schon Ende des Sommers eröffnen.«

Ein breites Lächeln erhellte Sofies Gesicht. »Das denke ich

auch.« Sie drehte sich auf dem Absatz um. »Komm. Ich zeige dir den hinteren Raum und den Keller.«

»Es gibt einen Keller?«

»Ja. Wir werden genug Platz für zusätzlichen Bestand haben.«

Sie gingen durch den Durchgang nach hinten. Alice schaute sich um. Es war ein ziemlich standardmäßiger Hinterraum. Der etwa sechs mal sechs Meter große offene Raum bot genug Platz für einige Tische. Am hinteren Ende des Gebäudes gab es zwei Türen.

Sofie zeigte auf eine. »Das ist das Badezimmer. Die daneben ist ein Büro.«

»Oh, das ist schön. Wir können Dinge abschließen.«

»Ja. Das hat mich eigentlich für diesen Ort begeistert. Der andere Laden, den ich mir angesehen habe, war etwas größer, hatte aber kein Büro. Ich denke, wir brauchen diesen Raum.«

Alice stimmte zu. Es gab einige Dinge - wie Personalakten und Handkasse -, die sie nicht für jeden zugänglich machen wollte.

»Das ist toll, Sof. Ich kann es kaum erwarten, anzufangen, Sachen reinzubringen und alles für die Eröffnung einzurichten. Was ist mit Personal? Ich werde nur abends und an Wochenenden arbeiten können, wenn die Schule anfängt.«

»Ich werde so viel arbeiten, wie ich kann, bis das Baby kommt. Meine Freundin Marci hat schon angeboten, während der Ladenöffnungszeiten auf das Baby aufzupassen, was großartig ist. Ich muss nicht weit gehen, um das Baby abzugeben. Es ist nur mein Mutterschaftsurlaub, den wir abdecken müssen. Wir könnten vielleicht einen Rentner über die Kirche finden.«

»Oh, das wäre ideal. Jemand, der nicht viele Verpflichtungen außerhalb hat und nur nach etwas zusätzlichem Taschengeld sucht. Es würde dir auch eine Pause verschaffen.«

Sofie nickte, während Alice sprach. »Das dachte ich auch. Ich werde mit Cynthia sprechen und sehen, ob ihr jemand einfällt, der die Stunden haben möchte.«

»Großartig.« Alice faltete die Hände vor der Brust und wippte auf den Füßen. »Ich bin aufgeregt!«

»Ich auch. So etwas gibt es in der Stadt nicht. Ich denke, es wird gut laufen.«

»Ich hoffe es.« Sie ließ ihren Blick noch einmal durch den Raum schweifen. »Hast du Lust, durch die Stadt zu laufen? Ich würde gerne einige der anderen Läden sehen. Sehen, was die anderen Ladenbesitzer machen.«

»Klar.« Sie deutete zur Tür. »Meine Handtasche ist unter der Theke.«

Alice folgte ihr nach vorne, dann nach draußen. »Welche Richtung?«

Sofie zeigte nach links. »In diese Richtung gibt es mehr.«

Die beiden Frauen schlenderten den Bürgersteig entlang und schauten in die Läden, an denen sie vorbeikamen. Alice fand mehrere Dinge, von denen sie wusste, dass sie sie für ihr Haus brauchen würde, nachdem sie sich eingerichtet hatte. Sobald sie ein Haus gekauft hätte, müsste sie in die Innenstadt zurückkommen und auf einen kleinen Einkaufsbummel gehen.

In einer eklektischen kleinen Boutique namens Secret Garden, zwei Blocks von ihrem Laden entfernt und gegenüber der Polizeistation, dachte Alice, sie sei im Himmel gelandet. Der Ort war ein Hotspot für Bohemian- und viktorianische Dekoration. Sie sah mehrere Vasen, die, wenn sie das viktoriani-sche Haus bekäme, auf den Kaminsims müssten.

Das Murmeln einer Kinderstimme und einer einsamen männ-lichen Stimme zog ihre Aufmerksamkeit auf sich, als sie sich dem hinteren Teil des Ladens näherte. Versteckt hinter all den Vintage-Waren befand sich eine durch und durch moderne Spielzeugabteilung. Sie bog um die Ecke und sah Wade mit seinem Sohn im Gang stehen. Sein Jüngster war in einer Tragetasche auf seiner Brust festgeschnallt.

»Oh, hallo.« Sie lächelte ihn und die Kinder an.

»Alice. Hallo.« Er erwiderte ihr höfliches Lächeln. »Das ist mein Sohn Henry. Und meine Jüngste, Elise.« Er zeigte auf den Jungen und strich dann mit der Hand über den blonden Kopf des Kleinkinds.

Sie winkte ihnen kurz zu. »Hallo.« Eine Unbehaglichkeit überkam Alice, als sie alle weiter dastanden und nicht viel sagten. Sie verlagerte ihr Gewicht und blickte zu Henry. Der Junge betrachtete ein hölzernes Lebensmittelset. »Das sieht spaßig aus.«

Er schaute zu ihr auf. »Es ist Pizza. Ich mag Pizza.« Eine Falte bildete sich auf seiner Stirn. »Papa, glaubst du, Stevie mag Pizza?«

»Ich bin sicher, das tut sie, Kumpel. Ist das, was du kaufen möchtest?«

Der Junge biss sich auf die Lippe. »Vielleicht.«

Wades Brust hob und senkte sich, als er einen Seufzer unter-drückte und zu Alice blickte. »Er wurde zu einer Geburtstags-party am Samstag eingeladen.«

»Ah. Und seine Freundin ist ein Mädchen? Habe ich das richtig verstanden?«

Wade nickte.

Alice hob einen Finger und kniete sich neben den Jungen. »Henry. Darf ich einen Vorschlag machen?«

»Okay.«

»Ist das eine Freundin aus der Schule?«

Er nickte.

»Denk darüber nach, womit sie gerne in der Schule spielt oder worüber sie spricht.«

Seine Stirn runzelte sich wieder. »Sie mag es zu malen. Und Kätzchen.«

»Okay, gut. Wie wäre es also, wenn wir nach Malbüchern oder etwas mit Katzen suchen?«

Seine Augen leuchteten auf, und er legte die Holzpizza zurück ins Regal, bevor er davoneilte. Alice richtete sich auf und schaute zu Wade, der sie mit einem amüsierten halben Lächeln ansah. »Ich glaube, Sie haben den Nagel auf den Kopf getroffen.«

Sie lachte. »Sieht so aus.«

Henry kam zurück und trug eine weiße Stoffkatze mit glitzernden rosa Augen und ein Malbuch mit Katzen auf dem Cover. Er reichte beides seinem Vater.

»Das möchtest du?« Wade hielt die Stoffkatze hoch und starrte in ihr weitäugiges Gesicht.

»Ja. Sie wird es lieben!«

»Okay. Warum holst du nicht noch eine Packung Buntstifte oder Filzstifte für das Buch?«

Der Junge lief wieder davon. Alice lächelte, als sie ihm nachsah.

»Danke.«

Sie wandte ihre Aufmerksamkeit Wade zu und wappnete sich für den Anflug von Anziehung, der sie jedes Mal traf, wenn sie ihn ansah. Besonders jetzt, wo er seine Tochter trug. Ein Mann, der ein Baby hielt - selbst wenn es eher ein Kleinkind als ein Baby war - war sexy. Und wenn der Mann schon von sich aus sexy war? Und alleinstehend? Nun, da war sie verloren.

Sie räusperte sich. »Wofür?«

»Dass du ihm geholfen hast, das richtige Geschenk zu finden. Ich kann für meine eigenen Kinder einkaufen, aber bei anderen komme ich immer ins Straucheln.«

»Oh, gern geschehen. Ich freue mich, dass ich helfen konnte.«

Sofie kam herüber und lächelte Wade an. »Hallo. Du bist Bronwyns Vater, oder?«

Er nickte. »Olives Mutter?«

»Das bin ich.«

»Wonach sucht ihr beiden denn? Für das neue Baby?« Er nickte in Richtung von Sofies Bauch.

»Nicht wirklich. Alice wollte nur ein bisschen stöbern. Sehen, was Pine Ridge so zu bieten hat.«

»Oh. Und gefällt es euch?«

Alice nickte. »Ja. Es gibt einige schöne Läden.«

Henry kam zurück und hielt eine Packung Duftmarker in der Hand. »Können wir die kaufen, Daddy? Das sind die, die nach was riechen.« Er kratzte an dem Aufkleber vorne und hob ihn dann an sein Gesicht, um daran zu schnuppern.

»Sicher.« Er warf Alice und Sofie einen Blick zu. »Wir müssen los. Es war schön, euch beide zu sehen.«

»Euch auch«, sagte Sofie.

Alice lächelte und winkte, als sie weggingen. Sie drehte sich nicht um, um ihnen nachzusehen. In eine Pfütze zu zerfließen beim Anblick seines jeansbedeckten Hinterns stand heute nicht auf ihrem Plan.

Sofie kicherte.

»Was?« Alice sah sie an.

»Glaub ja nicht, ich hätte nicht bemerkt, wie du ihn angesehen hast.«

»Und wie war das?« Sie nahm eine Packung Spielzeugessen und drehte sie um, um zu sehen, was alles darin war. Sie sollte ein paar Spielsachen für ihr neues Haus besorgen, damit Olive nicht einen Haufen von ihren mitbringen musste, wenn sie zu Besuch kam.

»Als ob du ihn von Kopf bis Fuß ablecken wolltest wie ein Eis.«

Alice spürte, wie ihre Wangen heiß wurden. »Du bildest dir was ein.«

»Nein, tue ich nicht. Was ich wissen möchte, ist, warum du es leugnest. Er ist Single. Du bist Single.« Sie verengte ihre Augen. »Magst du es nicht, dass er Kinder hat?«

»Was? Nein. Ich finde sie bezaubernd.«

»Sie bezaubernd zu finden und einen alleinerziehenden Vater daten zu wollen, sind zwei verschiedene Dinge.«

»Das weiß ich.«

Sofie hob eine Augenbraue.

Alice schnaubte. »Ich habe nichts dagegen, einen alleinerziehenden Vater zu daten.«

»Aber?«

»Kein Aber. Er verunsichert mich nur, das ist alles.« Ihre Augen weiteten sich und sie wedelte mit den Armen, als ihr klar wurde, wie das klang. »Nicht auf eine schlechte Art. Ich fühle mich nur - elektrisiert in seiner Nähe. So habe ich mich noch nie gefühlt. Es ist seltsam. Aufregend, aber seltsam.«

Sofie tätschelte ihre Schulter und lächelte. »Ignorier das nicht. Glaub mir. Es lohnt sich.«

Alice rümpfte die Nase. »Igitt. Ich will gar nicht wissen, woher du das weißt.«

Sofie lachte. »Ich verspreche, ich werde nicht ins Detail gehen.«

»Gut.« Alice kicherte, wurde dann aber ernst. »Es sind nicht nur diese Gefühle, die mich zurückhalten. Ich habe den Eindruck, er ist nicht interessiert.«

»Was? Mädchen, seine Augen haben all deine Kurven abgecheckt, als du nicht hingesehen hast. Mehr als einmal.«

»Echt?« Sie runzelte die Stirn.

»Ja. Aber ich verstehe, warum du das sagst. Er wirkt ein bisschen distanziert.«

Alice nickte. »Daisy hat mir erzählt, dass seine Frau sie verlassen hat. Alle.«

Sofies Augen weiteten sich. »Olive hat erwähnt, dass ihre Freundin Bronwyn keine Mutter hat, aber ich dachte, sie meinte, sie wäre gestorben.«

»Nö.«

»Das ist schrecklich. Jeder Elternteil - Mann oder Frau -, der einfach von seinen Kindern weggehen kann, ist eine besondere Art von egoistisch. Ich sollte es wissen. Ich war mit so einem verheiratet.«

Alice stimmte zu. »Jetzt verstehst du, warum ich nicht scharf darauf bin, heiß auf Wade Kaczmarek zu sein?«

Sofie nickte. »Ja. Ich werde nichts mehr sagen, außer dass ich denke, wenn deine Gefühle stark genug sind, solltest du nicht ewig damit warten. Du könntest genau das sein, was er und diese Kinder brauchen.«

Das war ein Gedanke, den Alice noch nicht in Betracht gezogen hatte. Sie stellte das Spielzeug zurück ins Regal und seufzte. Das musste sie sich durch den Kopf gehen lassen. Aber sie ging zu weit. Egal ob Sofie dachte, er sei von ihr angezogen oder nicht, sie hatte es nicht gesehen. Wenn Wade nicht interessiert war, spielte es keine Rolle, was Alice wollte.

KAPITEL
Sieben

W ade fluchte, als er aus seinem Truck stieg und den leeren Parkplatz bemerkte. Er war so spät dran. Er knallte die Tür zu und rannte in die Kirche. Er war gerade zu Beginn des Gottesdienstes zu einem Brandort gerufen worden. Zusätzlich zu seiner Tätigkeit als Brandschutzbeauftragter war er auch Ermittler. Es war ungewöhnlich, aber ihre Abteilung war klein, also trug er viele Hüte.

Normalerweise, wenn er an einem Wochenende Bereitschaftsdienst hatte, musste er nicht eilig zum Tatort, aber sein Chef dachte, dieser sähe verdächtig aus. Und da jemand bei dem Brand verletzt wurde, war die Zeit kritischer. Er war nur dankbar, dass Cynthia Hughes gesagt hatte, sie würde auf seine Kinder aufpassen, bis der Gottesdienst zu Ende war, damit er wenigstens schnell den Tatort begutachten konnte. Normalerweise wäre es kein Problem gewesen - er hätte einfach seinen Eltern Bescheid gesagt und sie hätten die Kinder genommen, aber sein Vater war krank, also waren er und seine Mutter zu Hause geblieben.

Er rannte durch die Türen des Gemeinschaftsraums und blieb stehen, ließ seine Augen sich anpassen, während er sich umsah. Er sah Cynthia nicht, aber er sah Alice Duvall. Sie saß auf einem Stuhl und hielt die schlafende Elise, während Bronwyn und Henry in der Nähe spielten.

»Hey.« Er ging durch den Raum.

»Hi, Daddy.« Henry stand auf und lief hinüber, um ihn zu umarmen. Bronwyn winkte von ihrem Platz aus und schenkte ihm ein breites Lächeln.

Er winkte zurück und hob Henry in seine Arme, während er den Raum durchquerte und sich noch einmal umsah. »Wo ist Cynthia?« Er schaute Alice an.

»Sie musste gehen. Ich glaube, sie hat versucht, dich anzurufen, konnte dich aber nicht erreichen, also habe ich angeboten, bei den Kindern zu bleiben.«

»Was?« Er setzte Henry ab, griff dann in seine Tasche und nahm sein Handy heraus, stöhnend, als es sich nicht einschaltete. »Verdammt. Mein Akku ist leer.«

»Hast du vergessen, es aufzuladen?«

»Nein. Ich brauche ein neues Handy. Ich hatte nur noch keine Gelegenheit, in den Laden zu gehen, um eines zu holen. Ich schätze, das steht morgen ganz oben auf meiner Liste. Danke, dass du geblieben bist. Ich weiß das zu schätzen. Ich habe versucht, mich zu beeilen, aber dieser Tatort - es war ein Chaos.« Sein Chef hatte Recht gehabt. Es war definitiv Brandstiftung. Wade fand mehrere Ausgangspunkte - alle von Benzin. »Ich bin immer noch nicht fertig damit.«

»Hast du jemanden, der auf die Kinder aufpassen kann?«

»Nein. Ich wollte einen der Feuerwehrleute bitten, bei ihnen zu sitzen, während ich meine Einschätzung beende. Ich habe einen Teil des Tatorts für die Spurensicherung freigegeben, damit sie mit der Bearbeitung beginnen können, aber es gibt noch mehr zu tun. Ich bin nur gegangen, weil ich hierher zurück musste und niemand anderen hatte, der die Kinder abholen konnte.« Er fuhr sich mit der Hand durch sein kurzes Haar und seufzte.

»Ich kann bei ihnen bleiben.«

»Was? Nein. Das kann ich nicht von dir verlangen. Sie werden im Auto mit einem meiner Kollegen in Ordnung sein.«

Der trockene Blick, den sie ihm zuwarf, hätte ihn normalerweise zum Lächeln gebracht, aber er war zu aufgewühlt, um in irgendetwas viel Humor zu finden.

»Du hast nicht gefragt. Ich habe es angeboten. Und es macht mir nichts aus. Solange es dir nichts ausmacht, dass ich in deinem Haus bin.«

»Es macht mir nichts aus. Bist du sicher?«

»Ja. Ich wollte heute Nachmittag nur an einiger Töpferware arbeiten, aber das kann ich auch später machen.«

»Wenn du sicher bist, dass es dir nichts ausmacht, wäre das großartig. Ich bin wirklich in der Klemme.« Er hasste es, um Hilfe zu bitten, aber er wusste, dass die Kinder zu Hause viel bequemer wären als im Auto, während er arbeitete. Außerdem brauchten sie Mittagessen.

»Ich bin sicher. Wie wollen wir das nun machen? Es wäre wahrscheinlich einfacher, wenn ich dir nach Hause folge. Dann musst du keine Kindersitze umsetzen.« Sie schaukelte weiter und rieb Elises Rücken, während sie sprach.

»Das klingt gut.« Er wandte sich seinen beiden älteren Kindern zu. »Bronwyn, Henry, es ist Zeit zu gehen.«

Die Kinder packten schnell die Spielsachen ein, die sie

herausgeholt hatten. Alice stand auf und hielt immer noch die schlafende Elise.

»Soll ich sie nehmen?« Wade deutete auf seine Jüngste.

»Nein. Sie ist gut so. Ich folge dir nach draußen. Könntest du meine Handtasche nehmen?« Sie nickte in Richtung ihrer Tasche auf dem kleinen Bücherregal neben den Spielsachen.

Er nahm die Ledertasche und führte Bronwyn und Henry nach draußen zu seinem SUV. Bronwyn kletterte auf den Rücksitz, während er Henry in seinen Sitz schnallte und Alice Elise in ihren setzte. Das Kleinkind bewegte sich, als es die Position wechselte, und rieb sich die Augen.

»Papa?«

»Ich bin hier, Schätzchen.« Wade streckte sich über die Sitze, um Elises Bein zu tätscheln. Das Mädchen zerrte an den Gurten.

»Papa!« Ihr Gesicht wurde rot und Krokodilstränen bildeten sich in ihren Augen.

Wade unterdrückte ein Stöhnen. Er hatte zu lange gewartet, um sie abzuholen. Elise neigte dazu, gereizt zu werden, wenn sie nicht pünktlich aß. Er befürchtete, dass sie nun den ganzen Weg nach Hause schreien würde.

Er überprüfte Henrys Gurt noch einmal, schloss dann die Tür und ging um das Auto herum. Elise kreischte von drinnen.

Alice begegnete ihm mit einem amüsierten Lächeln. »Viel Spaß auf der Fahrt nach Hause.«

»Ja. Sie braucht nur etwas Mittagessen und dann wird sie in Ordnung sein.«

»Nun, dann lass uns sie nach Hause bringen, damit ich sie füttern kann.«

Er nickte und öffnete die Fahrertür. Alice ging zurück zu ihrem Subaru und stieg ein. Wade tat sein Bestes, um die Schreie seiner Tochter auszublenden, während er nach Hause fuhr. Henrys Wimmern fügte sich der Kakophonie hinzu, verärgert darüber, dass seine Schwester so laut war. Bronwyn hielt sich die Ohren zu und schrie über den Lärm hinweg, Elise solle aufhören.

Das Auto stand kaum in der Einfahrt, als er ausstieg. Er öffnete Elises Tür und löste sie aus ihrem Sitz. »Wyn, kannst du bitte deinen Bruder abschnallen?«

»Klar.« Das Mädchen löste die Schnallen an Henrys Sitz und ließ ihn heraus. Wade wusste, er sollte beunruhigt sein, dass sie so gut darin war - sie war erst fünf -, aber heute war er dankbar dafür.

Bronwyn und Henry flitzten aus dem Auto und die Vorderstufen hinauf und ließen ihn im Staub stehen. Alice stieg aus ihrem Auto und warf ihm einen mitfühlenden Blick zu.

»Lass uns reingehen und einen Snack für sie finden. Ich glaube nicht, dass sie warten wird, bis das Mittagessen fertig ist.«

Wade stimmte zu. Er schloss die Tür auf und ließ sie eintreten, wobei er direkt zur Küche ging.

»Wo sind ihre Snacks?« Alice stellte ihre Handtasche auf die Theke und sah ihn an.

»In der Speisekammer.« Er zeigte auf eine Tür auf der anderen Seite des Raumes und setzte Elise in ihren Hochstuhl. Das Kleinkind bog den Rücken durch und schrie.

Alice eilte durch die Küche und riss die Tür auf.

»Nimm die Cheerios. Die mag sie.«

Sie kam mit der Schachtel heraus. »Wo sind deine Schüsseln?«

»Streu einfach ein paar auf das Tablett. Ich hole ihr etwas Milch.« Er bewegte sich zum Schrank, in dem er die Trinkbecher aufbewahrte, während Alice die Cerealien-Schachtel öffnete und einige auf das Tablett des Hochstuhls kippte.

Elises Schreie beruhigten sich zu Schluckauf, als sie eine Handvoll Cheerios aufhob. Wade atmete aus und füllte einen Trinkbecher mit Milch. Er schraubte den Deckel auf und stellte ihn dann mit den Cerealien auf das Tablett, bevor er sich den anderen Kindern zuwandte. »Wollt ihr beiden auch etwas Milch?«

Sie nickten beide.

»Ihr könnt auch je eine Packung Fruchtgummis haben. Oder einen Apfelmus.«

Die Kinder eilten in die Speisekammer. Wade goss ihnen jeweils etwas zu trinken ein und stellte die Becher auf den Tisch, als sie auf die Stühle kletterten.

»Was soll ich ihnen zum Mittagessen geben?«

Er wandte sich Alice zu. Sie stand an der Theke und sah in ihrem lavendelfarbenen Sommerkleid und weißen Pullover hübscher aus als sonst. Weiße Sandalen zierten ihre Füße. Ihr blondes Haar hing lose um ihre Schultern und ließ sie eher wie eine Studentin aussehen als eine Frau, die nur wenige Jahre jünger war als er. Sein Unterleib spannte sich an, und er presste die Zähne zusammen, um seinen Körper unter Kontrolle zu bringen. Er war nicht daran interessiert, eine Frau in seinem Leben zu haben, außer als Freundin. Egal wie schön und freundlich sie war.

»Ähm, Sandwiches sind in Ordnung. Oder Makkaroni mit Käse. Es sind einige Packungen in der Speisekammer.«

»Makkaroni mit Käse!« sagte Bronwyn und kniete sich auf ihrem Stuhl auf.

»Ja«, echote Henry. »Makkaroni mit Käse!«

Alice lächelte. »Die Massen haben gesprochen. Wir werden Makkaroni mit Käse machen.«

Beide Kinder jubelten. Elise klopfte auf ihr Hochstuhl-Tablett und reagierte auf den Enthusiasmus ihrer Geschwister.

Wade lächelte und beugte sich vor, um einen Kuss auf den Kopf des Kleinkinds zu drücken, bevor er sich aufrichtete, um Alice anzusehen. »Nochmals vielen Dank, dass du auf sie aufpasst. Ich weiß das wirklich zu schätzen.«

»Kein Problem. Wir werden Spaß haben. Nach dem Mittagessen denke ich, werde ich Bronwyn bitten, mir zu zeigen, wo du all deine Kunstsachen aufbewahrst, und wir werden irgendein Projekt machen.«

»Das klingt toll. Ich kann es kaum erwarten zu sehen, was sie machen.« Er blickte zu den älteren Kindern. »Ihr zwei seid brav für Frau Duvall, okay?«

»Okay, Papa.« Bronwyn nickte, als sie einen weiteren Schluck von ihrer Milch nahm.

Henry imitierte seine Schwester.

Wade wandte sich Alice zu. »Wenn du irgendetwas brauchst oder etwas passiert, ruf die Feuerwache an. Sie werden mich über Funk erreichen. Die Nummer ist in der Schublade neben dem Kühlschrank.«

»Okay. Ich bin sicher, wir werden gut zurechtkommen.« Sie machte eine scheuchende Bewegung. »Geh. Ermittle.«

Er lächelte und ging rückwärts zur Tür. »Nochmals vielen Dank.«

»Klar.«

Mit einer Handbewegung drehte er sich um und verließ die Küche in Richtung Haustür. Ein Teil seiner Anspannung ließ nach, als sein Körper mit seinem Geist aufholte. Die Kinder waren in guten Händen. Elise schlief nicht bei jedem ein.

Er atmete tief aus, verließ das Haus und stieg in sein Auto. Zeit, zur Arbeit zu gehen und einen Brandstifter zu fangen.

»D as!« Elise hielt Alice einen Löwenzahn hin.

»Ich sehe es. Willst du ihn auf deinen Schmetterling kleben?« Alice nahm die Blume und lächelte das Mädchen an.

Elise nickte. »Ja. Schmette-ling.« Sie kletterte auf den Terrassenstuhl vor ihrem Papier mit dem Umriss des Schmetterlings, den Alice gezeichnet hatte. Alle drei Kinder wollten nach dem Mittagessen draußen spielen, also ließ sie sie in den eingezäunten Hof zum Spielen. Sie mochte Wades Küche. Sie hatte ein großes Panoramafenster über der Spüle, das auf den Hinterhof hinausging. Sie konnte die Kinder im Auge behalten, während sie auf der Schaukel und im Sandkasten spielten.

Als ihre Energie etwas nachließ, hatte sie drei Blatt Papier gefunden und auf jedes einen Schmetterling gezeichnet. Dann sagte sie den Kindern, sie sollten Dinge aus dem Hof finden, um sie darauf zu kleben und den Umriss auszufüllen.

»Wo sollen wir den hinkleben?« Sie reichte Elise den Löwenzahn.

Das Mädchen legte ihn auf den Kopf des Schmetterlings.

»Das ist perfekt.« Alice öffnete die Kleberflasche und gab einen Klecks auf den Kopf. »Drück die Blume darauf.«

Mit ihren winzigen Fingern platzierte Elise die Blume auf dem Kleber und zerdrückte sie dann mit ihrer flachen Hand. Alice presste amüsiert die Lippen zusammen. Das Mädchen sah so stolz auf ihren zerquetschten Blumenkopf aus.

»Okay. Hüpf runter und such mehr Sachen für deinen Schmetterling.«

Elise ließ sich auf den Hintern fallen, drehte sich dann um, rutschte vom Stuhl und rannte zurück in den Hof. Henry und Bronwyn kamen mit Sachen angerannt, die sie auf ihre Schmetterlinge kleben wollten. Sie half ihnen beim Aufkleben, dann liefen sie los, um mehr Dinge zu finden, um ihre Papiere zu füllen.

»Das ist wirklich kreativ.«

Alice schrie auf und drehte sich um, eine Hand auf ihrer Brust über ihrem pochenden Herzen. Wade stand direkt vor dem Haus. »Oh mein Gott, du hast mich erschreckt!«

Er lächelte. »Tut mir leid. Das war nicht meine Absicht.«

Sie atmete aus und winkte ab. »Ich weiß. Ich hab dich nur nicht gehört.«

»Die sind toll.« Er trat vor, um sich die Schmetterlinge anzusehen. »Ich wäre nie auf so eine Idee gekommen.«

Alice zuckte mit den Schultern, ihr Herzschlag beschleunigte sich jetzt aus einem anderen Grund. Seine Nähe verwandelte ihren Körper in ein Stromkabel. »Kreativität ist sozusagen mein Ding.«

»So hab ich gehört. Asa hat mir erzählt, dass du ab diesem Herbst die neue Kunstlehrerin an der Grundschule bist. Er erwähnte auch, dass du mit deiner Schwägerin einen Laden in der Innenstadt eröffnest.«

»Ja, das stimmt.«

»Beschäftigte Dame.«

»Ich mag es nicht, untätig zu sein.« Ihr Gesicht verzog sich. »Was gerade irgendwie der Fall ist. Abgesehen davon, dass ich Keramik für den Laden herstelle, habe ich nicht viel zu tun, bis ich ein Haus kaufe. Der Laden wird frühestens Ende des Sommers eröffnet. Und ich kann nicht in meinem Klassenzimmer arbeiten, bis ein paar Wochen vor Schulbeginn. Ich drehe sozusagen für die absehbare Zukunft Däumchen.« Und es trieb sie in den Wahnsinn. Sie dachte, sie würde die erzwungene Pause genießen, aber sie war einfach nur unruhig.

Er blickte auf und musterte sie mit einem nachdenklichen Blick. »Das ist vielleicht nichts, was du überhaupt in Betracht ziehen würdest, aber wärst du bereit, mein Babysitter zu sein? Meine Stammbetreuerin ist vom Pferd gefallen und hat sich das Bein gebrochen. Sie fällt mindestens noch einen Monat aus.«

Alice' Rücken straffte sich. Babysitter? Sie war sich nicht sicher, ob es für sie besser wäre, in seiner Nähe zu sein, in seinem Raum zu sein, als die Unruhe, die sie jetzt plagte.

»Papa!« Bronwyn kam angerannt. »Hast du gesehen, was wir mit Alice gemacht haben?«

Wade lächelte seine Tochter an. »Ja, habe ich. Eure Schmetterlinge sind sehr hübsch.«

Alice schmolz dahin beim Anblick des großen, starken Feuerwehrmanns, der seine kleine Tochter anlächelte. Nein. Es wäre definitiv nicht besser für sie. Aber sie konnte nicht nein sagen. Diese Familie brauchte Hilfe, und sie war in der Lage, sie zu geben.

Außerdem waren seine Kinder großartig.

Bronwyn hielt die zwei kleinen Stöcke hoch, die sie gefunden hatte, und zeigte sie ihrem Vater. »Kannst du mir helfen, die aufzukleben?«

»Klar. Wo sollen sie hin?« Wade nahm die Kleberflasche.

»Hier oben.« Sie zeigte auf die Fühler.

»Okay.« Er zog zwei Kleberlinien, und sie drückte die Stöcke darauf.

»Ich brauche einen Kopf.« Bronwyn tippte sich ans Kinn, dann leuchteten ihre Augen auf, und sie rannte weg.

Alice kicherte. »Sie hat viel Energie.«

»Du kennst nicht mal die Hälfte davon.«

»Aber ich werde es.« Sie drehte sich zu ihm. »Ich würde gerne einspringen, bis dein Babysitter zurückkommen kann.«

»Ernsthaft?« Seine Schultern sackten herab. »Danke. Du hast keine Ahnung, wie viel Druck das von mir nimmt. Mit Dad krank und Mom, die ihn nicht allein lassen will - oder riskieren will, dass die Kinder krank werden - habe ich diese Woche herumgewurstelt, versucht, meinen Zeitplan umzustellen und Leute zu finden, die auf sie aufpassen. Ich schätze das wirklich sehr, Alice.«

»Ich verstehe das. Ich hatte Eltern, die mir erzählt haben, wie schwer es ist, Babysitter zu finden, wenn die Schule ausfällt oder etwas Unerwartetes dazwischenkommt. Ich helfe gerne.«

»Ich hoffe, du sagst das immer noch, nachdem du den ganzen

Tag mit ihnen verbracht hast. Es gibt allerdings eine Sache, die ich erwähnen sollte.«

Sie runzelte die Stirn. »Was denn?«

»Unsere Abteilung ist sehr klein, und wir machen die Dinge ein bisschen unkonventionell, also trage ich mehrere Hüte. Wir haben zwei Brandinspektoren und zwei Brandermittler. Ich bin zufällig beides. Ich arbeite zwei Tage pro Woche als Inspektor, dann bin ich die anderen drei Tage Ermittler. Eine davon ist eine Nachtschicht, weil ich zu Einsätzen fahre. Ich komme Dienstagabend nach Hause, esse mit den Kindern zu Abend und bringe sie ins Bett, dann gehe ich gegen acht wieder und komme erst nach fünf am nächsten Abend wieder nach Hause. Donnerstag und Freitag sind meine Inspektortage.«

Ihre Augen weiteten sich. »Oh.«

»Ja.« Sein Mund verzog sich. »Ist es okay für dich, hier zu schlafen? Die Kinder waren bei meiner Mutter und meinem Vater, aber sie fühlen sich zu Hause wohler.«

»Ähm, ja, das sollte in Ordnung sein.« Es würde anfangs seltsam sein, aber sie würde sich daran gewöhnen. Es war ja nicht so, als wäre Wade zu Hause, während sie schlief.

Er lächelte, was ihr Herz wieder flattern ließ. Sie zwang es, normal zu schlagen. Es würde keinem von ihnen helfen, wenn sie wegen einer Arrhythmie ohnmächtig würde.

»Danke. Ich werde es dir auf jeden Fall lohnen.«

Ihre Gedanken wanderten an alle Orte, an die sie nicht sollten, und sie errötete. Sie wusste, dass er eine finanzielle Entschädigung meinte, aber ihr Körper wollte etwas anderes.

Alice fächelte sich Luft zu und tat so, als wäre ihr nur von der warmen Sonne heiß. »Was auch immer du mir zahlen möchtest, ist in Ordnung. Ich brauche das zusätzliche Geld nicht.«

In Wahrheit würde sie wahrscheinlich einen Großteil davon für Kunstmaterialien ausgeben, um Projekte mit seinen Kindern zu machen. Und für Ausflüge. Sie plante nicht, sie zu Hause zu lassen, während er bei der Arbeit war. Sie würden Spaß haben. »Schreib mir einfach eine Liste, wann du mich brauchst.«

Er kratzte sich an der Schläfe. »Ähm, das wäre die ganze Woche. Und über Nacht am Dienstag. Meine Eltern nehmen sie vielleicht später in der Woche, wenn du eine Pause brauchst, aber das hängt davon ab, wie es meinem Vater geht und ob Mama krank wird.«

»Das ist in Ordnung. Um wie viel Uhr brauchst du mich morgen hier?«

»Ich fahre um halb acht zur Arbeit. Ist es okay für dich, Bronwyn in den Kindergarten zu bringen? Sie hat noch zwei Wochen übrig. Normalerweise haben sie erst in der ersten Juniwoche Schluss, plus es gab dieses Jahr viele Schneetage.«

»Klar. Stell nur sicher, dass die Schule weiß, dass ich sie bringen und abholen werde.«

»Ich rufe sie morgen früh an.« Er nahm sein Handy heraus und runzelte dann die Stirn. »Ich rufe sie morgen früh von der Arbeit aus an. Ich hatte mein kaputtes Handy vergessen.« Er seufzte. »Wir müssen trotzdem noch Nummern austauschen. Moment.« Er lief nach drinnen und kam einen Moment später mit einem Block Haftnotizen und einem Stift zurück. Nachdem er seine Nummer auf das Papier gekritzelt hatte, riss er es ab und reichte es ihr. »So, sag mir jetzt deine Nummer.«

Alice gab sie ihm, dann steckte er den Notizblock und den Stift in seine Tasche.

»Nochmals vielen Dank, Alice. Du hast mir eine große Sorge genommen. Ich wusste nicht, was ich diese Woche machen sollte, außer mir freizunehmen, bis meine Eltern wieder helfen konnten.«

»Ich freue mich, dass ich helfen kann. Deine Kinder sind übrigens toll. Wir hatten heute Nachmittag viel Spaß.«

Er lächelte. »Du meinst, Elise hat nicht das Haus zusammengeschrien?«

Sie lachte. »Nicht, als sie einen vollen Bauch hatte, nein. Henry wurde ein bisschen quengelig, nachdem sie eine Weile gespielt hatten, aber ich glaube, das war nur, weil er müde war. Da habe ich das Papier rausgeholt und sie auf eine Schatzsuche nach Schmetterlingsbestandteilen geschickt.«

»Das muss ich mir merken. Sie könnten damit fast alles machen. Ich könnte sogar für jedes Kind etwas anderes zeichnen.«

»Genau. Es ist eine tolle, schnelle Aktivität, wenn man etwas braucht, aber nicht viele zusätzliche Materialien für ein Kunstprojekt zur Hand hat. Und sie sind hübsch.«

»Das sind sie. Ich werde all diese aufhängen.« Er drehte Bronwyns Papier, um es besser sehen zu können, dann lächelte er Alice wieder an.

»Eine Schnur, gespannt zwischen zwei Haken - du kannst diese abnehmbaren Haken verwenden - mit ein paar Wäscheklammern, ergibt eine tolle Kunstgalerie.«

»Ich werde eine Menge Dinge lernen, während du hier bist.«

Alice lächelte. »Über Kunst auf jeden Fall.« Sie blickte zu den Kindern. Sie streiften immer noch durch den Garten und suchten nach Dingen für ihre Schmetterlinge. Elise schien allerdings mehr daran interessiert zu sein, jeden Löwenzahn zu pflücken, den sie finden konnte. Ihre kleine Hand war voll mit den leuchtend gelben Unkräutern.

»Nun, ich sollte mich auf den Weg machen.« Sie musste wirklich an einiger Töpferware arbeiten. Sie hatte sich ein wöchentliches Pensum gesetzt, damit sie genug Stücke hätte, um den Laden Anfang August zu eröffnen.

Wade stieß einen scharfen Pfiff aus und alle drei Kinder hörten auf mit dem, was sie taten, und liefen auf sie zu.

»Mann.« Alice blickte zu ihm. »Du musst mir diesen Trick beibringen.«

Er grinste, dann wandte er seine Aufmerksamkeit den Kindern zu. »Alice muss gehen, aber sie kommt morgen wieder. Sie wird eure Babysitterin sein, bis Shelby zurückkommen kann, okay?«

Bronwyn und Henry jubelten. Elise tappelte heran und hielt Alice ihre Blumen hin.

»Dis!«

Lächelnd hob Alice das Mädchen hoch und nahm das Bündel Löwenzahn, das sie ihr anbot. »Danke, Schätzchen. Sie sind wunderschön.«

Elise klatschte, dann tätschelte sie Alices Wange, bevor sie zappelte, um heruntergelassen zu werden. Alice setzte sie auf ihre Füße, und sie rannte in den Garten, um mehr Löwenzahn zu holen.

»Ich sollte besser gehen, bevor ich noch mehr mit nach Hause nehme«, sagte sie mit einem Kichern.

»Es wird eine Vase voll davon für dich da sein, wenn du morgen früh herkommst.«

»Oh, da bin ich mir sicher.« Sie sah Bronwyn und Henry an. »Ich sehe euch Kinder morgen früh, okay?«

»Okay!«, sagte Bronwyn, dann schaute sie zu Wade hoch. »Können wir spielen gehen?«

Er nickte, und sie liefen los.

Alice sah ihnen nach, dann drehte sie sich um, den Löwenzahn in der Hand. »Ich sehe dich morgen früh. Gegen Viertel nach sieben? Du kannst mir eine kurze Führung geben, bevor du zur Arbeit gehst. Ich habe gefunden, was ich für das Mittagessen brauchte, aber ich bin sicher, es gibt andere Dinge, die du möchtest, dass die Babysitter wissen.«

»Ja. Das klingt gut.«

Sie nickte kurz. »Bis dann.«

»Okay. Nochmals danke.«

Mit einem weiteren Nicken schlüpfte Alice hinein. Als sich die Tür hinter ihr schloss, blickte sie zurück. Ihr Herz machte einen harten Schlag, als sie Wade sah, wie er in den Garten ging, um seine Jüngste hochzuheben. Er wirbelte sie in die Luft und brachte sie zum Quietschen vor Vergnügen.

Ihr Herz machte einen Purzelbaum, und sie hielt inne, fast hätte sie sich umgedreht. Sie wollte nicht gehen, was sie überraschte. Sie stieß einen Atemzug aus, zwang ihre Füße, sich zu bewegen, und konnte nicht anders, als sich zu fragen, ob sie einen schweren Fehler gemacht hatte, indem sie zugestimmt hatte, Babysitter zu sein. Es dauerte nicht lange, bis diese Kinder - oder ihr gutaussehender Vater - die Tür zu ihrem Herzen gefunden hatten. Wenn sie nicht vorsichtig war, würden die vier es bald besitzen.

Wade blickte auf seine Uhr, als er das Klopfen an der Tür hörte. Vierzehn nach sieben. Alice war pünktlich. Das gefiel ihm. Er umfasste den Türknauf und wappnete sich für das, was ihn auf der anderen Seite erwartete. Nur weil er keine Beziehung mit einer Frau wollte, bedeutete das nicht, dass er Alice Duvall unattraktiv fand. Ganz im Gegenteil. Ihr helles, goldenes Haar und ihre silberblauen Augen passten zu ihrer sonnigen Ausstrahlung. Und ihre Kurven brachten seinen Körper in Alarmbereitschaft.

Genug gezögert! Er stieß einen Atemzug aus, dann drehte er den Knauf und öffnete die Tür. Sie lächelte ihn an und raubte ihm den Atem. Die Frau war die Definition von Schönheit. Sie erinnerte ihn an eine bodenständige Schönheitskönigin.

»Guten Morgen.« Sie schenkte ihm ein fröhliches Lächeln.

Er räusperte sich und trat zurück, damit sie eintreten konnte. »Guten Morgen.«

Sie ging an ihm vorbei. Er wandte seinen Blick ab, als er auf ihrem Hinterteil landete, der in enge Jeans gehüllt war, die bis zur Wadenmitte reichten. Turnschuhe aus Segeltuch zierten ihre Füße. Er schloss die Tür. »Bist du bereit für die Führung?«

»Ja. Sind die Kinder schon wach?«

Er schüttelte den Kopf. »Sie stehen normalerweise gegen acht auf. Bronwyn muss erst um neun in der Schule sein, und es sind nur fünf Minuten Weg.«

Sie nickte.

»Du kannst deine Handtasche dort auf den Tisch legen.« Er zeigte auf den Eingangstisch aus Walnussholz.

Sie stellte es ab, streifte dann ihre leichte weiße Kapuzenjacke mit Reißverschluss ab, wodurch ihr sonnig gelbes T-Shirt zum Vorschein kam, und legte sie über ihre Tasche.

»Lass uns zuerst durch das Erdgeschoss gehen, dann nehme ich dich mit nach oben und zeige dir ihre Zimmer.«

»Klingt gut.«

Er führte sie nach rechts ins Wohnzimmer.

Sie sah sich staunend um. »Ich liebe diesen Raum. Wir haben gestern nicht viel Zeit hier verbracht. Sie wollten draußen spielen.«

Wade wusste, was sie sah. Hohe Decken ließen das ohnehin schon große Wohnzimmer noch größer erscheinen. Eine riesige braune Ledereckgarnitur nahm einen Großteil des Raumes ein. Über dem Kamin war ein Fernseher montiert, der von eingebauten Bücherregalen flankiert wurde. Buntglasfenster krönten die zur Straße gerichteten Fenster und warfen farbige Lichtflecken auf die Holzböden und hellblauen Wände.

Ihr Blick wanderte über die dunklen Holzleisten und Rosetten an den Ecken der Türrahmen. »Das ist fantastisch.« Sie sah ihn an. »Sah es so aus, als du es gekauft hast?«

Er zuckte mit den Schultern. »So in etwa. Wir haben die Wände gestrichen und die Zierleisten aufgearbeitet. Der Raum war in einem tiefen Rot, was mir nicht gefiel. Es war zu dunkel. Ich habe auch den Teppich gewechselt. Es kam mit einem Perserteppich, aber ich dachte, dieser hier wäre kinderfreundlicher.«

Alice blickte auf ihre Füße und er folgte ihrem Blick. Der grau-blaue Teppich unter ihnen hatte etwas Nachgiebigkeit und das Muster verbarg Flecken gut.

Sie sah mit einem Lächeln auf. »Ich mag ihn.«

»Ich auch. Komm, ich zeige dir ihr Spielzimmer.« Er bedeutete ihr, ihm durch den Durchgang am hinteren Ende des Raumes zu folgen. Er trat ein und wartete, während sie alles in sich aufnahm. Dieser Raum wirkte förmlicher mit seiner dunklen Holzvertäfelung, die bis zur Hälfte der Wände reichte, aber die Fülle an Spielzeug erzählte eine andere Geschichte. Es war ein Spaßraum für seine Kinder. Einer, in dem sie eine Unordnung machen und Kinder sein konnten. Auch hier gab es Holzböden, die von einem Teppich bedeckt waren, aber dieser Teppich hatte ein graues Blumenmuster auf grauem Grund. Ihre Füße versanken im Flor. Er war weich und plüschig. Perfekt für Kinder.

»Sie verbringen die meiste Zeit hier oder draußen. Abends schauen wir ein bisschen fern. Und sie können nachmittags nach dem Mittagessen etwas schauen, wenn sie möchten. Normalerweise lasse ich Wyn und Henry ein paar Zeichentrickfilme sehen, wenn Elise schläft.«

»Perfekt. Das gibt mir die Gelegenheit, nach dem Mittagessen aufzuräumen.«

Er nickte, dann zeigte er nach links. »Das führt zum Flur.« Er ging hinüber, öffnete die Tür und bedeutete ihr, in den Flur zu treten, der neben der Treppe verlief.

»Die Küche ist da hinten.« Er zeigte den Flur hinunter nach links. »Das Badezimmer ist dort und mein Büro ist dort drüben.« Er zeigte auf die beiden anderen Türen in der Wand. »Lass sie nicht ins Büro, es sei denn, du bist aus irgendeinem Grund auch dort drin.«

»Außer um Zeichenpapier aus deinem Drucker zu holen, sollten wir keinen Grund haben, dort zu sein.«

»Sie haben einen Kunstschrank im Spielzimmer.«

Alice nickte. »Okay. Die Kinder waren gestern schon draußen, als ich nach Papier suchte. Ich habe es zuerst in deinem Büro gefunden. Nächstes Mal schaue ich im Schrank nach.«

»Das ist in Ordnung. Nimm dir alle Büromaterialien, die du für alles brauchst, was du mit ihnen machen möchtest. Ich will nur nicht, dass sie an den Papierstapeln auf dem Schreibtisch herumfummeln. Einiges davon sind Rechnungen, anderes ist für die Arbeit.«

Sie nickte wieder.

»Lass uns jetzt nach oben gehen.«

Alice drehte sich um und ging auf Zehenspitzen die Treppe hinauf. Wade folgte genauso leise, da er die Kinder noch nicht wecken wollte. Auf dem Treppenabsatz angekommen, hielt er inne und zeigte.

»Mein Zimmer ist am Ende des Flurs.« Er sprach leise, während er nach links zeigte. »Elise ist direkt gegenüber von mir. Das ist das Badezimmer, das sich die Kinder teilen.« Er deutete auf die Tür vor ihnen. »Da drüben sind Bronwyns und Henrys Zimmer. Dazwischen ist ein Gästezimmer, in dem du an den Nächten schlafen kannst, in denen ich dich zum Übernachten brauche. Es gibt auch ein Einzelbett in Elises Zimmer. Manchmal kann es schwierig sein, sie zum Schlafen zu bringen, also habe ich dieses Bett dort hingestellt, anstatt mich auf den Boden zu legen, während sie einschlief. Zu viele Nächte bin ich auf ihrem Boden eingeschlafen und am nächsten Morgen mit einem steifen Nacken aufgewacht.«

Alice rümpfte die Nase. »Guter Plan.«

»Es wird definitiv genutzt.« Lächelnd zeigte er in Richtung seines Zimmers und Elises. »Dieser Durchgang führt in den dritten Stock. Ich halte ihn verschlossen. Im Moment ist es nur ein Abstellraum. Irgendwann möchte ich daraus etwas machen, aber ich bin mir noch nicht sicher was. Der Schlüssel ist in meiner Schreibtischschublade, falls du aus irgendeinem Grund nach oben musst.«

»Okay.« Sie nickte. »Lass uns runter in die Küche gehen und du kannst mir zeigen, was sie normalerweise zum Frühstück essen.« Sie drehte sich um und ging auf leisen Sohlen die Treppe hinunter. Wade folgte ihr.

Sie umrundeten das Treppengeländer, gingen durch das Esszimmer in die Küche, und er führte sie in die Speisekammer. Als er sich umdrehte, wurde ihm klar, dass es ein Fehler war, hineinzugehen. Sie war viel zu nah für seinen Geschmack.

Er schluckte schwer und versuchte, den Duft ihres Mandel-Honig-Shampoos zu ignorieren. »Also, sie mögen morgens verschiedene Dinge. Alles von Haferbrei über Müsli bis hin zu Pfannkuchen. Es hängt einfach vom Tag ab und wie viel Zeit wir haben. Mama gibt ihnen normalerweise Haferbrei oder Toast und Eier. Shelby macht das Gleiche. Manchmal wird sie abenteuerlich und macht Pfannkuchen. Ich mache normalerweise Waffeln oder French Toast am Wochenende. Es gibt aber auch Tage, an denen einer von ihnen nur Müsli will. Ich kämpfe nicht dagegen an, es sei denn, das ist alles, was sie ein paar Tage hintereinander hatten.«

Ein Lächeln umspielte ihre Lippen. »Seine Kämpfe klug zu wählen, ist eine gute Strategie.«

»Stimmt. Den Tag mit einem Wutanfall zu beginnen, weil ich Henry Haferbrei statt der gewünschten Cheerios gegeben habe, macht keinen Spaß. Obwohl es weitaus Schlimmeres gibt, was er zum Frühstück essen könnte. Ich möchte nur, dass sie morgens mehr Protein zu sich nehmen.«

Sie nickte. »Also können sie heute Morgen alles haben?«

Er nickte. »Ich frage immer, bevor ich anfange zu kochen, damit ich nichts verschwende. Jedenfalls haben sie hier und hier Snacks.« Er berührte ein paar Regale. »Zum Mittagessen gibt es einfach Sandwiches oder Makkaroni mit Käse. Wir haben Erdnussbutter und Aufschnitt. Es gibt auch ein paar Chicken Nuggets im Gefrierschrank. Und Würstchen. Es könnten sogar ein paar Mini-Pizzen da sein. Wir haben auch viel Obst und Gemüse im Kühlschrank. Elise darf keine Erdbeeren haben, aber alles andere ist in Ordnung.«

Eine kleine Falte erschien auf Alice' Stirn. »Wie allergisch ist sie gegen sie?«

»Sie bekommt einen Ausschlag und sie belasten ihren Magen. Aber nie eine Anaphylaxie.«

»Okay. Gilt das für alle Erdbeersachen - auch für Dinge, die nur damit aromatisiert sind?«

»Eis am Stiel ist in Ordnung, solange es nicht die mit echten Früchten sind. Erdbeergelee war auch okay für sie. Lies einfach die Etiketten, bevor du ihr etwas gibst. Wenn irgendwo die Frucht erwähnt wird, mach es nicht.«

Sie zeigte ihm den Daumen hoch und trat aus der Speisekammer zurück. »Was machst du zum Abendessen?«

»Ich sollte jeden Abend rechtzeitig zu Hause sein, außer mittwochs, es sei denn, ich bin bei einem Einsatz und verspäte mich. In dem Fall rufe ich an.«

»In Ordnung. Hast du schon Bronwyns Schule kontaktiert?«

Er schüttelte den Kopf. »Ich konnte das Telefon nicht einmal aufladen, selbst wenn ich es angesteckt ließ. Und ich habe keinen Festnetzanschluss. Ich werde von meinem Büro in der Feuerwache aus anrufen. Ich werde mein Handy ersetzen, sobald der Laden um neun öffnet.«

»Okay. Wo ist Bronwyns Schule? Du hast erwähnt, dass sie nur ein paar Minuten entfernt ist. Ich bin noch nicht lange hier, also kenne ich mich noch nicht aus, außer bei Sarafina's und dem Supermarkt.«

»Komm mit ins Büro. Ich zeichne dir eine Karte.«

Sie schlenderten aus der Küche in den Flur. Er öffnete die Bürotür und ging zum Schreibtisch, wo er sich hinsetzte. Er nahm ein Blatt Papier aus dem Drucker, griff nach einem schwarzen Marker aus dem Becher und zeichnete eine einfache Karte, auf der er Straßennamen und ein paar Orientierungspunkte hinzufügte.

Alice nahm sie und studierte sie. »Das sollte gut funktionieren. Einige der Straßennamen kommen mir sogar bekannt vor.«

»Ja.« Er stand auf. »Du musst eine überqueren und eine andere runterfahren, um hierher zu kommen.« Er blickte auf seine Uhr. »Ich muss los. Ich denke, wir haben alles besprochen. Du weißt, wo die Notfallnummern sind.« Er schnippte mit den Fingern und deutete. »Kindersitze. Ich nehme sie aus meinem SUV und lasse sie in der Garage, wenn das okay ist?«

»Das ist in Ordnung. Es wird nicht lange dauern, sie einzubauen.«

»Du weißt, wie das geht?«

Sie nickte. »Ich passe ab und zu auf Olive auf, also habe ich Übung mit ihrem Sitz.«

»Okay, gut.« Er umrundete den Schreibtisch und bedeutete ihr, zur Tür zu gehen, bereit aufzubrechen. »Du kannst die Kinder gegen acht aufwecken. Lass Bronwyn nicht länger als bis viertel nach acht im Bett liegen. Sie trödelt gerne morgens, und wenn sie länger schläft, wirst du in Eile geraten, sie fertig zu machen.«

Alice kicherte. »Klingt nach meiner Art von Kind.«

»Kein Morgenmensch?«

»Nein. Das hier« - sie kreiste mit dem Finger um ihr Gesicht - »braucht zwei Tassen Kaffee, wenn ich vor acht aufstehe. Weniger und ich bin ein Zombie, egal wie viel Schlaf ich bekomme.«

»Du wärst aber ein hübscher Zombie.« Wades Augen weiteten sich, als ihm klar wurde, was er gesagt hatte. *Was zum Teufel? Wo kam das denn her?* Er unterdrückte ein Stöhnen und beobachtete, wie sich eine hübsche Röte über ihre Wangen ausbreitete. »Tut mir leid.«

»Nein, schon okay. Ich weiß, wie du es gemeint hast.«

Tat sie das? Das war gut, denn was in seinem Kopf vorging, war wahrscheinlich nicht dasselbe, was sie dachte. Und er sollte es nicht denken. Es war ihm egal, wie wunderschön sie war - und sie war mehr als wunderschön. Er wollte keine Beziehung. Er hatte genug mit der Arbeit und seinen Kindern zu tun.

Er räusperte sich erneut und ging den Flur hinunter zur Garderobe, wo er seine Dienstwindjacke nahm. »Ruf an, wenn du etwas brauchst. Versuch es zuerst in der Wache. Nur für den Fall, dass mein Handy noch nicht eingerichtet ist.«

»Okay. Pass auf dich auf und hab einen schönen Tag.«

Er schlüpfte in seine Jacke. »Werde ich. Wir sehen uns gegen fünf.«

Sie nickte. Wade zog sich hastig zurück, den Flur hinunter und zur Hintertür hinaus zur freistehenden Garage. Er fluchte leise vor sich hin, als er das Haus verließ. Dieser nächste Monat würde zur Qual werden. Er war sich nicht sicher, wie lange er in Alice Duvalls Nähe sein konnte, ohne dass sein Körper sein Gehirn überlistete.

Er riss die Tür auf und betrat die Garage. Sie war nicht einmal sein Typ. Seine Ex-Frau und all seine früheren Freundinnen waren eher zierlich, mit hellbraunem bis braunem Haar. Alice sah aus wie eine blonde Schönheitskönigin aus Nebraska.

Aber es gab etwas an ihr, das sein Körper sich weigerte zu ignorieren, egal wie oft er sich sagte, dass er von ihr nur Freundschaft wollte.

Wade knallte seine Autotür zu und drückte den Knopf, um das Garagentor zu öffnen. Er musste die Frau aus seinem Kopf verbannen. Sie war seine Babysitterin. Er würde verdammt sein, wenn er zum Klischee würde und der Vater wäre, der mit dem Kindermädchen schläft.

Zehn

»**M**orgen, Wade.«

Mit einem Kaffee in der Hand von seinem kurzen Stopp bei Sarafina's lächelte Wade Joy Cardano an, die Verwaltungsassistentin, die er sich mit seinem Partner Jed Braun teilte.

»Hallo, Joy.«

»Sheriff Lattimer hat angerufen. Sie möchte ein Update zur Brandstiftungsuntersuchung.«

Er nickte. »Vereinbare ein Treffen für später am Vormittag. Ich brauche etwa eine Stunde, um meine Notizen durchzugehen und den Status dessen zu überprüfen, was die Spurensicherung gesammelt hat. Dann muss ich noch eine Besorgung machen. Mein Handy ist kaputt, also muss ich es ersetzen.«

Sie griff nach dem Telefon. »Wird gemacht.«

Wade ging an ihr vorbei in sein Büro und setzte sich an seinen Schreibtisch. Er schaltete seinen Computer ein und nahm einen Schluck Kaffee, während er darauf wartete, dass er hochfuhr. Als der Anmeldebildschirm erschien, gab er sein

Passwort ein und öffnete dann seine E-Mails. Es waren keine neuen Nachrichten von den Kriminaltechnikern eingegangen. Er hatte auch keine erwartet. Sie begannen wahrscheinlich gerade erst mit der Auswertung der Beweise. Alle Fingerabdruckbeweise - die gestern beschleunigt wurden - würden direkt an die Polizei gehen. Der Rest würde langsamer zu bearbeiten sein.

Trotzdem nahm er das Telefon, um im Labor anzurufen und zu sehen, was sie alles am Tatort gesammelt hatten und wie weit sie mit der Bearbeitung waren. Nachdem er ihren Bericht hatte, tippte er ihn ab und sammelte die Notizen, die er am Tatort gemacht hatte. Als er sie kurz durchsah, um sie in einen Ordner für sein späteres Treffen mit dem Sheriff zu legen, nagte etwas in seinem Hinterkopf, und er hielt inne. Ein Stirnrunzeln erschien auf seinem Gesicht, als er seine Notizen noch einmal durchblätterte. Etwas an dem Besitzer des Grundstücks störte ihn.

Wade schob die Papiere beiseite und rief die Grundstücksdatenbank auf seinem Computer auf, wo er den Namen Tim Willard eingab. Mehrere Grundstücke tauchten unter diesem Namen auf. Er notierte die Adressen und verglich sie dann mit ihren Feuerwehreinsätzen. Seine Augen weiteten sich, als er entdeckte, dass zwei weitere Grundstücke auf der Liste durch Feuer zerstört worden waren.

Er rief die Einsatzberichte auf und las sie durch. Er war nicht der Brandermittler für diese beiden Brände gewesen. Das war sein Partner, Jed Braun. Er hatte beide als Unfälle eingestuft.

Verdacht vertiefte Wades Stirnrunzeln. Es schien zu viel Zufall zu sein, dass es Brände auf drei Grundstücken gab, die derselben Person gehörten. Besonders wenn dieser jüngste kein Unfall war.

Er druckte auf Drucken, öffnete dann seinen Kalender, um zu sehen, wann sein Treffen mit Sheriff Lattimer war. Er hatte noch ein paar Stunden. Er stand auf, nahm die Berichte aus dem Drucker und fügte sie dem Ordner hinzu. Er griff zum Telefon und wählte Jeds Handynummer. Er hatte ein paar Fragen.

»Es ist mein freier Tag, Kaczmarek.« Jeds Tonfall war trocken, als er antwortete, aber ein Hauch von Belustigung schwang mit. »Obwohl ich dir wohl danken sollte. Du hast mir gerade eine Pause von Lisas Aufgabenliste verschafft.«

Wade lachte. »Schön, dass ich helfen konnte. Ich habe eine Frage an dich.«

»Schieß los.«

»Ich habe gleich ein Treffen mit Sheriff Lattimer, um die Details des Feuers in der Spruce Street von gestern zu besprechen. Als ich meine Notizen zusammensuchte, fiel mir ein Detail über das Grundstück auf, und zwar der Name des Besitzers, Tim Willard. Ich habe ihn nachgeschlagen. Er hatte in den letzten sechs Monaten Brände in zwei anderen Immobilien. Du hast beide untersucht und als Unfall einge-stuft. Der gestrige war eindeutig Brandstiftung. Kannst du mir einige Details zu den anderen Bränden geben? Oder noch besser, kann ich einen Blick in deine Fallakten werfen?«

»Ähm...« Jed stieß einen Seufzer aus. »Eines war ein altes Haus, oder? Und das andere eine große Garage im Geschäfts-viertel?«

»Ja.«

»Das Haus ging auf die Verkabelung zurück. Ein Unter-nehmer schaltete den Strom für einige Renovierungsarbeiten ein und es entstand ein Funke, der das Feuer auslöste. Die Garage entstand durch ein Müllfeuer, das von einigen Obdachlosen angezündet wurde. Die Akten sind in meinem Aktenschrank. Du kannst sie dir gerne ansehen.«

Wade kratzte sich an der Schläfe und stützte seinen Ellbogen auf den Schreibtisch, während er das Telefon ans Ohr hielt. »Das werde ich tun. Irgendwas fühlt sich einfach nicht richtig an.«

»Ich weiß nicht, was ich dir sagen soll. Die Verkabelung am Sicherungskasten im Haus war durchgeschmort. Und in der Garage war offensichtlich, dass das Feuer in einer 110-Liter-Mülltonne begann. Sie war voll mit fettigen Lappen und unbedeckt.«

»Okay. Danke.«

»Kein Problem. Hey, willst du, dass ich reinkomme und die Akten mit dir durchgehe?«

Wade grinste. »Nee. Du solltest besser zu Lisas Liste zurückkehren.«

Jed seufzte. »Ja.« Er brummte leise vor sich hin. »Sie lässt mich die Küchenschränke abschleifen und streichen. Wir gehen auf Grau.«

»Klingt aufregend.« Wade lachte.

»Sehr sogar.« Seine Stimme war trocken. »Okay. Wir sprechen später. Ruf an, wenn du noch Fragen hast.«

»Werde ich, danke.« Wade verabschiedete sich und legte auf.

Er stand auf, verließ sein Büro und ging zu Jeds, öffnete die Tür mit seinen Schlüsseln und holte die Akten aus dem Schrank. Es dauerte nicht lange, bis er die beiden Akten gefunden hatte. Er nahm sie mit in sein Büro und überflog sie. Nichts fiel ihm als ungewöhnlich auf. Sie besagten das Gleiche, was Jed ihm gerade erzählt hatte.

Mit einem Seufzer machte Wade Kopien von allem - einschließlich seiner Notizen - und fügte sie zu seinem Stapel hinzu, den er später zum Treffen mit dem Sheriff mitnehmen würde. Dann schob er den Fall aus seinen Gedanken. Er musste sein Telefon ersetzen und dann all die andere Arbeit erledigen, die heute anstand. Ohne weitere Informationen kam der Fall Willard nicht voran.

Er verließ sein Büro und fuhr zum Einkaufszentrum am Stadtrand zu seinem Mobilfunkanbieter und ersetzte sein Telefon. Dreißig Minuten später kam er mit einem Upgrade heraus und kehrte in sein Büro zurück. Dort arbeitete er sich durch die Berichte der Ermittler und Inspektoren. Fünfzehn Minuten vor seinem Treffen mit dem Sheriff schnappte er sich die Akten zum Fall Willard und machte sich wieder auf den Weg, die kurze Strecke zum Büro des Sheriffs fahrend. Nachdem er sich angemeldet hatte, schlängelte er sich durch die Gänge zu ihrem Büro und klopfte an die Tür.

»Herein.« Ihre Stimme drang durch die geschlossene Tür.

Wade drehte den Knauf und trat ein. »Guten Morgen.«

»Hallo, Wade. Setz dich.«

Er ließ sich in einen der Stühle vor ihrem Schreibtisch sinken.

»Ich schließe aus dem Stapel Akten in deinen Händen, dass du etwas hast?«

»Vielleicht. Das Feuer gestern war definitiv Brandstiftung. Ich fand mehrere Stellen, an denen Benzin verschüttet und angezündet wurde. Was mir heute Morgen auffiel, war der Name des Grundstückseigentümers.« Er reichte ihr die beiden obersten Akten. »Es gab in den letzten sechs Monaten zwei weitere Brände auf seinen Grundstücken. Mein Kollege hat sie untersucht und beide als Unfall eingestuft.«

Eine Falte erschien auf ihrer Stirn, als sie die Akten entgegennahm. »Stimmst du seiner Einschätzung zu?«

»Auf dem Papier ja.«

»Auf dem Papier?«

Er nickte. »Ich müsste die Tatorte sehen, um hundertprozentig zuzustimmen. Aber ich bezweifle, dass das möglich ist. Beide Gebäude wurden wahrscheinlich inzwischen abgerissen.«

Sie sah sich die Adressen an und nickte dann. »Das stimmt. Also vermutest du, dass die anderen beiden Brände tatsächlich Brandstiftung waren, aber clever vertuscht wurden?«

»Vielleicht. Ich kann mir aber nicht vorstellen, dass Jed so etwas übersehen hätte. Es könnte sein, dass die ersten beiden zufällig waren. Willard besitzt etwa ein Dutzend Immobilien in der Gegend. Vielleicht gefielen ihm die Versicherungsschecks, die er für die anderen beiden Gebäude bekam, und er beschloss, es mit einem dritten zu versuchen. Oder jemand beschloss, es für ihn zu tun.«

»Hmm. Gab es in letzter Zeit keine anderen verdächtigen Brände?«

Er schüttelte den Kopf. »Nein, Ma'am.«

»Okay. Ich werde ihn überprüfen und sehen, ob es etwas zu finden gibt. Halte mich auf dem Laufenden, falls du etwas herausfindest? Ich werde das Gleiche tun.«

»Klingt gut.«

Sie hob die Akten hoch. »Kann ich die behalten?«

»Ja. Das sind Kopien. Dies auch.« Er reichte ihr seine Akte mit Notizen.

»Okay, danke.«

Er stand auf und zögerte, bevor er hinausging. »Ich hoffe, ich liege falsch. Wenn Willard diese Brände legt, könnte er gefährlich sein. Jemand wurde bereits verletzt, und er wird vielleicht nicht zögern, andere zu verletzen, wenn er denkt, dass er in Gefahr ist, erwischt zu werden.«

Sie nickte. »Ich stimme zu. Ich werde tief graben. Das verspreche ich.«

Mit einem kurzen Nicken verließ er ihr Büro. Er wusste, sie würde gründlich sein, aber er konnte das Gefühl der Unruhe in seiner Magengegend nicht unterdrücken. Er hatte ein schlechtes Gefühl bei diesem Fall.

Die Glocke über der Tür von Ellens Bastelgeschäft klingelte, als Alice sie aufhielt. Henry und Bronwyn gingen hindurch, und sie folgte ihnen mit Elise auf dem Arm. Sie hatte mit dem Einkauf von Bastelzubehör gewartet, bis Bronwyn aus der Schule kam. Sie wollte, dass alle Kinder bei der Auswahl mitreden konnten.

»Hallo.«

Alice lächelte die ältere Frau an, die hinter der Theke saß und sie begrüßte. »Hallo.« Elise zappelte in ihren Armen, also setzte sie sie ab. Das kleine Mädchen tappelte zu einer Auslage mit Kunstblumen und vergrub ihr Gesicht darin.

Die Frau lachte. »Oh, sie ist entzückend. Alle Ihre Kinder sind es.«

»Das sind sie, aber es sind nicht meine. Ich bin nur die Babysitterin. Wir suchen nach Bastelsachen, die sie machen können.«

»Oh, nun, ich habe mehrere Bastelsets. Obwohl sie wahrscheinlich zu fortgeschritten für die Kleine sind.« Sie kam hinter der Theke hervor.

Alice hob Elise hoch, um der Frau den Gang hinunter zu einem drehbaren Ständer zu folgen. Das Mädchen quengelte und drückte gegen Alices Griff. »Tut mir leid, Schätzchen. Du musst bei uns bleiben.« Sie sah die Frau an. »Was ist mit Fingerfarben? Die könnte sie benutzen, während die anderen beiden etwas anderes machen.«

Die Frau nickte. »Das ist hier drüben.« Sie zeigte darauf und ging nach links.

»Okay. Ich denke, wir nehmen eines dieser Sets.« Sie nickte zu einer Schachtel Fingerfarben, die die Grundfarben sowie Grün, Weiß und Schwarz enthielt.

»Möchten Sie auch das auslaufsichere, reißfeste Papier dazu?«

»Ja.« Es war teurer als normales Aquarellpapier, aber es lohnte sich, wenn sie keine Farbe vom Tisch wischen musste, weil sie durchgesickert war, oder wenn sie das Papier zerrissen, weil es zu nass geworden war.

»Sie klingen, als wüssten Sie, was ohne das passiert.« Die Frau blickte auf, als sie sich mit beiden Artikeln in den Armen aufrichtete und lächelte.

»Oh, das tue ich. Ich bin die neue Kunstlehrerin an der Grundschule, ab diesem Herbst.«

»Ich habe gehört, dass Betsy in Rente geht. Ich bin Ellen Wendell.« Sie streckte ihre Hand aus.

Alice verlagerte Elise auf ihre andere Hüfte und ergriff die Hand. »Alice Duvall.«

»Duvall? Ist Sofie Duvall Ihre Schwägerin?«

Alice nickte, ihre Augenbrauen zogen sich zusammen, als sie sich an etwas erinnerte, das Sofie gesagt hatte. »Sie hat Sie erwähnt. Sie stellen maßgeschneiderte Kleidung für unseren Laden her.«

Ellen nickte lächelnd. »Ja, das tue ich. Ich bestelle auch viele der Sachen, die sie für ihren Schmuck braucht. Sie bringt auch ab und zu Olive mit, auf der Suche nach Kunstprojekten.«

»Olive ist meine Freundin«, warf Bronwyn ein.

Ellen wandte ihren Blick dem kleinen Mädchen zu und lächelte. »Ist sie das? Das ist toll. Wie heißt du?«

»Bronwyn Kaczmarek.«

»Oh, du bist Bill und Pegs Enkelin. Ich dachte schon, ihr drei kamt mir bekannt vor.« Sie blickte zu Alice. »Sie besitzen den Futtermittelladen. Wie kommt es, dass Sie auf sie aufpassen?«

»Ihr Vater steckte in der Klemme, also habe ich mich angeboten. Es ist mein erster Tag. Na ja, offiziell ist es das. Ich habe gestern schon kurz auf sie aufgepasst, weil er einen Notfall bei der Arbeit hatte.«

»Dieser Junge arbeitet zu viel.« Sie seufzte. »Aber ich schätze, es ist jetzt notwendig.« Sie nahm schnell wieder Haltung an und schenkte den Kindern ein strahlendes Lächeln. »Also, was für ein Bastelprojekt wollt ihr mit Fräulein Alice machen?«

»Malen!«, sagte Henry.

Bronwyn nickte. »Aber ich will auf etwas anderem als Papier malen.«

Alices Gesicht hellte sich auf, als ihr eine Idee kam. »Ich hab's. Warum bauen wir nicht ein paar Vogelhäuschen? Ellen, haben Sie Luftballons und weißes Seidenpapier? Und Modge Podge?«

Ellen half ihr, alles zu finden - plus ein paar andere Dinge, die Alice einfach haben musste - und kassierte sie dann an der Kasse.

»Viel Spaß euch. Versucht, die Farbe auf dem zu lassen, was ihr bemalt, okay?« Sie lächelte die Kinder an, als sie Alice die Tüten und den Kassenbon überreichte.

»Das wäre schön, ja. Ich werde trotzdem Zeitungspapier auf den Tisch legen. Und sie tragen Müllsäcke als Malkittel.«

Ellen lachte. »Gute Idee.«

Grinsend scheuchte Alice die Kinder zur Tür. »Kommt schon. Lasst uns nach Hause gehen und Chaos anrichten.«

Bronwyns Augen weiteten sich. »Meinst du das ernst?«

»Natürlich meine ich das ernst.«

»Oh, wow! Henry, hast du das gehört? Wir dürfen Chaos machen! Mit Absicht!«

»In Maßen, Wyn«, schränkte Alice ein. Sie konnte sehen, wie die Kinder beschlossen, ihre Arme oder so etwas zu bemalen, wenn sie ihnen freie Hand ließ.

Ellen lachte. »Viel Spaß.«

Alice warf ihr ein Grinsen zu und hielt den Kindern die Tür auf. »Danke.«

Sie gingen nach draußen zum Auto, wo sie alle anschnallte, bevor sie zurück zu ihrem Haus fuhren. Die kurze Fahrt tat wenig, um die Begeisterung der Kinder für das bevorstehende Projekt zu dämpfen. Bronwyn und Henry rannten hinein, begierig darauf, anzufangen. Elise tappelte hinter ihnen her und quietschte, als sie auf das Spielzimmer zusteuerte.

Alice stellte die Tüten auf die Kücheninsel. »Wyn, Hen, könnt ihr Zeitungspapier finden, um es über die Arbeitsplatte zu legen?«

»Es ist im Recycling. Komm, Henry.« Bronwyn flitzte durch die Hintertür zu den überdachten Mülltonnen.

Kopfschüttelnd und lächelnd fand Alice das Päckchen Luftballons, das sie gekauft hatte, und öffnete es. Sie hatte einen weißen Luftballon halb aufgeblasen, als die Kinder wieder hereinkamen.

»Wie soll das zu einem Vogelhaus werden?« Bronwyn kletterte auf einen Barhocker und legte die Zeitungen hin.

Alice blies den Luftballon fertig auf und verknotete ihn. »Wir werden den Luftballon mit Pappmaché überziehen. Wenn es hart geworden ist, schneiden wir ein Loch für die Vögel hinein und lassen den Luftballon platzen, sodass nur die harte äußere Schale übrig bleibt.« Sie hatte auch etwas Wasserdichtspray gekauft, damit es nicht beim ersten Regen zu einem matschigen Haufen wurde.

»Cool.«

»Es ist sehr cool.« Sie nahm den zweiten Luftballon und blies ihn auf. »Okay, lasst uns ein paar Müllsäcke holen, damit ihr nicht überall Kleber auf eure Kleidung bekommt. Ich muss euch beiden Malkittel besorgen. Vielleicht hat euer Vater ein paar alte Hemden, die er nicht mehr braucht, die ihr benutzen könnt. Ich muss ihn mal fragen.« Sie wühlte unter der Spüle und kam mit zwei Müllsäcken heraus.

»Während ich Löcher in diese schneide, möchte ich, dass ihr beiden dieses Seidenpapier zerreißt. So.« Sie nahm ein Stück Seidenpapier und riss es. »Verstanden?«

Beide Kinder nickten.

»Gut. Ich werde nach eurer Schwester sehen und dann eure Malkittel machen. Fasst den Kleber noch nicht an.«

Sie nickten wieder, und sie ging in den Flur und steckte den Kopf ins Spielzimmer. Elise schlug einen kleinen Metalltopf auf der Spielküche. Sie blickte mit einem zahnigen Lächeln zu Alice zurück.

»Du kleiner Frechdachs. So spielt man nicht mit der Küche.« Sie ging in den Raum und hob das Mädchen in ihre Arme, blies eine Raspberry auf ihren Bauch und brachte sie zum Kichern. »Komm schon. Lass uns malen gehen.«

Elise klatschte. »Leese malen!«

»Genau.« Alice ging zurück in die Küche und setzte das Mädchen auf den Boden, während sie einen Müllsack über den Sitz des Hochstuhls zog. Das Tablett ließ sich abwaschen, aber der Sitz wäre schwieriger zu reinigen. Nachdem sie Löcher in zwei Küchenmüllsäcke für Bronwyn und Henry als Malkittel geschnitten hatte, half sie den Kindern, sie anzuziehen. Bei Elise zog sie das Mädchen bis auf die Windel aus und setzte sie in den Hochstuhl mit etwas von dem speziellen Papier und Klecksen von Fingerfarbe. Elise steckte ihre Finger in die rote Farbe und steckte sie dann sofort in den Mund.

Alice seufzte. »Und deshalb habe ich die essbare Sorte gekauft.«

Henry lachte über das nun bemalte Gesicht seiner Schwester. »Du sollst es nicht essen, Elise!«

»Es ist okay, Henry. Es wird ihr nicht schaden.« Sie würde definitiv ein Bad brauchen, dachte Alice. Sie alle würden es, hatte sie das Gefühl.

»Was machen wir jetzt, Alice?«, fragte Bronwyn.

»Jetzt dürft ihr mit Kleber spielen.«

»Ist das der chaotische Teil?« Die Augen des Mädchens funkelten.

»Genau.« Alice nahm den Modge Podge und goss etwas davon auf zwei Einwegteller. Dann öffnete sie die Packung mit Schaumstoffpinseln und nahm einen heraus, wobei sie Henrys Luftballon aufhob. »Tauche deinen Pinsel in den Kleber und streiche ihn so auf den Luftballon.« Sie verteilte etwas von dem Kleber auf der Oberfläche. »Dann nimmst du etwas von dem Seidenpapier und legst es auf den Kleber.« Sie legte mehrere Stücke Seidenpapier auf den verteilten Kleber. »Danach gibst du noch etwas mehr Kleber darüber.« Alice tauchte den Pinsel erneut in den Kleber und verteilte ihn über dem Seidenpapier. »Einfach genug?«

Beide Kinder nickten. Sie reichte Henry den Luftballon und den Pinsel. »Los geht's.«

»Wann können wir sie bemalen?«, fragte Bronwyn, während sie Kleber auf ihren Luftballon schmierte.

»Das wird wahrscheinlich ein paar Tage dauern. Ihr müsst mehrere Schichten Seidenpapier auftragen, damit sie stabil genug für die Vögel sind.«

»Oh.« Enttäuschung färbte ihre Stimme.

»Ich weiß, du bist ungeduldig, sie hübsch zu machen, aber wir müssen sicherstellen, dass sie nicht auseinanderfallen, wenn Vögel darin Nester bauen.«

»Ja, das macht Sinn.« Sie tauchte ihren Pinsel erneut in den Kleber.

»Gut. Während ihr das macht, bereite ich euch einen Snack zu.«

»Können wir Äpfel haben?«, fragte Henry.

»Klar. Wollt ihr Erdnussbutter dazu?«

Er nickte. Bronwyn ebenfalls.

»Was soll deine Schwester bekommen? Apfelmus?«

»Das mag sie«, sagte Henry.

»Okay. Dann Apfelmus. Und vielleicht noch einen Joghurt zum Quetschen.«

Während die Kinder arbeiteten, beschäftigte sich Alice damit, Äpfel zu schneiden und Erdnussbutter darauf zu verteilen. Sie holte einen Apfelmusbeutel aus der Vorratskammer und einen Quetschjoghurt aus dem Kühlschrank. Als sie sich umdrehte und einen Blick auf Elise warf, konnte sie nicht anders als zu lachen. Das Kleinkind hatte überall Farbe am Kinn, auf den Wangen und in den Haaren. »Oh je. Ich glaube, dein Snack muss warten, Elise.«

Das Mädchen grinste nur und klatschte mit ihren farbverschmierten Händen auf das Papier. Farbe spritzte herum und Tropfen landeten auf dem Boden. Alice würde wohl wischen müssen, wenn sie fertig waren.

Bronwyn und Henry lachten, als sie ihre Schwester ansahen.

»Sie ist eine Schweinerei!«, sagte Henry.

»Mama würde das nicht gefallen.« Bronwyn schüttelte den Kopf.

Henrys Lächeln erstarb und er blickte nach unten, während er seinen Pinsel im Kleber drehte.

Alice' Herz setzte einen Schlag aus. Das war das erste Mal, dass eines von ihnen ihre abwesende Mutter erwähnte. Es war ein Beweis für Wades Erziehung, dass sie nach so einem Ereignis so glücklich und gut angepasst waren. Sie wusste, wie es sich anfühlte, einen Elternteil zu verlieren - Alice' Mutter war gestorben, als sie in der High School war. Aber sie konnte sich nicht vorstellen, wie es sich anfühlen würde, wenn die eigene Mutter einen verlässt, nur weil sie keine Mutter mehr sein wollte.

Sie räusperte sich. »Das wäscht sich alles ab, also ist sie in Ordnung. Es ist nichts Schlimmes daran, eine Schweinerei zu machen, die sich abwaschen lässt. Macht eure erste Schicht Pappmaché fertig, damit ihr euren Snack essen könnt.«

Nun gedämpfter, nickte er.

Alice' Herz schmerzte für den Jungen. Sie sah sich um, auf der Suche nach etwas, um ihn aufzuheitern, und ihr Blick fiel auf die iPhone-Lautsprecherstation auf der Arbeitsplatte. Musik half ihr immer, sich besser zu fühlen, also nahm sie ihr Handy heraus, suchte eine Playlist, die sie in der Schule für ihre Schüler benutzte, und steckte ihr Handy in die Station. Das erste Lied der Liste erfüllte die Küche. Sie sang mit und tanzte dazu durch die Küche. Gekicher folgte ihr, als sie eine Show abzog. Ein Lächeln umspielte ihr Gesicht, froh darüber, dass sie Henry wieder zum Lächeln gebracht hatte.

Die Kinder beendeten ihre erste Schicht Pappmaché, und sie half den beiden älteren beim Händewaschen, damit sie ihre Snacks essen konnten. Elise brauchte ein Bad.

Alice kicherte, als sie das Kleinkind aus ihrem Stuhl hob. »Du bist so eine Schweinerei. Dein Papa wird sich aber freuen. Er bekommt ein schönes, sauberes, gebadetes Baby und muss es später nicht mehr machen.« Sie warf einen Blick auf die anderen Kinder, als sie die Küche verließ. »Ihr beiden esst euren Snack fertig, dann könnt ihr eine Weile fernsehen, bis es Zeit für die nächste Schicht Pappmaché ist. Okay?«

Beide Kinder nickten mit vollem Mund. Alice verließ den Raum und ging den Flur entlang und die Treppe hinauf zum Kinderbadezimmer. Sie schloss die Tür und setzte Elise auf den Boden, um den Wasserhahn der Badewanne aufzudrehen. Als sie sich umdrehte, um das Mädchen in die Wanne zu setzen, weiteten sich ihre Augen. Bunte Handabdrücke zierten den Waschtisch.

»Oh, Mädchen. Ich hätte dich wohl vorher mit ein paar Feuchttüchern abwischen sollen.« Ihr Gesicht verzog sich.

»Ich hoffe, das geht wieder ab.« Sie erblickte sich selbst im Spiegel. »Mist.« Sie blies sich die Ponyfransen aus dem Gesicht. Sie hätte es besser wissen müssen, als ein farbverschmiertes Kind hochzuheben. »Was für eine Kunstlehrerin ich doch bin.«

Elise schlug gegen die Schranktüren des Waschtischs und hinterließ weitere Abdrücke, dann quietschte sie. »Genieß es, solange du kannst, Kleine. Wenn du älter wirst, gibt's mehr als nur ein Bad, wenn du den Waschtisch anmalst.« Sie beugte sich vor, öffnete die Klebestreifen an der Windel des Kleinkinds, ließ sie zu Boden fallen und hob sie in die Wanne.

Das Wasser färbte sich sofort trüb braun, als sich die Farbe von ihrer Haut löste. Alice rümpfte die Nase. »Du wirst wohl ein Bad nach deinem Bad brauchen.«

Elise planschte und schickte Tropfen des schmutzigen Wassers über die gefliesten Wände. Alice fand sich damit ab, das gesamte Badezimmer putzen zu müssen, sobald das Mädchen fertig war.

Sie fand einen Lappen und das Babybadegel und machte sich daran, die Fingerfarbe von Elise abzuwaschen. Nachdem sie sie sauber hatte, ließ sie das Wasser ab und seifte sie erneut ein, um etwaige Rückstände des schmutzigen Wassers zu entfernen.

»Lass uns dich anziehen, ja?« Alice hob das Mädchen aus der Wanne und wickelte sie in ein Handtuch, dann trug sie sie den Flur hinunter in ihr Zimmer. Sie fand ein sauberes T-Shirt und eine Shorts und zog sie ihr schnell an, bevor sie wieder nach unten ging.

Im Wohnzimmer fand sie Henry und Bronwyn auf der Couch zusammengerollt, wie sie einen Zeichentrickfilm im Fernsehen schauten. Der Abspann lief gerade, als sie eintrat.

»Perfektes Timing.«

Die Kinder sahen zurück.

»Können wir noch mehr schauen?«, fragte Bronwyn.

»Im Moment nicht. Ich brauche euch drei im Spielzimmer, während ich nach oben gehe und das Badezimmer putze. Eure Schwester hat überall Handabdrücke auf dem Waschtisch hinterlassen. Und ich muss die Farbreste aus der Wanne waschen.« Das Spielzimmer war der sicherste Ort, der ihr einfiel, um Elise für ein paar Minuten allein zu lassen. Es hatte eine Tür zum Flur, und sie sah ein Treppengitter in der Nähe der Tür zum Wohnzimmer.

Bronwyn kicherte und hüpfte von der Couch. »Wette, du lässt sie nicht so bald wieder malen. Du hast überall Farbe auf deinem Shirt.«

»Ich weiß. Aber beim nächsten Mal weiß ich, dass ich auch ein Malershirt anziehen muss. Kommt schon.« Sie scheuchte sie in Richtung Spielzimmer. »Wyn, mach bitte die Flurtür zu.«

Das Mädchen ging hinüber und schloss die Tür. Alice setzte Elise ab und stellte dann das Treppengitter in den Türrahmen. »Ihr bleibt hier drin. Wenn ihr etwas braucht, ruft. Ich bin nur ein paar Minuten weg, okay?«

Sie nickten. Elise fand die Töpfe und Pfannen, die sie vorher benutzt hatte, und begann erneut, damit zu scheppern, während Alice zum Tor ging. Sie schüttelte den Kopf und hoffte, dass die anderen beiden nicht taub werden würden, bevor sie zurückkam.

Im Obergeschoss fand sie die Putzmittel unter der Spüle und sprühte damit die Vorderseite des Waschtischs und die Badewanne ein. Sie kramte im Wäscheschrank, fand einige alte Lappen und benutzte einen davon, um die Handabdrücke abzuschrubben und die Wanne auszuwischen. Sie trat zurück und begutachtete die Vorderseite des Waschtischs. Zufrieden, dass er sauber war, spülte sie den Lappen aus und legte ihn zum Trocknen über den Rand des Wäschekorbs, dann ging sie wieder nach unten. Anstatt direkt ins Spielzimmer zu gehen, nutzte sie die Gelegenheit, um die Toilette zu benutzen, und prüfte dann die Projekte der Kinder. Sie waren trocken genug für eine weitere Schicht.

Sie verließ die Küche, ging den Flur hinunter und öffnete die Tür zum Spielzimmer, wobei sie den Kopf hineinsteckte. »Seid ihr zwei bereit für eine weitere Schicht Pappmaché?«

Bronwyn und Henry standen auf und rannten aus dem Zimmer. Elise winkte Alice mit der Babypuppe in ihrer Hand zu. »Du kannst dein Baby mitbringen.« Sie hob sie hoch und ging in Richtung Küche. Diesmal gab sie dem Mädchen ein paar dicke Buntstifte und Papier.

Es brauchte noch ein paar weitere Runden Pappmaché, bis die Vogelhäuschen stabil genug zum Bemalen waren. Sie waren gerade dabei, die letzte Schicht fertigzustellen, als sie hörte, wie sich die Haustür öffnete.

»Papa ist zu Hause!« Henry legte seinen Pinsel weg und schob sich vom Tisch, rannte aus dem Zimmer in einem Rascheln von Plastik von der Müllsackschürze, die er trug. Bronwyn folgte schnell, nachdem sie den Streifen in ihren Händen fertig geklebt hatte.

Alice hörte Wades tiefe Stimme die Kinder begrüßen. Ihr Geplapper wurde lauter, als sie näherkamen, dann erschienen die drei in der Küchentür. Sie kämpfte darum, ihr Herz unter Kontrolle zu halten, das wild zu schlagen begann. Er hatte Henry auf dem Arm und ein Lächeln auf seinem gutaussehenden Gesicht. Seine Unterarme spannten sich an, als er den Jungen absetzte.

»Dada!« Elise hämmerte auf ihren Hochstuhl und riss Alice aus ihrer Verzauberung.

Er nickte Alice im Vorbeigehen grüßend zu und ging hinüber, um seiner Tochter ein paar schmatzende Küsse auf die Wangen zu drücken. »Du riechst gut.« Er warf Alice einen sanft fragenden Blick zu. »Hat sie schon gebadet?«

Alice nickte. »Ja. Ich habe sie mit Fingerfarben malen lassen. Sie hatte sie überall.«

»Mutige Frau. Ich habe mich noch nicht getraut, sie das machen zu lassen.«

Ein Kichern entfuhr ihr. »Nach heute kann ich verstehen, warum.«

Er grinste, dann sah er zu Henry hinunter, der an seiner Hosentasche zog.

»Hast du gesehen, was wir gemacht haben?« Henry zeigte auf den Tisch.

Wade schaute hinüber. »Was ist das?«

Henry führte ihn näher heran. »Vogelhäuschen.«

»Vogelhäuschen?« Er warf Alice einen weiteren sanft fragenden Blick zu.

»Wir haben Luftballons aufgeblasen, dann haben sie Seidenpapier darüber geschichtet mit Modge Podge«, erklärte Alice. »Ich denke, sie haben genug Schichten drauf, sodass wir sie morgen bemalen und Löcher hineinschneiden können. Ich habe etwas Schellack gekauft, damit sie sie tatsächlich draußen aufhängen können.«

Er beugte sich ein wenig vor, um genauer hinzusehen, dann richtete er sich auf. »Das ist ziemlich cool. Also, hattet ihr heute Spaß?«

»Japp!«, sagte Bronwyn.

»Mhm«, fügte Henry hinzu.

»Wart ihr brav?«

Beide Köpfe nickten. Wade sah Alice an, eine Frage in seinen Augen, und sie lächelte.

»Sie waren sehr brav. Henry und Elise haben den größten Teil des Tages gespielt, nachdem ich Bronwyn in der Schule abgesetzt hatte. Später, nachdem wir sie abgeholt hatten, sind wir in den Bastelladen in der Stadt gegangen und haben Sachen gefunden, um diese hier und die Fingerfarben zu machen. Sie waren gerade dabei, ihre letzte Schicht fertigzustellen.«

»Oh, na dann solltet ihr das besser zu Ende bringen. Wir wollen ja nicht versehentlich Kleber mit unserem Abendessen vermischen, oder?«

Henry und Bronwyn kicherten.

»Du bist albern, Papa.« Henry kletterte auf seinen Stuhl und nahm seinen Pinsel.

Wade grinste. »Ich sage ja nur. Das wäre ziemlich eklig.«

»Allerdings«, stimmte Alice zu. Sie ging zum Tisch und begann aufzuräumen, was sie konnte, während die Kinder fertig machten. Wade nahm das Päckchen Seidenpapier und sie warf ihm einen Blick zu. »Du musst nicht helfen. Warum machst du nicht das, was du normalerweise machst, wenn du von der Arbeit nach Hause kommst? Ich räume das hier fertig auf. Ich kann auch mit dem Abendessen anfangen, wenn du mir sagst, was du vorhattest zu kochen.«

»Oh. Ehrlich gesagt, fange ich normalerweise gleich mit der Essenszubereitung an.« Er richtete sich auf, immer noch das Seidenpapier in der Hand.

»Dann mach das ruhig. Ich helfe ihnen, fertig zu werden und räume sie dann auf.«

»Bist du sicher?«

»Ja.« Sie scheuchte ihn weg. »Los. Koch.«

Er hielt ihr das Seidenpapier hin. »Okay. Danke.«

»Natürlich. Ich habe das Chaos genehmigt. Es wäre nicht fair, wenn ich es dir zum Aufräumen überlassen würde, nur weil du nach Hause gekommen bist, bevor wir fertig waren.« Sie wäre stinksauer, wenn ihr Babysitter das tun würde. Ein Teil der Kinderbetreuung bestand darin, ihnen beizubringen, nach sich selbst aufzuräumen. Was für ein Beispiel würde sie abgeben, wenn sie es Wade überlassen würde, damit umzugehen?

»Ich weiß das zu schätzen.« Er ging zur Vorratskammer.

Henry und Bronwyn brauchten noch weitere fünfzehn Minuten, um ihre letzte Schicht Pappmaché fertigzustellen. Als sie fertig waren, stellte Alice ihre Projekte auf die Rückseite der Wurstlinks in einer Pfanne anbriet. »Ich denke schon. Ich Kücheninsel, aus dem Weg, und half ihnen dann beim Händewaschen. Sie spülte ihre Pinsel am Waschbecken aus, sammelte dann die Zeitungen und Teller mit Kleber vom Tisch ein, sowie ihre Müllsackschürzen, und warf alles in den Mülleimer.

»Bevor ich es vergesse, hast du ein paar alte Hemden, die die Kinder als Malerschürzen benutzen können? Die Müllsäcke waren heute eine schnelle Lösung, aber ich möchte sie nicht weiter benutzen. Es ist einfach Verschwendung.«

Wade blickte von dem Herd auf, wo er einige geräucherte Wurstlinks in einer Pfanne anbriet. »Ich denke schon. Ich werde versuchen, heute Abend nachzuschauen. Wenn ich es vergesse, kannst du gerne hinten in meinem Kleiderschrank stöbern. Da sind mehrere alte Flanellhemden drin, die schon Farbflecken haben. Ich habe auch ein paar T-Shirts unten in meiner Kommode, die sie benutzen können. Die sind einfach weiß.« Sein Blick wanderte über ihr farbbeflecktes Hemd. »Du solltest dir vielleicht auch eins holen.«

Alice kicherte und sah an sich herunter. »Ja. Ich habe nicht nachgedacht, als ich Elise hochgehoben habe, um sie zu baden. Sie hat diese farbverschmierten Hände überall auf mich gedrückt. Sie hat auch den Waschtisch im Bad dekoriert. Aber das ließ sich leicht reinigen.« Sie zog ihr Hemd von ihrem Bauch weg. »Ich hoffe, das geht raus, aber wenn nicht, ist es mein neues Malhemd.«

»Ich finde, du solltest es immer tragen. Starte einen neuen Trend.« Ein Mundwinkel zuckte nach oben.

Alice lachte. »Ich könnte damit wahrscheinlich durchkommen. Die Leute würden nur den Kopf schütteln und sagen: ›Sie ist eine Künstlerin.‹«

Sein Lachen gesellte sich zu ihrem. »Möchtest du zum Abendessen bleiben? Es ist genug da.«

»Oh.« Ihr Lächeln verblasste vor Überraschung über seine Einladung.

»Bleib, Fräulein Alice!«

Sie blickte zu Bronwyn zurück.

»Bitte?«, fügte Henry hinzu.

Alices Herz zog sich zusammen. Oh, sie war in Schwierigkeiten. Sie konnte den beiden kaum etwas abschlagen. »Okay.«

Sie jubelten.

»Helft mir, den Tisch zu decken.« Sie winkte die Kinder herbei, und sie rannten zur Besteckschublade. Alice öffnete den Tellerschrank und nahm zwei Erwachsenenteller und drei Kinderteller heraus, die sie neben Wade auf die Arbeitsplatte stellte.

Er nickte dankend und ging dann zurück zur Speisekammer, von wo er mit zwei Dosen grüner Bohnen zurückkam. »Im Gefrierschrank sind zwei Beutel Bratkartoffeln. Die für die

Mikrowelle. Kannst du sie rausholen und in die Mikrowelle stecken?«

»Klar.« Sie fand die Beutel und stellte den Timer der Mikrowelle, wobei sie weitere neunzig Sekunden hinzufügte, da es zwei Beutel waren.

Er machte die Würstchen fertig und verteilte sie auf die fünf Teller, dann tat er dasselbe mit den grünen Bohnen, die er in einem Topf erwärmt hatte. Die Mikrowelle piepste, und Alice verteilte die Kartoffeln auf die Teller. Sie half ihm, sie zum Tisch zu tragen, wobei sie Elises Essen in winzige Bissen schnitt, bevor sie es der Kleinen gab.

»Danke für das Abendessen.« Alice spießte ein Stück Wurst auf.

»Ja, danke, Papa.« Bronwyn aß einige grüne Bohnen.

»Gern geschehen.«

»Und, wie war dein Tag?« Alice schob sich das Stück Wurst in den Mund, während sie zu ihm hinüberblickte.

Er nickte. »Gut. Routine.« Eine leichte Falte erschien auf seiner Stirn. »Na ja, größtenteils Routine. Ich beschäftige mich immer noch mit dieser Brandstiftungsermittlung.«

»Wie läuft's?«

Er zuckte mit den Schultern und spießte einige grüne Bohnen auf. »Wir haben ein paar Hinweise. Ich habe alles an die Sheriffin übergeben. Sie ermittelt gemeinsam mit mir. Ich hoffe nur, wir finden den Täter, bevor es zu einem weiteren Brand kommt.«

Alices Augen weiteten sich. »Du glaubst, es wird weitere geben?«

»Leider ja. Ich habe ein Muster in mehreren Bränden

entdeckt. Es war möglicherweise nicht der erste, den diese Person gelegt hat.« Er aß das Essen von seiner Gabel.

Alice runzelte die Stirn, als sie darüber nachdachte. Sie hatte gehört, dass beim letzten Brand jemand verletzt worden war. Sie hoffte, dass es niemand anderem passieren würde und dass er und Sheriffin Lattimer die Sache bald aufklären könnten.

Ihre Unterhaltung wandte sich alltäglicheren Dingen zu, während sie zu Ende aßen. Als die Kinder fertig waren, half Alice Wade beim Aufräumen.

»Ich sollte gehen.« Sie faltete den Lappen, mit dem sie Elises Hände und Gesicht abgewischt hatte, und legte ihn über den Rand der Spüle. »Es wird spät.« Sie wollte noch ein paar Keramikstücke drehen, bevor sie ins Bett ging. Außerdem musste sie für morgen Abend packen. Es würde ihre erste Übernachtung im Hause Kaczmarek sein.

Wade nickte. »Ja. Ich muss Wyn und Henry baden und bettfertig machen. Nochmals danke, dass du einspringst, bis meine Babysitterin wieder arbeiten kann.«

»Kein Problem. Wir hatten Spaß.« Sie deutete zur Tür. »Ich sage den Kindern Tschüss und mache mich dann auf den Weg. Wir sehen uns morgen früh.«

»Okay. Vergiss nicht, dass ich morgen Nachtschicht habe. Ich komme zum Abendessen zurück und gehe dann wieder für die Nacht.«

Sie nickte. »Ich plane schon, was ich einpacken soll.«

Er lächelte. Alices Herz setzte einen Schlag aus. Verdammt. Warum hatte er so eine Wirkung auf sie? Sie unterdrückte einen Seufzer und schob es auf die Müdigkeit. Es war ein langer Tag gewesen. Spaßig, aber lang.

Sie winkte ihm mit den Fingern zu, sagte gute Nacht und ging in den Flur, um zum Spielzimmer zu gehen, wohin die Kinder nach dem Essen gegangen waren. Sie steckte den Kopf um die Tür. »Ich gehe jetzt. Seid schön brav für euren Papa. Ich sehe euch morgen früh.« Elise ignorierte sie, aber die beiden Älteren standen auf und kamen herüber, um sie zu umarmen. Sie drückte sie fest und gab jedem einen Kuss auf die Wange, bevor sie gute Nacht sagte. Sie nahm ihre Handtasche und Jacke vom Tisch im Eingangsbereich und ging hinaus. Vögel zwitscherten ihr Abendlied, und eine leichte Brise wehte.

Alice atmete tief die warme Abendluft ein und ging zu ihrem Auto, ein wenig traurig, dass sie gehen musste. Der Tag war schön gewesen. Die Kaczmarek-Kinder waren toll. Und sie hatten bereits ein Stück ihres Herzens gestohlen. Das beunruhigte sie ein wenig. Sie wollte es nicht für immer verlieren, wenn ihre andere Babysitterin zur Arbeit zurückkehrte. Irgendwie, so schwor sie sich, würde sie Teil ihres Lebens bleiben. Sie stieg in ihr Auto und startete den Motor. Vielleicht würden sie und Wade durch all das Freunde werden.

Ihr Körper erhitzte sich bei dem Gedanken an mehr. Sie biss die Zähne zusammen und legte den Rückwärtsgang ein, um diesen albernes Gedanken zu unterdrücken. Der Mann gab keinerlei Anzeichen, dass er mehr von ihr wollte als Kinderbetreuung. Freundschaft könnte eine natürliche Erweiterung davon sein. Auf mehr zu hoffen, war einfach Wahnsinn und würde sie nur auf einen Herzschmerz vorbereiten. Sie weigerte sich, den Gedanken auch nur in Betracht zu ziehen.

Aber als sie zurück zum Stone Creek fuhr, vibrierte ihr Körper immer noch bei der Erinnerung an Wades strahlendes Lächeln und zärtliche Blicke, wenn er mit seinen Kindern interagierte. Einem Mann, der seine Kinder liebte - und Single war - war schwer zu widerstehen. Es sagte viel über seinen

Charakter aus. Er war jemand, den sie gerne besser kennenlernen würde.

Sie blies sich den Pony aus dem Gesicht und schüttelte den Kopf. »Freunde, Alice.« Der Mann schien nicht auf der Suche nach einer Beziehung zu sein. Und sie konnte es ihm nach der Art, wie seine Frau ihn verlassen hatte, nicht verübeln. Sie wäre es auch nicht, wenn ihr Mann einfach abgehauen wäre und sie mit drei Kindern ohne Vorwarnung zurückgelassen hätte. Freundschaft war alles, was sie bekommen würde. Egal, wie sehr er ihren Körper zum Singen brachte. Und sie würde nicht auf mehr drängen. Sie hatte zu viel Respekt vor sich selbst - und vor dem, was er versuchte zu tun, indem er diese Kinder allein großzog -, um sich ihm an den Hals zu werfen.

Die Tür fiel krachend ins Schloss, gerade als Alice die Ofentür öffnete, um die Lasagne herauszunehmen, die sie zum Abendessen gemacht hatte. »Papa!«-Rufe hallten durch das Haus, als die Kinder losrannten, um ihren Vater zu begrüßen. Momente später hörte sie seine Stiefel auf dem Holzboden des Flurs, begleitet vom leiseren Trippeln kleiner Füße, als er sich der Küche näherte.

»Es riecht gut hier. Du hast das Abendessen gemacht?«

Alice lächelte, als er hereinkam. »Ja. Ich dachte, da du in ein paar Stunden wieder zur Arbeit musst, wäre deine Zeit zu Hause besser damit verbracht, dich zu entspannen und mit den Kindern abzuhängen, als zu kochen. Das Essen ist fertig, wenn du dich waschen und Platz nehmen möchtest.«

»Du wirst uns alle noch verwöhnen.« Er ging zum Waschbecken. »Aber ich beschwere mich nicht. Dienstage und Mittwoche sind wegen meines Zeitplans immer hart.«

»Was macht deine andere Babysitterin an diesen Tagen?« Sie sah zu den Kindern. »Geht bitte eure Hände im Bad waschen.« Sie rannten los.

»Sie kocht nicht, es sei denn, ich bitte sie darum. Was ich nicht sehr oft tue.« Sein Mund verzog sich. »Sie ist nicht die beste Köchin.«

Alice kicherte über seinen Gesichtsausdruck. »Ich werde vorbeikommen und dir ein paar Tiefkühlgerichte machen, nachdem sie wieder da ist. Die kann sie dann einfach in den Ofen schieben, dienstag- und mittwochabends.«

Er drehte das Wasser ab und riss ein paar Papierhandtücher ab, um sich die Hände zu trocknen. »Das musst du nicht machen. Mittwochs gibt es normalerweise Pizza, weil ich meistens erschöpft bin. Dienstags improvisieren wir einfach.«

Sie nahm ein Messer, um die Lasagne zu schneiden, und schwenkte es in seine Richtung, bevor sie in den Auflauf stach. »Na, solange ich hier bin, wird nicht improvisiert. Setz dich hin.«

»Kann ich irgendwas tun?« Er ignorierte ihre Anweisung und kam näher.

»Du kannst den Salat zum Tisch bringen und etwas davon auf die Teller der Kinder geben.« Sie wollte widersprechen, wollte aber auch nicht, dass er das Gefühl hatte, sie würde alles übernehmen, also gab sie nach und erteilte ihm eine Aufgabe. »Er steht auf der Kücheninsel.«

Er drehte sich um, nahm die Schüssel und brachte sie zum Tisch, den die Kinder vor ein paar Minuten gedeckt hatten. Sie kamen angerannt, als er Salat auf Henrys Teller tat.

»Igitt. Ich mag keinen Salat.« Der Junge rümpfte die Nase, als er auf seinen Stuhl kletterte.

Alice nahm ihre Topflappen und hob die Auflaufform hoch, um sie zum Tisch zu tragen. »Wir müssen alle Dinge essen, die wir nicht unbedingt mögen, Henry. Salat ist gesund für dich, also kannst du etwas davon essen.«

Er brummte, sagte aber nichts weiter.

Bronwyn hüpfte auf ihren Stuhl. »Ich mag Salat. Der ist lecker.«

»Das freut mich.« Alice stellte die Auflaufform auf den Untersetzer in der Mitte des Tisches und setzte sich dann.

Wade hob Henrys Teller an und gab Lasagne darauf. Alice reichte ihm Elises Teller, dann schnitt sie das Essen klein, während er Bronwyns und seinen eigenen Teller füllte.

»Soll ich deinen auch füllen?«

»Gerne.« Alice gab Elise ihren Löffel und stellte dann den Teller vor sie hin.

Wade nahm Alices Teller und füllte ihn, dann gab er ihn zurück.

»Danke.«

»Gern geschehen. Das sieht wirklich gut aus. Erinnere mich daran, dir Geld für die Lebensmittel zu geben.«

Sie winkte ab und nahm ihre Gabel. »Zieh einfach etwas von dem ab, was du darauf bestehst, mir zu zahlen.«

Er schnaubte. »Du machst einen Job, Alice. Du verdienst es, bezahlt zu werden.«

Sie zuckte mit den Schultern und schnitt ein Stück Lasagne ab. »Für mich ist das Spaß. Und ich helfe gerne. Aber ich verstehe, was du meinst. Bezahl mir, was du für angemessen hältst, Wade.«

Das Abendessen verging schnell, während die Kinder redeten und ihrem Vater von ihrem Tag erzählten. Alice blickte zu Elise und verzog bestürzt die Nase.

»Zwei Tage hintereinander, Kleine? Wirklich?« Das Mädchen hatte Nudelsoße überall im Gesicht und an den Händen. Die

Enden ihrer blonden Haare um ihr Gesicht herum waren orange gefärbt.

Wade lachte. »Du hast wohl ein Problem damit, sie Unordnung machen zu lassen, oder?«

Mit einem verlegenen Lächeln zuckte Alice mit den Schultern. »Ehrlich gesagt habe ich nicht an die Sauerei gedacht, die sie machen würde, als ich heute das Abendessen zubereitet habe. Nur daran, dass es einfach und sättigend sein würde. Ich werde sie baden. Schon wieder.«

Sein Grinsen wurde breiter. »Mach das. Wyn, Henry und ich werden nach draußen gehen und ein bisschen Fußball spielen.«

Die Kinder jubelten.

»Oh ja!« Henry schob sich vom Tisch weg. »Ich mag Fußball. Viel lieber als Salat.«

Alice lachte und packte seinen Ärmel, um seine Flucht zu verhindern. »Du musst trotzdem aufessen, junger Mann.«

Henrys Schultern sackten herab, und er sah seinen Vater an. »Muss ich wirklich?«

Wade nickte. »Ja. Alice hat recht. Salat ist gut für dich. Du kannst dein Abendessen aufessen, bevor wir spielen.«

Der Junge stieß einen Seufzer aus, der so groß war wie er selbst, und kletterte zurück auf seinen Stuhl. Mit einem finsteren Blick auf seinen Teller spießte er ein Stück Salat auf und stopfte es sich in den Mund. Alice unterdrückte ein Grinsen. Er war niedlich.

Zu seiner Ehre aß er den Rest seines Essens ohne zu klagen auf. Als der letzte Bissen verschwunden war, nahm er seinen Teller und brachte ihn zur Spüle. »Ich bin fertig, Papa.«

»Ich auch.« Wade stellte seinen Teller in die Spüle. »Bronwyn, bist du fertig?«

Das Mädchen nickte und aß den letzten Bissen. »Japp.« Sie trug ihren Teller zur Spüle.

Wade blickte zu Alice. »Kommst du hier klar mit dem orangefarbenen Soßenmonster?« Er zeigte grinsend auf Elise.

Alice seufzte. Die Kleine war noch mehr verschmiert als zuvor. Jetzt hatte sie auch noch geschmolzenen Käse in den Haaren. »Ja. Schick Hilfe, wenn du mich in etwa zwanzig Minuten nicht siehst.«

Lachend scheuchte er die Kinder zur Tür. »Alles klar. Kommt, Leute. Lasst uns abhauen, bevor sie uns zum Helfen verdonnert.«

Kichernd rannten Bronwyn und Henry nach draußen. Wade grinste Alice an und folgte ihnen.

Mit einem weiteren Seufzer sah Alice Elise an. »Bist du fertig mit Essen?« Ihr Blick schweifte über das Tablett des Hochstuhls. Es war nicht mehr viel übrig. Alles war entweder in ihrem Bauch oder auf ihrem Körper gelandet. Sie nahm einen Lappen, machte ihn nass und wischte damit über Elises Hände und Gesicht. »Ich mache nicht noch einmal denselben Fehler. Du ruinierst mir kein weiteres T-Shirt.« Als sie den Großteil des Schmutzes vom Mädchen entfernt hatte, nahm sie es aus dem Stuhl und trug es nach oben, um es zu baden.

Das Wasser war diesmal nicht ganz so schmutzig, aber Alice musste trotzdem die Rückstände aus der Wanne spülen. Sie zog ihr saubere Kleidung an und ging dann wieder nach unten, um sich den anderen draußen anzuschließen.

~

Wade blickte hinüber, als sich die Hintertür öffnete. Alice kam heraus und trug die frisch gewaschene Elise. Sein Magen machte einen Salto, als er das gerötete Gesicht seines Babysitters und die schweißnassen Haarsträhnen sah, die an ihrer Stirn klebten. Sie wirkte ein wenig zerzaust, aber immer noch wunderschön. Er wandte sich ab und konzentrierte sich auf den Ball, der auf ihn zukam.

»Willst du mitspielen, Alice?«, fragte Bronwyn und stoppte den Ball, indem sie ihren Fuß darauf stellte.

»Nein. Macht ihr nur weiter. Ich setze mich kurz hin.« Sie setzte Elise ins Gras. Das Mädchen lief zum Sandkasten.

Wade bemerkte, wie Henrys Aufmerksamkeit zu seiner kleinen Schwester wanderte. Der Junge wollte auch im Sand spielen. »Wollen wir eine Pause machen?«

»Okay.« Henry rannte zum Sandkasten und setzte sich zu Elise. Bronwyn ging zu den Schaukeln.

»Haben sie dich geschafft?« Er setzte sich neben Alice an den Gartentisch.

Sie lächelte und nickte. »Ein bisschen. Man sollte meinen, ich wäre es gewohnt, den ganzen Tag zu unterrichten. Aber es ist anders, wenn man zu Hause mit ihnen ist. Sie sind nicht in Gruppen an Tischen eingepfercht. Sie rennen überall herum, müssen ständig beschäftigt werden, ändern aber auch dauernd ihre Meinung. Und sie wollen fast nie alle dasselbe machen.«

»Erzähl mir davon. Elise ist in den letzten Monaten viel selbstständiger geworden, und das hat den Zwist nur noch verstärkt. Sie ist sehr deutlich darin, was sie will und was nicht.«

»Das ist mir aufgefallen. Sie ist aber ziemlich gut darin, zufrieden zu bleiben, wenn man etwas gefunden hat, das ihr gefällt.« Sie lächelte, während sie ihnen beim Spielen zusah. »Sie sind wirklich tolle Kinder, Wade.«

»Ja. Trotz allem, was sie in ihrem kurzen Leben erlebt haben, sind sie glücklich. Ich habe mich bemüht, ihnen eine Routine zu geben und sie nicht zu sehr von den Handlungen ihrer Mutter beeinflussen zu lassen.« Er zuckte mit den Schultern. »Es ist schön zu wissen, dass es funktioniert.«

»Was ist passiert? Wenn es dir nichts ausmacht, dass ich frage? Ich würde gerne die Grundlagen wissen, falls eines der Kinder fragt oder jemand etwas zu einem von ihnen über sie sagt.«

Wade runzelte die Stirn, seine heitere Stimmung trübte sich, als Gedanken an seine Ex-Frau aufkamen. Sie hatte jedoch Recht. Sie musste zumindest etwas von dem wissen, was passiert war. Er fuhr sich mit der Hand über sein kurzes Haar und starrte über den Hof, ohne wirklich etwas zu sehen. »Emily und ich waren College-Sweethearts. Sie war eine Musikstudentin, die ich auf einer Party kennengelernt habe. Ich studierte Forstwirtschaft zusammen mit meinem Mitbewohner. Ich wollte eigentlich gar nicht hingehen, aber er hat mich überredet. Nach dieser Nacht waren sie und ich unzertrennlich. Ich habe ihr direkt nach unserer Abschlussfeier einen Heiratsantrag gemacht, und sie hat Ja gesagt.«

»Ihr wart glücklich.«

Es war keine Frage. Er konnte erkennen, dass sie verstanden hatte, dass die Dinge eine Weile gut liefen.

»Ja. Für mehrere Jahre sogar. Wir haben in Missoula studiert, aber danach wollte sie versuchen, eine Karriere in der Musik zu machen, also sind wir nach Nashville gezogen. Emily kann wirklich singen, aber sie hat eine Stimme wie so viele andere Frauen. Sie war hübsch, aber nichts an ihr lässt sie herausstechen, weißt du? Ich habe trotzdem gerne zugehört, wenn sie sang.«

Bronwyn sprang von der Schaukel und lief zu der Deckbox, in der ihre Gartenspielzeuge aufbewahrt wurden. Er zeigte auf sie. »Dann kam die da.«

»Sie war nicht bereit, Mutter zu werden?«

»So war es nicht. Sie war bereit. Bronwyn war kein Unfall. Henry auch nicht. Elise war der Unfall. Emilys Plan war es, ein paar Kinder zu bekommen und dann zu versuchen, in einer Tourband unterzukommen.«

»Was wollte sie mit den Kindern machen? Was hast du beruflich gemacht?«

»Ich war Förster in den Appalachen. Und Teil ihres Feuerwehrdienstes. Wir haben die Kinder in die Kita gebracht, die sich meist nach meinem Zeitplan richtete. Wenn sie zu Hause war, konnte ihr Probenplan unberechenbar sein. Und sie spielte abends Gigs.«

»Also, was hat sich geändert?«

»Sie bekam das Angebot, als Backgroundsängerin in der Band eines bekannten Künstlers mitzumachen, musste aber ein paar Wochen vor Tourbeginn absagen, weil sie mit Elise schwanger war und Probleme hatte. Sie hatte diese Hyperemesis gravidarum. Weißt du, was das ist?«

Alice nickte. »Extreme Morgenkrankheit, oder?«

»Im Grunde ja. Sie wurde für ein paar Tage ins Krankenhaus eingeliefert, damit sie Flüssigkeit bekommen und versuchen konnten, es unter Kontrolle zu bringen, sodass sie wenigstens Wasser bei sich behalten konnte. Aber es hinderte sie daran, auf Tour zu gehen. Danach veränderte sie sich. Sie begann, es zu hassen, Mutter zu sein. Gebunden zu sein. Alles, was sie wollte, war ihre Musik zu spielen. Es wurde wie eine Besessenheit. Nichts würde ihr in die Quere kommen.«

Bronwyn hüpfte auf einem Pogo-Stick vorbei und brachte beide zum Lächeln. Er staunte immer noch darüber, wie gut sie darauf war. Er wünschte, es gäbe einen Ort, der Gymnastikkurse anbot, der näher als Billings wäre. Sie wäre gut darin.

»Nach Elises Geburt zog sie sich mehr und mehr zurück. Sie fing an, mehr Auftritte anzunehmen, neue Touren zu finden, bei denen sie mitmachen konnte. Manchmal kam sie mehrere Tage hintereinander nicht nach Hause, obwohl sie Nashville nie verließ. Sie sagte, es sei einfacher, in der Innenstadt zu bleiben, da sie von Auftritt zu Probe zu Auftritt ging. Elise war sechs Monate alt, als sie mir sagte, dass sie mit demselben Künstler auf Tour gehen würde, dessen Tour sie absagen musste. Die Frau bot ihr eine weitere Chance. Ich freute mich für sie, bis sie mir sagte, dass sie nicht vorhatte zurückzukommen.«

Er schluckte schwer, als die Erinnerung ihn traf. Das war einer der schwersten Tage seines Lebens. Seine Stimme war rau, als er weitersprach. »Sie sagte mir, sie sei nicht dafür geschaffen, Mutter zu sein. Dass ich einen großartigen Job als Mutter und Vater mache, also dachte sie, es wäre das Beste, wenn wir das so weitermachen würden.« Er holte zitternd Luft. »Sie hatte ihre Sachen gepackt, während ich bei der Arbeit war, und hatte sie alle schon in ihr Auto geladen. Nachdem sie diese Bombe platzen ließ, küsste sie die Kinder zum Abschied und ging. Zwei Wochen später bekam ich die Scheidungspapiere per Post.«

Alice keuchte. »Es tut mir so leid, Wade.«

»Mir auch. Aber nicht für mich. Für sie.« Er nickte zu den Kindern. »Sie haben nichts getan, um so eine Behandlung zu verdienen. Sie hat weder angerufen noch eine Karte geschickt oder sonst irgendetwas, seit sie gegangen ist. Es macht mich wütend. Ich wusste, dass sie karriereorientiert war, als ich sie heiratete, aber ich hätte nie gedacht, dass sie ihre Kinder im Stich lassen würde.«

»Hast du versucht, sie zu kontaktieren?«

Er nickte. »Als sie Bronwyns Geburtstag verpasste, rief ich ihr Handy an. Es war abgeschaltet, also versuchte ich es bei ihrem Anwalt. Er sagte, er würde ihr eine Nachricht zukommen lassen. Ich habe nie etwas zurückgehört. Ich versuchte es wieder, als Elise ein Jahr alt wurde. Ich schickte sogar ein paar Fotos, die er weiterleiten sollte. Funkstille.« Er sah Alice an. Ihre blauen Augen sahen aus wie gehärteter Stahl, und ihr Mund war fest zusammengepresst. Sie schüttelte den Kopf.

»Das ist schrecklich.«

Er zuckte mit den Schultern. »Es ist, wie es ist. Ich tue, was ich kann, um das Leben für sie gut zu machen. Der Umzug hierher war der erste Schritt dazu. Ich wusste, ich würde Hilfe brauchen, also rief ich meine Eltern an und erzählte ihnen, was passiert war. Dad bot mir sofort einen Job im Futtermittelgeschäft an. Wir blieben ein paar Monate bei ihnen, bis ich unser Haus in Nashville verkaufen und hier einen Platz finden konnte. In dieser Zeit öffnete sich eine Stelle bei der Feuerwehr. Ein paar Monate später auch die Position des Brandsachverständigen. Es bedeutete weniger Zeit weg in der Nacht und eine Gehaltserhöhung, also bewarb ich mich und wurde eingestellt. Der Chef bat mich, mich für die Stelle des Brandinspektors zu bewerben, als sie frei wurde, und wir arbeiteten einen Plan aus, der mich jede Nacht außer einer zu Hause hielt. Und ich habe die meisten Wochenenden frei. Jed und ich wechseln uns ab, wer an den

Wochenenden Bereitschaft hat. Ich muss nur für diese verfügbar sein.«

»Das ist großartig.«

»Ja.« Ein sanftes Lächeln formte sich auf seinem Gesicht. »Ich habe das Gefühl, wir sind endlich angekommen, weißt du? All die Umwälzungen des letzten Jahres - sie sind vorbei, und wir können jetzt einfach leben.«

Sie blickte weg und sah den Kindern beim Spielen zu. Wade lächelte Henry an. Er hatte einen Graben im Sandkasten gegraben und Elise fuhr ein Spielzeugauto hindurch.

»Bronwyn erwähnte sie gestern.« Alice brach das Schweigen und sah ihn an. »Sie sagte, ihrer Mutter würde es nicht gefallen, dass Elise sich so schmutzig gemacht hat. Henry wurde daraufhin sehr still. Er schien sowohl traurig als auch unsicher zu sein, ob er das tun sollte, was sie gewollt hätte, oder ob er weiterhin ein bisschen schmutzig sein sollte.«

Wade runzelte die Stirn und starrte seinen Sohn an. Henry sprach nicht viel über Emily, und er war sich nicht sicher, wie viel er sich an sie erinnerte. »Emily mochte es nicht, wenn die Kinder Unordnung machten. Sie ist eine sehr ordentliche Person, also störten sie all die Kindersachen etwas. Besonders all das überall verstreute Spielzeug. Bronwyn neigt immer noch dazu, ordentlicher zu sein als viele Kinder in ihrem Alter.«

»Stört es dich? Die Unordnung, meine ich?«

»Nicht wirklich. Ich möchte das Haus nicht in einem ständigen Zustand der Unordnung lassen, wo es immer aussieht, als wäre gerade ein Tornado durchgefegt, aber wenn sie einen Eimer voll Bauklötze oder Spielessen ausschütten und nicht sofort wieder aufräumen wollen, ist mir das egal. Wir räumen am Ende des Tages auf. Das reicht mir. Ich möchte einfach, dass sie Kinder sein können, verstehst du?«

Alice schenkte ihm ein sanftes Lächeln. »Du bist ein guter Vater, Wade Kaczmarek. Ich bin erstaunt, wie ausgeglichen Bronwyn und Henry sind. Sie wissen, dass du sie liebst. Und das hat ihnen geholfen, mit der Tatsache umzugehen, dass ihre Mutter sie verlassen hat.«

Er zuckte mit den Schultern. »Es ist leicht, sie zu lieben. Ich denke, das ist das Schwierigste zu verstehen, nicht nur warum sie gegangen ist, sondern auch warum sie nie anruft oder Karten schickt. Seit über einem Jahr herrscht Funkstille.«

Alice presste ihre Lippen zusammen und beobachtete einen Moment lang die Kinder, bevor sie ihre hübschen hellblauen Augen auf ihn richtete. »Vielleicht ist es zu schwer für sie.« Sie hob eine Hand. »Ich verteidige ihre Handlungen nicht. Ich spiele nur ein bisschen den Advocatus Diaboli. Vielleicht hat sie alle Verbindungen abgebrochen, weil es einfacher war, ihr neues Leben zu beginnen, wenn sie so tat, als würdet ihr alle nicht existieren.«

Wades Mund wurde schmal und seine Augenbrauen zogen sich zusammen. »Daran habe ich auch gedacht. Und es mag eine Rolle spielen. Aber ich glaube auch, dass sie wirklich einfach weitermachen wollte. Wir sind ihre Vergangenheit, und sie hat kein Interesse daran, darüber nachzudenken.« Seine Stimmung sank, als er an seine Ex-Frau dachte. An ihren Verrat. Nicht nur an ihm, sondern auch an ihren Kindern. Was auch immer ihre Gründe dafür waren, ihre Familie zu ghosten, sie waren egoistisch. Ihre Kinder hatten das nicht verdient. Er winkte ab. »Was auch immer ihre Gründe sind, ich versuche, nicht zu viel Hirnschmalz daran zu verschwenden. Ich möchte einfach vorwärts gehen.«

»Ich denke, das würde ich wahrscheinlich auch tun.« Sie beugte ihren Arm am Ellbogen, wo er auf der Armlehne ihres Stuhls ruhte, und lehnte einen Finger an ihr Gesicht, während sie zu den Kindern hinausstarrte. »Wenn eines von ihnen etwas über sie sagt - eine Frage stellt oder nach meiner Meinung fragt - was möchtest du, dass ich sage?«

Überrascht wandte sich Wade ihr zu. Keiner der anderen Betreuer im Leben seiner Kinder hatte ihn je danach gefragt. Er gab Shelby und Bronwyns Lehrerin eine oberflächliche Erklärung darüber, dass ihre Mutter nicht mehr im Bild war, und beließ es dabei. Es gefiel ihm, dass Alice sichergehen wollte, dass sie seinen Wünschen folgte. Was bedeutete, ehrlich zu ihnen zu sein.

»Du kannst antworten, wie du es für angemessen hältst. Ich war immer ehrlich zu ihnen. Ich versuche nicht zu spekulieren. Wenn sie fragen, ob ich glaube, dass sie sie liebt, sage ich ihnen, dass ich das glaube - denn das tue ich. Sie tut es nur auf eine andere Weise. Meistens stelle ich nur sicher, dass sie sich wertvoll fühlen und dass es nichts war, was sie getan haben, das sie dazu gebracht hat zu gehen.«

Sie nickte. »Ich werde das dann bekräftigen und ihnen sagen, dass sie mit dir mehr darüber sprechen können, wenn du nach Hause kommst, wenn sie möchten.«

»Das klingt gut. Danke, dass du fragst. Ich weiß das zu schätzen.«

Sie nickte, aber bevor sie mehr sagen konnte, kam Henry mit dem Fußball angerannt.

»Papa, kannst du nochmal den Ball kicken?«

»Klar.« Wade stand auf und warf dann einen Blick auf Alice. »Möchtest du jetzt mitmachen?«

»Ähm, sicher. Ich denke, ich habe mich genug ausgeruht.« Sie stand auf und lächelte Henry an. »Zeig mir, was du drauf hast, Kleiner.« Sie joggte in den Garten hinaus.

Wade lächelte, als er ihr zusah. Sie war großartig mit den Kindern, und sie schienen sie zu lieben. Er dankte seinem

Glücksstern, dass sie ihnen in den Schoß gefallen war. Es machte Shelbys Abwesenheit erträglich. Und es machte seine Anziehung zu ihr - die er nicht wollte - zu etwas, das er ertragen konnte. Seine Kinder waren glücklich. Nichts anderes zählte.

Dreizehn

»Nur noch ein paar Minuten, Schätzchen.« Alice blickte über ihre Schulter auf den Rücksitz zu Elise, die gegen ihre Gurte zerrte und ihr Spielzeug gegen ihren Sitz schlug. Das Kleinkind war nicht glücklich gewesen, als Alice sie aus dem Sandkasten holte, um Bronwyn von der Schule abzuholen. Nicht einmal, als sie ihr einen Snackbecher voll Cheerios gab, nachdem sie sie in ihren Kindersitz geschnallt hatte. Der Becher flog durch die Luft und verfehlte nur knapp Alices Kopf. Henry schüttelte nur den Kopf über sie und bemerkte, dass sie nicht glücklich sei.

Alice blickte auf die Uhr, dann auf die Schultüren und wünschte sich, dass sie sich öffnen würden. Sie trommelte mit den Fingern auf das Lenkrad und bemühte sich, Elises Wutanfall auszublenden. Zumindest war sie nicht in vollem Ausnahmezustand.

Endlich kamen die Lehrer, die die Abholschlange leiteten, nach draußen, Walkie-Talkies in der Hand. Alice hoffte, dass die Schlange schnell vorwärts ging. Langsam vorwärts fahrend, hob sie das Schild mit Bronwyns Namen darauf, damit die Lehrerin es sehen konnte. Die Frau rief ihren

Namen in das Walkie-Talkie. Einen Moment später rannte Bronwyn aus der Schule und stieg ins Auto.

»Hi, Kleine.«

»Hi, Alice. Rate mal?« Das Mädchen drehte sich in ihrem Kindersitz und legte den Sicherheitsgurt an.

»Was denn?« Alice vergewisserte sich, dass sie angeschnallt war, und fuhr dann los.

»Wir haben diesen Donnerstag ein Musikspiel. Ich darf ein Solo singen, und wir haben heute geprobt. Kannst du kommen?«

»Das ist aufregend. Natürlich kann ich kommen. Um wie viel Uhr ist es?«

»Ich weiß nicht. Papa weiß es aber. Er hat es in seinen Kalender eingetragen, damit er es nicht vergisst.«

»Okay. Ich werde ihn fragen.«

»Juhu!« Bronwyn klatschte in die Hände. »Was ist los mit Elise?«

Alice warf einen Blick in den Rückspiegel und sah, wie Bronwyn sich so weit wie möglich von ihrer Schwester auf der anderen Seite des Autos weglehnte. Henry saß in der Mitte mit den Händen über den Ohren. Elises Wutanfall war schlimmer geworden. Sie weinte jetzt.

»Sie ist wütend, weil ich sie den Sandkasten verlassen ließ.« Und sie hatte heute nur ein kurzes Nickerchen gemacht. Das Mädchen wollte nicht schlafen gehen und schlief dann nur etwa dreißig Minuten. Normalerweise schlief sie eine oder zwei Stunden. Alice hatte das Gefühl, dass sie zahnte, weil sie auch auf allem herumkauen wollte.

Dieser Gedanke brachte Alice auf eine Idee. An der nächsten Kreuzung machte sie eine Kehrtwende.

»Wo fahren wir hin?« Bronwyn setzte sich aufrechter in ihren Sitz und sah aus dem Fenster.

»Zum Supermarkt. Ich denke, heute sind Eis am Stiel angesagt.«

»Eis am Stiel?« Henry nahm die Hände herunter. Alice konnte den interessierten Blick in seinem Gesicht im Spiegel sehen.

»Jap. Welche Sorte, denkt ihr, sollten wir holen?«

»Limette!« rief Bronwyn.

»Ich mag Himbeere.«

»Welche Sorte mag Elise?«

»Sie isst jede Sorte«, sagte Bronwyn.

»Na gut, dann holen wir beide.« Alice bog auf die Hauptstraße ein und fuhr Richtung Supermarkt. Es dauerte nur wenige Minuten, bis sie auf den Parkplatz einbog.

Elise beruhigte sich ein wenig, als Alice ihre Tür öffnete, um sie aus dem Auto zu nehmen, und sie sah, wo sie waren.

»Möchtest du ein Eis am Stiel?«

Das Mädchen schluchzte und nickte leicht.

»Lass uns welche holen. Aber du musst dich beruhigen, okay?«

Sie schluchzte wieder. Alice blickte zurück. Henry und Bronwyn standen hinter ihr.

»Seid ihr zwei bereit?«

»Jap.« Bronwyn wippte auf ihren Zehen.

Henry nickte.

»Okay. Henry, halt meine Hand. Wyn, bleib in der Nähe.« Sie führte die Kinder über den Parkplatz zu den Eingangstüren.

Diese öffneten sich zischend und ließen sie eintreten. Alice steuerte direkt auf die Tiefkühlabteilung zu. »Sucht euch die aus, die ihr wollt. Die mit echten Früchten, nicht die zuckrigen.« Sie ließ Henrys Hand los, um auf eine bestimmte Marke zu zeigen.

Bronwyn öffnete die Tür und griff nach einer Packung Limetten-Eis am Stiel. Henry zeigte auf ein Regal, das er nicht erreichen konnte.

»Himbeer, stimmt's?« Alice griff nach der Packung, als er nickte. Sie nahm sie heraus und ließ die Tür zufallen. »Lasst uns das bezahlen und nach Hause fahren.«

Der Laden war nicht voll, daher ging das Bezahlen schnell, und sie waren bald wieder im Auto. Elise war auf der Heimfahrt viel ruhiger.

Zuhause angekommen, ließ Alice sie am Tisch Platz nehmen – Elise in ihrem Hochstuhl – und gab jedem ein Eis am Stiel. Als sie fertig waren, säuberte sie die Kleine, während die anderen beiden sich die Hände wuschen.

»Ich werde deinen tauben Mund ausnutzen, Leese. Lass mich mal dein Zahnfleisch fühlen.« Sie wusch sich die Hände und schob dann einen Finger in den Mund des Mädchens. Eine große Schwellung traf ihren Finger an der linken Seite des Kindermundes. »Oh, Süße. Kein Wunder, dass du so quengelig bist. Ich frage mich, ob ich dir ein Schmerzmittel geben kann.«

»Können wir draußen spielen?«, fragte Henry.

»Sicher.« Sie öffnete die Tür und ließ sie hinaus. Er und Bronwyn rannten zur Schaukel. Alice setzte Elise in den Sandkasten und nahm dann ihr Handy heraus, um Wade anzurufen. Sie war sich nicht sicher, wie er normalerweise mit dem Zahnen umging.

Das Telefon klingelte dreimal, bevor er ranging. Er klang etwas außer Atem.

»Hey, Alice. Ist alles in Ordnung?«

»Alles ist gut. Bist du in Ordnung? Du klingst außer Atem.«

»Ich war im Fitnessstudio, Gewichte heben.«

»Oh.« Alice versuchte, nicht daran zu denken, wie er aussehen würde, mit angespannten und verschwitzten Muskeln. Aber es war zwecklos. Das Bild tauchte in ihrem Kopf auf und weigerte sich zu verschwinden.

»Also, was gibt's?«

Sie räusperte sich. »Ähm, Elise zahnt. Ein Backenzahn. Kann ich ihr ein Schmerzmittel geben?«

»Oh Mann. Armes Kind. Ja. Es ist im Medizinschrank in meinem Badezimmer. Die Dosierung steht auf der Flasche. Du solltest sie vielleicht abwechseln. Zuerst Ibuprofen, dann drei Stunden später Paracetamol. Das wird sie bequem halten und uns allen den Verstand retten. Es gibt auch irgendwo im Gefrierschrank versteckte Beißringe.«

»Okay. Ich bin auf dem Heimweg von Bronwyns Abholen im Laden stehen geblieben und habe Eis am Stiel gekauft. Das schien zu helfen.«

»Gut. Wenn es die zuckerfreie Sorte ist, kannst du ihr später noch eins geben.«

»Sind sie.«

»Das passt.«

»Toll. Ich lasse dich zu deinem Training zurückkehren. Danke.«

»Klar. Ich hoffe, sie ist nicht zu bärbeißig zu dir.«

»Nur ein bisschen. Sie ist in Ordnung.«

»Okay. Ich hoffe, sie schläft für dich heute Nacht. Beim Zahnen wird sie zur Insomniakerin.«

Großartig. Alice stieß einen Seufzer aus. »Dann schlafe ich vielleicht in ihrem Zimmer.« Es war ihre zweite Übernachtung im Kaczmarek-Haus. Die erste verlief gut, aber da hatte sie kein zahnendes Kleinkind. Sie hoffte, das Schmerzmittel würde Elise beim Schlafen helfen. »Sollte ich sie nachts wecken, um ihr das Schmerzmittel zu geben?«

»Ich würde es nicht tun. Wenn sie schläft, lass sie schlafen. Aber halt es bereit für den Fall, dass sie aufwacht. Verlass dich einfach auf dein bestes Urteilsvermögen.«

»In Ordnung.« Sie warf einen Blick auf Elise, die im Moment glücklich zu sein schien. »Danke, Wade.«

»Jederzeit. Abgesehen vom Zahnen, läuft alles okay?«

»Oh ja. Sie sind in Ordnung. Wir hängen gerade draußen rum.«

»Gut. Okay. Grüß sie von mir. Wir sehen uns morgen.«

»Ja, mache ich.« Sie verabschiedeten sich, und Alice legte auf und steckte das Handy ein. Sie stieß einen weiteren Seufzer aus in der Hoffnung, die Gedanken an Wade in Trainingskleidung zu vertreiben.

Es funktionierte nicht.

Sie verdrehte die Augen über sich selbst und blickte zur Schaukel hinüber. »Wyn, ich laufe kurz rein und hole ein Schmerzmittel für deine Schwester. Behältst du sie im Auge? Pass auf, dass sie keinen Sand isst?«

Das Mädchen sprang von ihrer Schaukel. »Klar!« Sie lief zum Sandkasten.

Alice lächelte und ging ins Haus. Sie lief nach oben und betrat Wades Schlafzimmer. Sie tat so, als hätte sie Scheuklappen an, eilte am großen Eichenbett mit seiner dunkelgrauen Tagesdecke vorbei und ging ins Badezimmer. Männliche Toilettenartikel lagen auf der Oberfläche des Doppelwaschtischs verstreut. Sie öffnete den Medizinschrank und überflog die Flaschen. Schnell fand sie sowohl flüssige als auch kaubare Versionen der Medikamente, die er ihr empfohlen hatte, dem Mädchen zu geben.

Sie entschied sich für die Flüssigkeiten, nahm beide plus ihrer Dosierbecher und rannte fast aus dem Zimmer. Es roch nach ihm. Und das große Bett gab ihrer Fantasie nur Futter, um auf den Träumen aufzubauen, die sie nachts plagten. Sie wachte ohnehin schon heiß und bothered auf.

KAPITEL
Vierzehn

Feuersirenen ertönten durch die Wache, gerade als Wade sein Training beendete.

»Löschfahrzeug Drei. Rettungswagen Sieben. Gebäudebrand. Michelson Straße 248.«

Fluchend rannte er zur Tür. Er war heute auf Löschfahrzeug Drei eingeteilt. Das Fitnessstudio befand sich auf der gleichen Ebene wie die Schlafräume, also lief er hinein, um seine Hose zu holen, die er auf seinem Bett gelassen hatte. Er streifte seine Turnschuhe ab, zog seine Sporthose herunter und dann seine Einsatzhose an, ohne sich mit den Schuhen zu bemühen, da er sowieso seine Stiefel anziehen musste.

Er rannte aus dem Zimmer, rutschte die Feuerwehrstange zum Erdgeschoss hinunter und lief in die Garage, wo er sich mit dem Rest seiner Mannschaft ausrüstete. Er sprang auf den Wagen. Kaum hatte er Platz genommen, rollten sie schon aus der Garage, die Sirene heulend.

Die Adresse war nur zwei Minuten entfernt. Wade knöpfte seine Jacke zu und überprüfte die Riemen seines Helms, damit er bei der Ankunft bereit war. Als der Wagen zum Stehen kam, kletterten er und die anderen aus.

Rauch quoll aus dem einstöckigen Haus. Flammen leckten an den Dachrinnen, als sie unter der Dachlinie hervorschossen. Das Innere durch die Fenster sah dunkel aus. Wade wettete, dass das Feuer auf dem Dachboden war.

»Kaczmarek, Oakley, nehmt den Schlauch und geht rein. Sucht nach Opfern. Durham, Smith, schließt zwei Leitungen an und fangt an, von außen zu spritzen.«

Wade nickte zu den Befehlen seines Leutnants und bewegte sich zur Seite des Wagens, um ein Atemschutzgerät zu holen. Er überprüfte die Ventile und den Sauerstoffvorrat, setzte dann die Maske auf, gefolgt von Helm und Handschuhen. »Bist du bereit?« Er blickte zu Will Oakley. Der Mann nickte. Wade griff nach dem Ende des Schlauchs, der dank Durham und Smith nun unter Druck stand. »Los geht's.«

Will packte den Schlauch hinter ihm, und sie gingen auf das brennende Haus zu. An der Tür öffnete Wade sie und trat ein. Dichter Rauch empfing ihn und trübte seine Sicht. Er sah jedoch keine Flammen.

Rauchmelder schrillten, als sie tiefer ins Haus vordrangen. Die Schlafzimmer und das einzige Badezimmer waren frei. In der Küche wälzten sich Flammen über die Decke. Er richtete den Schlauch auf die Flammen und öffnete das Ventil. Es dauerte nicht lange, bis sie sie niedergeschlagen hatten. Nachdem sie gelöscht waren, gab er Oakley ein Zeichen, dass sie durch die Hintertür nach draußen gehen sollten. Der Mann nickte, und Wade führte sie nach draußen.

Er drehte sich um und blickte nach oben. Flammen rollten über die Dachrinnen und verbrannten die Dachziegel. Sie sprühten mehr Wasser und erstickten die Flammen. Die Kraft des Sprühstrahls schlug die verkohlten Dachziegel ab und ermöglichte es ihnen, Wasser direkt in den Dachboden zu bringen. Bald quoll weißer Rauch aus dem Haus und ersetzte den dunkleren Rauch des Feuers.

Nachdem die sichtbaren Flammen gelöscht waren, holten Wade und sein Partner eine Leiter vom Wagen und stiegen aufs Dach. Durham und Smith gesellten sich von der anderen Seite zu ihnen. Sie beseitigten die wenigen Glutnester und stellten sicher, dass alle Glut gelöscht war.

Heiß und verschwitzt stieg Wade die Leiter hinunter und ging zurück zum Wagen, um seinen Atemschutz zu verstauen. Er musste noch durch den Brandort gehen und die Ursache ermitteln. Aber zuerst brauchte er etwas zu trinken.

Er schloss die Schranktür, öffnete eine andere und holte eine Flasche Wasser heraus, die er gierig hinunterstürzte. Tropfen rannen seinen Hals hinunter, aber das war ihm egal. Die kühle Flüssigkeit tat gut.

Nachdem das Wasser weg war, kletterte er in den Wagen und warf die Flasche in den Müllsack, den sie mitführten. Dann holte er sein Klemmbrett und eine Taschenlampe, sowie eine Maske zur Luftfilterung und die kleine Digitalkamera, mit der er seine Erkenntnisse dokumentierte.

»Kaczmarek.«

Wade drehte sich um, als er seinen Namen hörte. Sein Leutnant, Nick Rutherford, stand am Vorderteil des Wagens.

»Gehst du rein, um die Ursache zu ermitteln?«

»Ja, Sir.«

Rutherford nickte kurz. »Ruf, wenn du Hilfe brauchst.«

»Mach ich.« Wade neigte den Kopf und machte sich dann auf den Weg zum Haus. Er ging um die Seite herum in den Hinterhof. Der Großteil des Feuers hatte sich über der Küche konzentriert. Er vermutete, dass er wahrscheinlich einen Kurzschluss in der Verkabelung irgendwo im Dachboden finden würde.

Er kletterte die Leiter hoch, trat aufs Dach und stieg durch ein Loch, das sie in die Schindeln geschlagen hatten, als sie nach Glutnestern suchten. Mit vorsichtigen Schritten leuchtete er mit der Taschenlampe auf verkohlte Dachsparren und Wände und suchte nach den typischen Anzeichen einer Entzündung. Über dem Herd fand er die Quelle. Ein Satz Kabel für die Dunstabzugshaube.

Er ging in die Hocke und sah genauer hin. Als er die Kabel bewegte, um die Verkohlung um sie herum zu betrachten, fiel ihm etwas an ihnen auf. Er richtete seine Kamera darauf und machte ein Foto, dann rief er es auf und zoomte heran.

»Verdammt.« Sie waren durchgeschnitten worden.

Er blickte auf und sah sich um. Der Schnitt allein erklärte nicht, warum sie ein Feuer entfacht hatten. Das Haus stand leer. Niemand hätte versuchen sollen, die Dunstabzugshaube zu benutzen. Was also hatte sie zum Funken gebracht?

Er machte noch mehrere Fotos, kletterte dann aus dem Dachboden und ging durch die Hintertür in die Küche. Er wollte den Schutt unter den Kabeln durchsieben. Wade machte einige Fotos und ging dann in die Hocke. Das meiste, was aus dem Dachboden heruntergefallen war, war Isoliermaterial.

Seine Hand stieß auf etwas Härteres. Und Kratziges. Er schob ein Stück durchweichte, verkohlte Rigipsplatte beiseite und fand einen locker zerknüllten Ball aus Alufolie. Er machte weitere Fotos und hob ihn auf. Wie alles andere war er verkohlt, aber er hatte auch Brandflecken.

Wade seufzte. Er fragte sich, wie hoch die Wahrscheinlichkeit war, dass Tim Willard dieses Haus gehörte. Er funkte Rutherford an und informierte ihn, dass es sich um Brandstiftung handelte, und bat ihn, jemanden mit einem Beweismittel-beutel zu schicken und eine Spurensicherungseinheit anzu-fordern.

Er starrte auf den Alufolienball. Wenn es dieselbe Person war, was konnte ihr Ziel sein? Glaubte sie, dass sie vier Brände nicht für verdächtig halten würden? Oder dass Wade keine Beweise für Brandstiftung finden würde? Ging es um mehr als nur Geld, das er daraus ziehen wollte? Vielleicht bekam er jetzt einen Kick davon.

Unabhängig davon nahm sich Wade vor, den Eigentümer dieses Grundstücks nachzuschlagen, sobald er wieder in seinem Büro war. Wenn es Willard war, wurde es Zeit, dem Mann einen Besuch abzustatten.

Fünfzehn

Das Klingeln von Alices Handy durchbrach das Vogelgezwitscher auf ihrem Spaziergang mit Henry und Elise. Sie hielt an, um es aus der Wickeltasche im unteren Teil des Doppelkinderwagens zu holen. Elise protestierte gegen den Stillstand und quiekte.

»Moment, Schätzchen.« Sie fand das Gerät, als es zum vierten Mal klingelte, und sah Wades Namen auf dem Display. Stirnrunzelnd, nicht sicher, worum es bei seinem Anruf gehen könnte, wischte sie mit dem Finger über den Bildschirm, um abzunehmen. »Hallo?«

»Hey, ich bin's. Kannst du heute länger bleiben? Ich muss mit Sheriff Lattimer wegen meines Brandstiftungsfalls nach Billings und werde wahrscheinlich erst gegen sieben zurück sein. Wenn du nicht kannst, ist das okay. Meine Eltern können die Kinder nehmen. Hoffe ich.«

»Oh, nun, das kommt darauf an. Ich muss wirklich an einiger Töpferware arbeiten. Macht es dir etwas aus, wenn ich sie mit zum Stone Creek nehme?«

»Kannst du sie im Auge behalten, während du das machst?«

»Ja. Jasper ist beim Sheriff eingezogen und hat mir gesagt, ich könnte mein Töpferstudio in seinem alten Haus einrichten. Ich habe alles im Gästezimmer aufgebaut und kann von dort aus das Wohnzimmer sehen. Ich kann einige ihrer Spielsachen und Elises Hochstuhl mitbringen, damit ich sie bei Bedarf eine Weile festhalten kann.« Alice hatte bisher all ihre Töpferarbeiten im Haus gemacht und sie dann zum Brennen zu einem Ort in Billings transportiert, bis sie ihr eigenes Haus hatte und ein Elektriker eine Steckdose für ihren Brennofen installieren konnte. Er zog zu viel Strom, um ihn einfach irgendwo einzustecken.

»Das klingt nach viel Aufwand. Vielleicht rufe ich doch lieber meine Eltern an.«

»Wade, ich schleppe ihren Doppelkinderwagen jedes Mal mit, wenn wir ausgehen. Der Hochstuhl ist tatsächlich leichter.«

Er lachte. »Bist du sicher? Ich komme rauf und hole sie ab, damit du heute Abend nicht noch eine Fahrt in die Stadt machen musst.«

»Das passt.«

»Okay. Danke, Alice. Du warst ein Gottesgeschenk. Ich weiß nicht, was ich diese Woche ohne dich gemacht hätte.«

Elise stieß einen weiteren Schrei aus und trommelte mit den Füßen, was Alices Antwort unterbrach.

»Ist dort alles in Ordnung?«

Alice lachte. »Ja. Deine Jüngste protestiert nur dagegen, dass ich angehalten habe, um ans Telefon zu gehen. Wir sind auf dem Weg zum Park.«

»Oh. Na, dann will ich der Parkzeit nicht im Wege stehen. Ich sehe dich heute Abend am Stone Creek. Nochmals danke.«

»Kein Problem. Bis später.«

Sie verabschiedeten sich und legten auf.

»War das Papa?«, fragte Henry und drehte sich in seinem Sitz um, um sie anzusehen.

Sie nickte. »Er wird heute Abend spät kommen, also kommt ihr mit mir zum Stone Creek.«

»Was ist das?«

»Es ist eine Ranch. Ich wohne dort, während ich auf den Abschluss des Verkaufs meines Hauses warte.« Sie hoffte, dass es nur noch ein paar Wochen dauern würde. Die Eigentümer waren begierig zu verkaufen und hatten ihr Angebot am selben Tag angenommen, an dem sie es abgegeben hatte. Es musste nur noch die Inspektion bestehen und das Treuhandkonto freigegeben werden, dann konnten sie den Kauf abschließen.

»Gibt es dort Pferde?« Seine haselnussbraunen Augen, die denen seines Vaters so ähnlich waren, leuchteten auf.

»Jede Menge.«

»Darf ich auf einem reiten?«

»Wahrscheinlich nicht. Aber ich bin sicher, du kannst ein paar streicheln.«

»Oh, toll! Warte, bis ich es Bronwyn erzähle.«

Sein strahlendes Grinsen brachte Alice zum Lächeln. »Sie wird sicher begeistert sein.« Sie steckte ihr Handy weg und ging dann weiter den Bürgersteig entlang. »Aber jetzt, wie wäre es, wenn wir schaukeln gehen?«

Er klatschte in die Hände und jubelte. Alice beschleunigte ihre Schritte.

Es dauerte nur noch ein paar Minuten, bis sie den Spielplatz im Park erreichten. Sie ließ Henry aus dem Kinderwagen, und er rannte los, um auf den Spielgeräten zu klettern, während sie Elise herausholte. Das Mädchen weigerte sich, getragen zu werden, also setzte Alice sie auf ihre Füße, und sie tappelte zu einem Auto auf einer großen Feder und kletterte hinein. Alice stellte sich dahinter und stieß es sanft mit der Hand an, sodass es schaukelte.

Sie spielten etwa fünfundvierzig Minuten, bevor es Zeit war, zum Mittagessen nach Hause zu gehen. Keines der Kinder war bereit zu gehen, aber sie besänftigte Henry mit dem Versprechen von Käsemakkaroni. Elise beruhigte sich auf halbem Weg zum Haus.

Nach dem Mittagessen legte sie das Mädchen zum Mittagsschlaf hin und ließ Henry etwas fernsehen, während sie die Küche aufräumte und ihre E-Mails überprüfte. Ihre Töpferwaren hatten eine Online-Präsenz, sodass sie jeden Monat einige Bestellungen über ihre Website erhielt. Sie schaute jeden Tag nach, ob es welche gab, die sie erfüllen musste. Heute hatte sie eine Bestellung für ein Set von vier Kaffeetassen. Die könnte sie heute Abend drehen, und sie beschloss, ein paar zusätzliche für den Laden zu machen. Ihr ursprünglicher Plan war, heute Abend Schüsseln zu machen, aber wenn sie schon an Tassen arbeitete, konnte sie es auch dabei belassen.

Mit dem Geschirr und den geschäftlichen Angelegenheiten aus dem Weg, widmete sie sich einigen anderen Hausarbeiten und nutzte die Ruhe aus. Als Elise aufwachte, hatte sie die Böden im Erdgeschoss gefegt und gewischt und alle Badezimmer geputzt. Wade bat sie nie, Hausarbeit zu erledigen, aber es machte ihr nichts aus. Es bedeutete, dass er mehr Zeit mit seinen Kindern verbringen konnte.

Sie brachte Elise ins Spielzimmer zu Henry, packte dann eine Tasche mit Wechselkleidung und Snacks für die Kinder, klappte den Hochstuhl zusammen und verstaute ihn in ihrem

Auto. Nachdem sie Elise in ihre Schuhe gezwängt hatte, machten sie sich auf den Weg, um Bronwyn von der Schule abzuholen.

»Ich kann es kaum erwarten, die Pferde zu sehen. Haben sie auch Kühe? Was ist mit Hühnern? Mein Opa verkauft Futter für Tiere. Ich möchte eine Katze, aber Papa sagt, er hat keine Zeit für ein Haustier. Hast du Haustiere?«

Alice lächelte über seine schnell aufeinanderfolgenden Fragen und Aussprachefehler, dann schüttelte sie den Kopf. »Im Moment nicht, nein. Ich bin wie dein Papa und habe keine Zeit für ein Haustier.«

»Wenn ich einen Job hätte, würde ich trotzdem eine Katze bekommen. Sie könnte mit mir zur Arbeit gehen.«

»Meinst du?«

»Ja.«

Alice gluckste. Sie bog auf den Schulparkplatz ein und reihte sich hinter dem letzten Auto in der Schlange ein. Sie drehte sich in ihrem Sitz um, um ihn anzusehen. »Ich wette, wenn ihr drei etwas älter seid und mehr bei der Pflege eines Haustieres helfen könnt, wird euer Papa euch erlauben, eine Katze zu bekommen.«

Er nickte feierlich. »Das hat er gesagt.«

Henry redete weiter, während sie warteten. Sie musste die Kinder öfter zur Ranch mitnehmen. Normalerweise war er ein ruhiges Kind, aber die Aufregung, Nutztiere in Fleisch und Blut zu sehen, hatte seine Zunge gelöst. Selbst als seine Schwester ins Auto kletterte, redete er weiter und wechselte das Thema, um ihr zu erzählen, wohin sie fuhren und warum.

»Stone Creek ist da, wo Olive wohnt. Wird sie da sein?«

Alice nickte, als sie den Gang einlegte. »Höchstwahrschein-
lich. Ich bin mir nicht sicher, ob sie Zeit zum Spielen haben
wird, aber wir werden anhalten und fragen, okay?«

»Toll!«

»Wir müssen zuerst einen Zwischenstopp einlegen, damit ich
ein paar Lebensmittel fürs Abendessen einkaufen kann. Wie
klingt selbstgemachte Pizza?« Sie würde sich die Zutaten für
den Teig von Daisy leihen und den Rest im Laden besorgen.

»Lecker!« Bronwyn warf die Arme in die Luft.

»Ich mag Pizza!« Henry klatschte in die Hände.

»Perfekt.« Sie fuhr aus der Nachbarschaft heraus und steuerte
auf den Supermarkt zu. Ein schneller Durchgang durch den
Laden, und sie waren wieder auf dem Weg.

Wade stieg vor der Polizeistation in Billings aus dem Streifenwagen und warf einen Blick über die Motorhaube zur Sheriffin. Katy Lattimer war eine große Frau, die Aufmerksamkeit gebot. Und das nicht nur wegen ihrer Statur. Sie war schön. Und jung. Aber sie war eine gute Polizistin und eine ausgewogene und faire Führungskraft. Er arbeitete gerne mit ihr zusammen.

Er hielt ihr die Tür auf, dann meldeten sie sich am Empfang an. Der Beamte führte sie den Flur entlang zu einem Konferenzraum, wo Tim Willard und sein Anwalt auf sie warteten. Wade war froh, dass der Mann einem Treffen zugestimmt hatte. Er musste nicht, wovon er sicher war, dass der Anwalt des Mannes ihn informiert hatte. Willard war entweder verdammt selbstsicher, neugierig zu erfahren, was die Polizei hatte und hoffte, in dieser Hinsicht einige Informationen zu bekommen, oder er hatte keine Ahnung, was los war.

Katy dankte dem Beamten, betrat dann den Raum und setzte sich Willard und seinem Anwalt gegenüber. Wade nahm neben ihr Platz.

»Hallo, Mr. Willard. Danke, dass Sie sich mit uns treffen. Ich bin Sheriffin Katy Lattimer. Das ist mein Kollege, Brandsachverständiger Wade Kaczmarek.«

Willard, ein schwergewichtiger Mann mit schütterem grau meliertem Haar und trüben braunen Augen, nickte zur Begrüßung. »Ich bin genauso begierig wie Sie alle, herauszufinden, warum meine Immobilien immer wieder in Flammen aufgehen.« Er warf einen Blick auf den jüngeren Mann neben ihm. »Das ist mein Anwalt, Brad Purcell.«

Wade bot ihm ein höfliches, aber schmallippiges Lächeln.

»Gut.« Katy rückte zurecht und öffnete die Aktenmappe mit den Brandberichten und Wades Notizen. »Lassen Sie uns also keine Zeit verschwenden, einverstanden?« Bei ihrem Nicken fuhr sie fort. »Der erste Brand in einer Ihrer Immobilien in Pine Ridge war vor sechs Monaten, richtig?«

Willard nickte. »Das klingt in etwa richtig. Ein leerstehendes Gebäude.«

»Ja. Dann passierte der zweite vier Monate später außerhalb eines Lagerhauses. Darin befand sich eine Autowerkstatt.«

»Richtig.« Er blickte zu Wade. »Der Brandsachverständige sagte, es begann in einer Mülltonne außerhalb des Gebäudes. Öllappen, die Feuer fingen.« Eine Falte erschien zwischen seinen Augenbrauen. »Etwas von wegen Obdachlosen in der Gegend, die wahrscheinlich versuchten, sich warm zu halten.«

»Er spekulierte«, korrigierte Wade. »Er stellte nur fest, dass die Lappen Feuer fingen und den Brand verursachten, konnte aber keine böswillige Absicht feststellen.«

»Das wissen wir alles«, warf Purcell ein. »Worauf wollen Sie hinaus?«

Katy blätterte eine Seite um. »Unser Punkt ist, dass die nächsten beiden Brände definitiv Brandstiftung waren. Jemand hat Benzin über ein Haus in Renovierung gegossen und den Elektriker mit Verbrennungen dritten Grades auf fünfundzwanzig Prozent seines Körpers ins Krankenhaus gebracht. Der letzte Brand war auch in einem leerstehenden Haus, das Ihnen gehört, Herr Willard. Herr Kaczmarek fand Beweise, dass jemand absichtlich Drähte auf dem Dachboden durchgeschnitten hat, die zur Dunstabzugshaube über dem Herd führen, und dann Alufolie darunter gelegt hat. Unsere Labortechniker fanden Wachs auf der Folie und Eisenoxid.«

»Was bedeutet das?« Willards Stirnrunzeln vertiefte sich.

»Es bedeutet, dass jemand eine verzögerte aluminothermische Reaktion erzeugt hat, indem eine Kerze auf Alufolie verbrannt wurde, die mit Rostspänen beschichtet war.« Wade beugte sich vor. »Als die Kerzenflamme die Folie und die Späne erreichte, verursachte sie eine kleine Explosion, die Funken fliegen ließ, die die Isolierung entzündeten. Sie schnitten die Drähte durch, als sie die Kerze aufstellten, in der Hoffnung, dass die Beweise im Feuer verbrennen würden und wir es einer schlechten Elektroarbeit oder einem Kurzschluss in den Drähten zuschreiben würden.«

Willard neigte den Kopf, dann schüttelte er ihn, sein Ausdruck verwirrt. »Warum sollte jemand meine Gebäude in Brand setzen? Ich verstehe das einfach nicht.«

»Herr Willard, wo waren Sie vor zwei Tagen?«, fragte Katy.

Der Mann setzte sich aufrechter in seinen Stuhl. Er legte seine Hände auf den Tisch und beugte sich vor. Die goldene Rolex an seinem Handgelenk blitzte im grellen Licht auf, als seine Ärmel hochrutschten. »Warten Sie. Sie denken, ich habe das getan? Das ist einfach lächerlich. Warum sollte ich meine Immobilien zerstören?«

Wade und Katy blieben stumm. Willard schnaubte, lehnte sich zurück und sah Purcell an. Der Anwalt beugte sich vor und flüsterte Willard etwas ins Ohr, der dann nickte.

»Ich war hier in Billings. Ich habe die Stadt seit meiner Geschäftsreise nach Denver vor ein paar Wochen nicht verlassen.«

»Können Sie irgendwelche Beweise liefern, dass Sie tatsächlich hier waren?« Katy nahm einen Stift auf und rollte ihn zwischen ihren Fingern.

»Meine Sekretärin hat mich gesehen. Und ich habe mehrere Anrufe von meinem Büro aus getätigt. Ich habe auch ein paar Baustellen besucht. Ich habe das nicht getan, Sheriff.«

Sie hob eine Hand. »Ich muss fragen. Wir werden Ihren Aufenthaltsort natürlich überprüfen, aber es klingt, als ob sie leicht zu verifizieren sein sollten. Können Sie an jemanden denken, der Ihnen oder Ihrem Geschäft schaden wollen würde?«

Sein Mund wurde flach. »Jede Menge Leute. Man kommt nicht in meine Position, ohne jemandem auf die Füße zu treten. Was ich nicht verstehe, ist, warum es in Pine Ridge passieren sollte, aber nirgendwo sonst.«

»Gab es keine Brände in Ihren anderen Immobilien?«, fragte Wade. »Nicht einmal kleine, die nicht viel Schaden angerichtet haben?«

»Ich glaube nicht. Ich werde das aber überprüfen müssen. Wenn sie geringfügig waren, hätte ich vielleicht nichts davon gehört. Meine Projektmanager wären diejenigen, die sich damit befassen würden. Alle Brände in Pine Ridge haben mehr Schaden angerichtet, also habe ich schneller mehr Informationen bekommen.«

Katy nahm die Kappe von ihrem Stift. »Wer ist Ihr Projektmanager in Pine Ridge?«

»Es sind zwei. Levi Rister und Edward Hughes.«

Wade warf Katy einen Blick zu. Sie erwiderte seinen Blick mit kaum verhohlener Überraschung. Edward Hughes war Cynthia Hughes' Sohn und der Bruder ihres stellvertretenden Sheriffs.

Sie schrieb die Namen auf. »Okay. Wir werden sicherstellen, mit ihnen zu sprechen. Hätte einer von ihnen einen Grund, Ihre Gebäude niederbrennen zu wollen?«

»Nein. Wir haben gute Arbeitsbeziehungen.«

»Was ist mit jemand anderem in der Stadt? Haben Sie jemandem ein Gebäude vor der Nase weggeschnappt? Oder einen anderen Auftragnehmer bei einem Job überboten?«

»Mehrmals. Aber das liegt in der Natur des Geschäfts.«

»Wenn Sie könnten, hätte ich gerne Kopien Ihrer Unterlagen für Ihre Immobilien in Pine Ridge. Je mehr Informationen wir darüber haben, desto tiefer können wir in dieser Sache graben.«

Willard warf einen Blick auf seinen Anwalt, der nickte.

»Ich werde meine Sekretärin alles zusammenstellen und kopieren lassen, dann lasse ich einen Kurier die Unterlagen entweder spät morgen oder früh am nächsten Morgen in Ihrem Büro abgeben.« Willard seufzte und fuhr sich mit der Hand übers Gesicht. »Ich werde in jeder Weise kooperieren, die ich kann.«

»Ich weiß das zu schätzen.« Katy nickte ihm kurz zu, dann sah sie Wade an. »Haben Sie noch weitere Fragen?«

»Im Moment nicht, nein.« Willards Verwirrung und Überraschung, als er die Methode der Brandstiftung beim letzten

Feuer beschrieb, sagte ihm, dass der Mann es entweder nicht getan hatte oder jemanden angeheuert hatte, aber keine Kenntnis davon hatte, wie sein Angestellter das Feuer gelegt hatte. Es lag an Katy, diesen Teil herauszufinden.

Katy nickte erneut kurz, dann schob sie ihren Stuhl zurück. Alle standen auf. Sie streckte eine Hand aus. »Danke für Ihre Zeit, Herr Willard. Ich werde nach diesen Akten Ausschau halten.«

Er schüttelte ihre Hand. »Ich werde Sie anrufen, wenn sie unterwegs sind.«

»Das wäre großartig, danke.«

Wade schüttelte Willards Hand und die seines Anwalts, dann folgte er Katy aus dem Raum. Sie meldeten sich am Empfang ab und stiegen dann in ihren Streifenwagen.

»Was hältst du von ihm?«, fragte sie ihn mit einem Seitenblick, als sie auf die Hauptstraße einbog.

»Er wirkt aufrichtig. Es fühlte sich nicht so an, als wäre seine Überraschung vorgetäuscht. Oder seine Frustration.«

»Ich stimme zu. Ich glaube nicht, dass er unser Täter ist. Wir müssen Hughes und Rister überprüfen.« Sie schüttelte den Kopf. »Ich kann mir aber nicht vorstellen, dass Ed so etwas tun würde. Er ist ein guter Kerl. Rister kenne ich nicht. Du?«

»Nein. Ich kenne Ed auch nicht so gut.« Er und sein Bruder waren mehrere Jahre älter als Wade. Er kannte sie nur durch ihre Kirche.

»Ray wird einen Anfall bekommen, wenn ich seinen Bruder zum Verhör bringe.«

»Ihre Mutter auch. Ich beneide dich nicht um deinen Job.« Er war froh, dass Katy die Leitung hatte. Mit dem menschlichen Element umzugehen war nie seine Sache gewesen.

Sie lachte. »Danke.«

Er grinste. »Gern geschehen.«

»Hast du Lust, für das Abendessen durch einen Drive-thru zu fahren? Oder hast du Pläne mit Alice?«

Wade sah sie an, seine Augen weiteten sich ein wenig. »Warum denkst du das?«

»Jasper sagte, Asa habe ihm erzählt, dass sie für deine Baby-sitterin einspringt. Ich habe auch von Daisy gehört, dass die Funken fliegen, wann immer ihr beiden zusammen seid.« Sie zuckte mit den Schultern. »Ich dachte, vielleicht hättest du Pläne, mit ihr und deinen Kindern zu essen.«

Er trommelte mit den Fingern auf seinen Oberschenkel und starrte durch die Windschutzscheibe. Daisy dachte, es gäbe Funken zwischen ihm und Alice? Er würde zugeben, dass er Alice attraktiv fand, aber er war so damit beschäftigt gewe-sen, es zu ignorieren, dass er nicht darüber nachgedacht hatte, wie sie über ihn fühlen könnte. War sie auch von ihm angezogen?

Spielte es eine Rolle? Er wollte sich immer noch nicht mit jemandem einlassen. Nicht einmal mit der freundlichen, süßen, schönen Alice.

»Nein, keine Pläne«, antwortete er. »Sie wollte die Kinder zum Stone Creek mitnehmen, damit sie etwas Arbeit erle-digen konnte. Ich muss sie abholen, wenn wir zurück in der Stadt sind. Ich nehme an, sie wird sie bis dahin gefüttert haben.«

»Oh ja, wahrscheinlich. Okay. Wie klingen dann Burger?«

»Gut.« Ehrlich gesagt war es ihm egal. Er bezweifelte, dass er es überhaupt schmecken würde. Sein Gehirn war zu sehr damit beschäftigt, die Erkenntnis zu verarbeiten, dass seine Anziehung möglicherweise nicht einseitig war, um irgendetwas anderes wahrzunehmen. Und es spielte keine Rolle, dass er die Tür zu dem Tresor offen hielt, in dem er diese Anziehung aufbewahrt hatte. Egal wie sehr er sich bemühte, sie wollte jetzt nicht mehr zurück hinein.

Mit zusammengebissenen Zähnen stützte er seinen Ellbogen auf die Fensterbank und fuhr sich mit der Hand über den Kiefer. *Verdammt.*

KAPITEL
Siebzehn

»Papa ist da!«

Alice hörte Bronwyns Ruf, dann das Geräusch von zwei Paar kleinen Füßen, die über den Holzboden zur Tür rannten.

»Macht nicht auf!«, rief sie ihnen hinterher. Sie stand auf, griff nach einem Handtuch und wischte sich den Ton und das Wasser von den Händen, während sie aus dem Zimmer eilte. Beide Kinder standen vor der Tür. Bronwyn hüpfte auf und ab.

»Kann ich jetzt aufmachen?«

Alice nickte, und das Mädchen drehte den Knauf. Wades Blick fiel auf sie, und er grinste.

»Hallo, Knirps.« Er hob sie hoch und gab ihr einen Kuss auf die Wange, dann tat er dasselbe bei Henry.

Elise kam angerannt und hielt den Holzlöffel hoch, den Alice ihr zum Spielen gegeben hatte. »Das!«

Er hob sie hoch und warf sie sanft in die Luft. Ihr tiefes

Bauchlahen erfüllte den Raum. Er zog sie an sich und küsste ihr blondes Haar, dann sah er Alice an.

Sie konnte ihn nur anstarren. Nicht einmal ihre Füße reagierten auf ihre Befehle, sich zu bewegen. Sie waren im Boden verwurzelt, während ihre Eierstöcke die Kontrolle übernahmen. Das Sexieste an Wade war, wie sehr er seine Kinder liebte. Und das wollte schon etwas heißen, denn er war der attraktivste Mann, dem sie je begegnet war, bevor sie wusste, dass er Kinder hatte.

»Du siehst aus, als wärst du beschäftigt gewesen.«

»Hm?« *Brillant, Alice.* Sie blinzelte und schluckte, in dem Versuch, ihre Hormone zu bändigen. »Oh, ja. Ich habe Kaffeetassen gemacht.«

»Sie spielt mit Matsch, Papa«, sagte Henry.

»Ach ja?« Er sah zu dem Jungen hinunter.

»Jap. Und sie hat gesagt, wenn wir mehr Zeit hätten, würde sie uns auch damit spielen lassen.«

»Oh je.« Wade warf ihr ein amüsiertes Lächeln zu. »Du scheust dich nicht vor Chaos, oder?«

Alice lächelte. »Nicht wirklich, nein. Kunst soll chaotisch sein. Das macht sie ja gerade so spaßig.«

»Da stimme ich zu.« Er wandte den Blick ab, um die Kinder anzusehen. »Seid ihr bereit, nach Hause zu gehen? Ihr müsst alle baden und ins Bett.«

Henry und Bronwyn stöhnten.

»Euer Papa hat recht. Es ist Zeit, nach Hause zu gehen. Helft mir, eure Sachen zusammenzusuchen.«

Sie murrten beide erneut, gingen aber los, um die wenigen Spielsachen einzusammeln, die sie mitgebracht hatten.

Wade setzte Elise ab und ging, um den Kindern zu helfen. Alice zog sich in die Küche zurück, um sich die Hände zu waschen. Nachdem sie den Ton abgewaschen hatte, packte sie die Wickeltasche neu und klappte den Hochstuhl zusammen.

»Ich bringe das raus, wenn du Elise in ihre Schuhe helfen willst.«

Alice grinste. »Du willst dich nur nicht mit ihr herum-schlagen.«

Er lachte. »Schuldig.«

»Feigling.« Sie kicherte und drehte sich um, um die Schuhe der Kleinen zu holen. Ihr Lächeln verschwand, als sie fest-stellte, dass sie nicht da waren, wo sie sie hingelegt hatte. Als sie ankamen, hatte sie sie neben der Tür zu Henrys und Bron-wyns gestellt, die Socken des Mädchens darin verstaut, aber jetzt waren sie nicht mehr da. Die Hände in die Hüften gestemmt, ging sie hinüber und stellte sich vor Elise. »Also gut, Fräulein. Was hast du mit deinen Schuhen gemacht?«

Elise hielt ihren Löffel hoch. »Das!«

Alice verdrehte die Augen und lächelte seufzend. Sie ging auf die Knie. »Wenn ich eine Achtzehnjahresalte wäre, die Schuhe hasst, wo würde ich sie verstecken?«

»Alse, hallo.« Elise tätschelte ihren Kopf.

»Hallo, Schätzchen. Wo sind deine Schuhe? Es ist Zeit, nach Hause zu gehen.«

Sie schlug mit dem Löffel auf den Couchtisch und wippte zu ihrer Musik.

Alice lachte leise und sah ihre Geschwister an. »Habt ihr gese-hen, was eure Schwester mit ihren Schuhen gemacht hat?«

Beide schüttelten den Kopf.

»Toll.« Sie blickte zu Elise. »Du gehst vielleicht barfuß nach Hause, Kleines.« Als ob es sie kümmern würde. Die Kleine war am glücklichsten, wenn sie nichts an den Füßen hatte. Nicht einmal Socken.

Alice bückte sich und hob den Vorhang der Couch an, um darunter zu schauen, und leuchtete mit der Taschenlampe ihres Handys in die Dunkelheit.

»Was machst du da?«

Sie stieß einen leisen Schrei aus, erschrocken, und stützte sich auf ihre Hände, während sie über ihre Schulter blickte. »Ich habe dich nicht reinkommen hören. Ich versuche, Elises Schuhe zu finden. Sie waren an der Tür, aber sie hat irgend-etwas damit gemacht.«

Er antwortete nicht. Er starrte sie nur an, seine Augen ein wenig unfokussiert.

»Wade?«

Er blinzelte, und sein Blick klärte sich. »Tut mir leid. Was hast du gesagt?«

Sie runzelte die Stirn und fragte sich, was das zu bedeuten hatte. Vielleicht holte ihn sein langer Tag ein. Dieser Gedanke brachte sie dazu, aufzustehen. »Elises Schuhe. Sie hat sie irgendwo versteckt.«

»Oh. Richtig. Das macht sie. Schau in Körben oder Kisten nach. Ich finde sie normalerweise in einem Spielzeugkorb oder der Urne neben der Haustür, wo ich den Regenschirm aufbewahre.«

Mit einem Nicken biss sich Alice auf die Lippe und sah sich im Wohnzimmer um. Ihr Blick fiel auf den Mülleimer. Sie zeigte darauf und ging hinüber. Zwei rosa-weiße Kleinkind-schuhe lagen oben auf den zerknüllten Taschentüchern und

Papieren. »Gefunden.« Sie griff hinein und fischte sie heraus. Die Socken steckten noch drin.

Elise sah sie und streckte eine mollige Hand aus. »Leese Schuhe!«

Alice hob sie vom Boden auf und setzte sich auf die Couch, das Mädchen auf ihrem Schoß. »Ja. Das sind deine Schuhe. Warum hast du sie in den Müll geworfen? Sie passen dir doch noch, Dummerchen.« Sie plapperte weiter, um die Aufmerksamkeit des Mädchens zu halten, während sie ihr die Socken und Schuhe anzog.

»Verdammt. Du hast das so einfach aussehen lassen. In der Hälfte der Zeit muss ich ihren Fuß unter meinem Arm einklemmen, um sie ihr anzuziehen.« Wade hob die Wickeltasche und die Tasche mit Spielsachen auf, die die Kinder aufgeräumt hatten.

Grinsend stand Alice auf und hielt Elise. »Manche Leute haben einfach Talent.«

Er lachte. »Wer hätte gedacht, dass das Anziehen von Schuhen bei einem Kleinkind ein Talent ist?« Er streckte die Arme nach dem Mädchen aus, das bereitwillig zu ihm ging. »Und es ist eines, das Papa nicht hat, stimmt's?«

»Dada.« Elise tätschelte sein Gesicht.

»Ich bin sicher, du hast andere Talente.« Die Worte kamen bei ihr an und ihr Gehirn rutschte in die Gosse. Mit erhitzten Wangen schoss ihr Blick zu seinem.

Ein schelmisches Lächeln erhellte sein Gesicht. »Viele.«

Noch stärker errötend wandte sie sich ab. »Henry. Bronwyn. Seid ihr fertig?«

Sie nickten und bewegten sich zur Tür. Sie öffnete sie und

hielt sie auf, damit sie hinausgehen konnten. Ihre Schritte dröhnten auf den Stufen, als sie zum Auto liefen.

»Nochmals vielen Dank, dass Sie sie länger behalten haben.« Wade blieb in der Türöffnung stehen.

Alices Herzschlag beschleunigte sich durch seine Nähe. Sie konnte sein Aftershave riechen. Oder was auch immer es war, das ihn so gut riechen ließ. Er musste ihre Veranda hinuntergehen und in sein Auto steigen. Der attraktive Vater zermürbte rasch ihre Willenskraft.

Sie schenkte ihm ein Lächeln. »Kein Problem.«

Er musterte ihr Gesicht, seine haselnussbraunen Augen waren im Abendlicht von einem sanften Graugrün. Seine Lippen öffneten sich, als wollte er etwas sagen, aber er presste sie wieder zusammen und nickte. »Wir sehen uns morgen.«

»Ja.« Durch ihren von seiner ganzen Erscheinung verursachten Nebel im Kopf erinnerte sie sich, welcher Tag morgen war. »Oh, und wenn es Ihnen nichts ausmacht, ich hatte vor, morgen das Abendessen zu machen und Ihnen dann zur Schule zu folgen.«

Seine Augenbrauen zogen sich zusammen. »Warum?«

»Bronwyns Theaterstück?«

Er stöhnte. »Das habe ich völlig vergessen. Ich weiß nicht, was sie anziehen soll. Sie sollen als Waldtiere kommen. Sie hat mich letzte Woche danach gefragt, und ich sagte, wir würden uns etwas einfallen lassen. Ich bin erstaunt, dass sie mich nicht daran erinnert hat.«

Alice legte eine Hand auf seinen Arm. Ihre Fingerspitzen kribbelten, und sie zog sie wieder weg. »Machen Sie sich keine Sorgen. Wir haben an ihrem Kostüm gearbeitet.«

»Habt ihr?« Er stieß einen Atemzug aus. »Ich weiß nicht, warum ich überrascht bin. Sie scheinen diese Elternsache im Moment besser im Griff zu haben als ich.«

Sie konnte nicht widerstehen, ihn wieder zu berühren. Diesmal zog sie sich nicht zurück, als sie Kontakt machte. Ihre Hand wölbte sich über seine Schulter. »Seien Sie nicht so hart zu sich selbst. Sie müssen arbeiten, um sie zu versorgen. Und sie wissen, dass Sie sie lieben. Es ist offensichtlich. Sowohl, dass Sie es tun, als auch, dass sie sich geliebt fühlen.«

»Ich weiß. Es ist nur schwer. Alles allein zu machen.«

»Sie sind nicht allein. Es braucht ein ganzes Dorf, selbst wenn zwei Elternteile im Haus sind.«

Sein Lächeln war sanft. »Danke, dass Sie Teil dieses Dorfes sind.«

Ein antwortendes Lächeln hob ihre Mundwinkel. Sie streckte die Hand aus, um Elises Haar aus ihrem Gesicht zu streichen, ihr Lächeln wurde breiter, als sie Blickkontakt mit dem kleinen Mädchen aufnahm. »Ich bin froh, Teil davon zu sein.« Sie machte den Fehler, ihn wieder anzusehen. Die Hitze in seinen Augen reichte aus, um ihre Knie weich werden zu lassen. Sie versuchte, sie zu blockieren, aber stattdessen schwankte sie näher.

Er neigte sich näher.

»Papa! Können wir gehen?«

Bronwyns Ruf riss sie auseinander. Alice trat zurück und verschränkte die Arme.

Wade räusperte sich. »Ich sollte besser gehen. Bis morgen früh.«

Sie nickte, und er eilte nach einem letzten Blick die Stufen hinunter. Sie stieß einen Atemzug aus und beobachtete, wie er über den Rasen zu seinem Auto ging. Er öffnete die Tür und setzte Elise in ihren Kindersitz, dann ging er um die Vorderseite herum, um zu Henry zu gelangen und ihn anzuschnallen. Nachdem alle Kinder sicher untergebracht waren, stieg er auf den Fahrersitz. Alices Herz raste die ganze Zeit schneller als jedes der Pferde ihres Bruders. Sie hatte das Gefühl, es würde sich erst beruhigen, wenn er außer Sichtweite war.

Der Motor des SUV erwachte brüllend zum Leben. Sie hob die Hand, als er aus der Einfahrt rollte. Als er zum Abschied hupte, ging sie ins Haus zurück und schloss die Tür.

Ihr Kopf schlug gegen das Holz. »Oh Mann.« Sie hatte keine Ahnung, was sie mit dieser verrückten Anziehung machen sollte, die nicht so einseitig war, wie sie gedacht hatte. Es war einfach - nun, einfacher - sie zu ignorieren, wenn sie dachte, er würde nicht dasselbe empfinden. Aber es gab kein Missverständnis darüber, was gerade zwischen ihnen passiert war. Sollte sie danach handeln?

Sie stieß einen Seufzer aus und stieß sich von der Tür ab. Das war eine Antwort, die sie heute Abend wohl kaum finden würde. Sich mit Wade einzulassen, könnte ihrem Herzen großen Schaden zufügen, wenn die Dinge schief gingen. Sie hatte sich in seine Kinder verliebt. Es würde sie am Boden zerstören, wenn sie sie nicht mehr sehen könnte.

Stöhnend ging sie zu ihrer Töpferscheibe. Sie musste sich in ihrer Kunst verlieren und nicht mehr an den sexy Feuerwehrmann und seine entzückenden Kinder denken, zumindest nicht mehr heute Abend.

Das Gemurmel von Stimmen umgab Wade, als er das Auditorium der High School betrat und Henry trug, damit er sich nicht in der Menge verlor. Sie hatten Bronwyn in der Cafeteria bei ihrer Lehrerin abgesetzt und machten sich nun auf den Weg, Plätze zu finden. Er blickte zurück und vergewisserte sich, dass Alice mit Elise noch hinter ihm war. Sie war es, also ging er den abfallenden Gang weiter hinunter.

Eine winkende ältere Frau erregte etwa zwei Drittel des Weges seine Aufmerksamkeit. Es war seine Mutter. Er lächelte und ging auf sie zu.

»Hallo.« Sie streckte sich und umarmte ihn und küsste Henry auf die Wange. »Wir haben euch ein paar Plätze freigehalten.«

»Toll.«

Elise stieß einen Schrei aus und streckte sich nach ihrer Groß-mutter, versuchte, sich aus Alices Armen zu werfen.

Wade nahm das Mädchen von ihr und reichte sie seiner Mutter. »Mama, Papa, ihr erinnert euch an Alice Duvall?«

»Natürlich.« Peg lächelte sie an. »Schön, Sie zu sehen.« Sie rutschte die Reihe hinunter, um Platz für sie zu machen. »Wie läuft es mit diesen kleinen Rackern?«

»Oh, gut. Sie sind gute Kinder.«

Die ältere Frau lächelte. »Das sind sie. Und wir vermissen sie. Gibt es eine Chance, dass wir sie Ihnen bald abnehmen können? Wir fühlen uns viel besser.« Peg hatte sich angesteckt, was ihr Mann hatte, aber jetzt waren beide wieder gesund.

»Sicher. Sagen Sie mir einfach wann.«

»Vielleicht Anfang nächster Woche? Ich hole mir Ihre Nummer von Wade oder in der Kirche am Sonntag.«

»Das klingt gut.«

»Perfekt.« Sie wandte ihre braunen Augen ihrem Sohn zu. »Ich nehme sie trotzdem am Samstag, aber. Du bekommst sie nach dem Abendessen zurück.«

»Das ist in Ordnung. Ich habe genug zu tun im Haus, wenn sie nicht da sind.« Wie den Rasen mähen und einige andere Dinge draußen erledigen, die er aufgeschoben hatte. Und die Ruhe genießen. Er könnte sogar ein Nickerchen machen, wenn er Zeit hätte. Elise bekam immer noch ihre Backenzähne, also war sie mehrmals pro Nacht wach gewesen.

»Was sind Ihre Pläne fürs Wochenende, Alice?«, fragte Peg. Elise kicherte, als sie sie auf ihrem Knie hüpfen ließ.

Alice lächelte das Kleinkind an. »An etwas Töpferware arbeiten. Ich muss eine Ladung nach Billings bringen und eine andere abholen. Einige Stücke drehen, um sie nächste Woche mitzunehmen. Einige bemalen. Mir wird es nicht an Beschäftigung mangeln.«

»Ich würde gerne einmal Ihre Arbeit sehen. Ich liebe handgemachte Töpferware.«

»Es wird reichlich davon geben, wenn Sofie und ich unseren Laden eröffnen. Aber Sie sind jederzeit willkommen, auf die Ranch zu kommen und sich anzusehen, was ich habe.«

»Ich werde Sie vielleicht beim Wort nehmen. Der Geburtstag meiner Schwester ist in ein paar Wochen, und ich habe immer noch nichts für sie.«

»Wann ziehst du in dein Haus ein, weißt du das schon?«, fragte Wade.

»Der Kaufabschluss ist für in zehn Tagen angesetzt. Es hat die Inspektion bestanden, also warte ich nur noch darauf, dass alle Papiere finalisiert werden.«

»Wohin ziehst du?«, fragte Bill und beugte sich vor, um an Peg und Elise vorbeizusehen.

»Tatsächlich direkt neben Wade. Das beigefarbene viktorianische Haus.«

»Das ist ein schönes Anwesen. Und ein großes Haus.«

»Ich weiß. Die meisten Zimmer im Obergeschoss werden vorerst leer stehen. Ich konnte es aber nicht ausschlagen. Der Preis war gut und es ist einfach wunderschön.«

Wade freute sich, dass sie ein Haus gefunden hatte, das ihr gefiel. Er war sich allerdings nicht sicher, ob er es mochte, dass es so nah bei ihm war. Die Versuchung würde potenziell für den Rest seines Lebens direkt nebenan sein.

Er blickte weg und verdrehte die Augen über sich selbst, unsicher, wann er so dramatisch geworden war. Wahrscheinlich in dem Moment, als Alice in sein Leben trat und seine Gefühle durcheinanderbrachte. Es wurde von Tag zu Tag schwieriger, sie wieder in ihre Schublade zurückzudrängen.

Nach Hause zu kommen und sie in seinem Haus vorzufinden, fühlte sich immer mehr an, als käme er zu *ihr* nach Hause und nicht einfach nur nach Hause. Es gab Tage, an denen es ihn überraschte, wenn sie ankündigte zu gehen. Es fühlte sich an, als gehöre sie in sein Zuhause.

Das machte ihm ein wenig Angst, und er wusste nicht recht, was er davon halten sollte. Also ignorierte er es, so gut er konnte.

Sie plauderten noch einige Minuten, bevor das Licht gedimmt wurde. Henry kletterte auf Wades Schoß, damit er sehen konnte. Elise krabbelte über den leeren Sitz zu Alice.

Eine der Lehrerinnen betrat die Bühne, um sie alle zum Programm zu begrüßen, dann öffnete sich der Vorhang und enthüllte alle örtlichen Vorschulkinder, die als Waldgeschöpfe verkleidet waren. Er entdeckte Bronwyn schnell. Alice hatte bei der Gestaltung eines Eulenkostüms aus einem übergroßen Kapuzenpullover und etwas Stoff ganze Arbeit geleistet. Wenn sie die Arme hob, hatte sie Flügel.

Das Programm war niedlich. Sie tanzten auf der Bühne herum, und einige von ihnen, einschließlich Bronwyn, sangen kurze Soli. Es war nach zwanzig Minuten vorbei, wofür er dankbar war. Elise wurde unruhig, kletterte von Alices Schoß herunter und dann wieder hinauf. Ein paar Mal versuchte sie, auf seinen Schoß zu kommen, konnte aber nicht wegen ihres Bruders. Sie wanderte auch zu ihren Großeltern hinunter und wieder zurück. Er war froh, dass sie sich zurückhielt zu kreischen.

Als sich der Vorhang über den Kindern schloss, standen sie auf und reihten sich in die Schlange der Leute ein, die das Auditorium verließen. Jemand stieß gegen Alice und warf sie zurück. Wade griff nach ihrer Hand und zog sie durch die Menge in den Flur.

»Hallo, Leute.«

Wade blickte nach links, als er die weibliche Stimme hörte, und sah Sofie und Knox, die von der anderen Tür auf sie zukamen.

»Hallo.« Er lächelte. Alice wiederholte seinen Gruß.

»Hat euch die Show gefallen?«, fragte Sofie, als das Paar neben ihnen aufschloss. Sie gingen weiter in Richtung Cafeteria.

»Es war großartig. Alice hat bei Bronwyns Kostüm einen tollen Job gemacht. Olive sah auch super aus.« Ihre Tochter war als Fuchs verkleidet. Sie kam komplett mit Gesichtsbemalung und spitzen Ohren.

»Danke. Ich kann aber nicht die ganze Anerkennung für mich beanspruchen. Alice hat mir geholfen, einige Ideen zu entwickeln und es zusammenzusetzen. Ich kann alle möglichen Dinge aus Metall erschaffen, aber Stoff überfordert mich.«

Er blickte zu Alice. »Wann findest du Zeit für all das?« Sie kümmerte sich nicht nur hervorragend um seine Kinder, sondern er hatte auch bemerkt, dass sein Haus viel sauberer war, seit sie aufgetaucht war.

Sie lächelte und zuckte mit den Schultern. »Kinder sind tragbar. Ich nehme sie einfach mit. Wir hatten Anfang dieser Woche eine Nähsession bei Sofie.«

In diesem Moment wurde ihm klar, wie sehr Alice es brauchte, Mutter zu sein. Sie war praktisch veranlagt, fürsorglich und machte Spaß. Aber streng, wenn es sein musste. Jedes Kind hätte Glück, sie als Mutter zu haben.

Sein Blick wanderte zu dem Kleinkind in ihren Armen. Sie war die Art von Mutter, die seine Kinder verdienten.

Er runzelte die Stirn. Tat er seinen Kindern einen Bärendienst, indem er sich Beziehungen verschloss? Hielt er sie, indem er sein Herz schützte, davon ab, eine wunderbare Mutter zu haben? Eine, die sie wie ihre eigenen lieben und nie verlassen würde? Könnte Alice diese Frau sein?

Sie drückte seine Hand. »Wade? Alles in Ordnung?«

Er blinzelte. »Was?« Ihre Frage registrierte sich. »Oh. Ja, mir geht's gut. Tut mir leid. Ich war in Gedanken.«

Sie runzelte neugierig die Stirn, sagte aber nichts.

»Papa!«

Bronwyn kam angerannt, Olive auf den Fersen, und rettete ihn vor genauerer Prüfung. Er wollte nicht erklären, warum er in Gedanken versunken war.

»Hast du mich gesehen? War ich gut?« Sie kam vor ihm zum Stehen, ein riesiges Lächeln auf ihrem Gesicht.

»Ich habe dich gesehen.« Er ließ Alices Hand los und strich über Bronwyns Kopf. »Und du warst großartig.« Er blickte zu Olive. »Ihr alle wart es. Und weißt du was ich noch denke?« Er schaute zu seiner Tochter hinunter.

»Was?«

»Dass deine Aufführung einen Milchshake von Sarafinas verdient.«

Ihre Augen leuchteten auf. »Oh, Junge!«

Wade grinste und sah Sofie und Knox an. »Möchtet ihr euch uns anschließen?« Er wandte sich an Alice. »Du auch.«

»Natürlich.« Sie lächelte ihn an, dann Bronwyn.

»Wir würden gerne«, sagte Knox, die Augen auf Wade gerichtet.

Es lag ein Glitzern in ihnen, das Wade verriet, dass der andere Mann nicht übersehen hatte, wie er die Hand seiner Schwester hielt.

»Oh, toll.« Bronwyn ging an ihnen allen vorbei. »Kommt schon. Ich will dort sein, bevor ihr die Schokolade ausgeht.«

Alice lachte. »Ich bezweifle, dass das passiert. Das ist, glaube ich, ihre beliebteste Geschmacksrichtung.« Aber sie folgten ihr trotzdem.

Die Menge hatte sich gelichtet, sodass sie die Flure leichter durchqueren konnten, um nach draußen zu gelangen. Auf dem Parkplatz blickte Wade zu Alice, als er das Auto aufschloss. »Willst du bei uns mitfahren? Einen Parkplatz am Diner sparen?« Die Worte waren draußen, bevor er sie durchdacht hatte.

»Oh. Ähm, sicher.« Sie öffnete die hintere Beifahrertür, um Elise in ihren Kindersitz zu setzen.

Wade setzte Henry in seinen, dann stellte er sicher, dass Bronwyn sich richtig anschnallte, bevor er auf den Fahrersitz stieg. Er schloss die Tür, als er sich setzte, und bereute sofort die Einladung. Ihr Duft, etwas Sanftes, wie Vanille, durchdrang die Luft im Auto. Und sie war nah genug, dass sich ihre Arme auf der Mittelkonsole berühren würden.

Er wappnete sich für die Fahrt zu Sarafinas, schnallte sich an und startete den Motor, fuhr aus der Parklücke.

Bronwyn und Henry plapperten vom Rücksitz, und Elise brabbelte leise vor sich hin. Er konzentrierte sich auf die Straße und versuchte, das Bewusstsein zu ignorieren, das durch seinen Körper floss. Die Gedanken, die er in der Cafeteria hatte, ließen sich nicht begraben. Jetzt konnte er nur noch an Alice als seine Frau denken, wie sie Mutter für seine Kinder war. Für *ihre* Kinder. Ein bestimmtes Bild - das von ihr, schwanger mit seinem Baby - spielte am lautesten in seinem Kopf. Sie wäre umwerfend. Sie war jetzt schon umwerfend.

Das Diner kam in Sicht, und er war noch nie so froh gewesen, ein Ziel zu erreichen. Er brauchte dringend Ablenkung. Er fuhr auf den Parkplatz hinter Knox' Truck, parkte und stellte den Motor ab. Er stieg aus und öffnete Henrys Tür, schnallte ihn ab. Alice hatte die andere Tür geöffnet und war damit beschäftigt, Elises Gurte zu lösen. Bronwyn schnallte sich selbst ab und folgte ihrem Bruder durch seine Tür. Die Gruppe schlenderte hinein, Olive und Bronwyn hüpften voraus.

Sara blickte auf, als sie eintraten, und lächelte, als sie sie erkannte. »Hallo.« Ein neugieriges Stirnrunzeln milderte ihr Lächeln, als sie die Outfits der Mädchen bemerkte. »Warum seid ihr so schick angezogen?«

»Schulaufführung«, sagte Knox.

»Ah. Lasst mich raten. Jetzt ist Zeit für eine Belohnung?«

Die Mädchen nickten.

»Wir trinken Milchshakes!«, hüpfte Bronwyn auf und ab.

»Na, dann seid ihr hier genau richtig. Warum setzt ihr euch nicht in die große Nische in der Ecke, und ich komme gleich rüber, um eure Bestellungen aufzunehmen, okay?« Sie lächelte die Mädchen an und warf dann einen Blick auf die Erwachsenen.

»Okay!« Sie liefen los, die Erwachsenen folgten in einem langsameren Tempo.

Wade machte einen Umweg, um einen Hochstuhl vom Stapel neben den Toiletten zu holen, und stellte ihn ans Ende des Tisches. Alice setzte Elise hinein und schnallte sie an, schob sie nach vorne und gab ihr dann ein Spielzeugtelefon aus der Wickeltasche. Sie rutschte neben Henry in die Nische.

Das ließ das Ende für ihn übrig. Alle anderen hatten Platz genommen.

Er sprach ein stilles Gebet um Kraft und setzte sich. Wärme strahlte von ihrem Körper aus, wärmte seinen Arm und ließ die Haare auf seiner rechten Körperseite zu Berge stehen. Mit zusammengebissenen Zähnen rutschte er so weit wie möglich ans Ende der Bank.

Sara erschien mit Kindersets und Buntstiften. Sie legte sie vor die älteren Kinder und nahm dann ihren Notizblock aus der Schürzentasche. »Okay. Milchshakes. Welche Geschmacksrichtung möchte jeder?«

»Schokolade!« Bronwyn streckte einen Arm in die Luft und brachte alle zum Lachen.

»Verstanden.« Sara lächelte und notierte die Bestellung des Mädchens. »Und was ist mit dem Rest von euch?«

Sie gingen um den Tisch herum und sagten ihr, was sie wollten.

»Perfekt. Gebt mir ein paar Minuten, und ich bin wieder da.«

Wade sah ihr nach und richtete seinen Blick dann überall hin, nur nicht auf die Frau neben ihm. Er konnte seine Gedanken von vorhin nicht aus dem Kopf bekommen. Sie hüpften in seinem Gehirn herum wie ein Pingpongball, jeder Aufprall sandte Wellen von Bewusstsein und Was-wäre-wenns durch ihn hindurch.

»Also, Wade. Alice sagt mir, du bist Feuerwehrmann?«

Wade drehte sich bei Knox' Stimme um. Die eiskalten blauen Augen des älteren Mannes durchbohrten ihn von der anderen Seite des Tisches und verrieten Wade, dass er ihr Händchenhalten von vorhin und ihre Vertrautheit miteinander bemerkt hatte. Er setzte sich etwas aufrechter hin. »Ja. Ich bin sowohl

Inspektor als auch Ermittler, und ich arbeite einmal pro Woche eine Nachtschicht in der Feuerwache.«

»Ein vielbeschäftigter Mann.«

»Das bin ich, aber es hält mich nachts zu Hause bei meinen Kindern.«

Knox nickte kurz. »Wie lange bist du schon Feuerwehrmann?«

»In Pine Ridge etwas über ein Jahr. Davor habe ich in Tennessee gelebt und für die Forstverwaltung gearbeitet.«

»Warum bist du hierhergezogen?«

Wade spürte, wie Alice neben ihm erstarrte. Er legte eine Hand auf ihr Knie und drückte es sanft, um ihr zu zeigen, dass es in Ordnung war, dann hob er die Hand wieder. »Meine Frau ist gegangen. Hier komme ich her, also sind die Kinder und ich nach Hause gekommen.«

Knox' Blick huschte zu Bronwyn und Henry, die eifrig auf ihren Kindersets malten und miteinander redeten, dann zu Elise, die mit ihrem Plastiktelefon spielte. Wade konnte in seinen Augen sehen, dass er die Kinder nicht aufregen wollte.

»Seine Eltern besitzen den Futtermittelladen«, sagte Sofie zu ihm und wechselte das Thema.

»Bill ist dein Vater?«

Wade nickte.

»Jetzt sehe ich die Ähnlichkeit. Ich kannte seinen Nachnamen nicht. Hast du Geschwister?«

»Zwei Brüder - einer älter, einer jünger - und eine ältere Schwester. Sie sind alle weggezogen.«

»Niemand übernimmt den Futtermittelladen, wenn deine Eltern in Rente gehen?«

»Ich kann mir vorstellen, dass mein älterer Bruder Andy zurückkommt. Er ist Verkaufsleiter bei einer Saatgutfirma.« Er zuckte mit den Schultern. »Vielleicht werde ich es am Ende. Wer weiß? Wir haben alle irgendwann für sie gearbeitet, also könnte jeder von uns einspringen. Aber Dad ist noch nicht bereit, in Rente zu gehen. Mom sagt, er wird arbeiten, bis er tot umfällt.« Er lächelte. Sein Vater genoss, was er tat. Es hielt ihn in der Gemeinschaft engagiert. Der Mann war ein geselliger Schmetterling.

»Und was macht deine Mutter? Was macht sie?«

»Sie hat Kindergarten unterrichtet, bis sie vor ein paar Jahren in Rente ging. Jetzt macht sie die Bücher für den Laden und nervt Dad.« Er lächelte.

Die anderen kicherten.

»Weißt du, ich frage mich, ob sie das auch für unseren Laden machen würde?« Alice nickte Sofie zu. »Mathe ist nicht meine Stärke.«

»Meine auch nicht.« Sofie rümpfte die Nase.

»Du kannst sie fragen«, sagte Wade. »Aber ich glaube nicht, dass es ihr etwas ausmachen würde.«

»Das werde ich. Vielleicht kann sie nächste Woche mal zum Mittagessen vorbeikommen. Ich weiß, sie hat gesagt, sie wollen die Kinder für einen Tag nehmen, aber ich wette, sie würden sich auch freuen, wenn sie zu Besuch kommt.«

Wade war sowohl erfreut als auch besorgt darüber, dass Alice und seine Mutter sich gut genug verstanden, um bereit zu sein, Zeit allein miteinander zu verbringen, ohne ihn. Emily wollte das nie. Sie und seine Mutter duldeten sich nur gegenseitig.

»Habt ihr beiden euch schon für einen Namen für den Laden entschieden?«, fragte Knox.

»Wir haben noch nicht viel darüber gesprochen.« Sofie warf ihm einen Blick zu.

Sie hatten ein paar Namen hin und her diskutiert, aber sich noch nicht festgelegt. »Wir haben ein paar in der engeren Auswahl.«

»Wie zum Beispiel?«, fragte Wade.

»Die beiden Favoriten sind Pine Ridge Artisan Gift Shop und Homespun Arts«, antwortete Alice.

Elise ließ ihr Spielzeugtelefon fallen. Das Klappern, als es auf den Boden traf, hallte durch das Restaurant.

»Ich mag den letzten.« Wade bückte sich, um es aufzuheben, und gab es seiner Tochter zurück. Sie schlug damit auf den Tisch und drückte dann ein paar Knöpfe.

»Ich auch.« Sofie lächelte ihn an. »Ich glaube, zu dem tendieren wir.«

Alice nickte. »Ich stimme zu. Wir müssen uns bald endgültig entscheiden. Wir müssen Tüten und Visitenkarten bestellen, ganz zu schweigen von dem Schild für draußen.«

Sofie nickte. »Und die Social-Media-Präsenz aufbauen.«

Alice stöhnte und rümpfte die Nase. »Das machst du, oder? Ich hasse diesen Kram.«

Kichernd schüttelte Sofie den Kopf. »Wir müssen uns das teilen. Oder jemanden einstellen.«

»Dafür stimme ich.«

»Wofür stimmt ihr?« Sara hielt neben Knox mit einem Tablett voller Milchshakes.

»Um jemanden einzustellen, der die Social-Media-Aktivitäten für unseren neuen Laden übernimmt.« Alice nahm den Schokoladen-Shake, den Sara ihr reichte, und gab ihn an Bronwyn weiter.

»Was ist mit Jaspers Schwester, Megan?« Sara verteilte die restlichen Milchshakes. »Sie ist erst zwanzig, also ist sowas genau ihr Ding. Und sie wollte diesen Sommer eigentlich für mich arbeiten, aber da sie sich bei diesem Unfall den Knöchel verstaucht hat, kann sie nicht kellnern. Ich wette, sie würde sich freuen zu helfen.«

»Das ist keine schlechte Idee«, sagte Knox und warf seiner Frau einen Blick zu.

Sofie nickte. »Okay. Ich werde mit ihr sprechen, wenn das für dich in Ordnung ist, Alice?«

Alice zuckte mit den Schultern und entfernte die Verpackung von Henrys Strohhalm, bevor sie ihn in sein Getränk steckte. »Für mich ist das in Ordnung. Ich zahle gerne jemanden dafür, damit ich keine Inhalte erstellen und die Feeds verwalten muss.«

Wade tauchte seinen Strohhalm in seinen Vanille-Shake und nahm einen Schluck, während er dem Gespräch lauschte. Er mochte es, seine Stadt wachsen zu sehen. Er hatte nie wirklich wegziehen wollen, tat es aber wegen Emilys Karriere. Es war schön zu sehen, dass jüngere Leute bleiben und nicht nur arbeiten, sondern auch Geschäfte eröffnen wollten.

Die Gruppe plauderte und lachte, während sie ihre Shakes tranken. Als sie fertig waren, waren Henry und Elise beide schon recht müde. Er hoffte, dass Elise nicht in den Wutanfall-Modus eines Kleinkindes verfallen würde, wenn er versuchte, sie ins Bett zu bringen. Es war schon nach ihrer Schlafenszeit.

»Bist du bereit zu gehen?«, fragte Wade Alice. »Ich muss die Kinder nach Hause bringen.«

Sie warf einen Blick auf Elise und lächelte das Mädchen an, dessen haselnussbraune Augen zwischen langsamen Lidschlägen zurückstarrten. »Ja.«

Wade rutschte aus der Sitzbank und lächelte Knox und Sofie an. »Wir werden uns auf den Weg machen. Elise ist kurz davor, mit dem Gesicht auf dem Tisch einzuschlafen.«

Sofie kicherte. »Hab ich bemerkt. Wir sollten auch gehen.« Sie sah Knox an, der nickte.

Sie verließen alle die Sitzbank und gingen zur Tür, hielten aber lange genug an, um ihre Rechnung zu bezahlen. Draußen verabschiedeten er und Alice sich von den Duvalls und schnallten dann die Kinder im Auto an. Wenige Minuten später waren sie auf dem Weg zurück zur Schule, um Alice zu ihrem Auto zu bringen.

Ihr süßer Duft durchdrang wieder das Auto. Wade öffnete ein Fenster einen Spalt, froh, dass es draußen warm genug war, um das zu tun. Er warf einen Blick hinüber. Sie lehnte gegen den Sitz und betrachtete die Landschaft.

»Danke, dass du heute Abend mitgekommen bist.« Seine leise Stimme durchbrach das Geräusch des Windes, der durch das offene Fenster kam. »Es war schön, sie nicht alle alleine bändigen zu müssen.«

Sie sah ihn an und lächelte. »Oh, gern geschehen. Ich hätte es mir nicht entgehen lassen. Und ich habe gerne mit den Kindern geholfen.« Sie warf ihm einen vielsagenden Blick zu. »Außerhalb der Arbeitszeit.«

Er lachte leise. »Du bist fest entschlossen, mich nicht bezahlen zu lassen, oder?«

Alice schenkte ihm ein weiteres Lächeln, sagte aber nichts.

Wade schüttelte den Kopf. Sture Frau. Er würde ihr trotzdem einen Scheck ausstellen, wenn ihre Zeit bei ihnen zu Ende war. Wenn sie ihn nicht annahm, würde er ihn Knox geben und ihm sagen, er solle ihn auf das Bankkonto seiner Schwester einzahlen.

Die Fahrt zur Schule war kurz, und bald fuhr er auf den Parkplatz und parkte neben ihrem Auto. Alice löste ihren Sicherheitsgurt.

»Wir sehen uns morgen früh.« Sie drehte sich in ihrem Sitz um, um nach den Kindern zu sehen. »Seid brav für euren Papa, okay? Geht gleich für ihn ins Bett.«

Bronwyn nickte. Henrys Nicken war viel schläfriger. Elise brachte nur ein langes Blinzeln zustande.

Sie lachte und warf Wade einen Blick zu. »Hoffentlich wirst du nicht viele Probleme haben. Zwei von den dreien schlafen schon fast.«

»Ja. Zum Glück habe ich nicht weit zu fahren.«

»Allerdings. Ich musste Elise schon mal aus einem Nickerchen wecken, um irgendwohin zu gehen. Das macht keinen Spaß. Sie ist wach und will es nicht sein, hat aber gerade genug geschlafen, um nicht mehr müde zu sein.«

Genau das befürchtete er, wenn sie einschlafen würde, bevor sie nach Hause kamen.

Alice griff nach dem Türgriff. »Ich lasse dich losfahren. Gute Nacht.«

»Gute Nacht. Fahr vorsichtig zurück nach Stone Creek im Dunkeln.«

Sie nickte, als sie aus dem Auto stieg. »Mache ich.« Sie schloss die Tür und ging zu ihrem Auto.

Wade beobachtete, wie sie einstieg, dann folgte er ihr vom Parkplatz. Er hupte und bog in seine Nachbarschaft ein, während sie auf der Hauptstraße weiterfuhr, um zur Autobahn zu gelangen, die sie nach Hause bringen würde.

Sein Kiefer arbeitete, als sich ihre Wege trennten. Er wollte nicht, dass sie ging.

KAPITEL

Neunzehn

Der Staubsauger hinterließ Spuren im Wohnzimmerteppich, als Wade ihn über die Oberfläche führte. Ein Klopfen an der Tür, laut genug, um über den Sauger gehört zu werden, zog seine Aufmerksamkeit auf sich. Er schaltete den Schalter am Griff um, brachte die Maschine zum Schweigen und ging zur Tür, um zu öffnen.

Als er die Tür öffnete, weiteten sich seine Augen. »Alice. Hallo. Was machst du denn hier?«

»Ich glaube, ich habe mein Skizzenbuch oben im Gästezimmer liegen lassen. Ich weiß, du bist wahrscheinlich beschäftigt – ich habe den Staubsauger gehört –, aber stört es dich, wenn ich kurz nachsehe?«

Wade trat zurück und bedeutete ihr einzutreten. »Natürlich nicht.«

Sie lächelte und trat über die Schwelle. »Danke. Ich beeile mich, versprochen.«

Er winkte ab. »Lass dir Zeit. Es ist ja nicht so, als wäre ich scharf darauf, mit dem Putzen weiterzumachen.«

Sie kicherte, als sie in Richtung Treppe ging, wo sie innehielt. »Dir ist schon klar, dass ich diese Woche so ziemlich alles geputzt habe? Auch die Teppiche.«

Er schnaubte. Meinte sie das ernst? »Im Ernst?«

Sie nickte.

Wade stöhnte und blickte zur Decke. »Ich wusste doch, dass es nicht so schmutzig aussah.« Er sah wieder zu ihr hinunter und bemerkte, wie sie ihn mit großen Augen anstarrte.

»Hast du wirklich den Tag damit verbracht, das Haus zu putzen?«

»Nicht den ganzen Tag, aber die letzte Stunde oder so, ja. Davor habe ich das lose Stück Abdeckblech am Schornstein repariert, ein paar Blumen gepflanzt, Rindenmulch verteilt und den Rasen gemäht.«

Ein Kichern entschlüpfte ihren Lippen. »Ist das deine übliche Beschäftigung an einem kinderlosen Samstag?«

»Glaub mir, es ist einfacher, all das zu erledigen, wenn sie nicht da sind.« Er zuckte mit den Schultern. »Aber was sollte ich sonst tun? Ich habe keine große Lust, allein ins Kino zu gehen. An manchen Tagen baue ich auch etwas.«

»Was denn?« Ein neugieriges Stirnrunzeln ließ ihre Augenbrauen nach unten wandern.

Er zuckte wieder mit den Schultern. »Tische. Hundehütten. Bänke. Normalerweise sind es Geschenke für Familie und Freunde.«

»Moment mal. Die Gartenmöbel draußen. Hast du die alle selbst gemacht?«

Wade nickte.

»Wow. Die sind wirklich schön. Ich bin beeindruckt.«

»Danke.« Verlegenheit ließ seine Wangen erröten. Er war Lob für seine Holzarbeiten nicht gewohnt. Es war nur ein Hobby. Die meisten Stücke, die er machte, kamen gut an, aber aus irgendeinem Grund fühlte sich ihr Lob anders an.

»Gern geschehen.« Sie deutete mit dem Daumen zur Treppe. »Ich sollte besser nachsehen, ob ich das Skizzenbuch hier gelassen habe.«

»Soll ich dir helfen?«

»Nein. Ich glaube, ich weiß noch, wo es ist. Bin gleich wieder da.« Sie drehte sich um und eilte die Treppe hinauf.

Wade wandte sich von dem Anblick ihres Hinterns ab, der sich unter ihrer dunkelblauen Leggins bewegte. Er schüttelte den Kopf über sich selbst und seine eigenwillige Libido und ging zum Staubsauger, um ihn auszustecken und das Kabel aufzuwickeln. Es hatte keinen Sinn, weiterzumachen, wenn sie es gerade erst erledigt hatte.

Alices Schritte auf der Treppe ließen ihn sich umdrehen. Sie kam in Sicht und hielt ein großes, spiralgebundenes Buch in der Hand.

»Du hast es gefunden.«

»Ja. Ich habe am Dienstagabend an ein paar Zeichnungen von Töpfen gearbeitet, die ich machen möchte, und habe es auf den Boden gelegt, als ich schlafen ging. Ich muss es wohl unter das Bett getreten und vergessen haben, bis ich es brauchte. Ich dachte, ich hätte es wieder in meine Tasche gepackt, aber das hatte ich nicht. Ich musste die Entwürfe für den Kunstgaleriebesitzer, der sie sehen wollte, grob skizzieren.«

»Kunstgalerie?«

Sie nickte. »Der Laden in Billings, in den ich meine unfertigen Töpferwaren gebracht habe, hat sie seinem Freund gezeigt, dem die Galerie gehört. Er hat gefragt, ob ich ein paar Stücke für sie zum Verkauf machen würde. Ich wollte ihm zeigen, was ich mir vorgestellt habe.«

»Alice, das ist ja toll.«

Sie lächelte. »Ja. Es ist ein kleiner Laden, aber trotzdem aufregend. Ich hatte noch nie etwas in einer Galerie.«

»Du solltest das feiern.«

Sie kicherte. »Alleine?«

»Warum nicht?« Er grinste. »Oder du könntest mit deinem Bruder feiern. Ich wette, er ist stolz auf dich.« *Er* war stolz auf sie. »Oder«, er hob einen Finger, »ich habe Bier im Kühlschrank. Es ist ein schöner Abend. Wir könnten uns nach draußen setzen und auf deinen Erfolg anstoßen.«

Ein kurzes Weiten ihrer Augen verriet ihre Überraschung über seine Einladung. Wade tat sein Bestes, um seine eigene zu verbergen. Die Worte waren einfach herausgeplatzt, bevor er eine Chance hatte, sie zu verarbeiten. Er nahm sie jedoch nicht zurück. Er wollte Zeit mit ihr verbringen.

»Oh.« Ihr Blick huschte an ihm vorbei, dann traf sie wieder seine Augen und lächelte. »Weißt du, das klingt wirklich schön.«

»Ja?«

Sie nickte. »Ja.«

»Okay, dann lass uns das Bier holen.«

Ihr hübsches Lächeln entlockte ihm eines. Er bedeutete ihr, aus dem Wohnzimmer voranzugehen. Wade folgte ihr den Flur entlang und hielt an, um den Staubsauger in den Schrank zu stellen. Er ging zum Kühlschrank und nahm zwei Craft-Biere heraus. Alice griff nach dem Flaschenöffner aus der Besteckschublade und reichte ihn ihm. Er öffnete die

Flaschen und gab ihr den Öffner zurück. Sie legte ihn weg und folgte ihm dann nach draußen.

Wade ließ sich in einen Gartenstuhl sinken. Alice setzte sich neben ihn, und er reichte ihr eine Bierflasche, dann hob er seine und nahm einen Schluck.

»Ich liebe deinen Garten.«

Er blickte zu ihr hinüber. »Ja? Ich auch. Es war einer der Verkaufsargumente für dieses Haus. Es ist perfekt für die Kinder.«

Sie nickte. »Ich muss mich nach einem Zaun für mein Haus umsehen.«

»Läuft noch alles nach Plan für den Abschluss?«

»Ja. Ich freue mich schon darauf einzuziehen.«

»Ist der Zaun die einzige Veränderung, die du vornehmen möchtest?«

»Nein. Ich muss die Heizungs- und Klimaanlage modernisieren. Es braucht auch einen neuen Sicherungskasten, und ich möchte die Außenfassade streichen.« Sie nahm einen Schluck von ihrem Bier.

Er grinste. »Kein Fan von Braun auf Braun?«

Sie rümpfte die Nase. »Nein. Ich möchte es in einer Schieferfarbe mit weißen Akzenten und einer olivgrünen Tür streichen.«

»Das wird schön aussehen.«

Sie nickte. »Ich denke schon. War dieses Haus schon marineblau, als du es gekauft hast?«

»Ja. Ich habe nur die Haustür gestrichen. Sie war weiß, und ich wollte etwas, das etwas mehr hervorsticht, also habe ich mich für Gelb entschieden.«

»Es sieht toll aus.«

»Danke.« Er nahm noch einen Schluck von seinem Bier und blickte über den Hof. »Die Kinder werden froh sein, dich noch in der Nähe zu haben, wenn Shelby zurückkommt.«

»Ich auch. Ich werde es vermissen, nicht die ganze Zeit bei ihnen zu sein.«

In Wahrheit wünschte er, sie könnte es. Shelby war eine tolle Babysitterin, und die Kinder liebten sie, aber sie war nicht Alice. Es gab einfach etwas an der Art, wie sie mit ihnen umging, das sie in ihre Familie passen ließ, als gehörte sie dazu. Wenn sie nicht schon einen Job hätte, würde er ernsthaft in Erwägung ziehen, seine Babysitting-Arrangements zu ändern.

Aber das würde auch bedeuten, dass sie für ihn tabu bliebe. Er war sich nicht mehr so sicher, ob er das noch wollte.

»Also, Henry hat erwähnt, dass sein Geburtstag bald kommt.«

»Ja.« Wade räusperte sich, als sein Gehirn umschaltete. »In ein paar Wochen. Ich muss seine Party organisieren.« Er runzelte die Stirn. »Ich hätte das wahrscheinlich schon längst tun sollen.«

»Oh, lass mich das machen.« Sie lehnte sich vor, ihr Gesichtsausdruck eifrig.

Er hob eine Augenbraue. »Bist du sicher? Ich wollte nur einen Kuchen besorgen und ein paar Dinosaurier-Dekorationen. Er wollte ein paar seiner Freunde einladen.«

»Absolut sicher. Ich habe schon ein paar Ideen. Es wird etwas sein, das sie alle beschäftigt hält, jetzt wo Bronwyn aus der Schule ist.«

»Ich kann immer noch nicht glauben, dass sie nächstes Jahr in den Kindergarten kommt.« Er schüttelte den Kopf. »Die Zeit vergeht wie im Flug.«

Alice lächelte. »Das tut sie. Aber jede Phase bietet etwas Neues, das man schätzen kann.«

Er sah sie an. »Wie bist du so weise geworden für jemanden ohne Kinder?«

Ihr Lächeln wurde breiter. »Unterrichten. Ich sehe jeden Tag eine ganze Bandbreite in meinem Klassenzimmer. Von Kindergartenkindern bis zur fünften Klasse. Jedes Alter bietet etwas Besonderes, das man schätzen kann.«

Wade hob seine Flasche an den Mund. »Ich denke, das stimmt.« Er nahm einen Schluck. »Also erzähl mir mehr über diese Kunstgalerie-Sache. Hast du schon Ideen, was du beitragen wirst?«

Ihr Mund verzog sich. »Ein paar. Es ist nicht wirklich ein Ort, um Geschirr zu präsentieren, was ich normalerweise mache, aber ich habe schon früher dekorativere Sachen gemacht. Ich stelle viele Vasen her, also denke ich, ich werde eine davon machen. Ich werde wahrscheinlich auch eine dekorative Schale machen. Etwas, das man auf einen Tisch stellen und Dinge hineintun kann.«

»Wie eine Schale für Schlüssel?«

»Nein. Eher wie etwas für einen Esstisch, in das man andere Dekorationen legen würde, um ein Mittelpunktstück zu machen.«

»Oh.« Er nickte. »Das macht Sinn für eine Galerie.«

»Das dachte ich auch. Ich muss mich nur noch für Farben entscheiden.«

»Blau ist immer gut.«

Sie lächelte ihn an. »Ist das deine Lieblingsfarbe?«

Er grinste zurück. »Ja.«

Alice kicherte. »Es ist eine gute Akzentfarbe für Innenräume. Ich dachte an das oder einige Blaugrün- und Brauntöne. Ich glaube, ich kann mit beidem nichts falsch machen.«

Wade hob die Hände. »Frag mich nicht. Meine Schwester und meine Mutter haben mir geholfen, Dekorationen und Farben für diesen Ort auszusuchen. Ich habe ihnen ein Budget und eine grobe Vorstellung davon gegeben, was ich mag, und sie sind durchgedreht.«

»Nun, sie haben einen guten Geschmack.«

»Stimmt.« Wade hob seine Flasche und nahm noch einen Schluck. Er mochte sein Zuhause und die Einrichtung, die seine Mutter und Schwester ausgesucht hatten. Es war gemütlich und kinderfreundlich.

Alice nahm noch einen Schluck von ihrem Getränk und lehnte sich in ihrem Sitz zurück, während sie in den Hof blickte. Vögel flatterten von Busch zu Busch, und ein Eich-hörnchen zwitscherte im Baum. Wade schloss kurz die Augen und genoss die Brise. Das warme Wetter war angenehm.

»Weißt du, wir hätten wahrscheinlich mit Wasser oder Limo-nade anstoßen sollen. Ich muss noch zurück zur Ranch fahren.«

Er runzelte die Stirn. »Tut mir leid. Daran habe ich nicht gedacht, als ich es angeboten habe.« Er hatte auf ihre Neuig-keiten anstoßen wollen, dann war er zu verwirrt von seinem Angebot gewesen, um daran zu denken, dass sie noch eine halbe Stunde nach Hause fahren musste.

»Ich auch nicht.« Sie zuckte mit den Schultern. »Ich schätze, ich bleibe noch eine Weile in der Stadt. Vielleicht gehe ich in die Innenstadt und esse bei Sarafina's zu Abend.«

»Wie wäre es, wenn du hier bleibst? Ich wollte ein Steak auf den Grill werfen, aber ich kann genauso gut zwei drauflegen.« Warum kamen diese Einladungen immer aus seinem Mund? Er dachte vielleicht in einem neuen Licht über Dates nach, aber das bedeutete nicht, dass er bereit war, etwas anzufangen. Sein Gehirn schien jedoch andere Ideen zu haben.

»Oh, ähm, ja?«

Er hob eine Augenbraue, ein Mundwinkel hob sich. »Du klingst nicht sehr sicher.«

Ein reuevolles Lächeln breitete sich auf ihrem Gesicht aus. »Du hast mich überrascht. Wir verbringen normalerweise keine Zeit zusammen ohne die Kinder.«

Wade nickte. »Ich denke, ich würde das gerne ändern.«

Ihre Augen weiteten sich, und Wades Herz schlug etwas schneller. Mann, sein Gehirn eilte heute wirklich voraus.

Aber er nahm es nicht zurück. Unabhängig davon, ob er es durchdacht hatte, fühlte es sich richtig an. Also hielt er ihren Blick und wartete.

Alice musterte Wade über den Tisch hinweg. Ihr Kopf schwirrte, während sie seine Aussage verarbeitete. Meinte er das, was sie dachte? Nach der Art zu urteilen, wie er sie anstarrte, schien es so. Ihr Herz hämmerte in ihrer Brust. Wollte sie ihre Beziehung auch ändern? Sie fühlte sich zu ihm hingezogen - mehr als zu jedem anderen Mann, den sie je getroffen hatte. Aber was würde mit ihrer Beziehung zu seinen Kindern passieren, wenn sie anfingen zu daten? Und sie würde nebenan wohnen. Wenn die Dinge schiefliefen, wären sie immer noch auf engem Raum gefangen. Könnte sie es ertragen, ihn jeden Tag zu sehen, aber nicht mit ihm und den Kindern zusammen sein zu können?

Sie gab sich einen harten mentalen Klaps. Warum tat sie so, als würde es nicht funktionieren? Heute Ja zu sagen, könnte die beste Entscheidung sein, die sie je getroffen hatte, und könnte ihr ein Leben voller Glück bescheren.

Es war dieser Gedanke, der die Entscheidung für sie traf. Sie konnte nicht mit den Was-wäre-wenns und Reue leben, wenn sie Nein sagte. Was auch immer ab diesem Punkt passieren würde, würde passieren. Aber sie wollte, dass es passierte. Um zu sehen, was aus den Was-wäre-wenns werden könnte.

»Das würde ich auch gerne.«

Er sog scharf die Luft ein und schenkte ihr dann ein strahlendes Lächeln. »Okay. Toll. Das ist toll.«

Alice kicherte.

Wade lachte. »Ich bin wirklich eingerostet, was Dates angeht.« Er hob eine Hand und schüttelte den Kopf, sein Lächeln wurde reumütig. »Ich verspreche, ich werde nicht immer so unbeholfen sein.«

Sie lachte. »Ist schon okay. Ich habe auch nicht so viel Übung darin.«

»Was ich immer noch nicht verstehe. Die Männer in Colorado müssen Idioten sein.«

Sie spürte, wie ihr die Röte in die Wangen stieg. »Es liegt eher an den mangelnden Möglichkeiten. Und ich weigere mich, mich mit nur okay zufriedenzugeben. Nicht, wenn es um den Rest meines Lebens geht.«

Er zog tief Luft ein und hielt ihren Blick fest. »Ich auch nicht. Besonders nicht, wenn meine Kinder involviert sind.« Er nahm einen weiteren zittrigen Atemzug. »Ich muss zugeben, Alice, ich hatte nie vor, mich wieder mit jemandem einzulassen. Ich dachte, Emily wäre es für mich gewesen. Ich habe mich in sie verliebt, wohl wissend, wie sie war. Ich glaube, keiner von uns hat realisiert, wie sehr Kinder zu haben sie beeinflussen würde. Sie liebt sie, aber sie hat etwas von ihrer Unabhängigkeit verloren, als die Kinder kamen. Wir beide haben das. Für mich war das keine schlechte Sache. So ist es eben, wenn man Kinder hat. Für mich war es das wert. Ich dachte, für sie auch.« Eine kleine Falte bildete sich zwischen seinen Augenbrauen.

Etwas, das er gesagt hatte, drängte sich in den Vordergrund ihres Bewusstseins. »Liebst du sie noch?« Denn das könnte für Alice ein Deal-Breaker sein. Sie würde nicht mit einer Frau konkurrieren, die offensichtlich kein Teil ihrer Familie sein wollte.

»In gewisser Weise denke ich, werde ich das immer, aber ich bin nicht mehr in sie verliebt, nein. Sie ist die Mutter meiner Kinder und sie war meine erste Liebe. Es wird immer einen Teil von mir geben, der sich um sie sorgt, deswegen.«

Alice konnte das verstehen. Und es sagte ihr etwas über Wade. Wenn er sich sorgte, tat er das tief. Sie musste darauf vorbereitet sein, für den Rest ihres Lebens geliebt zu werden - unabhängig vom Ausgang ihrer Beziehung. Es war eigentlich ein schöner Gedanke zu wissen, dass es immer jemanden da draußen geben würde - außer ihrer Familie -, der sich um sie sorgen und von Zeit zu Zeit an sie denken würde.

Er beugte sich vor und nahm ihre Hand. »Ich bin ein Ein-Frau-Mann, Alice. Wenn ich Emily noch lieben würde, wäre eine andere Frau nicht einmal auf meinem Radar.«

Sie schluckte um den Kloß in ihrem Hals herum, der sich bei der Intensität in seinen Augen gebildet hatte. »Gut zu wissen.«

Er drückte ihre Hand und ließ dann los. »Genug von den schweren Themen.« Er stand auf. »Wie wäre es, wenn wir die Steaks zubereiten?«

Alice blickte mit einem süßen Lächeln zu ihm auf. »Klingt gut.« Sie stand auf, stellte ihre halb volle Flasche auf den Tisch und folgte ihm nach drinnen.

Die Unterhaltung floss leicht zwischen ihnen, während sie zusammen das Abendessen zubereiteten und es auf der hinteren Terrasse aßen. Sie erfuhr, dass er Steak liebte, aber Garnelen hasste. Dass sie beide Bier gegenüber Wein bevorzugten. Und keiner von ihnen mochte Spargel. Sie erfuhr auch, dass er eine ernsthafte Sucht nach Vanille-Swirl-Eiscreme hatte. Als er es nach dem Abendessen aus den Tiefen des Gefrierschranks holte, musste sie lachen.

»Ich wusste gar nicht, dass das da drin war.«

»Ich verstecke es, damit Bronwyn und Henry es nicht finden, wenn sie sich Eis am Stiel holen.«

Alice lachte. »Kluger Mann.« Sie lehnte sich gegen die Theke und stützte ihre Hände zu beiden Seiten ab, während sie ihn beobachtete, wie er zwei Schüsseln und den Eisportionierer herausholte.

»Leider war das eine Lektion, die ich auf die harte Tour lernen musste.« Er öffnete den Deckel der Eiscreme. »Wyn hat es einmal kurz nach unserem Einzug gesehen und hörte nicht auf, mich damit zu nerven. Henry hörte davon und gab seinen Senf dazu und plötzlich hatte ich kein Eis mehr.« Er grinste sie an und schöpfte Eis in die Schüsseln.

»Wie schaffst du es jetzt, es zu haben?«

»Als diese Packung leer war, habe ich ihnen gesagt, ich würde es nur gelegentlich kaufen. Das ist eine totale Lüge.« Er wedelte mit dem Portionierer und legte ihn dann in die Spüle. »Ich kaufe es ständig.«

Lachend drehte sich Alice um und nahm zwei Löffel aus der Schublade. Sie hielt ihm einen hin. »Nun, hier's auf geheimes Eis und die Freude, die es bringt.«

Er grinste und nahm den Löffel, tippte ihn gegen ihren. »Hört, hört.« Er reichte ihr eine Schüssel.

»Apropos Kinder, wann kommen sie zurück?« Sie lehnte sich wieder gegen die Theke.

Wade warf einen Blick auf die Uhr an der Mikrowelle. »In etwa einer Stunde. Mom bringt sie gewöhnlich rechtzeitig zum Baden vor dem Schlafengehen zurück.«

Alice tauchte ihren Löffel in ihr Eis und sah ihn durch ihre Wimpern an. »Hast du etwas dagegen, wenn ich bleibe und helfe?« Ihre Stimme war leise. Sie wollte nicht zu weit gehen oder die Dinge schneller vorantreiben, als einer von ihnen bereit war, aber sie wollte da sein, wenn sie nach Hause kamen. Jede Beziehung, die sie mit Wade haben würde, würde seine Kinder einschließen. Und sie waren ihr bereits sehr ans Herz gewachsen. Sie mochte es wirklich, Zeit mit ihnen zu verbringen.

»Ich habe nichts dagegen. Macht dir das Kreuzverhör meiner Mutter etwas aus?«

Alice neigte den Kopf und nahm noch einen Bissen von ihrem Eis. »Ich denke, die größere Frage ist, tun wir es?«

Seine Augen weiteten sich ein wenig, aber dann zuckte er mit den Schultern. »Ich würde es lieber offen ansprechen, dass wir erkunden, was auch immer das zwischen uns ist, als uns wie Teenager herumzuschleichen und es zu verstecken.«

Sie grinste und schöpfte mehr von ihrer cremigen Leckerei. »Ich weiß nicht. Könnte Spaß machen. Geheime Rendezvous hinter der Eiche, gestohlene Küsse in der Garderobe.« Sie zuckte mit den Schultern und aß den Bissen von ihrem Löffel.

Wades Augen nahmen einen Ausdruck an, den sie noch nie zuvor gesehen hatte. Er stellte seine Schüssel auf die Arbeitsplatte und trat näher. »Gestohlene Küsse, hm?«

Alice schluckte das Eis in ihrem Mund hinunter. Das kalte Gefühl, als es ihre Kehle hinunterglitt, tat wenig, um das Feuer zu dämpfen, das in ihrem Blut aufflammte, während sie ihn anstarrte.

Er kam näher, sein Kopf senkte sich zu ihrem. »Müssen sie denn gestohlen sein?«

Mit steigender Herzfrequenz schwebte sie wie auf Wolken, als sie in seine haselnussbraunen Augen blickte. Fasziniert von den blauen und goldenen Sprenkeln darin, vergaß sie, seine Frage zu beantworten.

Sein Arm legte sich um ihre Taille. Er nahm ihr die Schüssel aus den Händen und stellte sie neben seine. »Also, müssen sie?«

Sie legte ihre Hände auf seine Brust und ließ ihre Handflächen über die festen Muskeln gleiten. »Nein.«

Diese wunderschönen Augen wurden zu einem dunklen Schiefergrün, und er neigte seinen Kopf. Sie spürte seinen warmen Atem über ihre Lippen fächeln, einen Moment bevor sich seine auf ihre legten.

Millionen winziger Explosionen gingen in ihrem Körper los. Ein leises Stöhnen entfuhr ihr, und sie fuhr mit ihren Händen seine Brust hinauf und über seine Schultern, um sich in seinem Haar zu verfangen, während sie den Kuss erwiderte. Er schlang seine Arme fester um ihre Taille und zog sie näher an seinen muskulösen Körper. Seine großen Hände wanderten über ihre Hüften und ihren Rücken und hinterließen eine Spur des Verlangens. Alice wollte sie auf ihrer nackten Haut spüren. Sie wollte *seine* nackte Haut spüren.

Das Knallen der Haustür und dann das Geräusch kleiner Füße, die über den Holzboden liefen, durchbrach den Lustnebel in ihrem Gehirn. Sie und Wade fuhren auseinander und starrten sich einen Moment lang an, beide schwer atmend.

»Papa?« Bronwyns Stimme drang aus dem Wohnzimmer durch das Haus.

Wade räusperte sich. »In der Küche.«

Alice schluckte und schaute weg, während sie sich sammelte. Sie fuhr sich mit der Hand übers Gesicht und durch die Haare. Als sie wieder zu Wade blickte, weiteten sich ihre Augen. Seine Haare waren ein Durcheinander, dank ihrer Finger. Sie trat näher und streckte die Hand danach aus.

»Was machst du da?« Er nahm ihre Hände in seine.

»Ich bringe deine Haare in Ordnung.« Hätte jemand sie vor diesem Abend gefragt, ob sie dachte, dass seine Haare lang genug wären, um sie zu zerzausen, hätte sie nein gesagt. Sie wäre eines Besseren belehrt worden, denn sie standen in mehrere Richtungen ab.

Er ließ sie los und hob eine Hand zu seinem Kopf, um die Strähnen glatt zu streichen, gerade als die Kinder durch die Tür hereinplatzten. Sie blieben abrupt stehen, als sie sie sahen.

»Alice!« Bronwyns Pause war nur kurz. Sie stürzte quer durch den Raum, um Alice zu umarmen.

Eine Welle der Liebe überkam Alice, als sie das Mädchen zurück umarmte. »Hey, Kleine. Hattest du Spaß bei Oma und Opa?«

»Ja.« Bronwyn lehnte sich zurück. »Sie haben uns in den Park mitgenommen, und wir haben Lasagne zum Abendessen gemacht.«

»Oh, das klingt lecker.« Sie lächelte das Mädchen an, beugte sich hinunter, um Henry hochzuheben und ihm einen Drücker zu geben, bevor sie ihn wieder auf den Boden setzte.

»Apropos eure Großeltern, wo sind sie?« Wade sah sich mit gerunzelter Stirn um.

»Oma ist mit uns reingekommen. Opa holt gerade die Kindersitze aus dem Auto. Hey!« Bronwyns Blick fiel auf die Eisschüsseln. »Habt ihr Eis gegessen?«

Alice unterdrückte ein Lächeln und sah zu Wade.

»Ähm.« Er schaute sie an und flehte stumm um Hilfe.

Sie bedeckte ihren Mund und schüttelte den Kopf.

Er blickte zu seiner Tochter hinunter. »Ja, das haben wir. Alice hat es mitgebracht.«

Alice verengte die Augen über ihrer Hand. Die Ratte. Er schob ihr den schwarzen Peter zu. Sie unterdrückte ein weiteres Lächeln. Ehrlich gesagt, machte es ihr nichts aus. Aber sie konnte das nicht durchgehen lassen.

Mit einem schelmischen Grinsen schaute sie Bronwyn an. »Das stimmt. Und es ist noch viel mehr im Gefrierschrank.«

Bronwyn jubelte und übertönte damit Wades leises Stöhnen.

»Was ist denn hier los?« Peg betrat den Raum mit Elise auf dem Arm. »Oh. Alice, hallo.« Sie lächelte. »Was machst du denn hier?« Ihr Blick schweifte durch den Raum und blieb an den Tellern in der Spüle hängen. »Habt ihr zwei zusammen zu Abend gegessen?« Überraschung lag in ihrer Stimme. Sie wandte sich mit großen Augen ihrem Sohn zu.

Wade nickte. »Wir waren gerade beim Nachtisch, als ihr angekommen seid. Warum seid ihr so früh zurück?«

Seine Frage lenkte sie von den anderen ab, die Alice ihr ansah, dass sie sie stellen wollte. Sie verlagerte das Kleinkind in ihren Armen und hob es höher auf ihre Hüfte. »Elise schien müder als sonst. Und sie war heute quengelig. Ich glaube, sie wird krank.«

»Was?« Wade runzelte die Stirn und ging hinüber, um das Mädchen von seiner Mutter zu nehmen. Elise vergrub ihr Gesicht in der Schulter ihres Vaters und steckte ihren Daumen in den Mund. Er blickte mit Sorge in seinen haselnussbraunen Augen zu Alice auf.

Alice stieß sich von der Arbeitsplatte ab und ging an seine Seite. »Fühlt sie sich warm an?«

Er küsste die Stirn des Mädchens. »Nein.« Er neigte seinen Kopf, um seiner Tochter ins Gesicht zu sehen. »Was ist los, Schätzchen?«

Sie blinzelte ihn mit ihren großen haselnussbraunen Augen an und sagte nichts.

»Tun dir die Zähne wieder weh? Darf Papa mal fühlen?« Er schob seinen Zeigefinger in ihren Mund.

»Ich habe ihr Zahnfleisch überprüft, aber nichts gefühlt«, sagte Peggy.

»Ich auch nicht.« Wade zog seinen Finger zurück.

»Ich hole das Fieberthermometer und lasse ihr ein Bad ein. Wir können sie ins Bett bringen. Vielleicht braucht sie einfach etwas mehr Schlaf.« Alice tätschelte den Rücken des Mädchens und warf Wade einen Blick zu.

Er nickte. »Ja.«

Mit einem sanften Lächeln eilte Alice aus dem Raum.

KAPITEL
Einundzwanzig

Wade lehnte am Türpfosten von Elises Zimmer und beobachtete, wie Alice das Mädchen wiegte und ihr eine Geschichte vorlas. Seine Tochter hielt ein Stofflama fest und lutschte am Daumen, während sie zuhörte. Ihre Augenlider wurden schwer, aber sie widersetzte sich dem Drang einzuschlafen.

Sein Herz machte einen Sprung, als er sie beobachtete. Er wusste nicht genau, wie es passiert war, aber in nur wenigen kurzen Wochen war Alice Duvall zu einem festen Bestandteil ihres Lebens geworden. Seine Kinder vergötterten sie, besonders Elise. Nachdem sie ihre Temperatur überprüft hatten - die normal war - brachten sie sie nach oben zum Baden und zogen ihr dann ihren Schlafanzug an. Wade setzte sich zu ihr, um ihr ein Buch vorzulesen, aber sie zappelte und quengelte und streckte die Arme nach Alice aus. Sobald sie die Plätze getauscht hatten, beruhigte sich Elise und war nun fast eingeschlafen. Nachdem er den Kopf geschüttelt hatte, überließ er es ihr und half Wyn und Henry, sich bettfertig zu machen. Sie waren jetzt unten und schauten einen Zeichentrickfilm, während er nach Alice und Elise sah.

Die Augen der Kleinen schlossen sich endlich und blieben zu. Alice' Stimme verstummte und sie schloss das Buch, um es ins Regal zu stellen. Elise seufzte und kuschelte sich tiefer in Alice' Arme, ihr Daumen fiel aus ihrem Mund, als sie in den Schlaf glitt. Vorsichtig stand Alice auf und ging zum kleinen Bett hinüber. Wade stieß sich vom Türpfosten ab, um zu helfen. Er schlug die lila-weiße Decke zurück und enthüllte die weichen grauen Laken.

»Schlaf gut, mein Schatz.« Alice drückte einen Kuss auf Elises Schläfe und legte sie dann ins Bett.

Wade zog die Decke über sie und beugte sich hinunter, um ihr einen Kuss zu geben. Er nahm Alice' Hand und führte sie aus dem Zimmer, wobei er die Tür hinter ihnen schloss.

Im Flur sah Alice ihn mit einem sanften Lächeln an. »Das war einfach.«

Er erwiderte ihr Lächeln und strich eine blonde Haarsträhne hinter ihr Ohr. »Ja. Sie mag dich.« Es schien, als wäre er nicht der Einzige, der Alice' Charme und Schönheit erlegen war.

»Das freut mich.«

Sein Lächeln wurde breiter und er zog sie an sich. »Mich auch.« Wade drückte einen zärtlichen Kuss auf ihren Scheitel, während er sie unter seinen Arm nahm und sich zur Treppe wandte. »Willst du mir helfen, die anderen beiden einzufangen? Dann können wir zwei weitere Schüsseln Eis austeilen, da wir es vorhin nicht aufessen konnten.«

Sie kicherte und nahm seine Hand, als sie die Treppe hinuntergingen. »Das klingt gut.« Sie sah ihn an. »Haben deine Eltern etwas gesagt, als ich dich allein gelassen habe, um das Thermometer zu holen?«

Wade stieß einen Seufzer aus. »Irgendwie schon. Mom hat mich nur angelächelt und gesagt, es wurde langsam Zeit, dass ich jemanden Würdigen finde. Dad hat sie angesehen und gefragt, wovon sie redet.«

Alice lachte. »Hat einer von euch ihn aufgeklärt?«

»Mom hat seinen Arm getätschelt und gesagt, sie würde es ihm später erklären.«

Sie erreichten das untere Ende der Treppe und wandten sich zum Wohnzimmer.

»Sind sie nach Hause gefahren?« Alice sah sich im Raum um.

Er nickte. »Ja. Dad hat die Kindersitze wieder in meinem Auto eingebaut, dann sind sie gegangen.« Er wandte sich den Kindern zu, die auf dem Sofa saßen und fernsahen. Henrys Augen fielen zu. »Kommt schon, ihr zwei. Zeit fürs Bett.«

»Können wir den Rest noch sehen, Papa?« Bronwyn richtete ihre dunklen Augen auf ihn. Sie sah kein bisschen müde aus.

Er beugte sich über die Rückenlehne des Sofas und hob Henry hoch. Der Junge sackte gegen ihn und gähnte. Wade sah Wyn an. »Hast du dir die Zähne geputzt, wie ich dich gebeten habe?«

Sie nickte.

»Lass mich sehen.«

Sie zeigte ihre Zähne. Sie sahen sauber aus.

»Okay. Alice und ich sind gleich wieder da.«

Sie drehte sich um, schon wieder in die Sendung vertieft. Ein Mundwinkel von Wade zuckte nach oben und er schüttelte den Kopf, bevor er mit Henry die Treppe hinaufging.

Oben legte er den Jungen in sein Bett und zog die Decke um ihn herum fest. »Schlaf jetzt, Hen.«

Er gähnte wieder. »Okay, Papa.« Er streckte die Arme nach oben für eine Umarmung.

Wade drückte einen Kuss auf die Wange des Jungen. »Gute Nacht, Kumpel.«

»Nacht-nacht.« Er gähnte erneut und sah Alice an, die Arme ausgestreckt.

Sie beugte sich vor und umarmte ihn. »Gute Nacht, Henry. Wir sehen uns in der Kirche, okay?«

Er nickte. »Mkay.«

Alice zog die Decke um seine Schultern und strich ihm das Haar zurück. »Schlaf gut.«

Seine Augen fielen zu. Wade und Alice zogen sich zurück und schlossen die Tür beim Hinausgehen.

»Bereit für Runde drei?« Er lächelte sie an, als sie zur Treppe gingen.

Sie gab ihm ein schiefes Lächeln. »Nein. Sie wird schwieriger sein. Ich glaube nicht, dass sie müde ist.«

»Ich glaube, du hast recht.«

Unten angekommen, wandten sie sich ins Wohnzimmer.

Bronwyn streckte den Kopf über die Couch, ein Stirnrunzeln im Gesicht. »Muss ich ins Bett gehen?«

Wade ging zu ihr und hob sie hoch, warf sie sanft in die Luft, was sie zum Kichern brachte. »Sag dir was - wie wäre es, wenn Alice und ich dich zudecken und du dann noch ein bisschen alleine in deinen Büchern lesen darfst?« Er setzte sie auf seine Hüfte und wedelte mit dem Finger vor ihr. »Aber du musst in deinem Zimmer bleiben. Deal?«

Der Kopf des Mädchens nickte einmal. »Deal.« Sie hielt ihren kleinen Finger hoch.

Grinsend hakte er seinen kleinen Finger in ihren und drückte einen schmatzenden Kuss auf ihre Wange. Sie kicherte wieder, als die drei die Treppe hinaufgingen.

Es dauerte nicht lange, bis Bronwyn in ihrem Zimmer lag. Alice schlug ihre Bettdecke zurück und sorgte dafür, dass sie alle ihre Kuscheltiere hatte, während Wade ihr half, einige Bücher zu finden. Sie deckten sie mit ihren Decken zu, mit einem Stapel Bücher auf ihrem Nachttisch.

»Bist du fertig?« Wade stützte seine Fäuste auf ihre Matratze und beugte sich zu ihr.

»Jep.« Sie lächelte zu ihm hoch.

»Gut.« Er küsste ihre Schläfe, dann richtete er sich auf und schaltete die Lampe neben ihrem Bett ein. »Bleib nicht zu lange auf. Schau dir deine Bücher an, dann mach das Licht aus und schlaf, okay?«

Sie nickte.

Alice trat vor, um dem Mädchen einen Gutenachtkuss zu geben. »Ich sehe dich morgen in der Kirche.« Sie tippte auf Bronwyns Nase und das Mädchen lächelte. »Gute Nacht, Schätzchen.«

»Gute Nacht.« Sie öffnete ihr Buch.

Wade ging zur Tür, Alice dicht hinter ihm. »Denk dran, nicht zu lange.«

»Okay, Papa.«

Lächelnd wartete er, bis Alice das Zimmer verließ, dann schaltete er das Deckenlicht aus und schloss die Tür.

»Das war einfacher als ich dachte. Nette Verhandlungstaktik, Papa.«

»Ich will wirklich dieses Eis.«

Kichernd wandte sich Alice zur Treppe. »Der Letzte unten muss schöpfen.«

Mit einem Lachen eilte er ihr nach.

KAPITEL
Zweiundzwanzig

Beim Klopfen an seiner Bürotür blickte Wade auf. Katy Lattimer stieß die Tür weit auf und trat ein.

»Hey, Sheriff. Was führt dich her?«

»Ich habe ein Update für dich im Brandstiftungsfall.«

»Oh?« Es war gerade mal etwas über eine Woche her, seit sie mit Willard in Billings gesprochen hatten. Er beugte sich vor und deutete auf den Stuhl vor seinem Schreibtisch, begierig darauf zu hören, was sie zu sagen hatte. »Setz dich.«

Sie setzte sich und rückte ihren Ausrüstungsgürtel zurecht. »Also, ich habe mit Rister und Hughes gesprochen. Keiner von beiden hat ein Alibi für einen der Brände.«

Wades Augen weiteten sich. »Wie kann das sein?«

Sie zuckte mit den Schultern. »Sie leben beide allein. Levi war nie verheiratet und Ed hat sich kurz vor dem ersten Brand scheiden lassen. Aber ich kann auch keinen von beiden am Tatort platzieren.«

»Sind die Laborberichte schon zurück?«

»Nur über den verwendeten Brennstoff. Es war Benzin. Sie bearbeiten noch alles andere.«

Sein Mund wurde schmal. Dass sie im Rückstand waren, überraschte ihn nicht. Das Kriminallabor war genauso unterbesetzt wie das Sheriffbüro. »Hast du irgendwelche anderen Verdächtigen?«

Sie schüttelte den Kopf. »Nicht wirklich. Willard hat mir die Namen einiger Geschäftskontakte gegeben, die ihn gerne ruiniert sehen würden, aber keiner von ihnen ist von hier.« Mit einem Schnauben lehnte sie sich zurück und verschränkte die Arme.

Wade hob eine Augenbraue, während er sie musterte. »Diese kleine Neuigkeit hat dich hierher gebracht? Du hättest das alles per E-Mail oder Anruf weitergeben können. Was stimmt nicht?«

Ein Muskel in ihrem Kiefer zuckte, und sie blickte für einen Moment weg. Als ihre Augen wieder die seinen trafen, glitzerten sie hart im Deckenlicht.

»Irgendetwas an diesem Fall stört mich. Ich brauche ein Korrektiv, und ich kann nicht mit Ray sprechen, weil sein Bruder einer meiner Verdächtigen ist, also bin ich hier.«

»Okay.« Er beugte sich vor. »Was stört dich daran?«

Sie ließ ihre Arme sinken und setzte sich aufrecht hin. »Alle Brände waren entweder in leerstehenden Gebäuden oder an Orten, wo sie niemandem schaden würden, außer bei dem Brand, bei dem der Elektriker anwesend war.«

»Richtig.«

»Das ist der, der mich stört. Wie konnte der Brandstifter nicht wissen, dass er da war? Sie haben überall Benzin verschüttet. Es ist nicht so, als hätten sie die Hintertür übergossen, sie angezündet und dann den Ort verlassen. Sie sind durch das ganze Haus gegangen.«

Sie hatte einen guten Punkt. »Hast du den Hintergrund des Elektrikers überprüft?«

Katy zeigte mit dem Finger auf ihn. »Du bist ein schlauer Fuchs. Ich brauche dich in meiner Abteilung als Detektiv. Und ja. Vincent Perabo hat fünf Jahre im Colorado State Penitentiary wegen fahrlässiger Tötung verbüßt und ist seit etwas über einem Jahr draußen.«

Seine Augen wurden groß. »Wow.«

»Ja.«

»Also geht es vielleicht gar nicht um Willard.«

»Das frage ich mich auch. Ich habe eine Anfrage bei der Gunnison PD gestellt, um die Akte seiner Verhaftung zu bekommen, und eine weitere bei der Staatsanwaltschaft von Gunnison County für das Verhandlungsprotokoll. Ich hoffe, das gibt mir eine Richtung vor. Ich habe Perabo im Krankenhaus besucht, aber als ich anfing, Fragen über seine Vergangenheit zu stellen, verschloss er sich und bat mich zu gehen. Sagte, das sei alles hinter ihm und er wolle nicht darüber reden.«

»Verdammt. Das wäre auch der schnellste Weg gewesen, eine Spur zu bekommen.«

Sie nickte. »Ja. Aber er redet nicht.«

Wade runzelte die Stirn und fragte sich, ob mehr hinter dieser Geschichte steckte als nur schmerzhafte Erinnerungen. »Okay, angenommen, es geht um Perabo. Warum waren dann alle Gebäude Willards?«

»Nicht sicher. Vielleicht haben wir einen cleveren Brandstifter, der versucht, den Verdacht woanders hin zu lenken. Vielleicht hat er auch etwas gegen Willard und will zwei Fliegen mit einer Klappe schlagen. Es könnte reiner Zufall sein, obwohl ich das für unwahrscheinlich halte.«

Das tat er auch. Aber die anderen beiden? Beides waren gültige Theorien. »Da stimme ich zu.« Er trommelte einmal mit den Fingern auf den Schreibtisch. »Wo stehen wir jetzt also?«

Sie seufzte. »Mit verdammt vielen Fragen. Und ich habe nur teilweise Scherze gemacht, als ich sagte, dass ich dich als Detektiv brauche. Ich weiß, du unterstehst der Feuerwehr, aber du bist ein vereidigter Gesetzeshüter, richtig?«

Wade nickte.

»Perfekt. Hättest du etwas dagegen, deine Aufgaben für diesen Fall zu erweitern?«

»Nein. Ich möchte so involviert sein, wie ich kann. Ich will diesen Kerl schnappen, bevor jemand anders verletzt wird.«

Sie lächelte. »Ich hoffte, du würdest das sagen. Ich könnte wirklich Hilfe gebrauchen, da Ray diesen Fall nicht anfassen kann. Denkst du, du könntest eine Suche nach anderen Brandstiftungen im Gebiet von Gunnison durchführen, die ähnlich zu denen hier sind? Geh zurück bis vor Perabos Gefängniszeit. Ich habe sein Vorstrafenregister angesehen, und er hat keine Vorstrafen wegen Brandstiftung, aber das heißt nicht, dass er nicht als Zeuge in einem anderen Fall aufgeführt sein könnte.«

»Sicher. Wie weit zurück soll ich suchen?«

»Zwei Jahre vor seiner Verhaftung? Mach erstmal nur Gunnison County. Sobald ich mehr Informationen über seinen Totschlagsfall habe und etwas mehr über ihn herausfinde, können wir den Umfang nach Bedarf erweitern oder einschränken.«

Sein Kopf nickte einmal. »Klingt gut.«

»Wunderbar, danke.« Sie stand auf, umrundete ihren Stuhl und hielt dann inne, um zurückzublicken, als sie die Tür erreichte. »Hast du eine Dienstwaffe?«

Wade blinzelte einmal überrascht. »Ja, aber ich trage sie selten.«

»Du solltest vielleicht damit anfangen.« Sie blickte weg, dieser Muskel in ihrem Kiefer zuckte wieder, dann sah sie zurück. »Dieser Fall gefällt mir nicht, Wade. Irgendetwas fühlt sich nicht richtig an. Sei einfach vorsichtig.«

Eine Falte bildete sich zwischen seinen Augen, aber er nickte. »Das werde ich.«

»Gut. Sobald ich mehr über Perabo weiß, komme ich wieder.«

»Okay. Danke, Sheriff.«

Sie nickte und ging dann.

Wade lehnte sich in seinem Stuhl zurück und faltete die Hände, ruhte sein Kinn auf seinen Fingerspitzen, während er aus dem Fenster starrte. Katys Nervosität machte ihn nervös. Eine Sache, die er über ihre neue Sheriffin gelernt hatte, war, dass sie keine Emotionen ihre Entscheidungen beherrschen ließ. Sie ging den Job mit ruhigem und besonnenem Denken an. Dass sie solche Vorbehalte bei diesem Fall hatte, ließ ihn innehalten. Er beabsichtigte, ihre Warnung zu beachten. Die Handfeuerwaffe, die er im Safe in seinem Kleiderschrank aufbewahrte, würde von nun an mit zur Arbeit kommen.

Die Gesichter seiner Kinder blitzten durch seinen Geist. Er hoffte um ihretwillen, dass er sie nicht brauchen würde.

Er schob seine beunruhigenden Gedanken beiseite, setzte sich auf und loggte sich in seinen Computer ein. Er öffnete die Verbrecherdatenbank und suchte nach Brandstiftungen in

Colorado, wobei er seine Suche auf Gunnison und die umliegende Gegend beschränkte. Nachdem er mehrere gefunden hatte, las er die Details durch und notierte sich die Namen der Abteilungen sowie die E-Mail-Kontakte und Telefonnummern für jede. Er schickte E-Mails an sie ab, in denen er Informationen über die Brände anforderte, und fuhr dann seinen Computer herunter. Seine erste Inspektion des Tages war in zwanzig Minuten.

Er sammelte Aktenordner mit Informationen über die Immobilien, die er heute Nachmittag inspizieren sollte, steckte sie zusammen mit seinem Klemmbrett und der Inspektionscheckliste in seine Aktentasche und ging los.

Der Rest seines Tages verging schnell. Nach seiner letzten Inspektion ging er zurück in sein Büro und verfasste die Berichte. Nur eine Immobilie fiel durch die Inspektion, aber die Reparaturen waren nicht schwierig. Er würde nächste Woche wiederkommen.

Bevor er ging, überprüfte er nochmal seine E-Mails. Mehrere der Abteilungen, die er angeschrieben hatte, hatten ihm geantwortet. Er überflog die Informationen, die sie geschickt hatten, aber bei keiner der aufgelisteten Immobilien war Willard als Eigentümer oder Perabo als Zeuge oder Opfer aufgeführt.

Wade seufzte und fuhr das System herunter. Natürlich konnte es nicht so einfach sein.

Er schnappte sich seine Aktentasche, schloss sein Büro ab und machte sich auf den Heimweg, wobei er sein Bestes tat, um die Gedanken an die Arbeit hinter sich zu lassen. Zu wissen, dass Alice und die Kinder auf ihn warteten, machte es leichter.

Ihre strahlenden, fröhlichen Lächeln blitzten durch seinen Kopf und brachten ihn zum Grinsen, als er in seinen SUV stieg. Er fragte sich, ob er Alice dazu überreden könnte, zum Abendessen zu bleiben. Die meisten Abende blieb sie jetzt und aß mit ihnen. Eines Tages bald, hoffte er, müsste er nicht mehr zusehen, wie sie am Abend zur Tür hinausging, um nach Hause zu gehen.

Aber er griff den Dingen voraus. Sie waren noch weit davon entfernt, zusammenzuziehen. Besonders da sie gerade das Haus nebenan gekauft hatte.

Pine Ridge war klein, und er war in nur wenigen Minuten zu Hause. Als er in die Einfahrt einbog, runzelte er die Stirn, als er das Auto seiner Mutter anstelle von Alices in der Auffahrt geparkt sah. Wade fuhr in die Garage, sammelte dann seine Sachen und ging hinein.

Als er die Haustür öffnete, hörte er die Kinder in der Küche reden. Dem Geräusch folgend betrat er den Raum und sah sie an der Kücheninsel sitzen, während seine Mutter vor dem Herd stand.

Sie blickte auf, als er eintrat. »Hi, Schatz.«

»Hey, Mom. Was machst du hier? Wo ist Alice?«

»Sie musste gehen. Sofie ging es nicht gut und Knox wollte sie ins Krankenhaus bringen, um sie untersuchen zu lassen. Sie ist nach Hause gegangen, um auf Olive aufzupassen.«

»Oh.« Er runzelte die Stirn. »Geht es Sofie gut?«

»Ich bin sicher, es wird ihr gut gehen. Alice sagte, sie sei an einem Magenvirus erkrankt und konnte nichts bei sich behalten. Wegen ihrer Schwangerschaft machten sie sich Sorgen um das Baby.« Sie winkte ab. »Jedenfalls rief Alice an und fragte, ob ich kommen und auf die Kinder aufpassen könnte, damit du nicht den ganzen Weg nach Stone Creek fahren musst, um sie später abzuholen. Sie ist tatsächlich erst vor etwa einer halben Stunde gegangen.«

Wade nickte, dann ging er hinüber, um jedem Kind zur Begrüßung einen Kuss auf den Kopf zu geben. Elise wedelte mit einem Holzlöffel und schlug damit auf ihren Hochstuhl, und Bronwyn schenkte ihm ein schnelles Grinsen, bevor sie wieder zum Malen zurückkehrte. Henry jedoch schlang seine Arme um Wades Hals und begann zu plappern.

»Rate mal, was Miss Alice und ich gemacht haben, Papa?«

»Was habt ihr gemacht?«

»Wir haben ganz viele Dino-Sachen geholt.«

»Habt ihr das?«

»Ja! Teller und Becher und Servietten. Und Luftballons! Und sie hat gesagt, sie macht eine Piñata.«

»Eine Piñata, hm? Lass mich raten. Es wird ein Dinosaurier sein?«

Henry nickte, sein kleiner Kopf wippte auf und ab. »Ein Pterodaktylus.«

Wade wuschelte seinem Sohn durchs Haar und drückte ihm einen Kuss auf den Kopf. »Sehr gut, Kumpel.« Er löste sich aus Henrys Armen und richtete sich auf, wobei er seine Mutter ansah. »Also, was kochst du?«

»Minestrone. Die Kinder haben sich Suppe zum Abendessen gewünscht, und Alice hatte schon damit angefangen.« Ein verschmitztes Lächeln zog sich über eine Seite ihres Gesichts. »Bronwyn sagte, sie bleibt jeden Abend zum Essen.«

»Ja, das tut sie.«

Pegs Lächeln wurde breiter. »Das freut mich. Sie ist eine nette Frau, und du verdienst es, glücklich zu sein. Ich denke, sie hat das für dich getan. Ich sehe ein Leuchten in deinen Augen, das schon lange nicht mehr da war.«

Er erwiderte ihr Lächeln. »Ja. Sie ist wirklich toll.« Er schüttelte sanft den Kopf und senkte die Stimme, damit die Kinder es nicht hörten. »Ich habe mich am Anfang dagegen gewehrt. Nach dem, was ich mit Em durchgemacht habe, wollte ich mich oder die Kinder nicht wieder in diese Lage bringen. Aber es gibt etwas an ihr.«

»Sie ist selbstlos.«

Eine kurze Falte verunstaltete seine Stirn. »Ja. Das ist sicher ein Teil davon.« Nachdem er Alice in den letzten paar Wochen mit seinen Kindern beobachtet hatte, war sie mehr eine Mutter für sie, als ihre eigene Mutter es je gewesen war. Sie versuchte nicht aktiv, diese Rolle zu übernehmen, aber ihr Verhalten und ihre Interaktion mit ihnen war mütterlich. Sie hatte ein natürliches Händchen für Kinder.

Aber es war auch ihre Schönheit – innen und außen –, die ihn zu ihr hinzog. Er hatte noch nie jemanden wie sie getroffen.

»Ich mag dieses Lächeln.« Peg zeigte mit ihrem Rührlöffel auf ihn.

Er lächelte noch breiter. »Ich auch. Und apropos Alice, du und Dad, ihr könnt morgen immer noch auf die Kinder aufpassen, damit Alice und ich auf ein Date gehen können?«

»Natürlich.« Ihr verschmitztes Lächeln kehrte zurück. »Wir können sie die ganze Nacht nehmen, wenn ihr wollt.«

Er lachte. »Eines Tages, aber noch nicht jetzt.«

Sie nickte einmal. »Gut. Ich sage nicht, dass du langsam machen sollst, aber sei dir sicher, bevor du diesen Punkt erreichst. Ich glaube nicht, dass sie die Art von Frau ist, die nach einer heißen vorübergehenden Romanze sucht.«

»Ich suche auch nicht danach.« Er blickte zu seinen Kindern hinüber. »Sie verdienen mehr als eine Reihe von Frauen, die nichts bedeuten.« Er war nie jemand gewesen, der beiläufig datete oder zwanglosen Sex hatte. Er hatte immer die tiefere Verbindung gewollt. Jetzt, da er Kinder hatte, an die er denken musste, war er noch weniger geneigt, diese Art von Beziehung zu haben. Wenn er nicht dächte, dass Alice jemand sein könnte, mit dem er den Rest seines Lebens verbringen könnte, würde er nicht einmal Gedanken daran verschwenden, mit ihr auszugehen.

»Ja, das tun sie. Und ich hoffe, dass es zwischen euch beiden klappt. Ich mag sie.«

»Ich auch«, sagte er erneut. Mit einem weiteren fröhlichen Lächeln für seine Mutter ging er weg, um den Tisch fürs Abendessen zu decken. Als er die Schüsseln aus dem Schrank nahm, wurde ihm klar, dass er glücklich war. Glücklicher, als er es seit langem gewesen war. Alles dank einer süßen, gutherzigen blonden Bombe, die Papiermaché und Kinder mochte.

Alice brachte ihr Pferd zum Stehen und blickte zurück, um auf Wade zu warten. »Komm schon, Lahmarsch. Ich dachte, du hättest gesagt, du kannst reiten?«

Ein Mundwinkel zuckte und er verdrehte die Augen, als er den Hügel erklomm und neben ihr anhielt. »Kann ich auch. Aber dein Pferd schwebt ja praktisch. Dieses hier nicht.« Er tätschelte den Hals seines Pferdes.

Alice fuhr mit der Hand durch die Mähne ihres Pferdes Torrey und lächelte. »Ja. Tut mir leid. Ich hätte dich auf eines ihrer Geschwister gesetzt, aber die können alle ziemlich anstrengend sein. Du meintest, du reitest nicht oft, also...« Ihre Stimme verstummte und sie zuckte mit den Schultern.

Er winkte ab. »Schon okay. Ich sitze lieber auf einem langsamen Pferd als auf einem, das nicht dorthin will, wo ich es hinlenken möchte, ohne einen Kampf.«

Sie kicherte. »Ja, Sherman und Lincoln würden beide versuchen, ihre eigenen Wege zu gehen. Wie auch immer, wir sind da.« Sie deutete mit einem kurzen Nicken vor ihnen.

Wades Blick wanderte. »Oh, wow.«

»Stimmt? Der Stone Creek hat einige wunderschöne Ausbli-
cke. Ich habe in meiner Freizeit erkundet. Das ist mein Lieb-
lingsplatz.« Sie hatten einen Grat erreicht, der einen Blick
über das Flusstal unter ihnen bot. Im hellen Sonnenschein
glitzerte das Wasser und schlängelte sich durch das wellige,
tiefgrüne Präriegras. Farbkleckse von Wildblumen stachen
aus dem Gras hervor.

»Ich kann verstehen warum.«

Alice lächelte. »Also gefällt dir meine Idee für ein
Date, hm?«

»Auf jeden Fall.« Er lächelte zurück. »Was hast du mir sonst
noch zu zeigen?«

Sie lachte. »Jede Menge. Komm mit.« Sie wendete Torrey und
ritt den Pfad hinauf. Ihr Plan war es, einfach zu reiten und die
wunderschöne Landschaft und die Gesellschaft des anderen
zu genießen. Wade hatte gesagt, er wolle sie später zum Essen
in die Stadt ausführen, also hatte sie nur Wasser und einige
Grundlagen in den Satteltaschen gepackt.

»Also, Henry hat mich gestern Abend mit all deinen Plänen
für seine Geburtstagsparty unterhalten.«

Alice kicherte. »Es sind wirklich nicht so viele. Ich bastle
Dekorationen. Daisy hat angeboten, seinen Kuchen zu
backen. Wir haben Einladungen für ihn gemacht, die er an
seine Freunde verteilen kann. Es wird schön, aber nicht über-
trieben.«

»Nun, für ihn ist es das Beste überhaupt. Er ist sehr
aufgeregt.«

»Gut. Es macht Spaß und ich freue mich, dass er glücklich
ist.«

Wade streckte die Hand aus und nahm ihre, während sie
ritten. »Danke.«

»Es ist nur eine Geburtstagsparty.«

Er drückte ihre Hand. »Nicht nur dafür. Ich meinte, weil du meine Kinder liebst.«

Alices Herz machte einen Satz bei dem Blick in Wades Augen. Es machte sie traurig, dass er erstaunt zu sein schien, dass sie sie lieben konnte. »Sie sind leicht zu lieben. Es sind tolle Kinder. Und ich werde nie schlecht über ihre Mutter vor ihnen reden, aber sie ist eine Idiotin.« Sie konnte nicht begreifen, wie eine Mutter ihre Kinder verlassen konnte - diese Kinder verlassen konnte. Sie waren wunderbar.

»Da stimme ich zu. Aber ich sehe es als ihren Verlust. Macht es mich traurig, dass sie keine Mutter haben? Natürlich. Aber ich frage mich unwillkürlich, wie glücklich sie wären, wenn sie geblieben wäre. Sie war nie zu Hause. Wenn sie da war, verbrachte sie nicht viel Zeit mit ihnen. Am Anfang schon. Als Bronwyn klein war und sogar nach Henrys Geburt. Aber als sie nach seiner Geburt wieder arbeiten ging, da änderten sich die Dinge wirklich.« Er zuckte mit den Schultern. »Manche Menschen sind einfach nicht zum Elternsein geschaffen. Ich bereue unser gemeinsames Leben nicht, weil ich es nie bereuen könnte, meine Kinder zu haben.«

Ihr Herz machte wieder einen Sprung, diesmal mit einem Ansturm von Gefühlen für Wade. Sie hatte aufgrund ihres ersten Eindrucks von ihm in der Scheune gedacht, er wäre ein grober, abweisender Mann, aber das war er nicht. Er war zurückhaltend, aber als sie mehr Zeit miteinander verbracht hatten, hatte er sich geöffnet. Sie mochte sehr, wer er war.

Er stieß einen Atemzug aus. »Genug von meiner Ex. Wie kommen die Hausreparaturen voran?«

Alice bändigte die Emotionen, die durch sie flossen, als er das Thema wechselte. »Gut. Der Klimaanlagentechniker kommt am Montag. Der Elektriker war schon da. Es ist ziemlich praktisch, dass du nebenan wohnst, weißt du.«

Er lächelte. »Da stimme ich zu.« Seine Augen wurden heißer und sie spürte, wie sich ein antwortendes Feuer in ihrem Bauch entzündete.

Sie biss sich auf die Lippe und starrte zurück.

Wade räusperte sich. »Weißt du, ich wollte es langsam angehen lassen und dich wirklich kennenlernen, bevor wir weitergehen. Aber erstens habe ich das Gefühl, dass ich dich schon ziemlich gut kenne. Und zweitens bin ich mir nicht sicher, ob langsam möglich ist.«

Da würde sie nicht widersprechen. Als sie ihn mit seinen Kindern interagieren sah, fast täglich in seinem Haus war, hatte sie einen tiefen Einblick in den Mann bekommen. In wer er war und was ihn antrieb. Alice musste nicht mehr wissen, um zu wissen, dass sie ihn sehr leicht für den Rest ihrer Tage lieben könnte.

Er zog an ihrer Hand, zügelte sein Pferd und lehnte sich zu ihr. Sie traf ihn in der Mitte für einen zärtlichen Kuss.

Torrey bewegte sich unter ihr und trennte sie. Sie lächelte ihn an. »Vielleicht ist zu Pferd nicht der beste Ort für eine Knutscherei.«

Er lachte. »Nein, wahrscheinlich nicht. Komm, lass uns unseren Ritt beenden. Wir holen uns etwas zu Abend und dann gibt es einen richtigen Gutenachtkuss.«

Das Feuer in ihrem Bauch loderte etwas heller. »Dieser Plan gefällt mir.« Sie trieb Torrey sanft an und setzte das Pferd in Bewegung.

Sie hielten an mehreren anderen Stellen, bevor sie zur Scheune zurückkehrten, um die Pferde abzusatteln. Als sie gebürstet waren und frisches Heu und Wasser hatten, gingen Alice und Wade nach draußen zu seinem SUV.

»Ich bin froh, dass deine Eltern die Kinder nehmen konnten.« Sie sah zu ihm auf, als sie neben seinem Auto anhielten. »Es ist schön, etwas Zeit allein miteinander zu verbringen.«

Wade lehnte sich zu ihr, klemmte sie zwischen seinen Körper und das Auto. Kribbeln jagte Alice den Rücken hinunter und ein Bewusstsein prickelte auf ihrer Haut.

»Da stimme ich zu, Frau Duvall.« Er blitzte dieses sexy Lächeln, das sie liebte, und beugte sich hinunter.

Alice umrahmte sein Gesicht mit ihren Händen und stellte sich auf die Zehenspitzen, um seinen Kuss zu erwidern. Sie hatte schnell begonnen, nach seiner Berührung zu lechzen. Es war schwer gewesen, in der vergangenen Woche ihre Hände in der Nähe der Kinder bei sich zu behalten. Sie hatten ihnen die Veränderung in ihrer Beziehung nicht offiziell mitgeteilt, also ließ sie ihre Hände wandern, wann immer sie ein paar Momente allein stehlen konnten.

Im Moment waren sie fasziniert von seinem Kiefer und der rauen Textur seiner Bartstoppeln.

Er riss seinen Mund von ihrem los und schuf einen Zentimeter Abstand zwischen ihnen. »Du bist tödlich. Komm schon. Lass uns essen gehen, bevor wir zu weit gehen.«

Mit einem leisen Kichern gab sie ihm einen flüchtigen Kuss auf die Lippen und duckte sich dann unter seinem Arm hindurch, um das Auto zu umrunden und einzusteigen. Ein Summen des Verlangens floss zwischen ihnen, während sie den ganzen Weg in die Stadt Händchen hielten.

Bei Sarafina's nahmen sie einen Platz am Fenster ein und ignorierten Saras wissendes Grinsen. Alice nahm eine Speisekarte und öffnete sie, um ihr flammendes Gesicht zu verbergen. Sie wusste nicht, warum sie errötete. Es war ja nicht so, als ob sie sich für ihre Beziehung zu Wade schämte.

Sie blies sich den Pony aus dem Gesicht und verdrehte die Augen über sich selbst. Es lag wahrscheinlich daran, dass sie es nicht gewohnt war, in einer Beziehung zu sein. Sie wusste nicht, wie sie sich verhalten sollte. Der letzte Freund, den sie hatte, war im College.

»Hey, ihr zwei.«

Alice kam hinter ihrer Speisekarte hervor und blickte zu Sara auf, die an ihrem Tisch stehen geblieben war, Bestellblock und Stift in den Händen.

»Hi, Sara.« Sie lächelte die andere Frau an, die breit zurücklächelte.

»Ich bin froh zu sehen, dass ihr beide endlich zur Vernunft gekommen seid und erkannt habt, was der Rest von uns schon seit Wochen gesehen hat.«

Ein Lachen sprudelte aus Alice heraus. »Ich bin erst seit ein paar Wochen hier.«

»Ich weiß. So stark war die Chemie zwischen euch beiden. Sie war von Anfang an da.«

Wade lachte. »Ja, nun, wir mussten es wohl selbst erkennen.«

»Ich bin einfach froh, dass ihr es getan habt. Also, was darf ich euch zu essen bringen?«

Dankbarkeit, dass sie das Thema wechselte, durchströmte Alice. Sie hob die Speisekarte wieder und überflog sie. »Ich nehme einen Eistee und die Hähnchen-Pot-Pie mit einem kleinen Salat.« Sie senkte die Speisekarte und sah über den Tisch zu Wade.

Er blickte zu Sara auf. »Ich hätte gerne-« Das Klingeln seines Telefons unterbrach ihn. »Entschuldigung.« Er legte die Speisekarte hin und hob sein Handy vom Tisch, die Stirn runzelnd, als er auf den Bildschirm sah. »Es ist die Einsatzzentrale.« Er blickte zu Alice, dann zu Sara. »Ich muss rangehen.«

Alice runzelte die Stirn und hoffte, dass ihr Abend nicht zu einem frühen Ende kam. Sie wusste, dass er in Bereitschaft war, hatte aber gehofft, dass es ruhig bleiben würde.

Er nahm das Gespräch an und rutschte mit einem entschuldigenden Lächeln aus der Sitzecke. Sara trat zurück, damit er herauskommen konnte, und sah dann Alice an, den Mund verziehend.

»Ich hoffe, er kann bleiben.«

»Ich auch, aber ich bezweifle es.« Sie seufzte. »Ich schätze, ich werde schon mal mit dem Streichen meines Hauses anfangen.« Sie wollte eigentlich warten, bis die neue Heizungs und Klimaanlage eingebaut war, damit sie die Klimaanlage während der Arbeit nutzen konnte. Es war heute aber nicht so heiß. Sie würde einfach ein paar Fenster öffnen.

Jemand rief Saras Namen. Sie schenkte Alice ein mitfühlendes Lächeln. »Ich komme gleich wieder.«

Alice winkte ihre Sorge weg. »Ist schon gut.« Sie sackte in ihrem Sitz zusammen, als Sara wegging.

Wade kam ein paar Minuten später zurück. Sie konnte an seinem harten Gesichtsausdruck und der dünnen Linie seines Mundes erkennen, dass es keine guten Nachrichten waren.

Sie rümpfte die Nase, als sie ihn ansah. »Unser Date ist vorbei, oder?«

Er nickte. »Ja, tut mir leid. Es sieht so aus, als hätte unser Brandstifter wieder zugeschlagen.«

Ein Stirnrunzeln verunstaltete ihr Gesicht. »Oh nein. Ist jemand verletzt?«

»Ich weiß es noch nicht. Die Jungs vor Ort haben herausgefunden, wer der Eigentümer ist, und mich angerufen. Sie versuchen noch, das Feuer zu löschen. Kannst du eine Mitfahrgelegenheit zurück zum Stone Creek finden? Wenn nicht, kann ich dich bei mir zu Hause absetzen und dich später nach Hause bringen.«

»Kannst du mich eigentlich bei meinem neuen Haus absetzen? Ich werde etwas streichen, während ich auf dich warte.«

»Bist du sicher? Ich könnte eine Weile weg sein.«

Alice rutschte aus der Sitzecke. »Ja.«

»Okay.« Er deutete ihr an, voranzugehen. »Ich wusste nicht, dass du schon Farbe gekauft hast.«

Sie grinste, als sie auf die Tür zugingen und Sara zuwinkten. »Ich habe sie gleich nach dem Vertragsabschluss neulich gekauft. Ich wollte eigentlich erst anfangen, nachdem sie die Heizungs- und Klimaanlagen-Aufrüstung beendet haben, aber es spielt eigentlich keine Rolle.«

Er hielt ihr die Tür auf. »Bist du sicher, dass du das machen willst?«

»Ja.« Sie drehte sich um, ging rückwärts und lächelte. »Ich brauche immer noch meinen Gutenachtkuss.«

KAPITEL
Vierundzwanzig

Braunschwarzer Rauch quoll aus dem Haus in der Plum Street, als Wade zehn Minuten später dort ankam. Auf dem Weg hatte er seine Eltern angerufen, um ihnen zu erzählen, was passiert war. Sie würden die Kinder nach Hause bringen, um sie ins Bett zu bringen, und dann bleiben, bis er zurückkäme. Mit diesem Gedanken aus dem Kopf schaltete er in den Ermittlermodus.

Er stieg aus seinem Auto und öffnete den Kofferraum, um seine Warnweste zu holen. Während er sie anzog, ging er auf den Einsatzleiter Todd Verne zu.

»Hey, Verne, bring mich auf den neuesten Stand.«

Der ältere Mann blickte zu ihm herüber und runzelte die Stirn. »Es sieht nicht gut aus. Die Jungs haben gerade eine Leiche gefunden.«

Wade unterdrückte ein Stöhnen. »Verdammt. Irgendeine Ahnung, wer es ist?«

Todd schüttelte den Kopf. »Nein. Es ist ein Mann, aber das ist so ziemlich alles, was ich dir sagen kann. Er ist ziemlich stark verbrannt. Ich habe sie angewiesen, ihn hinten außer Sichtweite zu legen. Wir brauchen keine Leute, die davon Fotos machen.«

Wade rümpfte die Nase und nickte, dankbar für die Umsicht des Leutnants. Heutzutage machten die Leute von allem Fotos. Ob abgedeckt oder nicht, er wollte nicht, dass diese Bilder an die Öffentlichkeit gelangten. Zumindest nicht, bis sie wussten, wer der Verstorbene war.

»Ist der Gerichtsmediziner unterwegs?«

Todd nickte. »Er müsste jeden Moment hier sein. Ich habe ihn gleich nach dir angerufen.«

»Okay, danke. Gibt es sonst noch etwas, das du mir sagen kannst?«

»Wir haben einen Benzinkanister neben der Leiche gefunden. Und der Küchenbereich, wo die Mannschaft ihn gefunden hat, hat bisher den meisten Schaden erlitten. Es ist wahrscheinlich der Ursprungsort.«

Wade runzelte erneut die Stirn. Hatte sich ihr Brandstifter versehentlich selbst angezündet? »In Ordnung. Ich werde rumgehen und mir die Leiche ansehen und anfangen, sie zu untersuchen.« Bei Todds Nicken lief er zurück zu seinem SUV, um seine Kamera und den Spurensicherungskoffer zu holen, den er überall mit sich führte. Mit seiner Ausrüstung in der Hand machte er sich auf den Weg zum Hinterhof über das Nachbargrundstück und hielt sich dabei von seinen Kollegen fern, die damit beschäftigt waren, das Feuer zu löschen. Der Rauch wurde heller, während sie die Flammen zurückdrängten.

Die leuchtend gelbe Plane, die die Leiche unter dem Baum am hinteren Ende des Gartens bedeckte, war leicht zu erkennen. Er überquerte das aufgeweichte Gras, um die Plane anzuheben. Der Anblick – und der Geruch von verbranntem Fleisch – darunter drehte ihm den Magen um.

Er war froh, dass er und Alice nie dazu gekommen waren zu essen.

Er schluckte die aufsteigende Galle hinunter, zwang sich in den distanzierten Ermittlermodus und untersuchte die Leiche. An manchen Stellen pechschwarz verkohlt, war der Mann durch die große Hitze des Feuers leicht in sich zusammengesunken. Was von seiner Kleidung übrig war, hing in verbrannten Fetzen an ihm herab. Die Mannschaft hatte ihn herausgezogen, bevor das Feuer ihm alle Feuchtigkeit entzogen hatte, und sein Körper sickerte, wobei sich eine rötlich gefärbte Pfütze unter ihm auf der Plane bildete. Jegliche Haare, die er gehabt hatte, waren verschwunden, und Wade konnte an einigen Stellen seinen Schädel sehen. Was er nicht sah, waren offensichtliche Wunden, obwohl es welche geben könnte, die er aufgrund der Position nicht sehen konnte. Der Mann war auf der kräftigeren Seite, was aus ermittlungstechnischer Sicht hilfreich war. Er verbrannte nicht so schnell wie jemand, der dünner gewesen wäre.

»Armer Teufel.« Wade hoffte, dass er bewusstlos oder bereits tot war, als die Flammen ihn verschlangen.

Er hob seine Kamera und machte einige Aufnahmen von der Leiche. Er würde sie nicht bewegen, bis der Gerichtsmediziner kam.

»Wade.«

Bei der Stimme der Sheriffin blickte er auf. »Hi, Katy.«

Sie rümpfte die Nase, als sie neben ihm stehen blieb und auf den Mann hinunterblickte. »Das ist schrecklich.«

»Ja.« Es war nicht die erste verbrannte Leiche, die Wade je gesehen hatte, aber es war Jahre her seit der letzten. Die Zeit minderte den Schock jedoch nicht. »Es ist noch viel Gewebe übrig, also sollte der Gerichtsmediziner DNA sammeln können. Und Zahnabdrücke. Sein Schädel ist intakt.«

Sie runzelte die Stirn und blickte weg, schluckte hart, bevor sie wieder sprach. »Irgendwelche Ausweispapiere?«

»Ich habe ihn noch nicht bewegt, um nachzusehen. Sobald der Gerichtsmediziner hier ist, können wir das tun.«

Sie nickte. »Klingt gut. Ich habe ein paar Deputies, die die Menge vorne befragen. Vielleicht weiß jemand, wer im Haus war.«

Der Gerichtsmediziner, Dr. Alan Sanchez, traf ein und übernahm die Verantwortung für die Leiche. Wade half dem Doktor, ihn zu drehen, und machte dann weitere Fotos.

»Ich sehe keine Anzeichen von Gewalteinwirkung.« Dr. Sanchez blickte zu Wade. »Bis zur Obduktion kann ich Ihnen nicht mit Sicherheit sagen, woran er gestorben ist, aber nach seinen Verbrennungen zu urteilen, war es wahrscheinlich das Feuer, das ihn getötet hat. Obwohl er vielleicht zuerst durch den Rauch bewusstlos geworden sein könnte.«

Wade hoffte, dass das der Fall war. Er konnte sich nicht vorstellen, bei lebendigem Leib zu verbrennen und dabei bei Bewusstsein zu sein.

»Lassen Sie uns seine Hände in Tüten packen.« Sanchez blickte zu seinem Assistenten. »Ich bezweifle, dass wir etwas Brauchbares finden werden, aber ich möchte nichts verlieren, falls doch etwas da ist.«

Wade war bereits dabei aufzustehen, als er auf halbem Weg innehielt, als Sanchez den linken Arm des Mannes anhob und seine Augen auf die goldene Uhr fielen. Er ging wieder in die Hocke und zeigte darauf. »Ist das eine Rolex?«

Sanchez sah ihn an und runzelte die Stirn, dann hob er den Arm des Mannes höher, um genauer hinzusehen. »Ich denke schon, ja. Warum?« Er blickte Wade wieder an.

Wade fuhr sich mit der Hand übers Gesicht. »Weil ich glaube, dass ich weiß, wer das ist. Es ist Tim Willard. Er ist der Besitzer des Grundstücks.« Wade unterdrückte ein Stöhnen, blickte weg und dachte nach. Was bedeutete es, dass Willard ihr Opfer war? War dies das letzte Feuer? Sollte Willard darin sterben, oder hatte er den Brandstifter überrascht? Wie passte Vincent Perabo in das Ganze? Oder passte er überhaupt? Könnte er ein Testlauf für Willard gewesen sein? War Willard am Ende doch der Brandstifter und hatte sich versehentlich selbst angezündet? Hatte er vor zu sterben?

Eines war sicher. Wade hatte viel mehr Fragen als Antworten. Katy musste den Bericht über Perabo zurückbekommen. Bis sie mehr über ihn herausfanden, bezweifelte er, dass sie Antworten auf ihre Fragen finden würden.

Wade stand auf und trat zurück, damit Sanchez' Team ihre Untersuchung beenden und die Leiche für den Transport verpacken konnte. Er ging um das Haus herum zur Vorderseite und suchte Katy, um ihr von seinen Vermutungen zu erzählen.

»Dieser Gesichtsausdruck gefällt mir nicht.« Katy zeichnete einen Kreis in die Luft auf Höhe seines Kopfes, als er sich näherte. »Was ist los?«

»Ich glaube, unser Opfer ist Willard.«

Ihre Augen weiteten sich. »Was? Wieso?«

»Sein allgemeiner Körperbau plus die Rolex an seinem Handgelenk. Willard hatte die gleiche an, als wir ihn befragten.«

Sie murmelte leise vor sich hin. »Okay. Bis wir eine Bestätigung haben, gehen wir davon aus, dass er noch am Leben ist. Ich werde ihn und seinen Anwalt anrufen. Mal sehen, ob ich ihn erreichen oder herausfinden kann, wann jemand zuletzt mit ihm gesprochen hat.«

Wade nickte. »Ich werde Sanchez bitten, die Identifizierung zu beschleunigen.«

»Danke.« Sie nahm ihr Handy heraus, und Wade ging weg, um Sanchez zu suchen.

Nachdem Wade den Mann gebeten hatte, die Identifizierung des Opfers zu beschleunigen, streifte er durch den Brandort und sammelte Informationen von Feuerwehrleuten und Zuschauern über das Geschehene. Als das Feuer gelöscht war, zog er seine Schutzausrüstung an und ging durch die schwelenden Ruinen. Verne hatte Recht. Das Feuer begann in der Küche. Die Verkohlungsmuster zeigten, dass jemand Treibstoff auf dem gesamten Boden verteilt und ihn auf die Schränke gespritzt hatte. Das alte Holz brannte schnell.

Es war dunkel, als er am Tatort fertig war. Müde und schmutzig stieg er in sein Auto und fuhr nach Hause. Er bog in seine Auffahrt ein, parkte aber nicht in der Garage und ging in sein Haus, sondern ging zum Nachbarhaus. Als er die Veranda-Stufen hinaufstieg, konnte er Musik durch die offenen Fenster hören. Ein fröhlicher Song, zu dem er sich Alice tanzend vorstellen konnte. Er lächelte und klopfte an die Tür.

Durch das facettierte Fenster in der Tür sah er sie aus dem hinteren Teil des Hauses kommen. Als sie die Tür öffnete, konnte er nur starren. Ihr honigblondes Haar war zu einem lockeren Knoten auf ihrem Kopf hochgesteckt. Einzelne Strähnen flatterten um ihr Gesicht. Ihre blauen Augen funkelten, als sie ihn anlächelte. Aber was ihn am meisten aus der Fassung brachte, war der Anblick von ihr in einem seiner alten Flanellhemden. Farbkleckse zierten den Stoff und ihre Unterarme unterhalb der hochgekrempelten Ärmel.

»Hi.« Sie blickte an ihm vorbei in den dunklen Himmel. »Oh wow. Ich habe gar nicht gemerkt, dass es schon so spät ist.«

Ihre Worte rissen ihn aus seiner Trance, und er lächelte. »Wie viel hast du gestrichen?«

Sie trat zurück, damit er eintreten konnte. »Zwei Räume. Ich habe mit der Küche angefangen. Dachte, ich nehme zuerst den schwierigsten Raum in Angriff. Ich war gerade dabei, den ersten Anstrich im Esszimmer fertigzustellen.« Sie drehte sich um, deutete ihm, ihr zu folgen, und bot ihm einen wunderbaren Blick auf ihren knackigen Hintern.

Wade stieß einen Atemzug aus und hob seinen Blick. Seine Jeans konnten nur so viel verbergen.

Glücklicherweise erreichten sie die Küche, und die neue Farbe lenkte ihn ab. Sie hatte nicht nur die Wände in einem sanften Mintgrün gestrichen, sondern auch die Schränke waren jetzt cremefarben statt grau.

»Verdammt. Wie lange war ich weg? Du sagtest, du hättest auch das Esszimmer gestrichen?«

Sie lächelte. »Ja. Aber um fair zu sein, die Wände waren einfach. Das Abkleben braucht am meisten Zeit, aber dann rollt man einfach die Wände und fertig. Ich hatte bereits alle Schranktüren abgenommen, also habe ich einige gerollt, ein paar Wände oder die Schränke gestrichen, dann die Türen verschoben, um Platz für mehr zu machen, und diese gestrichen.«

»Trotzdem.« Er sah sich noch einmal um. »Ich bin beeindruckt. Das hätte bei mir viel länger als ein paar Stunden gedauert.« Er schaute sie an und lächelte. »Aber du bist ja auch Künstlerin, also liegt dir so etwas.«

Alice kicherte. »Auf jeden Fall.« Sie neigte ihren Kopf in Richtung des Durchgangs zum Esszimmer und machte zwei Schritte in diese Richtung. »Lass mich die Farbe wegräumen und meine Pinsel auswaschen, dann können wir gehen.«

Er nickte und folgte ihr, während er ihre Arbeit bewunderte. »Ich mag diese Farbe.« Weiße Täfelung bedeckte die untere Hälfte der Wände. Darüber hatte sie die grauen Wände mit einem tiefen Marineblau überstrichen.

»Ist es nicht wunderschön? Ich sah diesen Kronleuchter und wusste, dass ich hier etwas Dramatisches machen musste.« Sie nickte zu dem kunstvollen Kristallleuchter, der tief über der Mitte des Raumes hing, dann hockte sie sich vor die Farbwanne und hob sie auf, um die Farbe zurück in die Dose zu gießen.

Wade fand den Gummihammer und setzte den Deckel auf die Dose, während sie die Wanne und den Pinsel in die Küche brachte, um sie auszuspülen. Nachdem sie alles aufgeräumt hatten, zog sie das Malhemd aus und legte es neben die Dose.

»Alles fertig?«

Sie nickte. »Ich brauche nur noch meine Handtasche, aber die ist an der Haustür.«

Er ging voran und hielt an, damit sie ihre Tasche holen konnte. Draußen griff er nach ihrer Hand. »Tut mir leid, dass es so spät geworden ist. Dieser Tatort-« Er hielt inne und schüttelte den Kopf. »Wir haben ein Opfer in den Trümmern gefunden.«

Sie keuchte auf. »Oh, Wade. Das tut mir leid. Weißt du, wer es war?«

»Ich habe meine Vermutungen. Wenn ich Recht habe, verkompliziert das die Sache nur noch mehr.« Er seufzte.

Eine Falte erschien auf ihrer Stirn, und sie zog ihn am Rand seiner Auffahrt zum Stehen. Mit einer Hand streichelte sie sein Gesicht. »Du siehst müde aus.« Ihre Stirnfalte vertiefte sich. »Wie wäre es, wenn ich heute Nacht in deinem Gäste-zimmer bleibe? Es würde dich eine Stunde kosten, mich nach

Hause zu fahren und zurückzukommen. Du brauchst Schlaf mehr als ich zur Ranch zurück muss.«

Seine Müdigkeit verflog bei ihren Worten. Sie unter seinem Dach zu haben, aber nicht in seinem Bett, wäre eine Qual. Aber er mochte die Vorstellung, zu wissen, dass sie sicher in seinem Haus war, und am Morgen mit ihr aufzuwachen und das Frühstück mit ihr und den Kindern vor dem Kirchgang zu teilen. »Wir können morgen früh nicht trödeln, wenn du zur Kirche gehen willst. Ich muss dich nach Hause bringen, damit du dich umziehen kannst.«

Sie kicherte und sah an sich herunter. »Du denkst nicht, dass ich so gehen kann?«

Wade ließ seinen Blick über ihre engen Jeans, Stiefel und das türkisfarbene T-Shirt wandern. »Ich meine, mir gefällt es, aber du könntest ein paar Blicke ernten. Besonders von Leuten, die dich heute gesehen haben.« Er gab ihr ein verschmitztes Lächeln und legte seine Hände an ihre Taille, zog sie näher. »Sie könnten auf falsche Gedanken kommen.«

Ihre Hände landeten auf seinen Schultern und verschränkten sich hinter seinem Nacken. »Wahrscheinlich.«

»Wir wollen ja nicht, dass die Leute auf falsche Gedanken kommen.« Er rückte näher. »Es ist alles völlig unschuldig.« Er senkte seinen Kopf.

Sie nickte, ihre Augen wurden heißer. »Völlig.«

Warmer Atem streifte sein Gesicht und sandte einen Schauer über seinen Rücken. Er überbrückte die Distanz zwischen ihnen und küsste sie. Sie ließ ein leises Wimmern hören, das sein Verlangen anfachte. Wade verstärkte seine Umarmung und zog sie an seine Brust, als er den Kuss vertiefte. Er ließ seine Hände über ihren Rücken wandern und spürte die festen, geschmeidigen Muskeln. Sie gingen über in die weiche Rundung ihrer Hüften. Er umfasste sie und hielt sie an sich.

Nun war er an der Reihe zu stöhnen, als sie sich gegen ihn drängte, ihr Körper versuchte, noch näher zu kommen.

Er riss seinen Mund von ihrem los und legte seine Stirn an ihre, während er Atem schöpfte. Wenn sie dieser Anziehung endlich freien Lauf ließen, würde es sie beide wahrscheinlich zerstören. »Komm. Lass uns reingehen, bevor wir den Nachbarn eine noch größere Show bieten.«

Sie kicherte und trat zurück, um ihn anzusehen. Heiterkeit und etwas Sinnliches tanzten in ihren Augen. Wades Körper spannte sich erneut an.

»Ich bin nicht schüchtern, aber das geht definitiv zu weit.«

Verlangen durchflutete ihn, und er nahm sich vor, sie eines Tages an einen Ort zu bringen, wo er sie nackt ausziehen und ihren wunderschönen Körper im Freien genießen konnte, ohne dass jemand über sie stolperte. Es wurde Nummer eins auf seiner Bucket List. Bis dahin musste er sich jedoch zusammenreißen. »Du wirst noch mein Tod sein.« Er gab ihr einen schnellen, harten Kuss auf die Lippen, nahm ihre Hand und führte sie ins Haus.

Fünfundzwanzig

»Hier, Henry. Denkst du, du kannst diese tragen?« Sie reichte dem Jungen eine kleine Schachtel mit Toilettenartikeln. Die Kinder halfen ihr, einige Sachen in ihr Haus zu bringen. Die Heizungs- und Kühlungssysteme waren endlich fertig, also hatte sie beschlossen, ein paar Dinge herüberzubringen. Sie würde am Wochenende vollständig einziehen, aber für den Moment wollte sie einige zusätzliche Kleidungsstücke und Kleinigkeiten griffbereit haben, nur für den Fall.

Es hatte sie nicht gestört, in der anderen Nacht in Wades Haus zu übernachten. Aber dass er eine Stunde fahren musste, um sie so früh am Morgen nach Hause zu bringen und die Vor-Kirchen-Routine der Kinder zu stören, schon. Sie hätte gerne zu ihrem Haus fahren und sich umziehen können, um dann mit ihnen zur Kirche zu gehen und erst nach dem Gottesdienst nach Hause zu fahren.

Henry grunzte, als er die Schachtel nahm.

»Hast du sie?« Sie hielt sie fest, weil sie nicht wollte, dass er sie fallen ließ.

Seine Zunge streckte sich heraus und eine tiefe Konzentrations-Furche erschien auf seiner Stirn. »Jap.«

»Bist du sicher?«

Er nickte. »Ich werde sie nicht fallen lassen. Ich verspreche es.«

Sie lächelte und ließ los. »Okay. Bring sie rein und stell sie zu den anderen.«

Immer noch mit grimmiger Konzentration stirnrunzelnd ging er weg. Alice beobachtete, ob er die Stufen gut hinaufkam. Es ging langsam, aber er schaffte es. Sie nahm eine größere Schachtel mit ihren Schuhen und folgte ihm hinein.

Elise warf eine Puppe über den Laufstall, als sie hineinging.

»Bist du verärgert, dass du da drin festsitzt?« Alice stellte ihre Schachtel ab und hob die Puppe auf.

»Sie will mit uns spielen.« Bronwyn nahm die Puppe und ging zu ihrer Schwester, um sie ihr zurückzugeben.

»Bald. Es gibt nur noch ein paar Sachen auszuladen.« Sie hatte einige Kleider und ein paar Jacken mitzubringen, plus das Treppengitter, das sie gestern gekauft hatte. »Ich hole den Rest. Ihr drei bleibt hier, okay?«

Bronwyn nickte, die Augen immer noch auf Elise gerichtet.

Alice eilte nach draußen und hakte ihre Finger durch die Kleiderbügel, hob sie aus dem Kofferraum ihres Autos und ging dann hinein. Sie öffnete den Garderobenschrank und hängte alles dort hinein. Sie würde es später an den richtigen Platz bringen. Sie machte noch eine Fahrt für das Gitter, dann ließ sie Elise aus ihrem Laufstall.

»Ihr könnt hier spielen, während ich dieses Gitter aufstelle.« Sie löste ein Set Scharniere am Laufstall, öffnete ihn und spannte ihn quer über den Eingang zum Wohnzimmer, um die Kleinkind daran zu hindern, den Flur hinunterzulaufen. Das kleine Mädchen schien sich nicht darum zu kümmern, dass sie im Wohnzimmer mit Alice auf der anderen Seite fest- saß. Sie war einfach glücklich, mehr Platz zu haben.

Mit einem Ohr bei den Kindern öffnete sie die Schachtel und nahm die Gitterteile heraus. Mit dem Werkzeug, das sie von Wade geliehen hatte, installierte sie das Gitter am Fuß der Treppe. Sie würde später ein weiteres besorgen, um es oben an der Treppe anzubringen, aber für jetzt würde eines genü- gen. Sie hatte nicht vor, die Kinder in nächster Zeit nach oben zu bringen, und sie blieben heute sowieso nicht lange.

Mit dem Gitter an Ort und Stelle sammelte Alice die Schachtel und das Werkzeug ein und stellte beides neben die Haustür. Sie würde Wades Werkzeug zurückbringen und die Schachtel zur Ranch mitnehmen, um sie zu entsorgen.

»Okay.« Sie wandte sich zu den Kindern. »Wer ist bereit fürs Mittagessen?«

Zwei Hände schossen hoch. Elise ignorierte sie und brabbelte mit ihrer Puppe.

»Perfekt. Wie wäre es, wenn wir heute ein Picknick im Park machen?«

»Ja!« Bronwyn hüpfte und klatschte in die Hände.

»Können wir Erdnussbutter haben?«, fragte Henry.

»Wenn du das möchtest, sicher.«

Er nickte.

»Okay. Kommt, lasst uns zurück zu eurem Haus gehen und alles vorbereiten. Ihr zwei könnt mit euren Fahrrädern rüberfahren.«

Sie stürmten zur Tür, sie musste eine Hand ausstrecken, um

sie zu bremsen. »Es eilt nicht. Jeder von euch sammelt bitte etwas von dem Müll ein und bringt ihn zum Auto.«

Sie änderten die Richtung und nahmen die leere Schachtel und Verpackung mit, schleppten sie zur Tür hinaus. Alice hob Elise über den Laufstall, nahm dann den Werkzeugkasten und ihre Handtasche und folgte den Kindern zum Auto. Sie half ihnen, die Verpackung ins Auto zu laden, dann schloss sie ab. Sie gingen über den Hof zu ihrem Haus.

Nachdem sie Elise mit ein paar Spielsachen versorgt hatte, packte Alice mit Hilfe von Bronwyn und Henry ein Mittagessen. Sie verstaute es unten im Kinderwagen, half dann den Kindern, ihre Fahrradhelme zu finden und auf die Toilette zu gehen. Als sie bereit waren loszugehen, setzte sie Elise in den Kinderwagen. Sie holten die Fahrräder der älteren Kinder aus der Garage und machten sich auf den Weg den Bürgersteig entlang.

Im Park brachte Alice sie zu einem Picknicktisch und ließ sie essen, bevor sie auf die Spielgeräte durften. Bronwyn und Henry verschlangen ihr Essen und fragten dann, ob sie spielen dürften. Als sie lächelte und ja sagte, rannten sie in Höchstgeschwindigkeit los.

Alice sammelte ihren Müll ein, warf ihn in den nahegelegenen Mülleimer und setzte sich dann hin, während Elise damit fertig wurde, ihr Erdnussbutter-Marmeladen-Sandwich über ihr ganzes Gesicht zu schmieren.

»Kleines, du bist ein Schlamassel.«

Elise grinste und quietschte, hüpfte im Kinderwagen. Sie hielt Alice eine erdnussbutterbedeckte Hand hin.

»Ich will es nicht, danke.«

Das Mädchen schob ihre Finger in den Mund. Alice kicherte

und schüttelte den Kopf. Gut, dass sie eine frische Packung Feuchttücher in der Wickeltasche hatte.

Als Elise fertig war, säuberte Alice sie und entfernte so viel Klebrigkeit wie möglich. Sie würde sie besser waschen, wenn sie nach Hause kämen. Sie würde sowieso beim Spielen wieder schmutzig werden.

»Willst du schaukeln?« Sie hob die Kleine aus dem Kinderwagen und ging zu den Schaukeln, setzte sie in den Babysitz und schnallte sie an.

Ein kleiner Junge von etwa vier Jahren kam angerannt und plumpste auf eine Schaukel. »Mama! Komm und schubs mich.«

»Bitte?«, sagte eine dunkelhaarige Frau, die heranging und den Jungen anlächelte.

»Bitte?« Der Junge hüpfte auf dem Sitz, begierig zu schaukeln.

Sie ging hinter ihn und gab ihm einen Schubs.

Alice lächelte die Frau an und widmete sich dann wieder dem Anschieben von Elise.

»Ihre Tochter ist entzückend.«

»Oh.« Alice schaute hinüber und lächelte wieder. »Danke, aber sie ist nicht meine. Ich bin die Babysitterin.«

»Wirklich? Das hätte ich nie gedacht. Sie sieht Ihnen ähnlich.«

Alice nickte. »Wir haben tatsächlich eine ähnliche Färbung.« Elises Haar war fast eine genaue Übereinstimmung mit Alices. Aber die Kleinkind hatte haselnussbraune Augen wie ihr Vater. Alices waren eisblau.

»Ich bin Liz.«

»Schön, Sie kennenzulernen. Ich bin Alice. Das hier ist Elise. Ihr Bruder und ihre Schwester rennen irgendwo da drüben herum.« Sie zeigte auf die Spielgeräte und entdeckte beide Kinder, wie sie durch die Struktur liefen. »Ich glaube, ihr Bruder Henry könnte im gleichen Alter wie Ihr Sohn sein. Er wird dieses Wochenende vier.«

Liz lächelte und warf einen Blick auf ihren Sohn. »Hast du das gehört, Liam? Da ist ein Junge auf dem Spielplatz, der in deinem Alter ist.«

Liam schlurfte mit den Füßen und sah zu seiner Mutter auf. »Kann ich mit ihm spielen gehen?«

»Klar.« Liz stoppte die Schaukel, und er sprang ab.

»Er ist oben auf der Rutsche.« Alice zeigte hin. »Er heißt Henry.«

»Okay!« Er rannte los.

Liz kicherte. »Ich wünschte, ich hätte seine Energie.«

Alice lachte. »Die brauchen wir, um mit ihnen Schritt zu halten.«

»Auf jeden Fall. Also, wie bist du zum Babysitten gekommen? Keine Beleidigung, aber du wirkst nicht wie eine professionelle Nanny auf mich. Sind sie deine Nichten und dein Neffe?«

»Nein. Es sind die Kinder eines Freundes. Er steckte in der Klemme, als sich sein normaler Babysitter das Bein gebrochen hat.«

»Oh, autsch!«

»Ja. Er ist alleinerziehender Vater und hat sich völlig verausgabt, versuchte zu arbeiten und gleichzeitig ein Auge auf sie zu haben, wenn seine Eltern nicht auf sie aufpassen konnten. Also habe ich angeboten zu helfen. Ich bin die neue Kunstlehrerin an der Grundschule, aber ich fange erst mit dem neuen Schuljahr an, also hat es sich super ergeben. Hält mich beschäftigt und ihn bei Verstand.«

»Moment. Sprichst du von Wade Kaczmarek?«

Überraschung ließ Alices Augen groß werden. »Du kennst ihn?«

Liz nickte. »Ich dachte, die Namen der Kinder kamen mir bekannt vor, und als du dann alleinerziehenden Vater erwähnt hast, hat es Klick gemacht.« Sie schenkte Alice ein trauriges Lächeln. »Ich war in der Highschool mit ihrer Mutter befreundet.«

»Oh, wow. Ich schätze, ich musste früher oder später auf jemanden treffen, der sie kannte. Es ist ja schließlich eine Kleinstadt.«

»Ja.« Liz ließ sich auf die Schaukel sinken, die ihr Sohn freigemacht hatte. »Sie war schon immer ein freiheitsliebender Geist. Ich kann eigentlich nicht glauben, dass er sie überhaupt dazu gebracht hat, sesshaft zu werden.«

»Also, bist du nicht überrascht, dass Emily gegangen ist?«

»Nein.«

Alice versuchte, den Ärger aus ihrem Gesicht zu halten, wusste aber, dass sie scheiterte. Emilys Einstellung zu ihren Kindern ließ Alice innerlich kochen.

Liz begegnete ihrem Blick und neigte den Kopf. »Warum siehst du so wütend aus? Manche Ehen sind einfach nicht dazu bestimmt, zu halten.«

Alices Augenbrauen schossen nach oben. Sie biss sich auf die Zunge, um die üblen Worte zurückzuhalten, die sie sagen wollte, und formulierte eine höflichere Antwort. »Es geht nicht um die

Ehe. Mir ist klar, dass nicht alle Menschen für die Ehe oder für die Ehe mit einer bestimmten Person geeignet sind. Ich bin wütend, weil sie nicht nur Wade verlassen hat. Sie hat ihre Kinder verlassen. Sie hatte seit ihrem Weggang keinen Kontakt mehr zu ihnen. Wussten Sie das? Wade hat versucht, sie zu kontaktieren, ihr Updates und Bilder zu schicken, aber sie reagiert nie darauf, ruft nie an. Sie bekommen nicht einmal Karten oder Geschenke zu ihren Geburtstagen. Er weiß nicht einmal, wo sie ist.«

Liz' Augen weiteten sich. »Das wusste ich nicht.« Sie blickte weg, schüttelte dann den Kopf, bevor sie wieder aufsah. »Sie ist in Los Angeles.«

Alices Herz setzte aus und pochte dann heftig in ihrer Brust. »Was? Woher weißt du das?«

»Ihre sozialen Medien. Wir folgen einander. Sie ist in L.A. und arbeitet als Backup-Sängerin.« Sie stieß einen Atemzug aus. »Sie sieht glücklich aus.« Ihre Stimme war leise und gedämpft.

Der in Alices Bauch schwelende Ärger wurde heißer. »Schön für sie. Ich freue mich, dass das Verlassen ihrer Familie sie glücklich gemacht hat. Wenn du mit ihr sprichst, sag ihr, dass es ihren Kindern auch ohne sie großartig geht.« Unfähig, länger dort zu stehen und zu reden, hob sie Elise von der Schaukel und eilte davon. Ihre Sicht verschwamm, und sie blinzelte heftig. Sie weigerte sich, wegen dieser Frau zu weinen. Emily Kaczmarek verdiente nicht eine Unze ihrer Zeit, geschweige denn ihre Tränen.

Als sie die Spielstruktur erreichte, setzte Alice Elise auf die Kleinkindrutsche und ließ das Mädchen herumklettern, während sie zuschaute. Jetzt, da sie und Wade eine Beziehung hatten, fühlte sie sich dem Leben der Kinder stärker verbunden, und die Handlungen ihrer Mutter ärgerten sie mehr denn je.

Aber sie war auch traurig für die Frau. Sie verpasste so viel Liebe. Ihre Kinder waren wunderbar, und es tat Alice im Herzen weh zu wissen, dass weder die Kinder noch die Mutter jemals diese Liebe oder die Freude des gemeinsamen Aufwachsens teilen würden.

Alice schob ihre melancholischen Gedanken beiseite und zwang sich, den Ausflug und den warmen Sonnenschein zu genießen. Sie weigerte sich, Emilys Handlungen ihr Leben oder das der Kinder trüben zu lassen.

Sechsundzwanzig

»Alice, das ist wirklich unglaublich.« Wade trat mit einer Platte voller Gemüse auf die hintere Terrasse. Er sah sich um. Sie hatte seinen Garten in eine Dinosaurier-Wildnis verwandelt. Ausgeschnittene Figuren der Kreaturen standen an den Zäunen und lugten aus den Büschen hervor. Eine Pterodactylus-Piñata hing von den Ästen der großen Ahorn. Falsche Felsen und Dinosauriernester mit Eiern waren über den Rasen verteilt. Auf der Terrasse flankierten heliumgefüllte Luftballons einen langen Tisch, auf dem der erstaunlichste Kuchen stand, den er je gesehen hatte.

Aus der Basis, die wie eine Pflanze aussah, lugte der Kopf eines Raptors hervor. Mit geöffnetem Maul teilte er die Blätter mit seinen langen schwarzen Klauen. Daisy hatte sich selbst übertroffen.

»Es ist alles ziemlich gut gelungen.« Alice blickte sich um.

»Ziemlich gut? Sie werden nie wieder mit einem Fertigkuchen und ein paar Luftballons zufrieden sein.« Er ging zu einem anderen Tisch und stellte die Platte ab.

Sie lachte. »Na ja, solange ich da bin, müssen sie das auch nicht. Das hat Spaß gemacht.«

Er schlenderte zu ihr hinüber und gab ihr einen flüchtigen Kuss. »Ich sehe, du hast dich amüsiert.«

Die Hintertür öffnete sich erneut.

»Wow!« Peg trat heraus, Wades Vater Bill direkt hinter ihr.

»Wow ist genau richtig.« Bill sah sich im Garten um. »Alice, das ist unglaublich.«

»Hey«, sagte Wade. »Woher wisst ihr, dass ich das nicht alles gemacht habe?« Ein Grinsen verzog einen Mundwinkel.

Bill verdrehte die Augen. »Weil ich deine Vorstellung von einer Geburtstagsparty kenne. So sieht die nicht aus.«

Peg tätschelte seine Arme. »Du bist gut in anderen Dingen, Schatz. Mach dir keine Sorgen.«

»Danke, Mom.«

»Gern geschehen. Also, wo sind die Kinder?«

»Mein Bruder und seine Frau haben sie heute Morgen abgeholt, damit wir alles vorbereiten konnten.« Alice blickte zu Wade auf. »Wir haben beschlossen, Henry mit dem fertigen Ergebnis zu überraschen.«

»Guter Plan«, sagte Bill. »Er wird es lieben.«

Wade stimmte zu. Alice hatte wunderbare Arbeit geleistet.

»So«, Bill klatschte in die Hände. »Was können wir tun?«

Bevor Wade den Mund öffnen konnte, ratterte Alice die Liste der Dinge herunter, die noch zu erledigen waren. Seine Eltern machten sich sofort an die Arbeit. Es dauerte nicht lange, bis die vier den Rest des Essens nach draußen gebracht hatten. Die Haustür öffnete sich, und er hörte seine Kinder hereinkommen, gerade als er von draußen zurückkam, nachdem er den Schongarer angeschlossen hatte.

»Papa!« Henry lief in die Küche. »Kann ich jetzt schauen?«

Wade hob den Jungen hoch. »Klar kannst du. Alice hat einen tollen Job gemacht. Du wirst es lieben.« Er zwinkerte ihr zu und trug Henry dann nach draußen.

Sein Keuchen brachte Wade zum Grinsen.

»Wow! Das ist cool!« Er zappelte, also setzte Wade ihn ab. Er rannte in den Garten, um sich die Dekorationen anzusehen.

Alice trat neben ihn. »Ich glaube, es gefällt ihm.«

»Ja.« Wade legte einen Arm um ihre Taille und drückte ihr einen Kuss auf die Wange. »Du hast gute Arbeit geleistet. Es ist schön, ihn so glücklich zu sehen.« Sein Lächeln verblasste ein wenig. »Ich war mir nicht sicher, wie er heute reagieren würde.« Er sah sie an. »Ohne auch nur einen Anruf von seiner Mutter. Aber ich glaube nicht, dass er sie vermissen wird. Er wird zu viel Spaß haben.«

»Gut.« Ihr Mund öffnete sich, als wollte sie noch etwas sagen, dann runzelte sie die Stirn und sah weg.

»Was?«

Sie blickte ihn an und suchte in seinen Augen. »Ich möchte jetzt nicht darüber reden, aber es gibt etwas, das du wissen solltest. Später. Nach der Party.«

Er runzelte die Stirn. »Ist alles in Ordnung?«

Sie nickte. »Es ist alles gut. Ich verspreche es.«

Wade musterte sie noch einen Moment, dann nickte er. »In Ordnung.«

Verwirrt darüber, was diesen schmerzlichen Ausdruck in ihre Augen bringen könnte, starrte er sie noch einen Moment länger an, drängte aber nicht weiter. Wenn es nicht ernst war, konnte es warten, was auch immer es war. Jetzt ging es nur um Henry.

MÜDIGKEIT NAGTE AN WADES AUGEN, ALS ER SICH AUF DIE Couch sinken ließ. Die Kinder waren im Bett, das Geschirr war gespült, und er war bereit, sich mit Alice für ein paar Minuten zu entspannen, bevor sie ging.

Sie ließ sich neben ihn sinken und lehnte sich mit einem Seufzer an seine Seite. »Ich werde heute Nacht so gut schlafen.«

»Ich auch. Ich hatte vergessen, wie anstrengend Kinderpartys sind.« Er ließ seinen Kopf gegen die Kissen fallen und schloss die Augen.

Alice stupste ihn in die Seite. »Hey. Nicht einschlafen. Wenn du einschläfst, will ich auch einschlafen, und ich muss noch nach Hause fahren.«

Er grummelte und hob den Kopf, um sie anzusehen. »Warum bleibst du nicht wieder über Nacht? Ich weiß, dass du einige deiner Sachen nebenan untergebracht hast. Bronwyn hat es mir erzählt.«

Sie rümpfte die Nase. »Du willst mich vielleicht nicht hier haben, nachdem ich dir erzählt habe, was ich zu sagen habe.«

Ein Teil der Müdigkeit verflog bei ihren Worten. Er runzelte die Stirn. »Oh ja. Du hattest etwas, das du mir sagen wolltest. Ich dachte, es wäre nichts Schlimmes.«

Mit einem Schulterzucken sah sie kurz weg. »Ich schätze, es kommt darauf an, wie man es betrachtet.« Sie holte tief Luft und fuhr dann fort. »Also, ich bin neulich im Park einer alten

Freundin deiner Ex-Frau begegnet. Liz? Sie sagte, sie seien zusammen auf der High School gewesen.«

Wade runzelte die Stirn, als er nachdachte. »Liz McMaster?«

Alice zuckte wieder mit den Schultern. »Sie hat mir ihren Nachnamen nicht genannt.«

»Okay. Wie seid ihr also auf das Thema Emily gekommen?«

»Sie machte Elise ein Kompliment, indem sie mir sagte, meine Tochter sei bezaubernd. Als ich sie korrigierte und ihr erzählte, dass ich für die Babysitterin einer Freundin einspringe, die sich das Bein gebrochen hat, wusste sie dann, wer die Kinder waren.« Alice sah wieder weg. »Sie sagte, es überrasche sie nicht, dass Emily dich verlassen hat.«

Wade stockte der Atem. Auch wenn er nicht mehr wütend darüber war, dass seine Frau ihn verlassen hatte, war es immer noch ein Schlag in die Magengrube zu wissen, dass andere erwartet hatten, dass ihre Ehe scheitern würde.

»Es lag aber nicht an dir. Sie nannte Emily einen freien Geist. Ihre unbekümmerte Einstellung dazu machte mich wütend, und ich fragte sie, ob sie wüsste, dass Emily nicht einfach nur gegangen ist, sondern den Kontakt zu den Kindern komplett abgebrochen hat. Sie sagte, das wisse sie nicht, erzählte mir dann aber, dass Emily in Los Angeles lebt und glücklich zu sein scheint.«

Der Atem, der in Wades Lungen festgesteckt hatte, entwich ihm mit einem Rauschen. Er stand auf und ging zum Kamin, starrte einen Moment lang die Wand an, bevor er sich wieder zu ihr umdrehte. »Woher weiß sie das?«

Alice stand auf und ging zu ihm hinüber. »Soziale Medien. Sie folgen einander.«

Er schnaubte und schüttelte den Kopf. »Ich habe ihr Freundschaftsanfragen geschickt, und sie hat mich ignoriert.« Er rieb sich die Nasenwurzel. »Ich wünschte, ich könnte verstehen, warum sie kein Teil im Leben der Kinder sein will.« Dieser alte Ärger stieg in seiner Kehle auf wie eine bittere Pille. Er presste die Zähne zusammen und schluckte ihn hinunter. Es brachte ihm nichts, sich darüber aufzuregen.

»Es tut mir leid. Ich hätte nichts gesagt, aber ich dachte, du solltest wissen, wo sie ist. Sie ist immer noch ihre Mutter.«

Er umfasste sanft ihre Wange, während sich etwas in ihm veränderte. Diese Frau war unglaublich. Zu wissen, dass sie sich genug sorgte, um für seine Kinder und für ihn wütend zu werden, und dass sie so etwas nicht geheim hielt, obwohl es das Potenzial hatte, ihre Beziehung zu gefährden, ließ sie ihm nur noch liebenswerter erscheinen. Sie wollte einfach nur das Beste für seine Kinder. »Ich weiß. Und danke, dass du es mir gesagt hast. Ich habe nicht vor, etwas mit dieser Information anzufangen, aber es ist gut, den Kindern etwas sagen zu können, falls sie je fragen. Wenn sie erwachsen sind, werde ich ihnen alles erzählen, was sie wissen wollen. Dann können sie selbst entscheiden, ob sie sie aufspüren wollen oder nicht.«

Er beugte sich vor und drückte einen sanften Kuss auf ihre Lippen. Als er sich zurückzog, blickte er in ihre wunderschönen Augen. Sein Herz öffnete sich und Gefühle, von denen er dachte, sie seien tot und begraben, brachen durch den Spalt hervor. Er nahm auch seine andere Hand hoch und umrahmte ihr Gesicht, hielt ihren Blick fest. Worte, die er keine Chance hatte zu verarbeiten, sprudelten aus seinem Mund. »Ich bereue meine Beziehung zu ihr nicht, weil sie mir meine Kinder geschenkt hat. Aber ich wünschte, ich hätte dich zuerst getroffen und du wärst ihre Mutter. Das hätte uns allen viel Herzschmerz erspart.«

Vor Schock erstarrte Alice, während ihre Augen sich weiteten. Ihr fehlten die Worte, und alles, was sie tun konnte, war ihn anzustarren.

Er lachte kurz auf, ein Mundwinkel hob sich. »Alice Duvall, sprachlos. Wette, das passiert nicht oft.«

Sie schluckte. »Nein.«

Sein Lächeln wurde breiter. »Ich wollte dich nicht erschrecken.«

Blinzelnd schüttelte sie die Überraschung ab. »Hast du nicht.«

Er hob eine Augenbraue, und sie lächelte.

»Nicht so sehr. Es ist mehr Überraschung. Ich weiß, dass ich dich sehr mag. Und dass ich möchte, dass das zwischen uns weiter wächst, sodass wir eines Tages vielleicht eine Familie werden. Ich schätze, mir war nur nicht klar, dass du an der gleichen Stelle stehst.«

Schauer liefen ihre Wange hinunter, als er eine Haarsträhne hinter ihr Ohr strich. »Wir sind absolut auf der gleichen Seite.

Ich wünschte, wir hätten angefangen zu daten, bevor du dein Haus gekauft hast. Ich möchte nicht, dass du gehst.«

Ihre Augen weiteten sich erneut. Er wollte, dass sie einzieht? »Mann, du gehst die Dinge nicht gerade langsam an, oder?«

Er lachte. »Ehrlich? All das trifft mich gerade jetzt. Mein Mund und mein Gehirn sind momentan nicht verbunden, weil diese Gedanken mich treffen und sie raus sind, bevor ich darüber nachdenken kann, was ich sage. Aber ich bereue nicht, sie gesagt zu haben. Ich habe noch nie eine Frau wie dich getroffen, Alice. Nicht einmal auf dem Höhepunkt meiner Beziehung mit Emily habe ich mich je so gefühlt.«

Schock schlich sich wieder ein, aber auch etwas anderes. Wärme breitete sich in ihrer Brust aus und brachte sie zum Lächeln. Sie hob ihre Arme und schlang sie um seinen Nacken. »Du hast Recht. Wir sind auf der gleichen Seite.«

Seine Muskeln spannten sich unter ihren Händen an, und seine Pupillen weiteten sich. Er schwankte näher. »Wo bringt uns das also hin?«

Alice spürte seinen Atem über ihre Lippen streichen. Ihr verzweifeltes Verlangen, ihn zu küssen, ließ sie überhören, was er sagte, und sie musste es in ihrem Kopf zurückspulen. Sie wandte den Blick von seinem verlockenden Mund ab und konzentrierte sich auf seine haselnussbraunen Augen. »In eine feste Beziehung. Es bringt uns in eine feste Beziehung. Wir werden alles tun, was wir können, um das hier funktionieren zu lassen.« Sie vergrub ihre Finger in seinem kurzen Haar und fuhr über seine Kopfhaut. »Ich möchte nicht, dass das hier nur ein kurzes Aufflammen ist.«

»Ich auch nicht.«

Seine tiefe, knurrende Stimme sandte Wellen der Freude durch ihren Bauch und tiefer. »Wirst du mich jetzt gute Nacht küssen, oder reden wir weiter?« Sie konnte nicht mehr viel länger warten.

»Das hängt davon ab. Bleibst du?«

Oh, wie sehr sie das wollte. Aber die Kinder wussten noch nichts von ihnen. Sie waren in letzter Zeit etwas weniger vorsichtig gewesen, sich nicht zu berühren, aber sie hatten Bronwyn und Henry noch nicht zusammengesetzt, um mit ihnen über ihre Beziehung zu sprechen.

Wade beugte sich näher, seine Lippen nur Millimeter von ihren entfernt. Sie schob eine Hand zwischen sie und legte sie über seinen Mund. »Ich bleibe, aber ich schlafe im Gästezimmer.«

Er stöhnte, nickte aber. »In Ordnung. Kann ich dich jetzt küssen?«

Als Antwort nahm sie ihre Hand weg und ersetzte sie durch ihren Mund. Beide stöhnten bei der Berührung. In Momenten war Alice nur noch ein Knäuel aus Nervenenden. Sie wollte nichts mehr, als seine Berührung zu spüren, die ihren Körper elektrisierte - überall.

Er wanderte von ihrem Mund weg, um heiße Küsse entlang ihres Kiefers und ihren Hals hinunter zu verteilen. Am Kragen ihres Jerseykleides hakte er einen Finger in den dehnbaren Stoff und zog daran, um ihren oberen Brustbereich seinem Mund auszusetzen. »Nur weil wir diese Party nicht nach oben verlegen können, heißt das nicht, dass wir hier unten keine Vorschau haben können, oder?«

Bevor sie antworten konnte, legten sich seine starken Hände um ihre Taille und hoben sie hoch, schoben sie zurück und legten sie auf dem Sofa aus. Er richtete sich auf, platzierte ein Knie auf jeder Seite ihrer Hüften und beugte sich hinunter, um sie erneut zu küssen. In dem Bedürfnis, sich zu verankern, krallte sie ihre Finger über den Bund seiner Jeans und klammerte sich an seinen Gürtel. Sie fühlte, als könnte sie davonschweben, wenn er sich bewegte.

Diese herrlichen Lippen verließen ihre einmal mehr und steuerten direkt auf ihren Hals zu. Er umfasste ihre Brüste, was die bereits schmerzenden Kugeln weiter anschwellen ließ. Seine Vorstellung einer Vorschau würde sie in den Wahnsinn treiben. Sie stöhnte in seinen Mund und zupfte an seinem in die Jeans gesteckten Polohemd, weil sie die Haut darunter berühren wollte.

Er setzte sich auf und lächelte sie an, als sie schmollte. »Nein. Wenn du mich berührst, explodiere ich. Das ist eine Vorschau für dich. Nicht für mich.«

»Was?« Sie stützte sich auf ihre Ellbogen, als er vom Sofa rutschte, um sich neben sie zu knien. Seine Hand landete auf ihrem entblößten Schenkel, und ihre Augen weiteten sich. »Willst du-?«

Er nickte und schob seine Hand unter ihr Kleid. »Nur wenn du es willst.«

Sie würde sicher nicht nein sagen. Nicht mit ihrem Körper, der bereits in Flammen stand und bereit war, wie eine Rakete abzuheben. »Oh, verdammt ja.«

Sein verschmitztes Grinsen machte ihre Unterwäsche feucht. Sie ließ sich zurück auf die Kissen fallen und ließ ein Bein von der Seite des Sofas fallen, um ihm besseren Zugang zu gewähren.

Er brauchte keine weitere Einladung. Diese langen Finger glitten den Rest des Weges ihren Schenkel hinauf, um den Rand ihrer Unterwäsche zu finden. Er krümmte einen Finger um das Band an der Seite ihrer Hüfte und zog daran. Alice hob ihre Hüften und ließ ihn sie herunterziehen. Er zog sie über ihre Füße und ließ sie zu Boden fallen.

»Verlier die nicht«, schaffte sie zu sagen, als seine Hand zu ihrem Bein zurückkehrte. »Wir brauchen nicht, dass eines der Kinder sie findet.«

Er lachte leise. »Werde ich nicht.« Sein Lächeln verblasste, und eine Intensität legte sich über sein Gesicht. Seine haselnussbraunen Augen wurden vor Hunger zu einem stählernen Grün, als er ihr Kleid anhob und sie seinem Blick aussetzte. Alice schluckte hart.

»Es war die Hölle, dir den ganzen Tag in diesem Kleid zuzusehen. Ich habe mir immer wieder vorgestellt, was du darunter trägst und wie einfach es wäre, es hochzuheben und nachzusehen.« Seine Finger streiften ihre Hüftknochen, während er sprach.

»Jetzt weißt du es.« Sie biss sich auf die Lippe und hielt das Wimmern zurück.

»Und noch mehr.« Seine Hand glitt zu ihrem Zentrum und streifte das gut gepflegte Dreieck blonder Locken, das sie schützte.

Alice hielt den Atem an. Vorfreude ließ sie ihn anhalten. Sie dachte, sie würde ohnmächtig werden, als er über ihr schwebte und sie neckte. »Wade.« Ihr Atem entwich ihr als raues Flüstern.

Dieses verschmitzte Lächeln schnitt wieder durch sein Gesicht, und er umfasste ihren Hügel. Ein Finger tauchte zwischen ihre Falten, um ihre Nässe zu testen. Alice bog ihre Hüften durch und ließ den Finger tiefer gleiten, und sie stöhnte.

»Oh, das ist eine schlechte Idee«, murmelte er. »Du wirst die Kinder aufwecken.«

Ein Kichern begann in ihrer Kehle, entkam aber als weiteres

Stöhnen, als er einen zweiten Finger hinzufügte. »Du hast damit angefangen.«

Sein tiefes Lachen verstärkte die Schauer, die durch ihren Körper liefen. »Stimmt.«

Trotz seiner Worte hörte er nicht auf. Alice tat ihr Bestes, um die Geräusche zu dämpfen, die er mit seinen talentierten Händen aus ihr herauslockte. Sie spürte, wie ihr Höhepunkt wuchs, während er ihren Körper neckte und streichelte, bis sie den Gipfel sah. Sie schlug die Hände vor den Mund und bereitete sich darauf vor, loszulassen.

Gerade als sie den Höhepunkt erreichen wollte, zog er seine Hände zurück. Ihre Augen öffneten sich weit, und sie funkelte ihn an. »Warum hast du aufgehört? Ich war so nah dran.«

»Ich weiß.« Er blitzte erneut dieses sexy Lächeln und erhob sich, um zwischen ihre Beine auf die Couch zu klettern. »Aber ich bin noch nicht fertig, also bist du auch noch nicht fertig.«

Alice stöhnte. Sie wusste nicht, wie viel mehr sie ertragen konnte, ohne aus allen Nähten zu platzen. *Aber oh, was für ein Weg zu gehen.*

Er hob ihr Bein und legte es auf die Rückenlehne der Couch, dann beugte er das andere und stützte es auf seine Schulter. Seine Augen trafen ihre, und das Verlangen darin reichte aus, um ihr Innerstes pulsieren zu lassen. Er wollte sie genauso sehr wie sie ihn. Sie wusste, er hatte gesagt, dies sei eine Vorschau für sie, aber er genoss es genauso sehr.

»Du hast keine Ahnung, wie sehr ich dich jetzt nach oben tragen möchte.« Die Hände an ihren Beinen verkrampften sich kurz, bevor er sie über ihre Haut gleiten ließ.

Sie stöhnte erneut. »Ich kann es mir vorstellen.« Ihr Kopf fiel zurück, und sie schloss wieder die Augen.

Sie rissen auf, als sein Kopf sich senkte und er mit seiner Zunge über ihre Spalte fuhr. Sie stieß einen scharfen Schrei aus und schlug sich dann wieder die Hände vor den Mund.

Es dämpfte das Geräusch, das sie machte, nur teilweise, aber sie konnte nicht anders. Sie hatte keine Kontrolle mehr über ihren Körper. Der gehörte Wade.

Als ihr Orgasmus ausbrach, drehte sie ihr Gesicht in die Rückenlehne der Couch, um den Schrei zu dämpfen. Sie ritt auf der Welle der Glückseligkeit und sackte dann erschöpft zusammen, schwer atmend. »Heiliger Strohsack.« Wie würde sich das anfühlen, wenn sie mit ihm in sich käme? Würde sie das überleben?

Sein tiefes Lachen ließ sie zu ihm aufblicken. Er sah verdammt zufrieden mit sich selbst aus.

»Ich werde wohl eine Schalldämmung im Schlafzimmer anbringen müssen.«

Alice lachte. »Sorge einfach dafür, dass genug Kissen auf dem Bett sind.«

Lächelnd beugte er sich hinunter, um sie zu küssen. Ihr Lachen schmolz wieder zu Verlangen. Wie das nach diesem Orgasmus möglich war, wusste sie nicht.

Er zog sich zurück, um auf sie hinabzublicken. »Wir werden so viele Kissen haben, wie du willst.« Er gab ihr noch einen schnellen Kuss auf die Lippen, setzte sich auf und bot ihr seine Hand an.

Sie nahm sie, und er half ihr, sich aufzusetzen. Sie richtete ihr Kleid und sah sich nach ihrem Slip um. Wade hob ihn vom Boden auf und hielt ihn mit einem Finger hoch. Dieses Grinsen kehrte zurück.

»Soll ich dir helfen, ihn anzuziehen?«

»Wird er tatsächlich dahin kommen, wo er hin soll?«

Sein Lächeln wurde breiter. »Wahrscheinlich nicht.«

Sie riss ihn ihm aus der Hand.

»Spielverderberin.«

Sie warf ihm einen gespielten bösen Blick zu und schlüpfte in ihre Unterwäsche. Bevor er jedoch aufstehen konnte, drückte sie ihn zurück und rutschte vor ihm auf den Boden.

»Alice? Was machst du da?«

»Ich erspare dir das Warten bis zur Dusche.« Sie gab ihm dasselbe Lächeln, das er ihr gegeben hatte. »Außerdem ist es so viel spaßiger.« Ihre Finger fanden seine Gürtelschnalle und zogen das Leder hindurch.

Er sog scharf die Luft ein, als ihre Finger über die warme Haut seines Bauches streiften. »Alice.« Er bedeckte ihre Hand.

Sie schlug sie weg. »Nein. Ich habe zugestimmt zu warten, dich zu berühren, aber ich habe nie gesagt, wie lange.« Sie öffnete seine Hose und zog den Reißverschluss herunter, wobei seine dunkeltürkise Boxershorts und die harte Wölbung darunter zum Vorschein kamen. Ihr lief das Wasser im Mund zusammen. »Lehn dich zurück und genieß es.« Sie gab seiner Brust einen sanften Stoß und konzentrierte sich dann darauf, ihm das gleiche Vergnügen zu bereiten, das er ihr bereitet hatte.

Sie öffnete den Knopf seiner Shorts, der Stoff teilte sich, und er sprang frei heraus, geschwollen und aufgerichtet. Sie fuhr mit einem Finger an der pulsierenden Ader auf der Unterseite entlang, bis sie die Spitze erreichte, wo sich ein Tropfen Feuchtigkeit gebildet hatte. Alice verteilte ihn über das Ende seines Schafts, umschloss ihn dann mit ihrer Hand und drückte zu. Er stieß ein hartes Stöhnen aus und bäumte sich in ihrer Hand auf. Mehr Feuchtigkeit bildete sich, und sie beugte sich vor, um sie wegzulecken.

Ein ersticktes Stöhnen kam aus seiner Brust. Alice lächelte, dann saugte sie ihn in ihren Mund. Seine Hände umklammerten ihr Haar und hielten sie an Ort und Stelle, während sie ihre Zunge um seinen Schaft kreisen ließ und zog. Unter ihren Händen spürte sie, wie sich seine Muskeln anspannten und verhärteten, als sein Höhepunkt näher kam. Sie biss sanft zu, und er explodierte.

Er stieß ein lautes Grunzen aus und presste dann die Lippen zusammen, sein Atem kam in schnellen Stößen, als er versuchte, leise zu bleiben. Alice melkte jeden letzten Tropfen aus ihm heraus und setzte sich erst auf, als sein Körper erschlaffte. Sie schluckte, dann gab sie ihm ein verführerisches Lächeln.

»Ich bewege mich nicht. Ich glaube, ich schlafe einfach hier.«

Sie kicherte und stand auf, um sich neben ihn zu setzen und sich an seine Seite zu kuscheln. »Du wirst mit einem steifen Nacken aufwachen.«

Er legte einen Arm um sie. »Meine Beine funktionieren nicht, also ist es unvermeidlich.« Ein Lächeln umspielte seinen Mund. »Es war es wert.«

Wieder lachend küsste sie seine Wange. »Gut.«

Achtundzwanzig

Pfeifend betrat Wade am Montagmorgen sein Büro mit einem zusätzlichen Schwung in seinem Schritt. Das vergangene Wochenende war eines der besten seines Lebens gewesen. Seine Kinder waren glücklich und genossen das Leben, und er hatte eine wunderbare Frau an seiner Seite, die er und seine Kinder anbeteten.

Nach der Kirche gestern hatten sie ein Picknick gepackt und die Kinder zum Stone Creek mitgenommen, wo sie im Garten hinter dem kleinen Bungalow gegessen hatten, in dem sie ihr vorübergehendes Töpferstudio hatte. Dort hatten sie Bronwyn und Henry gefragt, was sie davon hielten, Alice mehr als nur als ihre Babysitterin um sich zu haben. Als sie begriffen, dass das bedeutete, dass Alice eines Tages ihre Mutter werden könnte, waren sie begeistert gewesen. Henry hatte sich auf sie gestürzt, sie fest umarmt und ihr gesagt, dass er nie wollte, dass sie ginge. Dass er eine Mutter wollte wie seine Freunde.

Bis dahin hatte Wade nicht realisiert, wie sehr Emilys Abwesenheit seine Kinder beeinflusste. Sie hatten sich so gut an das Leben ohne sie angepasst, aber es gab tiefere Wunden, die er nicht sehen konnte. Er war entschlossener denn je, eine starke Beziehung zu Alice aufzubauen. Er konnte nicht zulassen, dass sie jemanden verloren, den sie liebten. Er zweifelte jedoch nicht daran, dass es schwer sein würde, die Dinge zum Laufen zu bringen. »Verknallt« beschrieb nicht ansatzweise, wie er sich fühlte.

Als er sich an seinen Schreibtisch setzte, immer noch leise pfeifend, meldete er sich an seinem Computer an, um seine E-Mails zu überprüfen. Das Pfeifen verebbte, als er durch seine Nachrichten scrollte. Er hatte von den meisten Abteilungen in Colorado, die er wegen ihrer verdächtigen Brände ange-schrieben hatte, Rückmeldung erhalten.

Wade scrollte durch seinen Posteingang und vergewisserte sich, dass es nichts Dringenderes gab, dann ging er zurück zum Anfang und machte sich an die erste E-Mail. Er griff nach einem Notizblock und einem Stift und machte sich Noti-zen, während er jede Nachricht durchlas. Eine Stunde später beendete er die letzte E-Mail und las dann seine Notizen noch einmal durch. Mehrere der Immobilien gehörten Unterneh-men, aber keines, das er kannte.

»Okay, wer besitzt also die Unternehmen?« Er klickte auf einen anderen Bildschirm und rief die Website des Colorado Secretary of State auf und tippte den ersten Firmennamen ein. Es ergab eine Adresse und Telefonnummer, aber keine Einzelperson. Er wiederholte den Vorgang und fand einige Namen.

Für diejenigen ohne aufgeführten Besitzer googelte er ihre Websites. Bei dem zweitletzten Namen auf seiner Liste erstarrte er, als die »Über uns«-Seite geladen wurde. Tim Willards Bild starrte ihn an. Aber der Mann hatte nicht seinen Namen. Dieser Mann war Will Timmerman.

Wade nahm sein Telefon und wählte die Nummer des Sheriffs.

»Lattimer.«

»Hey, hier ist Kaczmarek. Was hast du über Tim Willard herausgefunden?«

Es gab eine kurze Pause, während sie seine Frage verarbeitete. »Willard? Moment. Lass mich seine Akte finden.«

Wade hörte Papiere rascheln, dann einen dumpfen Aufprall und einen gedämpften Fluch.

»Entschuldigung. Hab das Telefon fallen lassen. Okay. Mal sehen. Ich erinnere mich, gesehen zu haben, dass er seit fünfzehn Jahren in Billings Geschäfte macht.« Mehr Papiere raschelten. »Davor arbeitete er für ein Bauunternehmen in Idaho als Projektmanager. Er ist zweiundfünfzig und wurde in Boise geboren. Nie verheiratet, keine Kinder. Warum?«

»Hast du seinen beruflichen Werdegang überprüft?«

»Das Unternehmen in Idaho existiert nicht mehr, und ich konnte keinen aktuellen Kontakt finden. Wade, warum fragst du das alles?«

Er kniff sich in den Nasenrücken. »Also, ich habe Antworten auf meine Anfragen zu verdächtigen Bränden in der Nähe von Gunnison erhalten. Einer der Orte, die ich vom Saguache County zurückbekommen habe, gehört einem Unternehmen namens San Juan Development Corporation. Ich habe die Eigentumsverhältnisse nachgeschlagen. Ich starre gerade auf ein Bild von Willard, aber es steht dort, sein Name sei Will Timmerman.«

»Oh, verdammt.« Sie stieß einen Atemzug aus. »Bist du sicher, dass es Willard ist?«

»Es sieht ihm definitiv sehr ähnlich.«

Sie seufzte. »Gib mir die Kontaktinformationen. Ich werde versuchen, mit ihm zu sprechen.«

Wade las ihr die Telefonnummer von der Website vor. »Weißt du, was ich nicht verstehe?«

»Warum er sein Bild auf einer öffentlichen Website platzieren würde, wenn er unter einem angenommenen Namen lebt?«

»Bingo.«

»Vielleicht weiß er es nicht. Oder vielleicht denkt er, da es verschiedene Namen sind, wird niemand die Verbindung herstellen. Seine Firma in Billings ist ein kleiner Fisch. Sie ist regional. Ich wette, die andere ist es auch. Lass mich diese Nummer anrufen, und ich rufe dich zurück.«

»Okay. Tschüss.«

»Tschüss.« Sie legte auf.

Wade blickte auf den Hörer und stieß einen Atemzug aus, bevor er ihn zurück auf die Gabel legte. Nachdem sie mit Willard gesprochen hatten, hatte Wade nicht vermutet, dass der Mann etwas verbarg, besonders etwas von diesem Ausmaß. Aber manche Menschen waren begabte Lügner. Das machte sie zu guten Betrügern. Was für Ärger war in ihre verschlafene kleine Stadt gekommen?

Während er darauf wartete, dass Katy zurückrief, öffnete er die Hintergrunddatenbank und tippte Will Timmermans Namen ein. Er erhielt einen Colorado-Führerschein und eine Adresse zurück. Zurück auf der Website des Secretary of State gab er Timmermans Namen ein und entdeckte, dass er sowohl die auf seinem Führerschein angegebene Wohnung als auch eine weitere in der Nähe von Telluride besaß. Er wechselte zu Google Maps und gab die Adresse ein, änderte die Ansicht auf Satellit und zoomte heran. Es war eine Hütte im Wald.

Sein Telefon klingelte. Er hob den Hörer ans Ohr. »Kaczmarek.«

»Die Rezeptionistin, mit der ich gesprochen habe, sagte, dass Mr. Timmerman derzeit nicht verfügbar ist. Als ich fragte, wann er frei wäre, um mit mir zu sprechen, sagte sie, er sei auf einer längeren Geschäftsreise und nicht erreichbar.«

Wade schnaubte. »Es sei denn, du bist in irgendeinem Dritte-Welt-Land beim Backpacking oder in der Wildnis Alaskas, niemand ist unerreichbar. Und ich kann mir nicht vorstellen, dass ein Mann von Timmermans Statur irgendetwas anderes tut, als in einem gemieteten Auto herumzufahren und sich in Gehweite von anständigen Restaurants aufzuhalten.«

»Stimmt. Ich habe bereits eine Notiz gemacht, im Labor in Billings anzurufen und ein Update zur Identität unseres Brandopfers zu bekommen. Sie sollten nah dran sein, wenn sie Zahnunterlagen für Willard finden konnten.«

»Sag ihnen, sie sollen unter Timmerman nachsehen, falls sie noch keine gefunden haben. Vielleicht haben wir Glück und er benutzt den Namen auch hier. Was ist mit DNA?«

»Die Polizei von Billings hat eine Überprüfung seines Hauses durchgeführt. Als niemand antwortete und sie ihn weder über seine Verwaltungsassistentin noch seinen Anwalt erreichen konnten, haben sie einen Richter dazu gebracht, einen Durchsuchungsbefehl für sein Haus zu unterzeichnen. Niemand war da. Sie fanden seine Zahnbürste und schickten sie zum Testen, aber die Ergebnisse stehen noch aus.«

Wade runzelte die Stirn. Es gab Zeiten, da wünschte er sich, Kriminallabore würden so schnell arbeiten wie im Fernsehen.

»Was sagt dieser Bericht über den Brand auf Timmermans Grundstück, den du vorhin erwähnt hast?«

Wade blätterte durch seine Notizen. »Es war vor sechs Jahren. Ein Wohnhaus, das renoviert wurde. Der Ermittler fand Beweise für ein Beschleunigungsmittel in der Nähe des Herds.« Er blickte auf und schaute aus dem Fenster. »Wahrscheinlich versuchte man, es wie ein Gasleck aussehen zu lassen.«

»Wurde jemand verletzt?«

»Nein.«

»Okay. Kannst du weiter graben und herausfinden, ob es in der Vergangenheit andere Brände gab, die mit Timmerman oder seiner Firma in Verbindung stehen? Ich werde mich mit Timmerman selbst befassen.«

»Ja. Was hast du über Perabo herausgefunden?«

»Die Fallakten zeigen, dass er als Elektriker für eine Baufirma namens Build-Rite gearbeitet hat. Die Anklage behauptete, er hätte aufgrund von Budgetbeschränkungen absichtlich bei der Verkabelung eines Hauses geschlampt, was zu einem Kurzschluss führte und eine Frau tötete. Sein Chef, Jim Tunney, kam wegen derselben Anklage ins Gefängnis. Er starb sechs Monate vor Perabos Entlassung im Gefängnis.«

Der Name der Firma löste etwas in Wades Gehirn aus. »Build-Rite. Das habe ich schon mal gesehen. Moment.« Er blätterte durch seine Notizen, fand aber nichts. »Wo habe ich das gesehen?« Stirnrunzelnd schaute er auf und ging zurück zur Website von San Juan Development. Er scrollte und ein Logo fiel ihm ins Auge. »Hab's. Timmermans Firma nutzt mehrere Auftragnehmer für ihre Immobilien. Die sind alle auf ihrer Website aufgelistet. Build-Rite ist einer davon.«

Wade öffnete einen neuen Tab, als ihm ein Gedanke kam. »Wie heißt Willards Firma nochmal?«

»TW Developments.«

Er tippte den Namen in den Webbrowser und klickte auf die Firmenwebsite. Auch diese listete Auftragnehmer auf, aber Build-Rite war nicht dabei. »Keiner der Auftragnehmer stimmt mit Timmermans überein. Du solltest vielleicht die

Mitarbeiterakten überprüfen. Sieh nach, ob jemand für beide gearbeitet hat.«

Sie brummte. »Ich habe nicht das Personal für so eine Suche. Dieser Fall ist verrückt. Ich überlege ernsthaft, die Bundesbehörden einzuschalten, jetzt wo er Staatsgrenzen überschritten hat. Angeblich überschritten hat. Wir müssen bestätigen, dass Willard Timmerman ist. Dann kann ich die Feds anrufen.« Sie seufzte.

»Wer war das Opfer bei Perabos Brand?«

»Lass mich nachsehen. Es fing mit A an.«

Er hörte, wie Papiere rascheln.

»Amber Mercer. Achtundzwanzig.« Sie zischte. »Oh, sie war zu der Zeit schwanger. Vierzehn Wochen.«

»Verdammt.« Sein Herz sank ihm in den Magen. Er konnte sich nicht vorstellen, seine Frau und sein Kind auf diese Weise zu verlieren.

»Ja.«

»Gibt es noch andere Informationen über sie oder ihre Familie?« Ein solcher Tod würde jemandem ein starkes Motiv für Rache geben.

»Nur der Name des Ehemanns. Joshua Mercer. Oh. Er war Polizist.«

»Okay, er sollte leicht aufzuspüren sein. Ich werde ein bisschen über beide nachforschen. Herausfinden, wo er ist.«

»Klingt gut. Steht im Bericht, wem das Haus der Mercers gehörte, bevor sie es kauften?«

»Nein. Aber ich werde es herausfinden.« Er hatte das Gefühl, es würde Willard sein. Oder Timmerman. Oder irgendein anderes Alias für denselben Mann.

»Gut. Ich habe das Gefühl, dieser Fall wird kein glückliches Ende nehmen.«

Wade stimmte zu. Das klang immer mehr nach einem Fall von Rache, nicht nach jemandem, der seinen Kick durch das Anzünden von Feuern bekommt. »Ja.«

Sie seufzte erneut. »Ruf mich an, wenn du etwas findest.«

»Mache ich. Du auch.«

»Jep.«

Sie verabschiedeten sich und legten auf.

Wade stützte seine Ellbogen auf den Schreibtisch und fuhr sich mit den Händen übers Gesicht. Als er zustimmte, die Teilzeitstelle als Ermittler zu übernehmen, hätte er sich nie vorgestellt, dass er es mit Mord oder einem Serienbrändler zu tun bekommen würde. Nicht hier. Egal wie dieser Fall ausgehen würde, er hoffte, er könnte den Täter stoppen, bevor noch jemand starb.

Ein Klopfen an seiner Tür ließ ihn aufblicken. »Herein.«

Sein Partner, Jed Braun, öffnete die Tür. »Hast du einen Moment?«

»Klar, was gibt's?«

Jed trat ein und setzte sich. »Ich habe von diesem Brandstiftungsfall gehört und die Berichte gelesen. Brauchst du Hilfe?«

Wade atmete aus. »Eigentlich wäre das toll. Ich muss ein paar Namen überprüfen. Denkst du, du könntest eine Suche nach Immobilienbränden in der Region Gunnison, Colorado durchführen und herausfinden, ob einer davon mit einem Mann namens Will Timmerman oder einer Firma namens San Juan Development Corporation in Verbindung steht? Wir denken, Timmerman und Willard sind dieselbe Person.«

Jeds Augen weiteten sich. »Was?«

»Ja, ich weiß. Dieser Fall ist genauso verrückt, wie er sich anhört. Und ich wäre dir sehr dankbar, wenn du die Vorfallberichte durchgehen könntest. Wir müssen viele Jahre zurückgehen.«

»Okay. Das kann ich auf jeden Fall machen.«

Wades Telefon klingelte.

Jed stand auf. »Schick mir die Details per E-Mail.«

Mit einem Nicken nahm Wade das Telefon ab. Jed winkte ihm kurz zu und ging.

»Kaczmarek.«

Die Stimme seines Chefs kam über die Leitung und bat um ein Update. Wade stieß erneut die Luft aus. Es würde ein langer Tag werden.

KAPITEL
Neunundzwanzig

»Oh, Junge! Da sind sie! Bronwyn! Siehst du sie?« Henry zeigte auf den Pferdestall und die Koppel dahinter, als Alice ihn auf den Boden setzte, nachdem sie ihn aus dem Auto gehoben hatte. Er schaute zu Alice hoch. »Ich kann es kaum erwarten, auf einem zu reiten!« Sein eifriger Gesichtsausdruck verwandelte sich in ein Stirnrunzeln. »Bist du sicher, dass wir das dürfen?«

Sie lächelte ihn an. »Ja, ich bin mir sicher.«

»Und ich werde nicht herunterfallen?«

»Nein. Knox oder ich werden die ganze Zeit direkt neben dir sein, okay?« Sie waren auf der Stone Creek Ranch für eine Reitstunde. Pferde waren ein großer Teil ihres Lebens, auch wenn sie in der Stadt gelebt hatte, bevor sie nach Pine Ridge kam. Sie ritt mehrmals pro Woche, als sie in Colorado lebten. Wenn Wade und seine Kinder Teil ihres Lebens sein sollten, wollte sie, dass die Kinder sich mit den Tieren wohlfühlten. Als sie ihm das sagte, stimmte er voll und ganz zu. Sie freute sich darauf, ihnen das Reiten beizubringen.

»Es sind so viele!«, rief Bronwyn, als sie zu ihnen kam.

»Ja, das stimmt. Aber bald werden es nicht mehr so viele sein. Sobald Knox und Sofie auf ihre neue Ranch ziehen, werden viele dieser Pferde mit ihnen gehen.« Sie führte die Kinder zur anderen Seite des Autos, damit sie Elise herausholen konnte. Sie schnallte die Kleine ab, setzte sie auf ihre Hüfte, nahm dann die Wickeltasche und schloss die Tür. »Kommt, lasst uns Knox suchen.«

Henry und Bronwyn hüpften voraus in Richtung Stall. Sie blieben am Zaun stehen, um die Herde zu betrachten, während Alice in einem langsameren Tempo folgte. Elise plapperte in ihren Armen und zeigte auf die Pferde und andere Dinge, die sie sah.

Sie rief die Kinder und bedeutete ihnen, zur Seitentür des Stalls zu gehen. Ihre kleinen Stimmen hallten von den Dachbalken wider. Knox steckte seinen Kopf aus einer Box etwa in der Mitte des Ganges heraus.

»Hey, Leute.« Er grinste, dann blickte er nach unten, als Olive neben ihm heraustrat.

»Hallo!« Das dunkelhaarige Mädchen rannte den Gang hinunter und umarmte Bronwyn. »Ich freue mich so darauf, mit dir reiten zu gehen. Papa ist der beste Lehrer!«

Knox lachte, als er näher kam. »Aus Kindermund. Kein Druck, oder?«

Alice grinste. »Ich glaube ihr aber.«

Er lächelte, dann sah er Bronwyn und Henry an. »Seid ihr Zwei bereit?«

Beide bejahten enthusiastisch und hüpften auf und ab.

»Okay, dann. Kommt mit. Ich habe eure Pferde schon in die Arena gebracht. Ich habe gerade Olives fertig gemacht. Wir werden zuerst einige grundlegende Sicherheitsregeln mit ihrem durchgehen.« Er bedeutete ihnen, ihm zu folgen, und hielt vor der Box an, aus der er gekommen war.

»Das ist Snowy.« Olive streckte sich und streichelte die Nase des cremefarbenen, blauäugigen Pferdes, das seinen Kopf über die Tür streckte. »Ihr richtiger Name ist Shasta, aber ich finde, sie sieht aus wie eine Snowy, also hat Papa gesagt, ich darf sie so nennen.«

»Sie ist hübsch«, sagte Bronwyn und berührte die Nase des Pferdes. »Und weich.«

Henry streckte eine Hand aus, konnte das große Tier aber nicht erreichen. Knox hob ihn hoch, damit er das Pferd streicheln konnte. Der Junge kicherte, als Snowy seine Hand anstupste.

»Okay, erste Regel.« Knox machte eine Pause, um sicherzugehen, dass sie zuhörten. »Ihr geht nie ohne einen Erwachsenen in eine Box oder auf die Koppel.«

Bronwyn und Henry nickten.

»Zweite Regel, rennt nie auf ein Pferd zu. Geht immer. Und nähert euch nie direkt von hinten.«

Sie nickten wieder.

»Letzte Regel, wenn ihr im Stall oder irgendwo auf der Ranch seid, wo nichts zwischen euch und den Tieren ist, braucht ihr einen Erwachsenen bei euch, es sei denn, euch wird etwas anderes gesagt, und ihr müsst auf Anweisungen hören, ohne zu diskutieren. Wenn Alice oder ich – oder Daisy oder Asa oder wer auch immer – euch sagt, ihr sollt aufhören oder zurückgehen oder was auch immer, dann tut ihr das, okay? Ihr könnt hinterher Fragen stellen. Es geht um eure Sicherheit, alles klar?«

»Okay«, sagte Henry.

»Jap.« Bronwyn nickte.

»Gut.« Er setzte Henry neben Bronwyn ab. »Jetzt wird Olive Snowy zur Arena führen, und wir werden weit genug zurückbleiben, damit wir nicht getreten werden können.« Er entriegelte die Stalltür. »Tretet zurück.«

Alice legte eine Hand um Henrys Brust und zog ihn zu sich, während sie mehrere Schritte zurückging. Bronwyn stellte sich neben sie. Knox gab Olive die Zügel, und das kleine Mädchen führte die Stute aus ihrer Box. Knox ging mit Alice und den Kindern zurück.

»Wo ist Sofie? Ich dachte, sie würde hier draußen sein. Du hast gesagt, sie hat zugestimmt, auf Elise aufzupassen, damit ich dir bei den Reitstunden helfen kann.«

»Sie ist in der Arena. Sie wollte sich hinsetzen.«

Alice runzelte die Stirn. »Geht es ihr gut? Ich dachte, es ginge ihr besser.«

»Das tut es, aber sie wird immer noch schnell müde. Dieses Virus hat sie ganz schön mitgenommen.«

»Ich bin sicher, dass ihre Schwangerschaft auch nicht gerade hilfreich war. Ich habe in letzter Zeit nicht mit ihr gesprochen. Ich war so beschäftigt mit meinem Haus und diesen dreien, ich war eine schreckliche Schwägerin, ganz zu schweigen von Geschäftspartnerin.« Ihr neuer Laden, Homespun Arts, sollte Ende August eröffnen. Sofie hatte die Renovierungsarbeiten im Geschäft sowie die Installation der Auslagen beaufsichtigt.

»Das ist schon in Ordnung. Sie weiß, wie beschäftigt du warst. Und ehrlich gesagt, war es gut für sie, etwas zu haben, worauf sie sich konzentrieren konnte. Es lenkt sie davon ab, krank zu sein.«

»Solange sie es nicht übertreibt.«

»Das lasse ich nicht zu. Und sie kennt ihre Grenzen. Sie würde nichts tun, was ihre Schwangerschaft gefährden könnte.«

Sie erreichten die Arena, und Knox eilte voraus, um das Tor zu öffnen, damit Olive Snowy hineinführen konnte. Alice entdeckte Sofie, die auf einem Stuhl am Rand saß, und ging zu ihr hinüber.

»Hey.« Sie lächelte ihre Schwägerin an.

»Hey, du.« Sie erwiderte Alices Lächeln und stand auf.

»Wie fühlst du dich?«

Sofie winkte ab. »Mir geht's gut. Müdigkeit ist mein neuer Normalzustand und wird es noch eine Weile sein. Das gehört dazu.« Sie sah Elise an. »Hallo, Kleine.«

Elise, die noch nie Fremde gescheut hatte, schenkte Sofie ein zahniges Lächeln und winkte mit einer molligen Hand.

»Sie ist einfach bezaubernd. Du und ich werden Spaß haben, während deine Geschwister reiten.« Sie drehte sich um und nahm die Stofftasche neben ihrem Stuhl. »Ich habe ein paar Spielsachen und Malsachen für dich mitgebracht.«

»Ich habe auch ein paar Sachen mitgebracht.« Alice setzte das Mädchen ab und öffnete dann die Wickeltasche. Sie holte ihr Spielzeugtelefon und ein Silikon-Fidget-Toy heraus. »Da sind auch ein paar Snacks drin und ihr Trinkbecher.«

»Klingt gut.« Sofie ließ sich in den Stuhl sinken. Elise tappelte zu ihr hinüber. »Wir kommen schon zurecht. Geh und unterrichte.«

Lächelnd beugte sich Alice hinunter und gab Elise einen Kuss auf den Kopf, dann ging sie zurück zum Tor und ließ sich ein. Knox erklärte den Kindern gerade die Teile der Reitausrüstung. Sie hörten ihm mit gespannter Aufmerksamkeit zu.

Als er fertig war, nahm er Henry und Alice nahm Bronwyn. Olive stieg auf ihr Pferd und folgte ihnen.

Alice folgte Knox' Anweisungen. Wenn er beiden Anweisungen gab, half sie Bronwyn, diese umzusetzen. Beide Kinder lernten schnell, besonders Bronwyn. Henry sah etwas unsicher aus, als er auf dem großen Tier saß, aber am Ende der Stunde hatte er sich entspannt.

Als sie fertig waren, zeigten Knox und Alice mit Olives Hilfe den Kindern, wie man die Pferde abpflegt. Nachdem sie sie abgesattelt hatten, führten sie sie zu den großen Türen am hinteren Ende der Arena. Knox nahm ihnen die Zaumzeuge ab und ließ sie auf die Weide hinaus, um mit den anderen Pferden zu grasen.

»Wer ist bereit fürs Mittagessen?« Sofie lächelte den Kindern zu, Elise auf ihrer Hüfte. Sie war ihnen zum hinteren Teil der Arena gefolgt und stand auf der anderen Seite des Zauns.

»Ich!« Olives Hand schoss in die Höhe. Bronwyn und Henry echoten ihre Zustimmung.

»Na dann, kommt mit. Ich habe Zutaten für Sandwiches im Haus. Und Daisy hat extra für euch Kekse gebacken.«

»Mit Schokoladenstückchen?«, fragte Henry.

Sofie nickte. »Gibt es denn noch andere?«

»Oh, Mann!« Er lief zu Alice. »Komm schon, Alice. Ich werde mein ganzes Mittagessen aufessen, damit ich einen Keks haben kann!«

Alice lachte. »Klingt gut, Hen.«

Sie gingen durch die Scheune zurück nach draußen.

»Sollen wir nach Hause laufen?«, fragte Knox Sofie.

Sie nickte. »Ich fühle mich gut. Nicht zu erschöpft.«

»Okay, dann. Lass uns gehen.«

Die Gruppe machte sich auf den Weg zu der Ansammlung kleiner Häuser jenseits des Haupthauses und betrat eines, dessen Veranda mit Keramiktöpfen voller Blumen gesäumt war. Sie stapften in die Küche, wo Sofie, Alice und Knox einige Sandwiches und Chips zubereiteten.

»Können wir draußen essen, Mami?«

Sofie blickte zu ihrer Tochter, dann zu Alice. »Sicher. Wenn das für Alice in Ordnung ist?«

»Für mich ist das in Ordnung. Das Wetter ist herrlich.«

Knox scheuchte die Kinder nach draußen, wo sie sich alle auf die Bänke des Picknicktisches quetschten. Alice setzte Elise auf ihren Schoß und tat ihr Bestes, die Hände des Kleinkinds von ihren Chips fernzuhalten und auf ihrem eigenen Teller zu halten.

Als sie mit dem Essen fertig waren und aufgeräumt hatten, ließ sie das Mädchen zu ihren Geschwistern und Olive hinunter. Sie rannten im Garten herum und spielten Fangen, dann mit einem Ball, den Olive nach draußen brachte.

Alice setzte sich in einen Gartenstuhl neben Sofie und ihren Bruder und sah zu, lachend über Henrys Versuch, den großen Ball zu fangen.

»Du hast dich mit den dreien ja richtig angefreundet.«

Alice sah zu ihrem Bruder. »Das war einfach. Sie sind großartig.«

Er nickte. »Das sind sie. Bist du dir aber sicher, dass du bereit bist, die Rolle der Mutter zu übernehmen?«

Sie runzelte die Stirn. »Warum sollte ich das nicht sein? Ich arbeite seit Jahren mit Kindern.«

»Ich weiß. Aber es ist anders, wenn du mit ihnen zusammenlebst. Und du bist jung. Viele Frauen in deinem Alter bekommen gerade ihr erstes Baby. Du übernimmst drei Kinder unter sechs Jahren.«

»Na und? Und ich bin nicht so jung. Ich werde Ende des Jahres dreißig. Es ist ja nicht so, als wäre ich ein Teenager gewesen, als Bronwyn geboren wurde. Wade ist kein Wiege-Räuber.«

Er hob die Hände. »Ich spiele nur den Advocatus Diaboli. Ich möchte, dass du dir sicher bist, was du tust. Die Aufgabe, die Kinder eines anderen großzuziehen, ist eine riesige Verantwortung.«

»Ich weiß. Aber wenn man sie liebt, ist es nicht schwer, sich in die richtige Einstellung zu versetzen. Ich will einfach nur das Beste für sie.«

Er musterte sie einen Moment, dann nickte er kurz. »Gut.« Er lächelte. »Willkommen im Club der Elternschaft.«

Sie lächelte zurück. »Ich bin mir nicht sicher, ob ich mich schon als vollwertiges Mitglied bezeichnen kann. Wade und ich sind nicht verheiratet. Wir haben noch nicht einmal wirklich darüber gesprochen. Ich meine, wir haben darüber gesprochen, dass wir wollen, dass es von Dauer ist. Keiner von uns ist an einer Affäre interessiert. Aber darüber hinaus haben wir nicht darüber gesprochen.« Aber obwohl es noch früh in ihrer Beziehung war, würde sie ohne zu zögern Ja sagen, wenn er sie fragen würde, ihn zu heiraten. Sie verliebte sich rasch in den Mann. In seine Kinder hatte sie sich bereits verliebt.

Knox lächelte. »Ich vermute, das wird noch kommen. Ich habe euch alle zusammen gesehen. Ihr benehmt euch wie eine Familie. Ich freue mich wirklich für dich, Alice.«

»Ich auch«, sagte Sofie. »Außerdem bin ich aufgeregt, dass Olive und dieses neue Baby Cousins und Cousinen haben werden.« Sie legte eine Hand auf ihren Bauch.

»Ich auch.« Alice blickte zu den herumlaufenden Kindern. Sie hatten den Ball aufgegeben und jagten sich nur noch gegenseitig. Sogar Elise versuchte mitzumachen, hielt aber inne, abgelenkt von einem Flecken Löwenzahn. Alice kicherte. Das Mädchen liebte ihre Gartenkräuter.

Zufriedenheit durchströmte sie. Sie hatte immer davon geträumt, eine eigene Familie zu haben. Bis vor kurzem hatte sie sich keine Sorgen gemacht, wann es passieren würde. Nicht bis Knox Sofie kennengelernt hatte. Das brachte sie dazu, über ihre eigene Zukunft nachzudenken. Sie hätte nie gedacht, dass sie so schnell die Liebe finden würde. Wade und seine Kinder waren ein Segen. Einer, den sie fest halten und schätzen wollte.

»Habt ihr das Ding wirklich nur zu dritt geladen?« Wade starrte auf den Brennofen, der die Rückseite des Anhängers blockierte, und warf dann einen Blick auf Knox, der nickte.

»Brady ist ein Biest. Er ist ein paar Zentimeter größer als Asa und hat wahrscheinlich fünfzehn Kilo mehr Muskelmasse. Der Motorkran hat auch geholfen.« Er grinste.

Asa klopfte Wade auf die Schulter. »Keine Sorge. Ich werde nicht zulassen, dass Brady uns übertrumpft. Dem Kerl können wir die Prahlerei nicht gönnen.«

Wade zog eine Augenbraue hoch. Ja, sie waren zu viert, aber sie benutzten Tragegurte. »Wenn du meinst. Stell sicher, dass die Frauen mit ihren Handys in der Hand hinterherkommen, damit sie Hilfe rufen können, wenn es einen von uns zerquetscht.«

»Ach was. Hab ein bisschen Vertrauen, Wade.« Asa grinste und reichte ihm den Tragegurt.

Kopfschüttelnd nahm er den Gurt. »Klar.« Er hoffte nur, dass nicht er derjenige war, der zerquetscht wurde. Er hatte die meiste medizinische Ausbildung.

»Lass uns das Ding abladen, damit wir mit dem Rest anfangen können.« Jasper Hendriks, Asas Rancharbeiter und der Freund der Sheriffin, stieg in den Anhänger. Knox hatte ihn rekrutiert, um zu helfen, da sie wussten, dass sie mehr Leute brauchen würden, um Alices Brennofen zu bewegen.

Sie versammelten sich um den Brennofen, und Jasper und Asa lehnten sich dagegen, kippten ihn an, sodass Wade und Knox die Gurte darunterschieben konnten. Sobald diese auf allen vier Seiten herausragten, verteilten sich die Männer um den Ofen und legten die Gurte an, wobei sie sie so einstellten, dass der Brennofen gerade stand.

»Sind wir bereit?«, fragte Jasper.

Wade und die anderen nickten.

Als Größter stieg Asa zuerst aus dem Anhänger und hielt den Brennofen dabei möglichst gerade. Knox und Jasper kamen als Nächste, und Wade bildete das Schlusslicht. Das Gewicht zog an seinen Schultern, aber die gepolsterten Gurte verhinderten, dass es schmerzte. Er wollte so nicht weit gehen, aber der Weg zum Feuerziegelsockel, den Alice in ihrer Garage aufgebaut hatte, war machbar.

In gleichmäßigem Tempo gingen sie die Auffahrt hinauf und in die Garage bis zur hinteren Ecke. In der vergangenen Woche hatte er Alice geholfen, Feuerziegel auf dem Boden und an den Wänden rund um den Platz für den Brennofen zu installieren. Sie hatte auch einen Elektriker kommen lassen, der eine spezielle Steckdose dafür installierte, als der Sicherungskasten aufgerüstet wurde.

»Ist es so richtig, Alice?«, fragte Wade mit einem Blick zu ihr, als sie den Brennofen über dem Sockel positionierten.

Sie betrachtete es einen Moment und nickte dann. »Das passt.«

»Okay. Runter bei drei, Leute.« Wade zählte herunter, und sie setzten den Brennofen auf die Ziegel.

Alice quietschte und lief herbei. »Ihr habt keine Ahnung, wie aufgeregt ich bin, dieses Ding wieder angeschlossen zu haben. Keine Fahrten mehr nach Billings, bei denen ich beten muss, dass nichts verrutscht und auf dem Hin- und Rückweg kaputtgeht, oder stundenlang meinen Tag dafür opfern muss.« Sie seufzte. »Jetzt kann ich wirklich Fortschritte bei Projekten machen.«

Wade löste die Gurte von seinen Schultern und half dabei, sie unter dem Brennofen hervorzuziehen, während Jasper und Asa ihn ankippten. Er warf ihr lächelnd einen Blick zu. »Du musst ein paar Stücke mit den Kindern machen. Meine Eltern würden so etwas zum Geburtstag oder zu Weihnachten lieben.«

Sie lächelte. »Das steht schon auf meiner Liste.« Sie wandte sich an ihren Bruder und Sofie. »Für Olive auch. Noreen und Silas werden es lieben. Genauso wie Dad.«

»Das werden sie.« Knox rollte einen Satz Gurte auf, während Wade den anderen aufrollte.

Jasper klatschte in die Hände. »Lasst uns die Party in Gang bringen. Ich habe heute Abend ein Date.« Er stieß die Luft aus. »Solange sie nicht im Büro festsitzt.«

»Hat sie nicht mehr Personal eingestellt?«, fragte Knox, als sie alle aus der Garage gingen.

»Hat sie. Aber dieser Brandstiftungsfall nimmt viel von ihrer Zeit in Anspruch.«

Es beanspruchte auch Wade sehr. Er hatte diese Woche viel über die Mercers nachgeforscht, mit wenig Ergebnis. Ein paar

Monate nach der Verurteilung von Perabo und seinem Boss war Joshua Mercer verschwunden. Er hatte sein Haus verkauft, die Versorgungsleistungen abgestellt, seine Bankkonten geschlossen und aufgehört, seine Kreditkarten zu benutzen. Immerhin hatte Wade jetzt einen plausiblen Verdächtigen für alle Brandstiftungen.

Er schob die Gedanken an die Arbeit beiseite. Sie hatten einen Anhänger auszupacken, und er wollte für Alice und seine Freunde präsent sein. Nicht in Gedanken verloren.

Mit dem Brennofen aus dem Weg machten sie sich schnell daran, den Rest von Alices Besitztümern hineinzubringen. Die Möbel kamen zuerst. Wade konnte nicht umhin zu bemerken, dass sie bei weitem nicht genug hatte, um dieses große Haus zu füllen. Das Arbeitszimmer und der Wintergarten im Erdgeschoss waren praktisch leer. Im Obergeschoss hatten nur zwei Schlafzimmer Betten; ihres und ein Gästezimmer. Zwei weitere waren komplett leer.

Nachdem er eine Kiste voller Bücher ins Wohnzimmer gebracht hatte, ging er zurück zum Anhänger, um zu sehen, was noch übrig war. Es war nicht mehr viel, das wusste er.

»Noch drei oder vier Fahrten, dann sollten wir fertig sein.« Asa lud mehrere Kisten auf den Sackkarren, den Wade schob.

»Klingt gut. Ich bin bereit fürs Mittagessen.« Er hatte zwar ein ordentliches Frühstück gehabt, aber es schnell abgearbeitet.

»Wir alle.« Asa stellte die letzte Kiste auf den Stapel. »Das sind alles Küchensachen.«

»Verstanden.« Wade drehte sich um und rollte den Sackkarren ins Haus. Den Flur entlang betrat er die Küche. Alice, Daisy und Sofie hatten jeweils eine Kiste geöffnet und wischten Dinge ab, um sie wegzuräumen.

Er stellte den neuen Stapel in die Ecke. »Wir sind fast fertig mit dem Ausladen.«

»Super.« Sofie streckte sich, um einen Stapel Teller wegzuräumen. »Ich verhungere. Ihr wollt nicht, dass die Schwangere hangry wird, also beeilt euch.«

Lachend gab er ihr einen schnellen Zweifingergruß. »Jawohl, Ma'am.« Mit einem Lächeln für Alice eilte er aus der Küche.

Ein Polizeiwagen hielt am Straßenrand, als er nach draußen trat. Katy stieg aus, noch in Uniform, und kam die Auffahrt herauf.

Jasper entdeckte sie, als er mit zwei Kisten voller Bücher aus dem Anhänger trat. »Hey, Schatz. Was machst du denn hier?«

Sie lächelte und ging auf ihn zu, gab ihm einen schnellen Kuss. »Ich dachte, ich esse mit euch Mittag, wenn das in Ordnung ist? Ich muss sowieso mit Wade reden.«

»Ich sehe schon, wie der Hase läuft.« Jasper verdrehte die Augen, grinste aber. Er beugte sich, immer noch die Kisten haltend, und küsste sie fester.

Sie kicherte, als sie sich löste. »Wade ist nur ein Vorwand. Ich brauchte eine Jasper-Aufmunterung.«

Er wackelte mit den Augenbrauen. »Du bekommst später eine bessere.«

Asa stöhnte. »Lass es, Jazz. Mensch.«

Wade lachte und schob den Sackkarren zum Anhänger. »Als ob du und Daisy besser wärt?«

»Psst. Kümmere dich nicht darum.« Asa grinste und stellte eine Kiste auf den Sackkarren.

Lachend stapelte Wade eine weitere Kiste. Es war schön, wieder unter Freunden zu sein. Ihm war gar nicht bewusst gewesen, wie isoliert er in Tennessee gelebt hatte, bis er nach Hause kam.

»Ich glaube, wir sind alle schuldig daran.« Er lud eine dritte Kiste. »Es ist schwer, es nicht zu sein, wenn wir verliebt sind.«

Alle Bewegungen stoppten. Es dauerte einen Moment, bis Wade realisierte, was er gesagt hatte. Als er es tat, weiteten sich seine Augen und er blickte auf. Knox war direkt in seinem Blickfeld.

»Alter. Das kannst du uns nicht erzählen, bevor du es Alice sagst.« Knox runzelte die Stirn. »Hast du es Alice gesagt?«

Wade schluckte und schüttelte den Kopf. »Nein. Die Worte sind mir einfach so rausgerutscht. Ich glaube, mir ist erst jetzt klar geworden, was ich für sie empfinde.« Aber es stimmte. Er liebte Alice.

»Niemand sagt ein Wort.« Katy zeigte auf die anderen.

Jasper hob die Hände. »Geht mich nichts an.« Er tat so, als würde er sich den Mund zuzippen.

»Keine Sorge hier. Daisy würde mich umbringen, wenn ich was ausplaudern würde.«

Knox verengte die Augen und starrte Wade an. »Liebst du sie wirklich?«

Wade nickte. »Mit allem, was ich habe. Sie ist wunderbar.«

Silberne Augen, so ähnlich wie die seiner Schwester, musterten Wade. Knox nickte einmal. »Okay. Sei gut zu ihr.«

Mit klopfendem Herzen nickte Wade erneut. »Das werde ich.«

Knox grinste. »Jetzt musst du da reingehen und ihr gegenübertreten.« Er deutete auf das Haus.

Eine vierte Kiste landete auf dem Stapel auf der Sackkarre. Asa lachte. »Viel Glück. Vielleicht sollten wir alle getrennt Mittagessen gehen und sie allein lassen.«

»Die Idee gefällt mir.« Jasper warf Katy einen heißen Blick zu.

Knox rümpfte die Nase. »Danke für dieses Bild.«

Katy schlug Jasper auf die Brust. »Benimm dich. Ich muss immer noch mit Wade reden, schon vergessen?«

Er schmollte. »Oh, ja.«

Wade holte tief Luft und kippte die Sackkarre nach hinten. »Lass uns das Ausladen beenden. Und danke, dass ihr mich nicht aufzieht, weil ich meine Gefühle herausgeplatzt habe.«

Asa trat mit einer weiteren Kiste aus dem Anhänger. »Keine Sorge, Mann. Wir wissen alle genau, wie du dich gerade fühlst. Wie vom Blitz getroffen, aber glücklicher als Worte es ausdrücken können.«

Das beschrieb es perfekt. Eine Leichtigkeit erfüllte Wades Seele. Er konnte es kaum erwarten, später mit Alice allein zu sein. Sie hatten einiges zu besprechen.

Aber zuerst hatte Knox recht. Er musste ihr mit seiner neuen Erkenntnis gegenübertreten. Er holte tief Luft und ging hinein.

Sofie musterte ihn, als er die Küche betrat. »Warum hat das so lange gedauert?«

Wade blickte zu Alice. Sein Herz machte einen Salto. Er räusperte sich und wandte sich wieder Sofie zu. »Katy ist hier.«

»Oh?«

»Sie wird mit uns essen. Sie sagte auch, sie müsse mit mir reden.«

Drei identische Stirnrunzeln verunzierten ihre Gesichter.

»Es gab doch nicht noch einen Brand, oder?«, fragte Daisy.

Er zuckte mit den Schultern. »Ich glaube nicht. Ich habe Bereitschaft, also hätte ich wahrscheinlich schon davon gehört. Sie hat vermutlich nur ein Update.« Er lud die obersten zwei Kisten ab und drehte die Sackkarre um. »Wir sollten in ein paar Minuten fertig sein. Warum macht ihr drei nicht zu Ende und trefft uns draußen?«

Sie nickten und er ging. Erleichterung überkam ihn, als er sich abwandte. Er hatte seine erste Interaktion mit ihr nach seiner lebensverändernden Erkenntnis überstanden, ohne dass sie misstrauisch geworden war. Es war nicht so, dass er nicht wollte, dass sie es erfuhr. Er wollte es ihr nur lieber ohne Publikum sagen.

»Das war's.« Knox kam mit einer Armladung herein, als Wade die Tür erreichte.

»Oh. Prima. Ich packe das in Asas Truck, dann können wir alle Mittagessen gehen.«

»Klingt gut.«

In wenigen Minuten waren sie alle bereit und stiegen in Katys Streifenwagen, Asas Truck und Knox' Truck, dann fuhren sie in die Innenstadt. Daisy hatte vorher bei Sara angerufen, um Bescheid zu geben, dass sie kommen würden. Als sie ankamen, gingen sie in die hintere Ecke des Restaurants, wo Sara zwei Tische für sie zusammengeschoben hatte. Sie gaben ihre Bestellungen auf und entspannten sich dann, genossen die Gesellschaft der anderen.

Die Glocke über der Tür erklang und Wade schaute auf. Levi Rister kam herein. Er beobachtete, wie der Mann zur Theke ging, und bemerkte, dass auch Katys Aufmerksamkeit auf ihn gerichtet war. Ihrem Gesichtsausdruck nach zu urteilen, konnte sie ihn immer noch nicht als Verdächtigen für die Brände ausschließen.

Wade musterte ihn genauer. Der Mann sah nicht wie ein Brandstifter oder Mörder aus, aber sagten sie nicht immer, es seien diejenigen, die man nie verdächtigen würde?

Die Kellnerin an der Theke lächelte ihn an und holte dann eine Bestellung zum Mitnehmen. Rister bezahlte sie und ging, ohne sie zu bemerken.

Wade tauschte einen Blick mit Katy und wandte sich dann wieder dem Gespräch am Tisch zu, schob die Gedanken an den Mann in den Hintergrund. Er konnte sich später darauf konzentrieren. Jetzt wollte er sein Mittagessen genießen.

Sara kam ein paar Minuten später mit ihren Bestellungen. Wade machte sich über seinen Burger her und merkte erst jetzt, wie hungrig er war, als er den ersten Bissen nahm. Es dauerte nicht lange, bis er ihn verputzt hatte.

Als sie mit dem Essen fertig waren und auf dem Weg aus dem Restaurant waren, zog Katy ihn beiseite.

»Kannst du für ein paar Minuten mit mir zur Wache kommen? Ich bringe dich danach zu Alice zurück.«

Er nickte. »Ich sage ihr nur kurz Bescheid, wo ich hingehe.« Er ging zu Alice hinüber. Nachdem er ihr gesagt hatte, dass er mit Katy mitgehen müsse, nickte sie und sagte ihm, er solle sich Zeit lassen, dann gab sie ihm einen schnellen Kuss.

Jasper gab Katy einen Abschiedskuss, dann stieg Wade mit ihr in den Streifenwagen.

»Ich nehme an, du hast etwas gefunden?«

Sie strich sich über ihren Pferdeschwanz. »Vielleicht. Viele der Berichte sind zurückgekommen. Ich möchte ein paar Sachen mit dir durchgehen.« Sie bog ab und fuhr die wenigen Blocks zur Polizeiwache.

Jetzt noch neugieriger als zuvor, folgte Wade ihr durch die Hintertür, nachdem sie geparkt hatte. Sie gingen direkt in ihr Büro.

Sie setzte sich hinter den Schreibtisch und öffnete den obersten Ordner auf einem Stapel in der Mitte der Schreibunterlage. »Der Gerichtsmediziner hat die Leiche endlich identifiziert. Es ist Willard. Ich habe deinen Rat befolgt und ihn auch gebeten, nach Zahnunterlagen unter Timmermans Namen zu suchen. Er hat welche in Colorado gefunden. Sie stimmen überein, abgesehen von einigen neueren Füllungen. Die Knochenstruktur und frühere Arbeiten sind identisch. Hast du etwas über die Brände herausgefunden, die mit Timmerman oder seiner Firma in Verbindung stehen?«

»Ich habe meinen Partner die Suche durchführen lassen. Er hat mehrere kleinere und einen größeren Hausbrand gefunden. Alle wurden als Unfälle eingestuft. Ich habe die Berichte durchgesehen. Es gibt nichts, was darauf hindeutet, dass sie es nicht waren.«

»Was ist mit den Mercers und ihrem Haus?«, fragte sie, ihr Ton abgelenkt, während sie sich Notizen machte.

»Ich kann Joshua Mercer nicht finden. Nachdem Perabo und sein Chef ins Gefängnis kamen, ist er verschwunden.«

»Was?« Sie blickte auf. »Menschen verschwinden nicht einfach so.«

»Das hat er. Er hat alles verkauft, seine Kreditkarten nicht mehr benutzt und seine Bankkonten geschlossen. Ich kann ihn nicht finden. Was ihr Haus angeht, es gehörte tatsächlich Build-Rite, bevor die Mercers es kauften. Ich habe tiefer in die Firma gegraben, und es ist eine Briefkastenfirma. Ich konnte die Muttergesellschaft allerdings nicht finden.«

Sie nickte. »Ich könnte die Antwort darauf haben. Ich habe Timmermans Hintergrund untersucht. Das ist sein echter

Name. Willard ist das Alias. Ich habe seinen Führerschein zurückverfolgt bis zu dem Zeitpunkt, als er ihn in Colorado bekam. Er wechselte von einem Nevada-Führerschein. Er wuchs in Las Vegas auf, begann mit etwas Bauarbeit und verdiente genug, um ein Haus zu kaufen und es weiterzuverkaufen. Von da an wuchs sein Geschäft. Es sieht so aus, als wäre alles in Ordnung gewesen, bis zu einem Vorfall vor etwas mehr als fünfzehn Jahren. Ein Teil eines Fundaments stürzte bei einem seiner Häuser ein. Es brachte das zweite Stockwerk zum Einsturz und tötete das ältere Ehepaar, das oben schlief.«

Wade zuckte zusammen.

»Ja. Aber die Ermittler konnten nicht beweisen, dass Timmermans Firma oder Auftragnehmer schuld waren. Sie verwendeten minderwertige Materialien, aber diese galten als akzeptabel. Der Gestank der Sache blieb jedoch an ihm haften, und sein Unternehmen geriet in Schwierigkeiten. Tim Willard tauchte nicht lange danach in Billings auf.«

»Aber er gab seine ursprüngliche Firma nie auf?«

Sie schüttelte den Kopf. »Nein. Ich denke, er versuchte nur, den Folgen des Hauseinsturzes zu entkommen. Vielleicht wollte er etwas Geld ansammeln, um seine Firma in Colorado am Leben zu erhalten.«

Das ergab Sinn. »Ich glaube, ich möchte mir den ersten Brand hier noch einmal genauer ansehen. Jed stufte ihn als Unfall ein, aber ich würde gerne die Fotos vom Tatort überprüfen. Vielleicht entdecke ich etwas, das ihm entgangen ist, jetzt, wo wir mehr Informationen haben. Ich werde auch mit ihm darüber sprechen, uns bei der Suche nach der Muttergesellschaft von Build-Rite zu helfen.«

Katy runzelte die Stirn. »Ich möchte nicht denken, dass ihm

etwas entgangen ist. Oder unserem Bauinspektor. Das könnte mehr Probleme bedeuten als nur für diesen Fall.«

Wade stimmte zu. Aber sie mussten gründlich sein, egal welche Konsequenzen das hatte. »Billings sollte dasselbe tun.«

Ihr Stirnrunzeln vertiefte sich. »Ich werde sie anrufen. Und ich werde ihnen auch Mercers Foto mailen, damit sie nach ihm Ausschau halten können. Ich denke, er ist derjenige, nach dem wir suchen. Die Brände begannen nach Perabos Entlassung aus dem Gefängnis.«

»Hast du einen Personenschutz für Perabo?«

»Noch nicht, aber das ist das Erste, was ich nach diesem Treffen mache. Ich werde auch versuchen, nochmal mit ihm zu sprechen. Vielleicht ist er jetzt mitteilsamer, da Timmerman tot ist.«

Wade hoffte es, aber er war nicht sicher, ob es etwas bringen würde. Perabo würde nicht wissen, wo Mercer war. Er würde so weit wie möglich von dem Mann wegbleiben wollen.

Einunddreißig

Alice winkte zum Abschied, als der letzte ihrer Helfer die Veranda hinunterging. Sie wartete, bis Knox und Sofie in ihrem Fahrzeug saßen, bevor sie hineinging und die Tür schloss.

»Sind das alle?«

Sie drehte sich um und lächelte Wade an, als er aus der Küche kam. »Ja.« Ihr Blick fiel auf die zwei Champagnerflöten in seinen Händen. »Was ist das?«

Er blieb vor ihr stehen und hielt ihr eine hin, ein verspieltes Lächeln auf seinem Gesicht. »Ich dachte, wir sollten deine erste Nacht in deinem neuen Haus feiern.«

Sie nahm das Glas und betrachtete die blassgelbe Flüssigkeit, dann sah sie unter ihren Wimpern hervor mit einem kleinen Lächeln zu ihm auf. »Wann hast du das besorgt?«

»Früher diese Woche. Ich bin rübergelaufen und habe es aus meinem Kühlschrank geholt, während du Knox und Sofie gute Nacht gesagt hast.«

»Ach ja?«

Er nickte und hob sein Glas. »Auf neue Abenteuer und alte Viktorianische Häuser.«

Sie kicherte. Ein leises Klingen erfüllte den Raum, als sie ihr Glas an seines stieß. »Auf die Zukunft.«

Sie nahmen beide einen Schluck des prickelnden Champagners. Alices Mund kribbelte davon, aber der Wein war frisch und erfrischend.

Wades Arm legte sich um ihre Taille. »Wir haben noch etwas anderes zu feiern.«

»Ach ja?«

»Mom hat eine Notiz auf der Theke hinterlassen. Sie und Dad haben die Kinder für die Nacht mit nach Hause genommen.«

Hitze durchflutete Alices Körper und sammelte sich tief in ihrem Bauch. »Wirklich?« Sie legte ihren freien Arm um seine Schultern. »Was wirst du die ganze Nacht machen? Allein.«

Er beugte sich näher, ein Lächeln umspielte seine Lippen. Alice hob ihr Gesicht, wie von einem Magneten zu ihm hingezogen.

»Wer sagt, dass ich allein sein werde?« Seine tiefe Stimme strich über ihre Sinne und machte sie schwindelig.

»Ja?« hauchte sie.

»Oh ja.« Er überwand die letzte Distanz und verschloss ihren Mund mit seinem.

Alice schmeckte den frischen Champagner auf seiner Zunge. Er vermischte sich mit etwas, das einzigartig für Wade war, und sandte ein berauschendes Gefühl durch sie. Die Welt drehte sich, und sie griff in die Haare an seinem Hinterkopf.

Er löste sich, um sie anzusehen. »Ich will nicht anmaßend sein. Möchtest du nach oben gehen?«

Etwas in Alice veränderte sich. Ein Riss erschien und Emotionen fluteten heraus, ließen ihr Herz vor Freude schmerzen. Sie bewegte die Hand von seinem Hinterkopf zu seiner Wange, starrte in seine haselnussbraunen Augen, die momentan stahlgrün waren. Erstaunen erhob sich über den Aufruhr der Gefühle. Dass dieser freundliche, rücksichtsvolle, sexy Mann sie wollte, verblüffte sie. Was sie getan hatte, um ihn zu verdienen, würde sie nie wissen, aber sie würde ihn für den Rest ihres Lebens schätzen. Sie liebte ihn.

Ein Lächeln erblühte auf ihrem Gesicht. »Ja, bitte.«

Er stürzte sich auf sie, drückte einen weiteren heißen Kuss auf ihren Mund. Alice schwankte, der Schwindel wurde mit ihrer Erregung schlimmer. Sie würde oben nicht mehr von unten unterscheiden können, wenn sie fertig wären.

»Komm.« Wade trat zurück, nahm ihre Hand und führte sie zur Treppe. Sie stiegen gemeinsam hinauf und bewegten sich lautlos durch das obere Stockwerk zu ihrem neuen Schlafzimmer.

Als sie die Schwelle überschritt, schaltete Alice das Licht ein und hielt dann inne, als sie das Bett sah. Ein Kichern entfuhr ihr.

»Was?«

»Wir müssen erst das Bett machen.«

Er drehte sich um, um es anzusehen, und lachte dann. »Weißt du, wo die Bettwäsche ist?«

Sie gestikulierte im Zimmer herum. »In einer Kiste.« Alice seufzte. Sie hätte die Dinge besser beschriften sollen. Alles, was sie auf jede geschrieben hatte, war der Raum, in den sie gehörte.

Wade nahm ihr Champagnerglas und stellte es zusammen

mit seinem auf die Kommode. »Du nimmst eine Seite, ich die andere.«

Mit einem Nicken ging sie zum nächsten Stapel Kisten und begann, sie zu öffnen. Die meisten, die sie in diesen Raum gebracht hatten, waren mit Kleidung gefüllt. Und alle Kisten hatten die gleiche Größe.

Bei der sechsten Kiste hatte sie Erfolg. »Gefunden!« Sie hob die hellblauen Laken heraus und hielt sie hoch.

Wade nahm sie, und sie hob die Bettdecke vom Boden der Kiste.

»Such weiter nach den Kissen.« Er entfaltete das Spannbettlaken über dem Bett. »Ich ziehe die hier drüber.«

Sexy und er machte Betten? Alices Herz flatterte. Sie wandte sich wieder den Kisten zu und begann, weitere zu öffnen. Es dauerte länger, die Kissen zu finden. Wade hatte beide Laken auf dem Bett, als sie sie auf der anderen Seite des Raumes fand.

Sie steckte sie in ihre Bezüge und half ihm dann, die Bettdecke über die Laken zu breiten.

»So.« Er sah sie an. »Haben wir jetzt alles?«

»Ich denke schon.«

»Gut.« Er zog die Decken auf dem frisch bezogenen Bett zurück, packte sie dann an der Taille und warf sie auf die Matratze.

Alice stieß einen kleinen Schrei aus, als sie hüpfte, und lachte dann. Kichernd gesellte er sich zu ihr.

»Wirst du ungeduldig?« Sie krallte ihre Hände in die Vorderseite seines Hemdes.

»Sehr.« Er küsste sie, seine Absicht war klar in der Art, wie er ihren Mund eroberte und die Führung übernahm.

Ein Schauer lief durch sie. Sie erinnerte sich an die andere Nacht auf seiner Couch und konnte es kaum erwarten, die ganze Show zu sehen.

Sein Mund verließ ihren, um eine Spur über ihr Kinn und ihren Hals zu ziehen. Sie neigte den Kopf, um ihm besseren Zugang zu gewähren, und genoss den Kontrast zwischen seinen weichen Lippen und dem rauen Bartstoppeln auf ihrer Haut. Sie wollte es überall spüren. Und sie wollte ihn nackt. Sie wollte sie beide nackt. Jetzt.

Alice drückte gegen seine Schultern.

Er hob den Kopf. »Alles in Ordnung?«

Sie nickte und drückte erneut, setzte sich auf, als er sich zurücklehnte. »Ich hoffe, du willst es nicht langsam.« Sie zog ihr Shirt über den Kopf. »Denn ich kann nicht langsam. Nicht heute Nacht.«

Seine Pupillen weiteten sich, als er ihren violetten Spitzen-BH und die Kurven, die darüber quollen, betrachtete. »Nein. Langsam ist überbewertet.« Er fuhr den Rand der Spitze nach.

Gänsehaut breitete sich auf Alices Haut aus und ihre Brustwarzen verhärteten sich unter dem Stoff. Mit kurzem Atem schaffte sie ein warnendes Knurren. »Wade.«

Ein verschmitztes Grinsen durchzog sein Gesicht. »Andererseits, vielleicht doch nicht.« Seine Stimme wurde tiefer. »Sollen wir wetten, ob ich dich zum Kommen bringen kann, ohne dir auch nur die Kleidung auszuziehen?«

Sie knurrte erneut und packte sein Gesicht, küsste ihn. Er grunzte, erwiderte ihren Kuss für einen Moment, bevor er sich zurückzog, um sein T-Shirt auszuziehen.

Ihr Blick fiel auf seine nackte Brust. Sie presste ihre Hände auf die harten Muskeln, fuhr ihre skulpturierten Kanten nach. Er war perfekt. Michelangelo hätte es nicht besser machen können.

Er gab ihr nicht viel Gelegenheit zum Erkunden. Er kippte sie zurück aufs Bett und machte sich über den Knopf und Reißverschluss ihrer Hose her. Sie half ihm, diese und ihre Unterwäsche ihre Beine hinunterzuziehen. Er hielt inne, um sie zu bewundern, aber sie knurrte ein drittes Mal und griff nach seinem Gürtel.

Lachend schob er ihre Hände weg und stand auf, um sich seiner restlichen Kleidung zu entledigen. »Ich werde dich ab jetzt Tiger nennen.«

Sie grinste. »Was soll ich sagen? Du bringst das Tier in mir zum Vorschein.« Ihr Gesichtsausdruck erschlaffte, als er seine Hose abstreifte und sich ihrem Blick präsentierte. Sie hatte ihn neulich Abend schon gesehen, aber stehend und völlig nackt sah er noch beeindruckender aus.

Er kletterte zurück aufs Bett und kroch über sie, seine Augen auf ihre fixiert. Alice fühlte sich nicht mehr wie der Tiger. Eher wie die Antilope, die er fressen wollte.

Sie zitterte, als Verlangen durch sie hindurchströmte. Damit konnte sie leben.

Er zog ihren Körper eng an sich und senkte dann seinen Kopf zu ihren Brüsten, liebkoste das empfindliche Fleisch mit seinem Mund und reizte die Spitzen zu harten Knospen. Wellen der Lust durchströmten sie im Takt ihres Herzschlags. Alice stöhnte und hob ihre Knie, um seine Hüften einzurahmen. Sie fuhr mit einer Hand seine Seite hinunter und um seinen Hüftknochen herum. Als sie seinen harten Schaft fand, drückte sie ihn einmal. Sie mochte zwar die Beute sein, aber das hieß nicht, dass sie bereit war zu warten. Sie wollte ihn ganz. Jetzt. »Bitte, Wade.«

Mit einem Stöhnen hob er den Kopf, um sie anzusehen. »Wir hätten wahrscheinlich über Verhütung reden sollen, bevor wir nackt wurden. Ich habe keine Kondome.«

Zum ersten Mal war Alice froh über ihre starken Menstruationsblutungen. Sie hatte im College mit der Pille angefangen, um diese zu regulieren, und nahm sie immer noch. »Ich nehme die Pille.«

Er erstarrte. »Bist du sicher? Ich hatte nur mit Emily ungeschützten Sex.«

Sie nickte und fuhr mit einer Hand durch sein kurzes Haar an der Seite seines Kopfes. »Ich bin sicher.« Sie holte tief Luft. »Ich liebe dich, und ich will das hier - uns.«

Seine Pupillen weiteten sich, und all seine Muskeln spannten sich an. Er hielt ihren Blick noch einen langen Moment fest. Alice starrte zu ihm hoch und hatte das Gefühl, als würde die Zeit stillstehen. Bis sich ein strahlendes, freudiges Lächeln über sein Gesicht ausbreitete.

»Ich liebe dich auch.«

Ihr stockte der Atem, und ihre Augen weiteten sich. »Wirklich?«, fiepste sie.

»Ja, wirklich.« Seine Stimme war sanft, fast ein Flüstern. Er ließ sich auf sie sinken.

Alice bewegte ihre Hand, um seinen festen Hintern zu umfassen.

»Alice.« Er beugte sich vor und streichelte ihr Ohr mit seiner Nase und seinen Lippen.

»Hmm?« Ihre Augen rollten nach hinten. Er stupste ihren

Eingang mit der Spitze seines Schaftes an und schickte eine Schockwelle durch sie.

»Du bist die Einzige für mich. Ich lasse dich nie wieder los.«

»Dito.« Sie drückte seinen Hintern und hob ihre Hüften. Ein Wimmern entfuhr ihr, als ihre Bewegungen ihn gegen ihren Kern pressten.

Er stöhnte, dann griff er zwischen sie, um sich zu positionieren. Er glitt durch ihre Feuchtigkeit und fand ihren Eingang, um hineinzustoßen.

Alices Rücken bog sich durch, und ihr Atem stockte in ihren Lungen. »Oh!« Ihre Muskeln zogen sich um ihn zusammen und gaben ihr einen Vorgeschmack auf das, was noch kommen würde.

Wade stöhnte erneut und glitt mehrmals ein und aus, bis er vollständig in ihr versenkt war. Er hielt ihre Hüften fest und sah sie an. »Alles okay bei dir?«

»Ja.« Sie wand sich, wollte die Reibung spüren, aber er blieb stur still.

Dieses verschmitzte Lächeln huschte wieder über sein Gesicht. »Halt dich fest.« Er zog sich zurück und stieß dann hart in sie hinein.

Sterne tanzten vor ihren Augen, und ihr Atem entwich ihr in einem langen Stöhnen. Sie umklammerte seine Bizepse und tat, wie er vorgeschlagen hatte, verankerte sich, während er sie zum intensivsten Orgasmus trieb, den sie je erlebt hatte. Heulend grub Alice ihre Finger in seine Arme, als sie auseinanderbrach.

Bevor sie sich wieder zusammensetzen oder auch nur herunterkommen konnte, drehte er sie um und hob ihre Hüften an.

»Hast du noch einen in dir?«

»Was?« Sie drehte ihren Kopf, um ihn anzusehen.

Er starrte sie an, seine Augen glitzerten vor Hitze.

Ihre weiteten sich. »Warte. Du bist nicht gekommen?«

Er schüttelte den Kopf und rückte auf seinen Knien näher. Er stupste ihren Eingang von hinten an.

Alices Augen rollten wieder nach hinten, nur um aufzufliegen, als er in sie eindrang. »Oh! Oh, mach das noch mal.« Lust raste durch sie hindurch und berührte jeden Millimeter ihres Körpers bis in die Haarspitzen. Sie griff nach der Oberseite des Kopfteils und hielt sich fest, während er in sie hineinstieß.

Diesmal kamen sie gemeinsam zum Höhepunkt. Als Alice aufschrie und sich gegen ihn aufbäumte, versteifte er sich und stieß dann ein lautes Knurren aus. Sein Körper krümmte sich um ihren, und sie fielen aufs Bett, immer noch ineinander verschlungen. Er rollte sie herum, und sie trennten sich, aber er zog sie eng an sich.

Alice nahm tiefe Atemzüge und versuchte, ihr rasendes Herz zu beruhigen. »Das war intensiv.«

»Ja.« Seine Brust hob und senkte sich gegen ihren Rücken.

Sie drehte sich um und legte ihre Arme um seinen Nacken, um ihm einen langen, zärtlichen Kuss zu geben.

Wade strich mit seinem Daumen über ihren Wangenknochen und zog sich zurück. »Ich liebe dich.«

Lächelnd streichelte sie seine Unterlippe. »Ich liebe dich auch.« Etwas, das er gesagt hatte, fiel ihr wieder ein und brachte sie zum Kichern.

»Was ist so lustig?«

»Weißt du noch, wie du gesagt hast, du würdest mich nie loslassen?«

»Ja. Ich meinte es ernst.«

»Ich weiß. Aber mir ist gerade klar geworden. Was machen wir mit zwei Häusern?«

Eine Falte bildete sich auf seiner Stirn, bevor sich sein Gesichtsausdruck aufhellte und er kicherte. »Vielleicht sollten wir dieses hier als Sex-Höhle behalten. Du warst ziemlich laut.«

Alice lachte. »Keine schlechte Idee.« Sie biss sich auf die Lippe, ihr Blut geriet erneut in Wallung. »Willst du sehen, wie laut du mich noch kriegen kannst?«

Feuer flammte in seinen Augen auf. »Verdammt ja.«

Zweiunddreißig

Dunkelheit umhüllte sie, als Alice und Wade sich im Hof zwischen ihren Häusern einen Gutenachtkuss gaben. Gerade als die Dinge anfingen, sich aufzuheizen, zog Wade sich zurück und lehnte seine Stirn gegen ihre. Alice seufzte. Sie war die Gutenachtküsse leid. Sie wollte Gutenmorgenküsse. Während sie noch im Bett lagen.

»Ich werde Mom und Dad bitten, die Kinder dieses Wochenende wieder zu nehmen. Vielleicht können wir für eine Nacht nach Billings oder Bozeman fahren. Keine Ablenkungen.«

Sie lehnte sich zurück, um ihn anzulächeln. »Die Idee gefällt mir. Was ist aber mit deinem Brandstiftungsfall?«

Er runzelte die Stirn. »Er steckt fest. Immer noch keine Spur von Joshua Mercer oder den Briefkastenfirmen. Und ich habe die Fallakten aller Brände im Zusammenhang mit TW Developments überprüft. Nichts scheint verdächtig, was nicht schon notiert wurde. Katy hat Perabo erneut befragt, aber er weigert sich immer noch zu reden. Mit Timmermans Tod könnte es das Ende sein.«

Während er sprach, hatte sich eine tiefe Falte auf seiner Stirn gebildet. Alice strich sie weg. »Das tut mir leid.«

Er gab ihr einen flüchtigen Kuss auf die Lippen. »Danke. Es ist einfach frustrierend, weißt du. Ein Wochenende weg mit dir ist genau das, was ich brauche. Es wird meinen Fall nicht lösen, aber es wird etwas von dem Stress abbauen.« Er lächelte und senkte seinen Kopf, um sie tiefer zu küssen.

Alice kicherte leise und erwiderte seinen Kuss. Ihre Umarmung endete jedoch viel zu schnell.

»Ich muss zurück.«

Sie nickte. Elise hatte in den letzten Nächten einen leichten Schlaf gehabt. Ihre Backenzähne machten ihr wieder die Hölle heiß. »Okay. Ich sehe dich morgen früh.«

Mit einem Nicken gab er ihr noch einen schnellen Kuss. Er drückte ihre Hand und wich zurück. »Ich liebe dich.«

»Ich liebe dich auch.« Sie würde es nie müde werden, das zu hören. »Gute Nacht.«

»Gute Nacht.« Er ließ ihre Hand los und drehte sich um, joggte zurück zu seinem Haus.

Alice stieß einen langen Seufzer aus und ging in ihr Haus. Eines Tages würde es nicht mehr so sein. Sie wusste immer noch nicht, was sie wegen der zwei Häuser machen würden. Vielleicht könnte sie ihres vermieten.

Drinnen überprüfte sie ihre E-Mails und notierte ein paar Töpferaufträge, dann schaltete sie unten das Licht aus und ging nach oben, um zu duschen. Als sie sauber war, ging sie ins Schlafzimmer, um sich anzuziehen. Ihr Blick fiel auf das Bett, und sie presste ihre Lippen zusammen, als sie sich daran erinnerte, was dort vor einigen Tagen passiert war. Ihr Körper erhitzte sich und sie wandte sich ab.

Sie zog ein übergroßes T-Shirt und einen Slip an, nahm die Fernbedienung für den Fernseher an der Wand und schaltete ihn ein. Sie würde eine Weile etwas Lustiges schauen und sich ablenken.

Sie schaltete das Deckenlicht aus, ließ aber den Ventilator an, dann kletterte sie ins Bett und zappte durch die Kanäle, bis sie etwas fand, das sie interessierte. Sie lehnte sich gegen die Kissen und zwang ihr Gehirn, sich auf die Sendung zu konzentrieren und sich nicht daran zu erinnern, wie es sich anfühlte, Wade neben sich liegen zu haben.

Nach einer Stunde begannen Gähner sie zu übermannen, also schaltete sie den Fernseher aus und kuschelte sich unter die Decken. Stille umgab sie. Ohne den Lärm des Fernsehers, der sie ablenkte, schlichen sich Gedanken an Wade wieder ein. An seine harten, perfekten Muskeln und seine schwere Erektion, die Dinge mit ihrem Körper anstellte, die sie in die Wolken schickten.

Stöhnend drehte sie sich um und versuchte, an Töpfern zu denken. Sie hatte morgen eine Menge Stücke zu drehen und mehrere andere zu bemalen. Sie war mit ihren Aufträgen weit im Rückstand, hoffte aber, bald aufzuholen. Die reguläre Babysitterin der Kinder, Shelby, sollte wieder zur Arbeit kommen. Sie würde sie tagsüber vermissen, aber es wäre schön, wieder aufzuholen. Und Sofie mit dem Laden zu helfen. Es gab mehrere Auslagen, die zusammengestellt werden mussten, und sie hatten die ersten Lieferungen von lokalen Künstlern erhalten, um die Regale zu füllen.

Ihre Gedanken schweiften ab, als der Schlaf näher rückte. Gedanken an ihre Kunst und den Laden wichen Wades hübschem Gesicht, dann seinem nackten Körper, der sich über ihrem bewegte. Ihr Blut erhitzte sich und der Schlaf verschwand.

»Oh, komm schon.« Sie blies einen Atemzug aus, pustete ihr Haar aus dem Gesicht und warf einen Blick auf die Uhr. Sie musste wirklich schlafen gehen. Aber ihr Körper stand in Flammen.

Alice starrte auf den Deckenventilator, dann drehte sie sich wieder um und kickte die Decken weg. Sie bezweifelte jedoch, dass es helfen würde. Sie war nicht heiß wegen der Raumtemperatur. Es waren fünf Tage vergangen, seit sie in genau diesem Raum das Dach weggeschrien hatte. Sie mussten bald etwas herausfinden. Jetzt, wo sie wusste, wie Sex mit Wade war, verlangte sie nach mehr. Mit jedem Tag, an dem es nicht passierte, verlangte sie mehr danach. Es würde sie bald in den Wahnsinn treiben.

Mit einem Schnauben setzte sie sich auf. Sie würde runter gehen und eine Tasse Kamillentee trinken. Wenn das nicht half, würde sie mit ihrem Töpfer-Rückstand beginnen. Sie dachte, wenn sie schon wach war, könnte sie genauso gut produktiv sein.

Sie verließ das Zimmer und ging die Treppe hinunter, ihre nackten Füße machten kaum ein Geräusch. Sie umrundete das Treppengeländer und ging den Flur hinunter in die Küche, wo sie einen Becher mit Wasser füllte und ihn in die Mikrowelle stellte.

Während es sich erhitzte, stützte sie sich mit den Händen auf die Arbeitsplatte und starrte in ihren dunklen Hof hinaus. Nach einem Moment klärte sich ihr Gehirn jedoch lange genug, um zu erkennen, dass etwas nicht richtig aussah. Es war heller als gewöhnlich.

War heute Vollmond?

Sie schüttelte den Gedanken schnell ab. Die Farbe passte nicht zu Mondlicht.

Jetzt neugierig, ging sie zur Hintertür und trat hinaus. Als sie den Türrahmen passierte, zog ein helleres Licht ihre Aufmerksamkeit auf sich, und sie schaute nach links zu Wades Haus.

»Oh mein Gott!« Flammen verschlangen den zweiten und dritten Stock.

Alice dachte nicht nach. Sie rannte einfach. Eilig durch ihren Hof laufend, öffnete sie das Zauntor zu seinem Grundstück und rannte zur Hintertür. Ihre Fäuste landeten auf dem gehärteten Glas, und sie hämmerte dagegen. »Wade!« Rauchmelder kreischten im Inneren. Sie formte ihre Hände zu einem Trichter an der Tür und spähte hinein. Die Küche war dunkel und still.

»Oh bitte, nein.« Sie wich zurück und blickte sich im Hof um. Das Licht des Feuers erleuchtete ihn gut, selbst durch den rauchigen Dunst, der die Luft füllte. Es war niemand hier draußen bei ihr.

Sie drehte sich zum Tor und rannte um die Seite des Hauses herum, in der Hoffnung, sie wären durch den Vordereingang hinausgegangen. Als sie um die Ecke bog, das Herz in der Kehle, sank es wie ein Stein, als sie ihn und die Kinder nirgendwo sah.

Verzweifelt rannte sie die Veranda-Stufen hinauf, hämmerte gegen die Tür und drückte auf die Klingel. Sie konnte es drinnen läuten hören. »Wade!« Sie versuchte die Tür zu öffnen, aber sie war verschlossen und ihr Schlüssel lag in ihrem Haus.

Sie ging zum Fenster, schaute hindurch und schlug mit der flachen Hand gegen die Scheibe, während sie erneut seinen Namen rief. Die Vorderseite des Hauses hatte viel mehr Rauch als die Rückseite. Sie konnte nichts sehen.

Ruf um Hilfe.

Alice' Gewissen durchbrach ihre Panik. Es hatte Recht. Sie stürmte von der Veranda und wieder durch den Garten, flog in ihr Haus und die Treppe hinauf, um ihr Handy zu holen. Außer Atem wählte sie den Notruf.

»Notrufzentrale Campbell County. Darf ich Ihren Namen erfahren?«

»Alice Duvall. Das Haus meines Nachbarn brennt.«

»In Ordnung. Wie lautet die Adresse?«

Alice ratterte sie herunter. »Bitte beeilen Sie sich. Ich glaube, er und seine Kinder sind noch drin. Ich kann sie nicht finden, und ich weiß, dass sie zu Hause sind.«

»Ich schicke jetzt Hilfe.«

»Okay, danke.« Sie wartete nicht darauf, dass die Frau sich verabschiedete oder weitere Fragen stellte. Sie legte auf und stürzte in ihren Kleiderschrank, zog die erste Hose an, die sie sah. Nachdem sie ihre Füße ohne Socken in Tennisschuhe gestopft hatte, schnappte sie sich ihr Handy vom Bett, rannte dann die Treppe hinunter und nach draußen, griff nach ihren Schlüsseln, als sie durch die Tür flüchtete.

Wade und die Kinder waren immer noch nirgends zu sehen.

Das Erdgeschoss war noch unberührt. Alice rannte die Veranda-Stufen hinauf und hämmerte erneut gegen die Tür. Etwas traf das Fenster von innen. Sie eilte hinüber und sah Wades Fingerspitzen.

»Nein.« Das Wort riss sich mit einem harschen Flüstern aus ihrer Kehle. Sie konnte sie nicht sterben lassen.

Alice schaute sich um, suchte nach etwas, um das Glas zu zerbrechen. Ihr Blick fiel auf den Blumentopf neben den Stufen. Sie stopfte ihr Handy und ihre Schlüssel in ihre Taschen, rannte zu ihm und kippte ihn um, schüttete die Erde aus, damit sie ihn anheben konnte. Er war immer noch schwer, aber sie bemerkte das Gewicht kaum mit all dem Adrenalin, das durch ihren Körper strömte.

Sie trug ihn zum Fenster, dann schleuderte sie ihn gegen das Glas und betete, dass es reichen würde. Er traf, zerschmetterte die äußere Scheibe und zerbrach den Topf in mehrere Stücke. Sie nahm eines der größeren Stücke und warf es wie einen Baseball gegen die innere Scheibe. Das Glas zerbrach und Rauch quoll aus der Öffnung.

Hustend griff sie nach einem weiteren Stück des Topfes und benutzte es, um das zerbrochene Glas aus dem Rahmen zu entfernen. »Wade! Schatz, ich bin's. Bist du da?«

Elise erschien vor der Öffnung, an den Händen ihres Vaters hängend. Das Mädchen weinte stumme Tränen und hustete heftig. Alice packte sie. »Ich hab dich, Süße.« Sie drückte einen Kuss auf den Kopf des Mädchens, dann wandte sie sich wieder dem Fenster zu. Wades hackender Husten war über das Brüllen der Flammen zu hören. Sirenen durchschnitten die Nacht, aber sie waren noch Minuten entfernt.

Henrys Kopf erschien. Alice setzte Elise ab und half ihm durch das Fenster. »Setz dich zu deiner Schwester.« Sie zeigte auf die Kleinkind, die auf der Seite lag und hustete. Henry nickte und sank neben ihr zu Boden, hustete so stark, dass er sich zusammenkrümmte.

Alice schaute wieder zum Fenster, erwartete Bronwyn zu sehen. »Wade!« Ihr Blick suchte den Rauch ab, aber sie sah nichts. »Wade, wo ist Bronwyn?« *Bitte, bitte, bitte.*

Erleichterung ließ ihre Knie schwach werden, als Bronwyns rußverschmiertes Gesicht erschien. Alice eilte nach vorne, um ihr durch das Fenster zu helfen. Das Mädchen fiel auf die Veranda, kaum bei Bewusstsein.

Alice ließ sich neben ihr nieder und vergewisserte sich, dass sie atmete. Bronwyn öffnete die Augen und blickte Alice an, dann versuchte sie sich aufzusetzen. Ein heftiger Hustenanfall erschütterte ihren kleinen Körper. Alice half ihr, sich zu setzen, dann eilte sie zurück zum Fenster, zog ihr Shirt über ihr Gesicht, als sie sich hindurchlehnte, um nach Wade zu suchen. Sie durchsuchte die rauchige Dunkelheit, bis ihre Hand seinen Körper berührte. *Oh, Gott sei Dank!* Sie krallte ihre Finger in den Stoff seines Shirts und zog. »Wade, steh auf! Ich kann dich nicht heben.« Er bewegte sich, blieb aber am Boden.

Tränen strömten über ihr Gesicht, vom Rauch und vor Angst. »Bitte! Du musst aufstehen. Deine Kinder brauchen dich. Ich brauche dich. Stirb mir nicht weg!«

Er bewegte sich wieder, erhob sich auf Hände und Knie. Alice wickelte mehr Stoff um ihre Hand und zog, in der Hoffnung, ihm einen Anreiz zu geben, weiterzukommen. Er hob eine Hand zur Fensterbank. Sie ergriff sie und zog. Er hustete, der Klang war rau.

»Komm schon. Wir müssen von der Veranda runter.« Er fiel über die Fensterbank, seine Beine noch im Inneren. Alice packte den Bund seiner Shorts und zog. Er war praktisch ein totes Gewicht, aber ihre Bemühungen gaben ihm den Anstoß, seine Beine über die Fensterbank zu heben und auf die Veranda zu taumeln.

Die Sirenen wurden lauter. Rote und blaue Lichter blitzten am Nachthimmel, als sie sich näherten, im Wettstreit mit dem Feuer.

Alice hob Elise und Henry auf, stürmte die Veranda-Stufen hinunter in ihren Vorgarten. Sie setzte sie ins Gras neben dem Bürgersteig. »Bleibt hier.«

Henry legte einen Arm um seine Schwester. Alice rannte zurück, um Bronwyn zu holen. Wade war auf Händen und Knien, als sie die Stufen hinaufstieg, kroch auf seine Tochter zu.

»Ich hab sie.« Sie hob das Mädchen von der Veranda. Ihr bellender Husten erschütterte ihren ganzen Körper. »Kannst du laufen?« Alice legte eine Hand auf Wades Schulter.

»Ja.« Er hustete wieder und kämpfte sich auf die Füße.

Alice legte seinen Arm über ihre Schultern und half ihm die Treppe hinunter. Sie stolperten über das Gras, als der erste Feuerwehrwagen in ihre Straße einbog.

Wade fiel neben Henry und Elise auf die Knie. Alice setzte Bronwyn neben ihn, dann rannte sie zum Feuerwehrwagen, als er zum Stehen kam.

Die Türen öffneten sich, und vier Feuerwehrleute strömten heraus. Einer von ihnen wandte sich ihr zu. Selbst in der Dunkelheit konnte sie die Sorge in seinem Gesicht sehen. Er wusste, wer hier wohnte.

»Wo sind sie?«

»In meinem Garten.« Sie zeigte hinter sich. »Sie haben alle viel Rauch eingeatmet.«

Der Mann nickte und blickte dann zurück. »Smith! Burgess! Holt den Sauerstoff!«

Zwei Feuerwehrleute öffneten Fächer an der Seite des Wagens und holten Sauerstoffflaschen heraus. Alice führte sie zu ihrem Garten und half ihnen, Wade und den Kindern Sauerstoff zu verabreichen. Aus dem Augenwinkel sah sie, wie die anderen Feuerwehrleute, zusammen mit denen eines zweiten Wagens, der gerade eingetroffen war, Schläuche an den Hydranten anschlossen und die Flammen bekämpften.

Wade setzte sich auf, der Sauerstoff belebte ihn. Er warf einen Blick auf die Kinder. Alice tat es ihm gleich. Bronwyn kämpfte und hustete heftiger als alle anderen. Der Sauerstoff hatte sie etwas aufgemuntert, aber sie konnte ihren Husten nicht kontrollieren.

»Wyn?« Wade kroch näher.

»Hat sie Asthma?«

Alice schaute zu dem Feuerwehrmann, der gesprochen hatte. Der Name »Smith« prangte auf seinem Helm.

Ein heftiger Hustenanfall schüttelte Wades Körper, also antwortete Alice für ihn. »Nein. Keiner von ihnen.«

Die Mundwinkel des Mannes zogen sich nach unten. »Die Sanitäter sind unterwegs. Sie wird Priorität haben.«

Eine Träne lief aus Wades Auge. Alice ergriff seine freie Hand und schluckte ihre eigenen Tränen hinunter. Sie waren aus dem Feuer heraus, aber noch nicht in Sicherheit.

Wades Brust schmerzte. Und seine Augen und sein Hals. Er ignorierte es und konzentrierte sich auf seine Kinder. Elise und Henry husteten zwar beide, waren aber in viel besserer Verfassung als Bronwyn. Seine Älteste war dem Feuer am nächsten gewesen. Ihr Zimmer war voller Rauch, und Flammen wälzten sich über die Decke, als er sie fand. Sie lag auf dem Boden, weit entfernt von ihrer Tür, desorientiert, weil sie nicht sehen konnte, wohin sie ging.

Es war ein Wunder, dass sie es überhaupt nach unten geschafft hatten. Er hatte nichts sehen können. Er war den oberen Flur entlang gekrochen, Elise an seine Brust gedrückt und die älteren Kinder, die sich an seinem T-Shirt festhielten. Sie waren auf dem Hintern die Treppe runtergerutscht. Er hatte sich auf sein Muskelgedächtnis verlassen, um sie zur Haustür zu bringen.

Was er dort vorfand, hatte ein Feuer in seinem Blut entfacht, so heiß wie das, das sein Haus niederbrannte. Jemand hatte sie zugeschraubt.

Wut brodelte immer noch in seinem Bauch. Er hatte den Brandstifter mit seinen Nachforschungen erschreckt. Aber anstatt die Stadt zu verlassen, dachte der Bastard, es wäre eine gute Idee, ihn auszuschalten. Aber er hatte versucht, Wades Kinder zu töten. Es gab keine Macht auf Erden, die ihn jetzt davon abhalten würde, den Arsch zu jagen.

Dankbarkeit, dass er noch am Leben war, um das zu tun - dass sie alle es waren - überkam ihn. Er sah Alice an. Sie hatte ihr Leben gerettet. Er zog seine Maske herunter. »Danke.«

Tränen füllten ihre Augen. Sie blickte auf Elise hinab, die auf ihrem Schoß saß, und strich dem Kleinkind die Haare zurück. »Ich hätte euch nicht sterben lassen.« Sie sah auf. »Ich kann ohne euch nicht leben. Ohne keinen von euch.«

Er wischte eine Träne weg, die über ihre Wange lief. »Ich liebe dich, Frau.«

»Ich liebe dich auch.« Sie berührte die Hand, die seine Maske hielt. »Jetzt setz sie wieder auf.«

Er versuchte zu lachen, aber es kam als weiterer hackender Husten heraus. Das würde noch eine Weile so bleiben.

Sanitäter trafen ein und begannen, sie zu untersuchen. Bronwyn hatte immer noch Schwierigkeiten. Das erste Team lud sie auf eine Trage, um sie zum wartenden Krankenwagen zu bringen. Wade blickte zwischen ihr und seinen anderen Kindern hin und her, hin- und hergerissen, wohin er gehen sollte.

Alice legte eine Hand auf seinen Arm. »Geh mit ihr. Ich bleibe bei Henry und Elise.«

»Bist du sicher?« Die Maske dämpfte seine Stimme.

Sie nickte. »Wir sehen uns im Krankenhaus.«

»Okay.« Er zog seine Maske wieder herunter, lange genug, um Henry und Elise jeweils einen Kuss zu geben. »Ich muss mit eurer Schwester mitgehen. Sie ist sehr krank. Alice wird bei euch bleiben, in Ordnung?«

Henry nickte. Elise, verängstigt und verwirrt, klammerte sich mit einer Hand an Alices Shirt und schlug mit der anderen nach ihrer Maske.

Wade küsste das Mädchen noch einmal. »Es ist okay, Baby. Du wirst in Ordnung sein.« Tränen benetzten seine kratzigen Augen. Er schniefte und stand auf. Er sah Alice an. »Pass auf sie auf.«

»Immer. Geh.«

Mit schwerem Herzen, weil er sie verlassen musste, aber wissend, dass Bronwyn ihn mehr brauchte, folgte er den Sanitätern, die seine Tochter in den Krankenwagen luden.

Drinnen warf die ältere Frau ihm einen Blick zu, als er sich setzte. Er kannte alle Rettungssanitäter und Notfallmediziner und war froh, dass Carrie Bledsoe diejenige war, die Bronwyn behandelte. Sie wusste, was sie tat, und hatte eine Sanftheit an sich, die sie großartig im Umgang mit Kindern machte.

»Hallo, Wade. Setz dich da hin.« Sie nickte zu einem in die Wand eingebauten Sitz.

Er setzte sich.

»Lass mich ihr einen Tropf legen und dann kümmern wir uns um dich.«

»Mir geht's gut. Kümmere dich um sie.«

Sie nickte einmal, dann sah sie ihren männlichen Kollegen, Drew Kurtz, an. »Lass uns anfangen.«

Wade beugte sich vor und legte eine Hand auf Bronwyns Bein, während er ihr erklärte, was passierte. Ihr ängstlicher Blick brach ihm das Herz, aber er hielt sich zusammen, während sie weinte, als sie ihr einen Tropf in die Hand legten.

Carrie wandte sich ihm zu. »Du bist dran.«

Er winkte ab. »Sie können im Krankenhaus alles mit mir machen. Es ist nicht weit. Ich habe Sauerstoff. Mir geht's gut.«

Sie starrte ihn mehrere lange Momente an, dann schien sie zu entscheiden, keine Zeit damit zu verschwenden, mit ihm zu argumentieren. Stattdessen warf sie einen Blick auf ihren Kollegen. »Lass uns losfahren.«

Drew nickte, dann kletterte er nach vorne. Wenige Augenblicke später fuhren sie vom Bordstein weg und rasten in Richtung Krankenhaus. Wade lehnte den Kopf zurück, schloss die Augen und betete, dass alles gut ausgehen würde.

Die Fahrt war kurz. In wenigen Minuten fuhren sie in die Rettungswagenbucht. Drew stieg aus und kam herum, um die hinteren Türen zu öffnen. Wade stieg zuerst aus, dann stellte er sich zur Seite, um sie die Trage ausladen zu lassen. Eine Krankenschwester empfing sie, als sie die Notaufnahme betraten, und führte sie in einen Schockraum.

»Mein Herr, warum kommen Sie nicht mit mir und lassen uns Sie untersuchen?« Eine andere Krankenschwester berührte seinen Arm und deutete den Flur hinunter.

»Nein. Mir geht's gut.« Sein hackender Husten strafte seine Worte Lügen. Er brachte ihn unter Kontrolle und fuhr fort. »Sie können mich untersuchen, wenn Sie mit ihr fertig sind. Und meinen anderen Kindern. Sie sind in einem anderen Krankenwagen mit meiner Freundin.« Er hustete wieder.

Sie runzelte die Stirn, argumentierte aber nicht. »Nun, setzen Sie sich wenigstens. Wir müssen sowieso Ihren Sauerstoff austauschen.« Sie holte einen Bürostuhl mit Rollen und positionierte ihn aus dem Weg, bevor sie die Materialien holte, um ihn an das Sauerstoffsystem des Krankenhauses anzuschließen.

Sobald er versorgt war, verlegten sie und eine andere Krankenschwester den Patienten aus der Nachbarbucht, um Platz für Henry und Elise zu machen. Sie hatten den Bereich gerade gereinigt, als der Krankenwagen mit ihnen eintraf. Die Sanitäter kamen herein und schoben eine Trage mit beiden Kindern und Alice darauf. Sie hielt sie auf ihrem Schoß.

Erleichterung, dass seine Familie zusammen und am Leben war, durchflutete ihn. Diese Nacht hätte so viel schlimmer ausgehen können. Er sackte in seinem Sitz zusammen und beobachtete, wie das medizinische Team an Bronwyn arbeitete. Eine der Krankenschwestern kam und legte ihm einen Tropf, hing Flüssigkeiten auf und injizierte Medikamente, um den giftigen Substanzen entgegenzuwirken, die er eingeatmet hatte.

Er schob den Vorhang beiseite, der Bronwyns Bucht von der nebenan trennte, um nach Henry und Elise zu sehen. Beide Kinder saßen immer noch auf Alices Schoß, während das Personal versuchte, ihre Infusionen zu legen.

Sein kleines Mädchen wollte davon aber nichts wissen. Sie schrie und versuchte, sich wegzuwinden. Alice sprach sanft zu ihr und versuchte, sie zu beruhigen, aber das Kleinkind war durch die Ereignisse der Nacht zu verängstigt.

Wade warf einen Blick auf Bronwyn. Sie war ruhig, und das Personal hatte ihren Zustand gut im Griff. Er fing den Blick der Krankenschwester auf und deutete dann auf die nächste Bucht, während er in diese Richtung rollte. Sie nickte, und er stand auf, seinen Infusionsständer mit sich ziehend.

»Alice.«

Sie blickte auf, ebenso wie das medizinische Team.

»Sind Sie der Vater?«, fragte einer der Ärzte.

Wade nickte.

Die Augen des Mannes musterten Wades Körper kurz. »Warum tauschen Sie nicht den Platz mit dieser Dame und halten Ihre kleine Tochter? Wir können Sie beide gleichzeitig untersuchen.« Er sah Alice an. »Sie setzen sich mit Henry auf einen Stuhl.«

»Das klingt nach einem guten Plan.« Alice bewegte sich, um ihre Beine herunterzuschwingen.

Eine Krankenschwester half Henry vom Bett, während Alice aufstand und Elise hielt. Wade nahm ihren Platz ein, und sie legte ihm das untröstliche Kleinkind in die Arme.

Er wiegte sie an seiner Brust. »Hey, meine Süße. Es ist alles gut. Wir sind in Sicherheit. Diese Leute wollen uns helfen, okay?«

Sie drückte gegen seine Brust und wollte runter.

»Schätzchen, hör auf. Schau Papi an. Sieh mal, ich trage auch eine Maske wie du.«

Ihre Augen huschten zu seinem Gesicht.

Er berührte seine Maske. »Siehst du. Ich brauche sie auch. Und Henry hat eine. Bronwyn im Nebenbett auch.«

Je mehr er mit ihr sprach, desto ruhiger wurde sie. Er blickte zum Arzt. »Versuchen Sie jetzt, den Zugang zu legen.«

Die Krankenschwestern sprangen in Aktion und brachten die Utensilien, um die Infusion zu beginnen. Wade hielt Elises Arm und Körper fest. Mit seiner Hilfe legten sie den Zugang beim ersten Versuch.

Die nächsten dreißig Minuten herrschte kontrolliertes Chaos im Traumaraum, während das medizinische Personal jeden von ihnen untersuchte und die entsprechenden Medikamente verabreichte, um Schwellungen und Ödeme in Schach zu halten. Müdigkeit lastete auf Wades Schultern, sowohl wegen dem, was er eingeatmet hatte, als auch wegen des Adrenalinabfalls. Schlaf war jedoch das Letzte, woran er dachte. Er hatte eine Million Fragen, die er dem Feuerwehr-Leutnant vom Einsatzort stellen wollte. Und er wollte mit Jed sprechen. Außerdem musste er seine Eltern anrufen.

Nachdem sie stabil waren und Röntgenaufnahmen der Brust gemacht hatten, wurden sie in die Patientenzimmer nach oben geschickt. Es brach ihm fast das Herz, von seinen Kindern getrennt zu sein, aber sie waren bei den Kinderärzten, die regelmäßig Kinder behandelten, besser aufgehoben. Es half zu wissen, dass Alice bei ihnen war. Dieses Krankenhaus hatte Doppelzimmer, also legten sie Henry und Bronwyn zusammen. Die Krankenschwester sagte ihm, Elise würde auf der anderen Seite des Flurs sein. Sie würden in Ordnung sein, während Alice über sie wachte.

Sein Bett rumpelte, als der Pfleger ihn aus dem Aufzug und den Flur entlang schob. Sie bogen durch die Tür in sein Zimmer, und er kam neben dem bereits dort stehenden Bett zum Stehen. Eine muntere Krankenschwester kam lächelnd herein.

»Hallo. Ich bin Tillie und werde Ihre Krankenschwester sein. Können Sie selbst ins andere Bett steigen, oder brauchen Sie unsere Hilfe?«

Als Antwort schwang Wade seine Beine über die Seite der Trage.

»Oh, warten Sie, Moment.« Sie eilte nach vorne, um die Schiene am anderen Bett zu senken.

»Danke.« Er stand auf, machte einen Schritt, drehte sich dann um und setzte sich, wobei er sich nach oben schob.

Der Pfleger schob die Trage aus dem Zimmer und schloss die Tür.

»Ich muss nur kurz Ihre Vitalzeichen messen, dann lasse ich Sie in Ruhe.« Tillie nahm die Blutdruckmanschette, die am Haken an der Basis des Monitors an der Wand hing.

Er nickte und lehnte seinen Kopf zurück, gegen die Erschöpfung ankämpfend.

Sie legte die Manschette um seinen Arm und drückte einen Knopf am Monitor. Während sie sich aufpumpte, klemmte sie einen Pulsoximeter an einen Finger seiner anderen Hand und fuhr dann mit einem Thermometer über seine Stirn. Die Maschine piepte. Sie nahm die Manschette ab, ließ aber den Pulsoximeter an seinem Finger.

»Okay, Herr Kaczmarek, Sie sind fertig. Kann ich Ihnen noch etwas bringen?«

»Ein Telefon? Ich muss einige Anrufe tätigen.«

Sie zeigte auf seinen Nachttisch. »Wählen Sie die Neun, um eine Leitung zu bekommen, dann die Nummer.«

»Danke.«

Sie schenkte ihm ein strahlendes Lächeln. »Gerne. Hier ist Ihr Rufknopf und die Fernsehfernbedienung.« Sie hob die Fernbedienung über das Kopfende des Bettes und legte sie neben seine Hand. »Rufen Sie uns, wenn Sie etwas brauchen. Ansonsten bin ich in ein paar Stunden wieder da.«

»Werde ich, danke.«

»Gern geschehen.« Sie drehte sich auf dem Absatz um und ging.

Wade nahm das Telefon und rief seine Eltern an. Es klingelte viermal, bevor die verschlafene Stimme seines Vaters in der Leitung erklang. »Hallo?«

»Dad?« Ein Hustenanfall schüttelte ihn.

»Wade? Was ist los?«

Nachdem er sich wieder unter Kontrolle hatte, versuchte er es erneut. »Jemand hat mein Haus niedergebrannt, während ich und die Kinder drin waren. Wir sind im Krankenhaus.«

»Was!«

Er hörte seine Mutter fragen, was passiert sei. Bills Stimme wurde gedämpft, als er es ihr erzählte.

»Uns geht's gut«, fuhr Wade fort. »Etwas Rauchvergiftung. Wir wurden alle aufgenommen.« Er hustete wieder und zuckte zusammen, als ein Schmerz durch seine Brust fuhr.

»Heiliger Strohsack, Junge. Okay. Wir sind unterwegs.«

Wade hörte im Hintergrund die Stimme seiner Mutter, die Bill drängte, aus dem Bett zu kommen.

»Dad, nicht. Uns geht's gut, und es ist spät. Wartet bis morgen früh.«

»Junge, wenn du denkst, dass deine Mutter und ich jetzt wieder einschlafen können, bist du verrückt. Wir werden bald da sein. In welchem Zimmer bist du?«

Er seufzte und nannte ihm seine Zimmernummer. »Ich bin mir bei den Kindern nicht so sicher. Sie sind auf der Kinderstation. Alice ist bei ihnen.« Sein Atem stockte. »Sie hat unser Leben gerettet. Ich konnte die Tür nicht öffnen. Sie war zugeschraubt. Sie hat das Fenster eingeschlagen und uns rausgeholt.«

Eine kurze Pause entstand in der Leitung, dann räusperte sich Bill. »Gott sei Dank war sie da.«

Wade hustete. »Ja.«

»Halt durch. Wir sehen uns bald.«

»Okay. Tschüss.«

»Tschüss.« Bill legte auf.

Wade drückte die Taste, um wieder einen Wählton zu bekommen, und durchsuchte sein nebliges Gedächtnis nach Jeds Telefonnummer. Als sie ihm einfiel, wählte er und wartete darauf, dass sein Partner antwortete.

»Braun.«

»Jed, ich bin's. Bist du an meinem Haus?«

»Herrgott, Wade! Geht es dir gut? Den Kindern?«

»Uns geht's gut. Rauchvergiftung. Sag mir, was du weißt.«

»Ähm, noch nicht viel. Es schwelt noch immer. Wie wär's, wenn du mir erzählst, woran du dich erinnerst?«

Wade schloss die Augen und dachte zurück. Er berichtete, woran er sich erinnerte, von dem Moment, als der Rauchmelder losging, bis zu dem Zeitpunkt, als er durch das Vorderfenster kroch.

»Verdammt. Wenn sie nicht da gewesen wäre, wärt ihr alle gestorben.«

»Ich weiß.« Emotion ließ seine Stimme belegt klingen. Doch bei seinen nächsten Worten wurde sie hart. »Ich will diesen Bastard, Jed. Er hat versucht, meine Kinder umzubringen.«

»Ich weiß. Und wir werden ihn finden. Ich schwöre es. Aber jetzt ruh dich erst mal aus, okay? Ich komme morgen Nachmittag vorbei und erzähle dir, was ich hier alles gefunden habe.«

»Ja. Okay, das passt. Danke.«

»Kein Problem. Werd wieder gesund.«

Sie verabschiedeten sich und legten auf. Ein weiterer heftiger Hustenanfall erschütterte seinen Körper. Als er vorüber war, warf er einen Blick auf die Uhr. Er hatte noch einen Anruf zu tätigen, aber dafür brauchte er jemandes Telefon. Er konnte vom Krankenhaus aus keine Ferngespräche führen.

Er legte das Telefon beiseite und schloss die Augen. Dieser Anruf konnte warten.

Vierunddreißig

Alice schreckte hoch, als Elises Tür aufging. Sie setzte sich in ihrem Stuhl auf und blickte zur Tür. Peg und Bill kamen herein.

»Oh! Mein kleiner Engel.« Peg ging zum Kinderbett, um auf die nun schlafende Elise hinunterzublicken. »Geht es ihr gut?«

»Ja.« Alice stand auf. »Sie ist gerade eingeschlafen.«

»Das ist einfach schrecklich.« Peg trat vom Bett weg, um Alice fest zu umarmen. »Danke, meine Liebe.«

»Wofür?« Alice zog sich zurück, um sie anzusehen.

»Wofür?« Verwirrung lag in Bills Stimme. »Du hast sie gerettet.«

»Ach das. Ich habe nicht wirklich. Ich habe nur ein Fenster eingeschlagen.«

»Sei nicht so bescheiden«, sagte Peg. »Wir kommen gerade aus Wades Zimmer. Er wurde immer schwächer und hätte niemals etwas gefunden, um das Fenster einzuschlagen, bevor er ohnmächtig geworden wäre.«

Eine sanfte Röte stahl sich auf Alices Wangen. Sie hatte einfach getan, was sie tun musste. Es war ihr nie in den Sinn gekommen, dass er vielleicht keinen Ausweg gefunden hätte. Sie dachte, sie hätte den Prozess nur beschleunigt. »Oh.«

Peg umarmte sie erneut. Tränen wegwischend, zog sie sich zurück. »Brauchst du irgendetwas?« Sie betrachtete Alices Kleidung. »Du solltest wahrscheinlich nach Hause fahren und dich umziehen. Und etwas trinken. Wahrscheinlich auch essen.«

Alice verzog das Gesicht. Sie war sich nicht sicher, ob sie schon dorthin zurückkehren und die Ruinen von Wades Haus sehen konnte. Es war in ihrem Kopf noch zu frisch. Außerdem gab es da noch die Sache, dass sie keine Möglichkeit hatte, nach Hause zu kommen.

»Ich habe mein Auto nicht dabei. Ich bin mit den Kindern im Krankenwagen mitgefahren. Ich habe auch meine Geldbörse nicht dabei. Nur mein Handy.«

Bill holte seine Brieftasche heraus und gab ihr einen Zehn-Dollar-Schein.

»Oh, das müssen Sie nicht tun. Ich kann wahrscheinlich ein paar Cracker und Apfelmus von den Krankenschwestern bekommen.«

Er verdrehte die Augen und hielt ihr das Geld erneut hin. »Nimm es. Hol dir etwas Vernünftiges.«

Sein Gesichtsausdruck - so sehr ähnlich dem, den sie bei seinem Sohn gesehen hatte - sagte ihr, dass er sich nicht umstimmen lassen würde. Anstatt zu argumentieren, nahm sie das Geld. »Danke.«

»Das ist das Mindeste, was wir tun können. Und wir können dich auch nach Hause fahren. Wann immer du willst.«

»Okay. Vielleicht in ein paar Stunden. Ich bin noch nicht bereit zu gehen.«

»Hast du deinen Bruder angerufen?«, fragte Peg.

Alice blickte zu ihr. »Nein. Es ist noch zu früh.« Es war gerade erst nach vier Uhr. »Ich werde ihn in ein paar Stunden anrufen.« Ihr Magen knurrte. Der Adrenalinabfall ließ sie ausgehungert zurück. »Aber ich denke, ich werde jetzt einen Snack suchen gehen.« Und nach Wade sehen.

»Wir bleiben bei Elise.« Peg ließ sich in Alices Stuhl fallen und lächelte. »Geh du dich frisch machen und iss etwas. Lass dir Zeit. Wir gehen nirgendwo hin.«

Mit einem dankbaren Lächeln verließ sie den Raum. Nach einem kurzen Blick auf Bronwyn und Henry, die beide schliefen, schlenderte sie den Flur entlang, bis sie eine Toilette fand. Sie befeuchtete einige Papiertücher und reinigte ihr Gesicht. Sie fühlte sich vom Rauch ganz schmutzig. Was sie wirklich brauchte, war eine Dusche. Sie würde in ein paar Stunden nach Hause fahren und sich frisch machen. Nachdem sie Zeit hatte, die Dinge besser zu verarbeiten.

Mit sauberem Gesicht fand sie den Snackautomaten und fütterte ihn mit dem Geld, das Bill ihr gegeben hatte. Sie kaufte einen Snickers-Riegel und eine Tüte Brezeln. Es war nicht das Beste auf der Welt, aber es enthielt Protein. Sie kaufte auch eine Flasche Wasser.

Mit den Snacks in der Hand nahm sie den Aufzug hinunter zu Wades Etage. Sie wusste allerdings nicht, in welchem Zimmer er lag. Als sie mit den Kindern die Notaufnahme verließ, hatten sie nur erwähnt, auf welcher Etage er sein würde.

Eine Krankenschwester blickte auf, als sie sich näherte. »Kann ich Ihnen helfen? Die Besuchszeiten beginnen erst um acht Uhr.«

»Ich weiß. Ich bin Alice Duvall. Mein Freund ist Wade Kacz-marek. Er und seine Kinder wurden wegen eines Haus-brandes eingeliefert. Ich bin mit den Kindern im Krankenwagen mitgefahren. Ich möchte nur nach ihm sehen und ihm eine Aktualisierung über die Kinder geben.«

»Oh. Meine Güte! Ja, in Ordnung. Er ist gleich dort drüben.« Sie zeigte nach rechts.

»Danke.« Alice drehte sich um und ging durch die Tür, die sie angezeigt hatte. Wade öffnete blutunterlaufene Augen, als sie hereinkam.

»Hey.« Seine Stimme war durch die Sauerstoffmaske auf seinem Gesicht gedämpft.

Sie lächelte und ging zu seinem Bett, setzte sich in den Stuhl dort. »Hey du.« Sie nahm seine Hand. »Ich wollte dich nicht wecken.«

»Hast du nicht. Wie geht es den Kindern?«

»Es geht ihnen ganz gut. Sie sprechen auf die Behandlung an. Elise schlief, als ich sie bei deinen Eltern ließ. Bronwyn und Henry auch.«

»Gut.« Er hustete.

»Wie geht es dir?«

»Mir geht's gut.« Er hustete wieder.

Alice hob eine Augenbraue. »Sicher.«

Er lächelte. »Wirklich, ich schwöre. Es wird aber ein paar Tage dauern, bevor sie einen von uns entlassen. Rauchvergif-tungen können bis zu achtundvierzig Stunden nach dem Ereignis auftreten, wenn sie nicht richtig behandelt werden. Sie müssen uns bestimmte Medikamente nach einem festge-legten Zeitplan geben, um das zu verhindern.« Er verzog das

Gesicht. »Das ist wahrscheinlich nicht schlecht. Es gibt mir die Chance herauszufinden, wohin wir gehen werden.«

»Zu mir nach Hause.« Er war verrückt, wenn er dachte, sie würde sie irgendwo anders hingehen lassen.

»Ich schätze, das löst unser Problem, was wir mit zwei Häusern machen wollten.«

Sie schlug ihm auf den Arm. »Das ist nicht lustig. Du wärst fast gestorben.« Tränen stiegen ihr in die Augen, und sie senkte den Kopf, ließ ihr Haar ihr Gesicht verbergen.

»Hey.« Er ließ ihre Hand los, um ihr Kinn anzuheben. »Baby, uns geht es gut. Ein paar Tage, ein paar Medikamente, und wir sollten auf dem Weg der Besserung sein. Dank dir. Du hast uns alle gerettet.«

Sie schniefte. »Das haben deine Eltern auch gesagt. Ich wusste nicht, dass du so schwach warst, als ich das Fenster einschlug.«

Er nickte. »Es hat eine Weile gedauert, alle Kinder zu sammeln und die Treppe zu finden. Ich habe wertvolle Zeit damit verbracht, die Tür zu öffnen, bevor ich spürte, wie sich die Schrauben in den Türrahmen bohrten.«

Alice erschauderte. »Warum würde jemand so etwas tun?«

»Ich komme der Sache zu nahe. Obwohl ich nicht weiß, was sie damit zu erreichen hofften, mich auszuschalten. Jed würde meinen Platz einnehmen und doppelt entschlossen sein, den Täter zu finden. Katy auch.«

Sie rutschte näher, stützte einen Ellbogen neben seiner Schulter ab und fuhr mit den Fingern durch sein Haar. Mit der anderen Hand spielte sie am Saum des Krankenhauskittels an seinem Hals. »Und was passiert jetzt?«

»Wir schauen, welche Beweise mein Haus liefert. Hoffentlich führen sie uns zu demjenigen, der dahintersteckt.« Er drehte den Kopf, zog seine Maske für einen Moment herunter und küsste ihre Finger. »Im Moment möchte ich aber einfach nur schlafen. Die Erschöpfung holt mich ein.«

»Okay.« Sie zog ihre Hände zurück und setzte sich auf, doch er ergriff eine davon.

»Bleib. Zumindest, bis ich eingeschlafen bin, ja?«

Alice sank zurück auf den Stuhl. »Natürlich.«

Seine Augen schlossen sich. »Danke, dass du hier bist.«

Sie beugte sich vor und küsste seine Wange. »Nirgendwo anders würde ich sein wollen. Ich liebe dich.«

»Ich liebe dich auch.«

Alice setzte sich und fuhr wieder mit den Fingern durch sein kurzes Haar. Sein Atem wurde gleichmäßiger – unterbrochen von Hustenanfällen – und er schlief ein. Sie saß noch eine Weile da, beobachtete ihn und dankte Gott dafür, dass er ihn und die Kinder heute Nacht gerettet hatte. Dafür, dass er sie an den richtigen Ort gebracht hatte, um sie herauszuholen. Sie konnte sich ein Leben ohne sie nicht vorstellen.

KAPITEL

Fünfunddreißig

Wade starrte auf die Ruinen seines Hauses. Die verkohlte Hülle hatte nichts mehr von der früheren Pracht des Gebäudes. Jetzt sah es aus wie ein Haufen verbrannter Zahnstocher, die aus einem traurigen Schutthaufen ragten. Er rieb sich die Brust und spürte den Schmerz in seinen Rippen vom Husten der letzten Tage. Er nahm es in Kauf. Es bedeutete, dass er am Leben war. Und seine Kinder auch. Nichts anderes zählte.

Er warf einen Blick auf Alices Haus. Bronwyn und Henry hatten es nur kurz gesehen, als sie vor einer Weile in ihre Einfahrt fuhren. Jetzt backten sie mit Alice Kekse. Sie hatte den Plan entwickelt, um sie zu beschäftigen, als er erwähnte, dass er durch die Trümmer stöbern wollte.

Er atmete tief aus, betrat seinen Hof und ging die Stufen zur Veranda hinauf, wobei er jedes Brett prüfte, bevor er weiterlief. Er ging zu dem Fenster, durch das sie hinausgekommen waren, und schaute hinein. Mehr verkohlte Trümmer begrüßten ihn. Emotion schnürte ihm die Kehle zu, als er die Überreste des Lebens betrachtete, das er hier im letzten Jahr aufgebaut hatte.

Wade zwang seinen Verstand, zu kategorisieren, damit er die Szene objektiv betrachten konnte. Jed hatte ihm den Bericht über das gegeben, was sie bisher gefunden hatten. Benzin und Türen, die zugeschraubt waren.

Aber irgendetwas daran störte ihn. Wade hatte kein Benzin gerochen, bevor sie ins Bett gingen. Und er hatte auch niemanden herumlaufen hören. Die Böden im Haus knarrten wie verrückt. Niemand konnte im zweiten oder dritten Stock herumlaufen, ohne gehört zu werden.

Er stieg mit einem Fuß durch das Fenster und ging hinein. Die rechte Seite des Hauses, wo das Feuer ausgebrochen war, war eingestürzt. Er sah Bronwyns Bettgestell durch einen Teil der Wand ragen, der auf dem Boden lag. Sie war dem Tod so nahe gekommen.

Wade schluckte den Kloß in seinem Hals herunter und suchte weiter. Er wusste nicht, was er zu finden hoffte. Nur irgendetwas, um das nagende Gefühl in seinem Bauch zu beantworten.

Er zog eine Taschenlampe aus seiner Tasche und ließ den Strahl über den Schutt gleiten. Links von der Treppe sah er einen Teil seiner Schlafzimmermöbel, verkohlt und zerbrochen, durch die Überreste der Wände lugen. Der größte Teil des zweiten Stocks war in den ersten eingebrochen.

Sein Licht wurde von etwas reflektiert, das kein verkohltes Holz war. Wade kniff die Augen zusammen und erkannte, dass es die kleine Schatulle war, die er in seinem Schrank aufbewahrte. Sie enthielt wichtige Papiere und seine Dienstwaffe. Vorsichtig bahnte er sich seinen Weg über die Trümmer, hob die Box auf und setzte dann seine Erkundung des restlichen Hauses fort.

In seinem Büro im hinteren Teil fand er Brandspuren, die darauf hindeuteten, dass ein Brandbeschleuniger verschüttet und angezündet worden war. Er beugte sich tief hinunter und spähte durch die Türöffnung in den eingestürzten Raum. Jed hatte gesagt, das Feuer sei in dieser Ecke des Hauses ausgebrochen.

Er blieb tief gebückt, trat ein und ging zur Wand, um die Verkabelung zu untersuchen. Es war offensichtlich, dass jemand Brennstoff über das Haus gegossen hatte, aber er wollte wissen, ob sie die Verkabelung des Hauses als Zündquelle benutzt hatten. Er leuchtete auf die Drähte und verfolgte sie von der Steckdose aus so weit nach oben, wie er sehen konnte. Sie verschwanden in den Ruinen. Er würde spezielles Equipment brauchen, um in die Bereiche darüber zu gelangen. Es war nicht stabil genug zum Klettern.

Enttäuscht machte er sich auf den Weg nach draußen. Das Piepsen seines Handys durchbrach die unheimliche Stille um ihn herum und er zuckte zusammen. Fluchend nahm er das Telefon aus seiner Tasche. Alice hatte es vor ein paar Tagen online für ihn bestellt und es war heute Morgen angekommen. Es hatte noch den Standard-Klingelton, der ziemlich laut war.

Ein Blick auf den Bildschirm zeigte eine Vorwahl, die er nicht kannte. Er wischte mit dem Daumen über den Bildschirm und hob es ans Ohr. »Kaczmarek.«

»Was ist so verdammt wichtig, dass mein Anwalt mir acht Nachrichten hinterlassen hat? Eine für jedes Mal, das du angerufen und verlangt hast, dass ich zurückrufe?«

Wade erstarrte. Die verkohlten Wände und der Boden um ihn herum verblassten, als eine Stimme, die er seit über einem Jahr nicht gehört hatte, sein Ohr füllte. »Emily.«

»Ja. Also, was willst du?«

Wut stieg in ihm auf angesichts ihres Tons. »Was ich will? Gar nichts. Aber ich dachte, du solltest wissen, dass deine Kinder in einem Hausbrand waren und fast gestorben wären. Es wird ihnen aber gut gehen.« Nachdem er in der ersten Nacht etwas Schlaf bekommen hatte, hatte er das Telefon seines Vaters benutzt, um Emilys Anwalt zu kontaktieren, damit er ihr eine Nachricht übermittelte, ihn zurückzurufen. Und sie hatte Recht. Er hatte acht hinterlassen.

Es verging ein Moment der Stille.

»Oh.«

Er wartete und erwartete, dass sie mehr sagen würde. Als sie es nicht tat, loderte seine Wut noch mehr auf. Er musste seine Zähne zwingen, sich zu entkrampfen, damit er sprechen konnte. »Ist das alles, was du dazu zu sagen hast? Du willst nicht wissen, wie es ihnen geht? Oder ihnen sagen, dass du sie liebst?«

Sie stieß einen langen Seufzer aus. »Wade-«

Er unterbrach sie. »Sag mir warum, Em. Warum rufst du nicht an oder schickst Karten? Ich verstehe, warum du uns verlassen hast, aber warum hast du alle Verbindungen zu ihnen abgebrochen?«

»Weil es so besser ist.«

»Für dich vielleicht. Kinder brauchen eine Mutter. Sie brauchen dich.«

»Nein. Du hast Recht, dass sie eine Mutter brauchen, aber nicht mich. Sie verdienen jemanden, der für sie da ist und zu den Elternsprechtagen und zu den Ballspielen gehen kann. Jemanden, der Kekse backt und bei den Hausaufgaben helfen kann. Das kann ich nicht. Und nur teilweise in ihrem Leben zu sein, würde ihnen auf lange Sicht nur mehr schaden. Ich will sie nicht weiter enttäuschen. Ich liebe sie genug, um sie gehen zu lassen.«

Er schnaubte. »Nein. Wenn du das tätest, würdest du dich bemühen, sie nicht zu enttäuschen. Geschiedene Eltern haben ständig gute Beziehungen zu ihren Kindern. Aber in einem Punkt hast du Recht. Sie verdienen eine Mutter, die für sie da sein wird, und ich glaube, ich habe sie gefunden. Also mach dir keine Sorgen. Sie werden gut versorgt sein. Ich werde dich nicht wieder belästigen.« Er nahm das Telefon vom Ohr und drückte hart auf »Anruf beenden«.

Wut vibrierte immer noch in seinem Körper, aber eine seltsame Ruhe senkte sich über ihn. Alices lächelndes Gesicht schwebte durch seinen Geist. Damit verblasste die Wut und hinterließ ein Gefühl der Akzeptanz. Emily würde nie die Mutter sein, die seine Kinder brauchten und verdienten. Aber Alice würde es sein. Und es war Wade egal, dass sie sich erst etwas über einen Monat kannten. Er beabsichtigte, sie so bald wie möglich zu heiraten. Er brauchte keine weitere Zeit, um zu wissen, dass er nie wieder eine Frau wie sie finden würde.

Er ging durch das Haus zurück, kletterte durch das Fenster und kehrte zu Alices Haus zurück. Sie blickte mit einem Lächeln auf, als er die Küche betrat.

»Hey. Du bist früher zurück, als ich dachte.«

»Ich komme nicht an viel ran. Die hintere Ecke, wo das Feuer ausbrach, ist eingestürzt. Ich habe die Brandspuren gesehen, von denen Jed mir erzählt hat. Es fing definitiv in meinem Büro an.« Er ließ den Teil über das Gespräch mit Emily aus. Das war eine Unterhaltung, die sie ohne die Kinder führen konnten.

Alice runzelte die Stirn. »Dein Büro? Nein. Das stimmt nicht.«

Nun war er an der Reihe, die Stirn zu runzeln. »Was meinst du damit?«

»Ich bin durch meine Hintertür rausgegangen. Ich konnte in dieser Nacht nicht schlafen, also bin ich aufgestanden und nach unten gegangen, um mir Tee zu machen. Während ich darauf wartete, dass das Wasser heiß wurde, schaute ich aus dem Fenster und merkte, dass das Licht nicht richtig aussah, also trat ich nach draußen. Die Flammen kamen aus dem zweiten und dritten Stock. Im Erdgeschoss war kein Feuer, und ich kann mich nicht erinnern, einen Schein in deinem Bürofenster gesehen zu haben.«

»Das kann nicht stimmen. Es gibt eindeutige Beweise für die Verwendung von Brandbeschleuniger in der hinteren Ecke meines Büros.«

Sie zuckte mit den Schultern. »Ich weiß nicht, was ich dir sagen soll. Es brannte nicht, als ich rauskam.«

Wade verarbeitete diese Information. Wie war es möglich, dass es Beweise für einen Ausgangspunkt gab, der nicht zuerst brannte? Lag Alice falsch?

Er verwarf den Gedanken schnell wieder. Nein, der Moment hatte sich wahrscheinlich so klar wie ein Foto in ihr Gehirn eingebrannt. Wenn sie sagte, dass kein Feuer im Erdgeschoss war, als sie nach draußen ging, dann war dort kein Feuer.

Warum gab es also Brandspuren von Beschleunigern, und warum sagte Jed, dass dort das Feuer ausgebrochen war?

Elises Quietschen und das anschließende Schlagen eines Holzlöffels auf einen Plastiktopf holten ihn aus seinen Gedanken. Er hatte noch keine Antworten darauf, aber er würde sie finden.

»Was ist in der Box?« Alice nickte zu der Feuerschutzbox in seinen Händen.

»Ich habe sie im Haus gefunden. Sie war in meinem Schrank. Da sind wichtige Papiere und meine Dienstwaffe drin.« Er stellte sie auf die Theke und gab die Kombination ein, dann öffnete er die Verschlüsse mit dem Daumen. Als er den

Deckel hob, sah er, dass die Box wie vorgesehen funktioniert hatte. Alles sah in Ordnung aus.

Er nahm seine Waffe und die dazugehörige Munitionsbox heraus.

»Brandermittler tragen Waffen?«

Wade blickte zu Alice und nickte dann. »Ich bin ein vereidigter Polizeibeamter. Normalerweise trage ich meine Waffe nicht. Nur wenn ich eine Verhaftung durchführen muss.«

»Das wusste ich nicht.«

»Ja. Ich habe früher ständig eine getragen, als ich für die Forstverwaltung in Tennessee gearbeitet habe.« Er überprüfte die Waffe und die Munition und stellte fest, dass alles in Ordnung war. Er öffnete seinen Gürtel, zog ihn aus ein paar Schlaufen und schob dann das Holster darauf, bevor er den Gürtel wieder festmachte.

»Was machst du da?«

»Ich werde mit Jed und Katy sprechen. Sehen, was sie sonst noch herausgefunden haben. Und da jemand versucht hat, mich umzubringen, verlasse ich das Haus nicht unbewaffnet.« Er nahm seine Marke aus der Box und befestigte sie an seinem Gürtel, dann schloss er die Box.

Sie runzelte die Stirn, nickte aber. »Verständlich. Sei einfach vorsichtig.«

Er ging zu ihr hinüber, wo sie Kekse von einem Blech auf Abkühlgitter legte. »Das werde ich.« Er gab ihr einen schnellen Kuss, winkte den Kindern zu und ging zur Tür. »Ihr drei benehmt euch, okay?«

»Machen wir.« Bronwyn winkte zurück.

»Ja. Weil wir Kekse haben!« Henry hielt einen hoch, bevor er herzhaft hineinbiss.

Lachend verließ er das Haus und ging in die Garage, um in seinen SUV zu steigen. Er hatte Glück gehabt. Das Feuer hatte sich nicht auf seine freistehende Garage ausgebreitet, sodass sein Auto in Ordnung war. Knox und Asa hatten es gestern von seinem Grundstück weggebracht, nachdem Jed grünes Licht für den Zugang gegeben hatte. Irgendwie hatten auch seine Schlüssel den Brand überlebt. Wahrscheinlich, weil sie an der Haustür lagen, wo das Feuer nie hingekommen war.

Er startete den Motor und fuhr rückwärts aus der Einfahrt, wobei er das Auto in Richtung Polizeirevier lenkte. Er wollte Katy zuerst seine Gedanken mitteilen und hören, was sie dazu zu sagen hatte.

Am Revier parkte er an der Rückseite des Gebäudes und benutzte seinen Schlüsselanhänger, um durch die Hintertür einzutreten. Es war ein kurzer Weg zu Katys Büro. Ihre Tür stand einen Spalt offen, also klopfte er und schob sie auf. »Hey. Hast du einen Moment?«

»Hey.« Sie blickte mit einem Lächeln auf. »Klar. Wie fühlst du dich? Wie geht es den Kindern?«

Er trat in den Raum und setzte sich auf den Stuhl vor ihrem Schreibtisch. »Mir geht es viel besser. Ihnen auch. Bronwyn ist noch müder als wir anderen, aber sie ist zu Hause. Alice hat sie gerade an der Kücheninsel postiert, um Kekse zu backen.«

»Wenn das Daisys Rezept ist, bring mir welche mit.«

Er lachte kurz. »Du kannst jederzeit vorbeikommen.«

Sie lächelte. »Also, was führt dich her? Du solltest auch zu Hause sein und Kekse backen.«

Wades Lächeln verblasste. »Ich war vor einer Weile in meinem Haus. Ich weiß, dass Jed schon alles durchgesehen hat, aber ich wollte den Schaden selbst begutachten. Ich bin froh, dass ich es getan habe. Irgendetwas stimmt nicht. Ich weiß nicht, ob ihm etwas entgangen ist oder ob er seine Untersuchung einfach noch nicht ganz abgeschlossen hat, aber der Ausgangspunkt ist falsch.«

»Oh?« Ihre Stirn legte sich in leichte Falten. »Inwiefern?«

»Er hat mir gesagt, es hätte in meinem Büro angefangen. Und er hat Recht, dass es dort ein Brandmuster von einem Brandbeschleuniger gibt – Benzin, laut seinen Messungen. Aber als ich es Alice gegenüber erwähnte, sagte sie, dass das Erdgeschoss nicht brannte, als sie nach draußen ging. Nur die oberen Stockwerke.«

Katy rutschte auf ihrem Sitz hin und her. »Dein Büro ist im hinteren Teil des Hauses. Vielleicht hat sie es nicht gesehen.«

»Das ist ja gerade das Ding. Sie ging durch die Hintertür raus. Sie hätte direkt auf diesen Teil des Hauses geschaut, als sie über den Hinterhof kam. So wie sie es beschrieben hat, denke ich, dass das Feuer im dritten Stock ausbrach und sich nach unten ausbreitete.«

»Okay. Wie beweisen wir das?«

»Wir brauchen einen Hubsteiger und einen Bagger mit Greifer, um die Dinge in kleinen Abschnitten zu bewegen. Ich möchte die Verkabelung untersuchen. Ich würde meine Marke darauf verwetten, dass der Kerl wieder die Methode mit Alufolie, Rostspänen und Kerze verwendet hat. Es ist effektiv, und er wäre längst weg gewesen, bevor es sich entzündete.«

»Warum dann das Benzin?«

»Ich weiß es nicht. Und ich bezweifle, dass wir das herausfinden werden, bis wir den Kerl schnappen. Habt ihr überhaupt irgendwelche Spuren?«

Ihr Gesicht verzog sich und sie schüttelte den Kopf. »Nein. Joshua Mercer ist immer noch auf der Flucht. Ed hat ein Alibi für deinen Hausbrand. Er hat auf der Couch seines Bruders geschlafen, nachdem er ein paar Bier zu viel getrunken hatte. Levi Rister hat allerdings keins. Er war allein zu Hause. Und Junge, war der sauer, als ich bei ihm aufgetaucht bin und Fragen gestellt habe. Ich werde keine weitere Chance bekommen, ihn ohne Anwalt zu befragen.«

»Er ist dann unser Hauptverdächtiger. Können wir all das irgendwo an eine Tafel hängen? Ich muss alles sehen und wie es zusammenhängt.«

»Klar.« Sie nahm einen Stapel Akten vom Schreibtisch hinter ihr und drehte sich um, um sie ihm zu reichen. »Das ist alles, was ich über die Brände habe, die mit Timmerman unter beiden Namen in Verbindung stehen. Im Konferenzraum gibt es ein Whiteboard. Wenn du schon mal reingehen und anfangen willst, drucke ich Fotos von allen Beteiligten aus und komme dann nach.«

»Hört sich gut an.« Wade nahm die Akten und stand auf. Er schlenderte den Flur entlang zum Konferenzraum. Das Whiteboard stand in der Ecke. Er legte die Akten auf den langen Tisch, zog es weiter in den Raum und begann, Dinge darauf zu schreiben.

»Du hast noch nicht mit Jed über deine Vermutungen gesprochen, oder?«

Er blickte mit erhobenem Marker zu ihr zurück. »Noch nicht, nein. Ich wollte erst den Fall durchgehen. Alle meine Fakten ordnen.«

Sie ging mit den Farbfotos, die sie ausgedruckt hatte, auf ihn zu. »Okay. Ich habe ihn angerufen und gebeten, zu uns zu stoßen. Wir können genauso gut alle Informationen auf einmal bekommen.«

»Passt mir.« Er nahm den Klebefilmabroller, den sie ihm hinhielt, und riss Streifen ab, die er ihr reichte, damit sie die

Bilder aufhängen konnte. Als alle hingen, begann er, weitere Informationen unter jedes zu schreiben.

Die Tafel war voll, als Jed eintraf.

»Was ist das alles?«

Wade blickte von der Tafel zurück und sah seinen Partner in der Tür stehen, den Blick auf die Tafel gerichtet.

»Ich musste alles vor mir sehen. Da ist etwas, das mich beschäftigt. Es ist wahrscheinlich so offensichtlich, aber es will mir einfach nicht einfallen.« Er verschränkte die Arme und ließ seinen Blick noch einmal über die Informationen schweifen.

»Vielleicht sollten wir es durchgehen. Darüber reden«, sagte Katy.

Wade seufzte. »Klar. Kann nicht schaden.«

Katy neigte den Kopf und begann zu sprechen, ging durch, was sie wussten und wie jede Person verbunden war. Wade starrte auf ihre einzigen brauchbaren Verdächtigen, Joshua Mercer und Levi Rister. Er wünschte, sie könnten eine Spur zu Mercer finden. Er war der Einzige, der wirklich ein Motiv hatte.

Als Katy zu den Unstimmigkeiten beim Brandherd in seinem Haus kam, hielt sie inne und sah ihn an, damit er fortfahre. Wade wandte den Blick von den Fotos ab und drehte sich zu Jed.

Etwas klickte in seinem Gehirn. Er starrte seinen Partner an, dann blickte er zurück zur Tafel. Er fing Katys Blick auf.

Sie runzelte die Stirn. »Was?«

Wade schluckte und sah wieder zu Jed.

Etwas Unmerkliches flackerte in den Augen des Mannes. Er runzelte die Stirn und wiederholte Katys Frage. »Was ist los?«

Wade trat zurück, nahm Joshua Mercers Foto von der Tafel und betrachtete es. Er versuchte, sich den Mann ohne Bart und mit braunen statt blauen Augen vorzustellen.

»Jed?« Wade blickte auf und drehte das Bild um. »Oder sollte ich Joshua sagen?«

Jeds dunkle Augen weiteten sich für einen Moment, bevor er sein Gesicht unter Kontrolle brachte. »Wovon zum Teufel redest du?«

»Das bist du, nicht wahr?«

»Was?« Katy riss ihm das Bild aus der Hand und betrachtete es. Ihr Blick wanderte zwischen dem Foto und dem Mann, der ein paar Meter entfernt stand, hin und her.

Jed verdrehte die Augen. »Ich glaube, der Rauch hat dich mehr benebelt, als du dachtest. Warum gehst du nicht nach Hause und ruhst dich etwas aus?«

Wade schüttelte den Kopf. Nein, er hatte damit recht. Ohne den Bart, den Joshua auf seinem Bild trug, war Jeds Gesichtsstruktur die gleiche. Und er war im richtigen Alter. »Ich bin nicht benebelt.« Wut entflammte in seinem Bauch. »Du bist Joshua Mercer. Was ich wissen will, ist, warum du mein Haus angezündet hast. Du hättest fast meine Kinder getötet! Dein eigenes ungeborenes Kind ist bei einem Hausbrand gestorben. Warum würdest du versuchen, meine Kinder zu töten?« Er ballte die Fäuste an seiner Seite, um sich davon abzuhalten, auf den Mann loszugehen und ihn an Ort und Stelle zu erwürgen.

Ein harter Glanz trat in Jeds Augen. Er hörte auf so zu tun, als wüsste Wade nicht, wovon er sprach. »Du warst zu nah dran, die Wahrheit herauszufinden. Ich musste dich vom Graben abhalten. Ich habe mir hier ein gutes Leben aufgebaut. Alles war in Ordnung, bis Perabo auftauchte.« Er schüttelte den Kopf. »Ich konnte es nicht glauben, als ich ihn in der Stadt sah.« Zwei rote Flecken blühten auf seinen Wangen. »Ich hatte Joshua Mercer hinter mir gelassen. Er war tot. So tot wie Amber und das Baby. Aber der Anblick dieses Mannes erweckte ihn wieder zum Leben, so schnell.« Er schnippte mit den Fingern.

»Ich wusste, ich musste etwas unternehmen. Lisa weiß nicht, wer ich bin. Wir haben uns kennengelernt, nachdem ich meinen Namen - meine Identität - geändert hatte. Ich konnte nicht zulassen, dass sie es herausfindet.«

»Warum nicht?«, fragte Katy. »Du hast deine Frau nicht getötet.«

»Weil ich sie nicht gerettet habe!« Mit hochrotem Gesicht strömten ihm jetzt Tränen über die Wangen. »Ich war in unserem Fitnessraum zu Hause mit Kopfhörern auf und trainierte, als das Feuer ausbrach. Ich wusste nicht, dass sie zu Hause war. Sie war losgegangen, um Eis zu holen - Schwangerschaftsgelüste. Ich dachte, sie wäre noch weg. Erst als die Feuerwehrleute durchfunkten, dass sie eine Leiche in der Küche gefunden hatten -« Seine Stimme brach mit einem Schluchzen. Er sog Luft ein, fasste sich und fuhr fort. »Es ist meine Schuld, dass sie tot ist. Ich hätte nach ihr suchen sollen.« Er schniefte.

»Ich konnte die Blicke nicht ertragen. Leute, die mich mitleidig ansahen. Andere mit Vorwürfen. Also bin ich gegangen. Ich hatte einen Kontakt bei der Polizei. Er brachte mich mit einem Mann in Verbindung, der eine neue Identität für mich erschuf. Eine, die auch gründlichen Hintergrundchecks standhielt.« Er breitete die Arme aus. »Und ich wurde zu Jed Braun. Wurde Feuerwehrmann, um andere zu retten und wiedergutzumachen, dass ich Amber nicht gerettet hatte.«

Er schüttelte wieder den Kopf. »Nachdem ich Perabo gesehen hatte und mich genug beruhigt hatte, um nachzudenken, grub ich in seinem Leben. Er arbeitete für Timmerman.«

Wades Augen weiteten sich ein wenig. »Warte. Wusstest du, wer er war?«

Jed schüttelte den Kopf. »Nicht am Anfang. Aber als ich Perabos Hintergrund durchforstete, sah ich den Artikel über seine alte Firma, Build-Rite, auf der Website von San Juan Developments. Das führte mich zu dem Bild von Timmerman. Als ich mich über Immobilienentwickler hier in der Gegend informierte, sah ich Willards Bild und legte zwei und zwei zusammen.«

»Und da hast du deinen Plan ausgeheckt.« Katy stützte die Hände in die Hüften.

»Ja. Mehrere Brände, um euch beide ahnungslos zu halten, während ich die beiden, die für Ambers Tod verantwortlich waren, ausgeschaltet habe.« Sein Mund verzog sich. »Perabo hätte sterben sollen. Ich weiß nicht, wie er es geschafft hat, da rauszukommen. Bei Timmerman habe ich sichergestellt, dass er nicht fliehen konnte.« Sein Kiefer arbeitete. »Dieser gierige Bastard hat bekommen, was er verdient hat.«

»Du hast immer noch nicht erklärt, warum du versucht hast, meine Kinder zu töten. Ich verstehe, dass du mich tot sehen wolltest, aber meine Kinder auch?«

»Es gab keinen anderen Weg, es wie einen Unfall aussehen zu lassen. Du musstest sterben. Ich musste die Ermittlungen übernehmen und den Druck von mir fernhalten.«

Wade machte einen Schritt nach vorne, als Wut seinen rationalen Verstand überlagerte. Katys Hand auf seinem Rücken hielt ihn zurück.

»Jed, ich muss Sie bitten, sich umzudrehen. Sie sind verhaftet wegen Mordes an William Timmerman, versuchten Mordes an Vincent Perabo, Wade Kaczmarek, Bronwyn Kacz-«

»Nein!« Jed zog seine Dienstwaffe und richtete sie auf Wade. »Ich habe mein Leben nicht wieder aufgebaut, nur um alles weggenommen zu bekommen. Ich gehe nicht ins Gefängnis.«

»Jed.« Wade hob die Hände, sein Herz pochte. »Leg die Waffe nieder. Du willst mich nicht erschießen. Wenn du es tust, wird Katy dich erschießen.« Die Sheriffin hatte ihre Waffe auf Jed gerichtet. Wades Waffe steckte noch im Holster. »Außerdem bist du mitten im Polizeirevier. Wo willst du hin?«

»Nicht ins Gefängnis. Und ich will dich nicht erschießen, aber ich werde es tun. Du hast alles ruiniert. Warum konntest du es nicht einfach ruhen lassen? Es war perfekt! Keine Spur. Nichts, was auf jemand Bestimmtes hinwies. Nur ein Haufen loser Enden, die nirgendwohin führten.« Seine Worte endeten in einem Knurren. Er entsicherte seine Waffe. »Jetzt werde ich hier rausgehen.« Er ging rückwärts zur Tür und umrundete den Tisch.

Wade legte eine Hand auf den Griff seiner Waffe und trat zur Seite, damit Katy die Führung übernehmen konnte.

Jed erreichte die Tür und griff nach hinten zur Türklinke.

Katy rückte näher. »Jed, ich kann Sie nicht da rausgehen lassen.«

Der Blick des Mannes flackerte zwischen ihnen hin und her, dann wurden seine Augen hart.

»Tu es nicht, Jed.« Wade öffnete den Verschluss seines Holsters.

Jed riss die Tür auf und stürzte hinaus, blindlings feuernd.

Eine Kugel schlug in die Wand hinter Wade ein. Er zog seine Waffe und folgte Katy zur Tür. Rufe erfüllten den Flur und den Großraumbüro dahinter.

»Siehst du ihn?«

Sie schüttelte den Kopf. »Ich muss auf die andere Seite der Tür.«

Er hob seine Waffe und nickte. »Los.«

Mit einem langen Schritt war sie auf der anderen Seite. Eine weitere Kugel schlug in den Türrahmen ein. Katy wich zurück und erwiderte dann das Feuer. Ein weiterer Schusswechsel ertönte aus dem Inneren des Gebäudes.

»Ich glaube, er ist zwischen uns und den Deputies im Großraumbüro eingekesselt.« Sie näherte sich vorsichtig der Tür und spähte wieder hinaus. Diesmal fielen keine Schüsse. »Komm.« Mit leichten Schritten trat sie in den Flur.

Gemeinsam rückten sie zum nächsten Büro vor. Sie sicherte es, und sie bewegten sich weiter. Als sie das Ende des Flurs erreichten, fiel ein weiterer Schuss. Wade hörte einen Deputy rufen, Momente bevor Jed um die Ecke kam, auf der Flucht. Er kam schlitternd zum Stehen und hob seine Waffe, auf sie zielend.

Wade schoss. Katy feuerte im selben Moment. Beide Kugeln trafen ihn mitten in die Brust, und er fiel rückwärts, hart auf den Fliesenboden aufschlagend. Er bewegte sich nicht.

Sie liefen nach vorne, die Waffen immer noch auf ihn gerichtet. Katy trat seine Waffe weg, während Wade sich hinkniete, um seinen Puls zu überprüfen. Jeds Augen flatterten, und er keuchte. Blut quoll aus den beiden Wunden auf seiner Brust.

»Ruf Hilfe.« Wade holsterte seine Waffe, legte dann seine Hände auf Jeds Wunden und drückte, um die Blutung zu stillen. Der Kopf des Mannes rollte zur Seite, und das keuchende Atmen wurde zu flachem Ziehen. Er hörte, wie Katy per Funk Hilfe anforderte. Als der Disponent antwortete, dass ein Krankenwagen unterwegs sei, hörte Jed auf zu atmen.

Blut füllte den Flur und bedeckte Wades Hände. Er setzte sich zurück und starrte auf den Mann, der einst sein Freund gewesen war. »Verdammt.« Er stand auf und ging ein paar Schritte weg. Eine tiefe Traurigkeit erfüllte ihn. So viele verlorene Leben – so viele ruinierte – wegen Gier.

Er sah Katy an. Sie war blass, aber immer noch unter Kontrolle, als um sie herum Tumult ausbrach. Deputies strömten in den Flur. Sie gab einen scharfen Pfiff von sich, brachte sie zur Raison und begann dann, ihnen Aufgaben zuzuteilen. Wade lehnte sich gegen die Wand, traurig über den Ausgang der Dinge, aber froh, dass endlich alles vorbei war.

KAPITEL
Sechsunddreißig

Z wei Monate später…

»Ich geh schon!« Henry rannte zur Tür, als die Klingel ertönte.

»Henry, nein. Lass mich das machen.« Alice lief ihm nach, während sie die halb angezogene Elise auf ihrer Hüfte balancierte. Sie war gerade dabei gewesen, eine Windel zu wechseln, als es klingelte.

Sie pustete sich den Pony aus dem Gesicht und blickte auf ihn herab, als sie ihn einholte. »Geh bitte zurück.«

Er trat an ihre Seite, und sie öffnete die Tür. Es war der Postbote.

»Hallo, Frau Duvall. Entschuldigen Sie die Störung. Ich bräuchte eine Unterschrift dafür.« Er hielt einen Umschlag hoch, auf dem Wades Name stand.

Sie runzelte die Stirn. »Muss Wade selbst unterschreiben? Er ist bei der Arbeit.«

Er schüttelte den Kopf. »Nein, Ihre reicht aus.« Er holte ein Tablet und einen Stift hervor.

Alice kritzelte ihren Namen auf den Bildschirm und nahm dann den Umschlag entgegen. »Danke.«

»Gern geschehen. Einen schönen Tag noch.« Er lächelte, winkte Henry und Elise zu und ging dann die Verandastufen hinunter.

»Was ist das?«

»Ich weiß nicht.« Alice schloss die Tür und betrachtete den Umschlag. Er war an Wade adressiert, ans Haus nebenan, und kam von einer Anwaltskanzlei. Sie runzelte die Stirn. Was um alles in der Welt würde jemand ihm von einer Anwaltskanzlei per Einschreiben schicken?

»Darf ich mal sehen?«

Sie seufzte und blickte zu dem Jungen. »Jetzt nicht. Es ist an Papa adressiert. Er kann es öffnen, wenn er heute Abend nach Hause kommt.«

»Kann ich es dann sehen?«

»Vielleicht. Kommt drauf an, was drin ist.« Sie drehte ihn um. »Such deine Schuhe, damit wir los können. Sag deiner Schwester Bescheid.« Sie machten sich bereit, zu ihrem neuen Laden zu fahren, um Sofie zu treffen. Sie hatten noch ein paar letzte Details zu klären vor ihrer großen Eröffnung nächste Woche. Sie war überglücklich. Sie erwarteten eine ordentliche Besucherzahl für die Veranstaltung. Die Galerie in Billings, wo sie einige ihrer Töpferwaren ausstellte, hatte die lokalen Nachrichtenagenturen über den Laden informiert. Sie hatten bereits mehrere Interviews gegeben.

»Lass uns dich anziehen, ja?« Sie gab Elise ein paar schmatzendes Küsse auf die Wange und ging dann zurück ins Wohnzimmer, um die Hose des Kleinkindes zu holen. Immerhin hatte sie die Windel angelegt, bevor der Postbote klopfte.

Die Tür öffnete sich erneut, und ihr Kopf schoss nach oben. »Henry!« Sie stieß einen Seufzer aus. Hoffentlich war er nicht nach draußen gegangen. Der Junge liebte es, auf der Veranda zu sitzen, und manchmal vergaß er, ihr Bescheid zu geben, wenn er rausgehen wollte.

Sie steckte Elises Beine in ihre Hose und zog sie hoch, während sie sich in der gleichen Bewegung aufrichtete.

»Hey, Schatz.« Wade erschien in der Türöffnung.

»Hi. Was machst du denn zu Hause?«

»Ich hab mein Mittagessen vergessen und wollte nicht im Diner essen.«

»Oh.« Sie ging auf ihn zu und hob ihr Gesicht für einen Kuss. Alice spürte, wie er gegen ihren Mund lächelte, als Elise die Hand ausstreckte und seine Wange tätschelte.

»Papa.«

Er zog sich zurück. »Hallo, Knirps.«

Das Mädchen fiel in seine Richtung, und er nahm sie aus Alices Armen.

»Wir wollten gerade losgehen. Sofie und ich müssen ein paar Dinge für nächste Woche besprechen.«

»Lass dich von mir nicht aufhalten.« Er hob Elise in die Luft und warf sie sanft hoch. Das Mädchen quietschte und lachte. »Ich kann auch nicht lange bleiben. Ich habe in einer Stunde einen Termin.«

Alice lächelte Vater und Tochter an. »Wir können noch ein bisschen bleiben. Oh! Du hast etwas mit der Post bekommen.« Sie drehte sich um und nahm den Brief vom Couchtisch, hielt ihn ihm hin. »Ich musste dafür unterschreiben.«

Eine neugierige Falte erschien auf seiner Stirn, als er ihn nahm und die Absenderadresse betrachtete. Etwas Farbe wich aus seinem Gesicht, und seine Stirnrunzeln vertiefte sich.

»Was ist es?« Alices Stirnrunzeln ahmte seines nach.

»Es ist von Emilys Anwalt.«

Ihre Augenbrauen schossen in die Höhe. »Was? Warum sollte sie dir etwas von ihrem Anwaltsbüro schicken?« Sorge durchzog ihren Magen. Hatte die Frau beschlossen, doch Mutter sein zu wollen und klagte nun auf das Sorgerecht? Alice verengte ihre Augen. Sie würde mit Zähnen und Klauen dagegen kämpfen. Die Kinder waren glücklich. Sie brauchten nicht die Unruhe, die ihre Anwesenheit mit sich bringen würde, auch wenn sie ihre Mutter war.

»Ich weiß nicht.« Wade gab ihr Elise zurück, riss dann den Umschlag auf und nahm einen Stapel Papiere heraus. Er überflog sie, wobei sich seine Augenbrauen über immer größer werdenden Augen hoben, während er las.

»Was? Was steht drin?«

Er blickte zu ihr auf, Ungläubigkeit in seinem Gesicht. »Sie überträgt ihre gesetzlichen Rechte an den Kindern.«

Alice runzelte weiterhin die Stirn. »Was bedeutet das?«

»Es bedeutet, dass sie keinerlei Rechte mehr an ihnen haben wird. Ich hatte seit ihrem Weggang das volle Sorgerecht, aber sie konnte sich immer einmischen und bei Dingen mitbestimmen, wie ihrer medizinischen Versorgung oder ihrer Schule. Aber das heißt, dass sie das nicht mehr tun kann.« Er hielt inne und hielt ihren Blick fest. »Es bedeutet auch, dass sie adoptiert werden können.«

Verwirrung kräuselte ihre Stirn, bevor die Bedeutung seiner Worte einsank. Dann wurden ihre Augen tellergroß.

Er grinste und griff nach ihrer Hand. »Komm her.«

Unsicher, was geschah, ließ Alice sich von ihm in den Raum führen, den er als Büro übernommen hatte. Er und die Kinder waren nach dem Brand eingezogen und hatten nie zurückgeblickt. Der Schutt ihres Hauses war verschwunden, und das Grundstück stand leer. Er besaß es noch immer, aber sie versuchten zu entscheiden, was sie damit machen sollten. Sie hatten darüber gesprochen, es einfach einzuzäunen und ihren Hof zu vergrößern.

Wade zog sie hinter den Schreibtisch, öffnete dann die unterste Schublade und griff hinein. Ihre Hand flog hoch, um ihren Mund zu bedecken, als sie sah, was er hielt. Tränen schwammen in ihrem Blickfeld und verschleierten sein Gesicht und die Ringschachtel in seiner Hand.

»Weißt du, ich finde es passend, dass du meine Tochter hältst, während ich das tue. Die Kinder haben uns zusammengebracht. Und es war die Liebe und Fürsorge, die du ihnen geschenkt hast, die mich dazu gebracht haben, mich in dich zu verlieben.« Ein Grinsen umspielte seinen Mund. »Das und dein gütiger Geist und deine Fähigkeit, mich mit nur einem Kuss aus der Bahn zu werfen.« Er ließ sich auf ein Knie nieder. »Ich liebe dich, Alice. Willst du uns zu einer Familie machen und mich heiraten?«

Alice hörte ein Keuchen von der Tür. Sie blickte zurück und sah durch ihre Tränen Bronwyn und Henry dort stehen.

»Wirst du unsere Mama sein?«

»Sie hat noch nicht ja gesagt«, erklärte Wade ihr.

»Nur weil ich keine Gelegenheit dazu hatte.« Sie sah Wade an, lächelnd, während Tränen über ihr Gesicht liefen. »Ich liebe dich, Wade.« Sie blickte zu den Kindern. »Euch alle. Ja, ich will dich heiraten.«

Bronwyn lief zu ihr und schlang beide Arme um Alices Taille. Henry war nicht weit dahinter. Wade beugte sich vor, um sie zu küssen.

Eine Freude, die sie von innen heraus erleuchtete, erfüllte sie und erwärmte ihr Herz. Alice erwiderte seinen Kuss mit all der Liebe, die jede Faser ihres Wesens durchströmte. Als sie sich voneinander lösten, fühlte sich ihr Lächeln an, als könnte es ihr Gesicht in zwei Hälften teilen.

»Darf ich dich Mama nennen?«

Alice blickte auf Bronwyn hinab. Sie strich sanft über das blonde Haar des Mädchens. »Wenn du möchtest, würde ich das sehr gerne.«

»Ich möchte das. Ich denke schon so an dich.«

Noch mehr Tränen rannen über Alices Wangen. Sie musste daran denken, ihrem Bruder dafür zu danken, dass er sich verliebt hatte. Es hatte auch ihr Leben verändert.

ICH HOFFE, EUCH HAT EINFACH UND ECHT GEFALLEN! WENN SIE über Neuerscheinungen auf dem Laufenden bleiben möchten, tragen Sie sich bitte in meine Mailingliste ein. Allein für die Anmeldung erhalten Sie ein kostenloses E-Book! Danke fürs Lesen!

So melden Sie sich für meine Mailingliste an: https://ashleyaquinn.com/deutsch